李子胜 著

打冷海

DALENGHAI

中国文史出版社

图书在版编目（CIP）数据

打冷海 / 李子胜著 . —北京：中国文史出版社，
2020.12

ISBN 978-7-5205-2781-1

Ⅰ . ①打… Ⅱ . ①李… Ⅲ . ①短篇小说—小说集—中
国—当代②中篇小说—小说集—中国—当代 Ⅳ .
① I247.7

中国版本图书馆 CIP 数据核字（2020）第 250629 号

责任编辑：高　贝

出版发行：中国文史出版社

社　　址：北京市海淀区西八里庄路 69 号院　邮编：100142

电　　话：010-81136606　81136602　81136603（发行部）

传　　真：010-81136655

印　　装：北京温林源印刷有限公司

经　　销：全国新华书店

开　　本：787mm×1092mm　1/16

印　　张：16

字　　数：230 千字

版　　次：2021 年 8 月第 1 版

印　　次：2021 年 8 月第 1 次印刷

定　　价：59.80 元

目 录

序

冷海的忧伤与"百里滩"的慈悲

恰如美国著名评论家哈罗德·布鲁姆所指出的那样，没有任何一个写作者愿意跟在别人的写作之后成为那个"渺小的后来者"。作家李子胜显然也不是，不仅不是，从这部《打冷海》中我看到了李子胜某种无法按捺的蓬勃野心。麦尔维尔在写作《白鲸》之前曾经找来许多前辈以及同时代作家写海的作品，但草草看过后又把它们扔掉了，因为他发现，没有"一片海"能抵得过他心中所装满的惊涛骇浪。而在如今，世界上每一条捕鲸船上如果只有一本书的话，那这本书一定会是《白鲸》；海明威写过大量脍炙人口的作品，但是他最为人所称道的还是那部写海的《老人与海》，1954 年，诺贝尔文学奖颁给海明威的授奖词劈头就是这样一句"因为他精通于叙事艺术，突出地表现在《老人与海》之中"。海明威一部中篇，就让古巴比米尼岛附近的那片海域永远凝固在了世界文学的画廊中。一个成熟的作家需要寻找并挖掘出属于自己的创作母题，这可以理解为作家的自留地抑或"领海"，作家李子胜就在这块属于他自己的自留地和"领海"——"百里滩"上，矻矻耕耘、春种秋收，如同一个勤劳的渔人，把"百里滩"这片渤海岸边的"净水"与"活田"经营得有声有色，也将这片土地与海域延展成为他文学生命的重要组成部分。

《打冷海》无疑是"百里滩"系列的最新成果，也是我读到的李子胜"百里滩"系列作品中最为打动我的一部，犹如被猛地一击。地域文化对文学创作的影响有多重要，李子胜笔下的"百里滩"可兹参照。《打冷海》深深打动我的，并非缘于绵密华丽辞藻的堆砌抑或如"海外奇方"般的种种猎奇，而是那片冷海所带给我的忧伤以及"百里滩"那片土地与人的慈悲心。李子胜在这部中篇里延续了其一贯的构思沉实缜密、叙事稳健扎实的特点。这使得《打冷海》给我的猛的一击并不是那种猝不及防的，而是于阅读中逐渐地累积，最终所形成的涡流凝聚而成的一股力量，如小说中"两层楼高的巨浪"击向了我和读者。李子胜的小说虽然着眼于现实生活，但却对现实中的变化具有特别的敏感度，这是他"百里滩"系列的一个共同特色。他善于从现实的细微变化中打捞历史与文明演化的脉搏跳动，而这一回，他的网撒向了冷冽的深海。

"拍了三道渔家菜，馏咸海鲇鱼，用风干的鲈板鱼熬鱼冻，馇麻蚶子酱，一道渔家主食，牡蛎韭菜馅的饸子。"这些"百里滩"普通渔人的饭食，被李子胜在小说里如数家珍般地娓娓道来，令人在阅读间隙仿佛也感受到"腥卤之气早已扑面而来，沿着鼻孔口腔等孔隙往身体深处钻"。这是作家日常生活的外化，从某种意义上说，金小鱼身上重叠了作家自己太多的影子，我们随着金小鱼的叙述一点点走进了百里滩的深处，也走进了"二叔""凤娇""王倩"乃至"小聂"这些人物的内心深处。

我之前读李子胜的一些作品，尤其是他的"百里滩"系列，感觉他是一个耐力很强的作家，这有点像他每天坚持的长跑，也有点像他所热衷的垂钓，消耗的是工夫，养成的却是耐力。从最初只能跑 50 米、100 米、400 米、800 米到几千上万米……靠的是严格的自律和对自己的不放松，而这种超强自律下养成的耐力最终便可转换成无穷的爆发力。生活中的李子胜越来越像是一个守护"百里滩"的渔人，他对"百里滩"的爱显而易见，而收获亦显而易见，与其说金小鱼这一形象是李子胜笔下文学人物画廊的最新收获，倒不如说金小鱼就是作家本身，"一身旧棉衣，脚上穿的是二叔给他的胶棉鞋"。在与海面平行的"百里滩"上，幻化成渔人的作家其实就是最高点。

我注意到，在《打冷海》中，李子胜写得并不"满"，有些字句和桥段的处理往往点到为止，而聪明的作家在小说中省略的往往是我们凭经验可以填充、想象的部分，他们信赖读者的经验。因此这种省略技巧其实是最大限度地调动了读者的经验参与。《打冷海》便是如此，即使是在处理凤娇之死以及为争夺海域而进行的渔船械斗等情节铺排上，作家也没有写"满"。但在某一些细节上，《打冷海》却通过艺术家的眼光、诗意般的切身体验，不惜笔墨去渲染描摹，而这些被"刻意"渲染铺排的地方往往却是在展示"百里滩"的地方特色。

中国40余年的改革开放带来了中国社会的巨大变化，这种变化是与世界性的全球化和现代化同步进行的，它覆盖了政治、经济、文化、日常生活等方方面面。乡村的变化之大也是我们过去难以想象的。这一切也反映在文学上，我们的乡土叙述完全不是半个多世纪前占据主流的或者田园牧歌式或者荷锄挥镰式或者鸡犬之声相闻式的叙述，因为如今的乡土叙述已经不可能再面对一个封闭自足的乡村风景了，乡村与城市交织在一起，城市化和现代化的触角已经伸向乡村的每一个角落。因此《打冷海》中所描摹的渔村同样也是这样一番景象：代表乡村"被动一方"的二叔、凤娇，代表城市化"主动一方"的王倩以及短视频、网上直播等等。前者内心的坚守与良善，与后者内心的冷漠与荒蛮形成鲜明对应，并照见我们当下的现实生活和这份生活中的情感纠葛，照见了人与人之间以及人性和人性之间，照见了我们内心中的沉默和计较，照见了我们的某种卑微与空无……金小鱼"心中反驳着二叔，渔村里有万达影院吗？渔村里能吃到日本料理、韩国烤肉吗？大海里有量贩式歌厅吗？切。"这与其说是金小鱼的内心反驳，不如说是我们许多人内心深处早已固化而成的一种价值判断，甚至它已无关对错，只牵涉某种价值观映衬下的道义与情怀。

对细节的熟稔把握，同样是《打冷海》的一大亮点。"妈妈举起沾满面粉的手，用力捶了一下金小鱼，在金小鱼羽绒服上印上了一团白白的痕迹，妈妈慌了，又赶紧帮儿子掸干净，越拍打，白色的痕迹越扩散。"还有凤娇醉酒后的那一段，读罢我的眼前仿佛有面粉在袅袅散落。再如"人工海堤延伸进海里，将大海这面巨大的镜子犁开了一道道裂痕。此时已是腊月，大海冻伤了。大块大块的海冰覆盖在海面，海面如破碎了一地的大镜子"则镜头感、画面感十足。

从某种意义上说，我以为《打冷海》具有某种成长小说的特色。事实上，在当下的文学创作中，成长的话题是具备永恒性的，作家对如何表现所身处的这个急剧变动、迅猛发展的时代有着各自的思考，多元并存的文化观和价值观丰富着大家的认知视野，但汹涌的信息浪潮也使作家更需要有去辨别这个世界真相的才华。如何与现实对接，如何倾听现实的声音，从而开拓出属于自己的文学疆域，变得尤为重要。《打冷海》在这方面无疑进行了很好的探索。金小鱼这个人物兼具有成长小说的诸多元素，乡村抑或渔村是都市流行文化的外延承担者，因为在政治和经济上所存在的差异，乡村（渔村）作为基层腹地，潜藏着最深广的想象力和消费力。在文化意义上，渔村也是在不断变化之中，那些虚写但确凿的歌厅和小姐，那些令金小鱼父亲走向衰败的灯红酒绿的诱惑，因为它们都是城市化进程里的中间物，再加之残留着乡村（渔村）熟人社会的情义和狭隘空间的压抑，共同见证了"金小鱼"们的成长、逃离与回归。

《打冷海》是一部完成度比较高的作品。我以为一部小说的完成度并不刻板地取决于起承转合故事的完成度，而取决于小说要表达的意义完成度。与其说《打冷海》这部作品的基调是建筑在一个比较小众的故事之上，毋宁说是建筑在一种悲悯情怀之上，这是李子胜在小说中对自我情怀的有效注入，这也是他作为"百里滩"代言人心性中的某个重要组成部分。他尊重并体谅自己笔下的人物，李子胜所极力追求的"写出真实"也正在于此，对于"百里滩"，他不是标榜要写出什么东西来，而是本着对文学艺术的理解，耐心地用文字一点点塑造它，并为它开疆拓土。

当下的作家要怎么才能写出新意并赋形于人物？我在阅读《打冷海》的过程中便发现一个作家不回避矛盾的重要性。比如对于当下农业（渔业）文明与现代城市文明的碰撞与冲突这一文化问题，我便很欣赏李子胜面对这一文化问题所采取的姿态，并非一味讴歌旧有的农业文明。农业文明衰落的现象以及农业文明与当代城市文明的冲突其实是当下文学一个比较热门的书写题材。我也读到过不少写农业文明衰落的作品，作家们面对这一现象时似乎更偏向于做一个文化保守主义者，他们为衰落的文明唱挽歌，却往往无视在一种文明衰落的同时还会有一种新的文明在逐渐升起。

《打冷海》不只是给我们提供了一个独特的、具有陌生感的故事，它不只是包含让我们感动和触动的细节，它也不只是告知我们一个或多个所谓社会生存的道理，最为重要的，它是在召唤我们让我们在阅读中不断地追问："凤娇"们的命运只能如此吗？"金小鱼"们的选择只能如此吗？我们的生活只能如此吗？非如此不可吗？有没有更好的可能？对于一个成熟的作家而言，从新的生命经验中挖掘更新创作母题和写作视角，并以艺术的形式加以升华，是尤为重要的。如何让现代主义的美学样貌切实地在乡村（渔村）地域描写中落地是需要李子胜去认真思考的，这也是读者所期待的。

（狄青，中国文艺评论家协会理事，中国作家协会会员，出版文学评论专著《卡尔维诺年代》《与文学有关的一些话》等十部，小说曾获得《长江文艺》小说双年奖、《文学自由谈》创刊三十周年重要作者奖等。）

打冷海

一

如同一脚踩空似的跳下了公交车，戴着浅灰色翻毛羽绒帽的金小鱼举着手机走近薄雾蒙蒙的村口，他逃离了三年的腥卤之气早已扑面而来，沿着鼻孔、口腔往身体深处钻。他抬头看了眼晚霞灿烂处，夕阳红彤彤的，低浮于天际，浑圆欲滴，真像少年时代家中腌制透熟的海鸭蛋黄。

海风如凶猛的水涌，金小鱼逆流前行，阻力巨大，他低着头，猫着腰，顶风跨大步猛走，浑身冒汗了，才来到了渔港码头。他想拍几张大海、渔船、海港的照片，给远在大城市写字楼里的同事们看看，他想一点一点地让他们信服，他出生的百里滩的这个渔村，真的有好多看点。

三年了，渔村还是有了一些变化，一些房子的屋顶加了一层红色的彩钢板，渔村主街的餐馆新增了几家，海味居、海鑫轩、渔家码头、鲜为先等等，都是三年前没有的招牌，特别是那几家被村里妇女们痛骂的总有哭哭闹闹事件的饭馆都换了招牌。渔港附近原来有个四方水坑，如今成了一个空旷的停车场，目测可以停几百辆汽车。看来，夏天、秋天鱼虾贝蟹肥美的季节，渔村还是很热闹的。金小鱼想到这里，心里难受了一下。村里人的日子都越过越好，可是他家却每况愈下。

一次不经意的讨论中，他对一起搞网站的同事们说，我们家乡的海螺，比大连养殖的那种鲍鱼还好吃，螺肉口味是鲜甜的。他的话无疑被看作没见过世面的人的自吹自擂，引来了同事的同情和嘲讽。有人说，嘿，你直接说比澳洲龙虾还好吃多坦诚啊。我们就喜欢你这副没见过世面的样子。有人说，感谢你把这么好的地方告诉我们地球人，啥时候返回你的星球时，我们给你送别。金小鱼就像垂死的海鲇鱼一样，翕张了几下嘴，没有出声辩解。

码头旁边，几十条巨大的木渔船整齐地挤靠在一起，以抱团取暖的姿态，抵抗着呼啸的寒风。船桅上褪色的国旗，在风中狂舞，并发出猎猎声响，有的国旗已经被风扯出了缺口，凌乱翻飞，如同旷野里的火苗。码头上，十几个戴着头巾的妇女坐在板凳上，她们每三四个人面对一堆泥浆浆的东西忙活着。金小鱼很纳闷，他以为一定很冷清的码头，不知为啥会这么热闹。他记忆里，此时应该是渔船上坞，渔民在家猫冬的时节，渔港码头应该连个人毛都难找。凑近一些，金小鱼看到那半人高的泥浆浆的一堆，全是湿淋淋的蛤蜊皮子，妇女举着一个小耙子，在蛤蜊皮中划拉一下，一小团蛤蜊皮就摊开了，妇女拣出一两个小泥疙瘩样的东西，随手丢入脚边的黄塑料筐里，被挑选完了的蛤蜊皮子，再划拉到旁边。筐中已经被小泥疙瘩铺满了。金小鱼继续凑近，看出泥疙瘩原来是毛蚶子。金小鱼赶紧本能地又掏出手机拍摄，那个妇女被他的举动惊扰了，妇女回头瞅了一眼衣着光鲜、帅气的金小鱼，夸张地大声说："哎呀，天上掉下个小帅哥！帅哥，没见过渔村大美女啊。这可得多瞅几眼，多拍几张。晚上搂在被窝里好好看看。"金小鱼不好意思地笑笑，用普通话解释说："我来给蚶子们拍拍临终遗容。"旁边两个妇女直起腰，对着一个笑眯眯地盯着金小鱼的姑娘打趣说："看看凤娇，眼儿都直了。凤娇，见到大城市来的小鲜肉了，还干得下活儿吗？"

被唤作凤娇的，扯下脸上的头巾，一张美丽热情的脸盘露了出来。金小鱼的眼睛似乎刚走出屋门，被强烈的阳光刺了一下，竟然本能地垂下眼皮，无法直视凤娇。凤娇见金小鱼的窘状，热辣辣地说："我看见帅哥，就剩下流口水了，咋啦，不行啊。你们是管这个的啊。"

"我们哪儿管得了啊，那我得帮你擦擦水，别流得哪儿都是。"一个胖胖的妇女继续起哄。

"哎，鲜肉帅哥，你赶紧帮我们凤娇择蚶子吧。"

金小鱼的脸更烫了，他没想到如今渔村的女人变得如此狂放了，看来，已经败坏的风气，还在继续败坏呢。听她们越说越离谱，手机录的这段已经有两分钟了，他就揣好手机，他很纳闷，这些人咋一个也不熟悉呢，既然是一个村子的，应该有点印象才对啊。他冷不丁冒出一句："金锁你们认识吗？金锁是我二叔。"

妇女们听到金锁二字，好像走路时突然发现吐着信子的眼镜蛇挡住了去路，都立刻收敛了笑容，凤娇身边的妇女拍拍胸脯，咕哝说："你就是金大老板的侄子啊，可吓死宝宝了。"这个妇女又换成普通话腔调说，"原来您也是本村人啊。"说完，她们憋着笑，低头专心择麻蚶子，不再搭理金小鱼。特别是凤娇，已经戴严实头巾，低下头，专心择蚶子，再不看金小鱼一眼。

金小鱼很满足她们变老实的样子，就像一甩手关闭了剧情吵闹的电视节目，瞬间捻灭了嘈杂。他打算走向停靠在码头前端的一艘大渔船。这艘渔船比其他渔船大很多，渔船上也有几个人对着一堆泥浆浆的东西忙活呢，看情景，也是在择蚶子。这么冷的天，哪里来的这么多冰疙瘩一样的麻蚶子呢。金小鱼琢磨着，继续朝着大海方向走。

大海落潮了。人工海埕延伸进海里，将大海这面巨大的镜子犁开了一道道裂痕。此时已是腊月，大海冻伤了。大块大块的海冰覆盖在海面，海面如破碎了一地的大镜子。

回到家乡的小渔村，金小鱼除了闻到了腥咸气味让他有点反感，渔村的空旷，还是让他感觉很舒服。他在大城市打工的逼仄住处，只有九平方米，像棺材一样让人窒闷，让他时不时有睡在墓室里的绝望感觉。站在码头上，看到辽阔海面，心立马舒展开了。

金小鱼这次来渔村，就是想拍点渔村题材的短视频。他打工的网站，为了拉升人气，正在批量生产各种小视频。拍渔村生活题材视频，是金小鱼自告奋勇提出来的，因为公司网站最近拍摄的搞笑视频，设计了好多流行的情境，比如，相亲、叫代驾、同学聚会中的势利眼、应聘面试……就是火不起来，大家分析了一下原因，主要是同类内容太多了，观众极度审美疲劳。金小鱼就把记忆里的渔村生活趣事讲了一些。

他说，小时候在海沟入海口用罾网搬鱼，运气好的时候，一网就可以搬到几十斤梭鱼。有一次，他贪玩，放下罾网，和伙伴去落潮的滩涂掏淡蓝色身体的狼鱼，半个小时就掏了几斤狼鱼，突然想起了罾网，回来拿罾网时，发现网底竟然卧着一条四五斤重的大梭鱼，泥浆浆的，跟贪玩的小孩子陷入泥沼似的拼命挣扎，他奋力提起罾网，用捞拎去捞鱼，就是捞不到，大梭鱼突然在网底扭动几下身子，金小鱼觉得手里突然没了重量，再看大鱼，竟然掉出罾网，落在潮水里，泛起一道水花，迅速逃走了。把罾网举到眼前，才看到网底接缝处，齐刷刷给划开了一道口子。回家后，他和大人说起此事，大人们也很奇怪，梭鱼也没有牙齿，它咋撕开的罾网呢？

金小鱼还讲起，每次赶海，都会遇到很多海花。海花喜欢往滩涂的硬泥里钻，可以钻很深，渔家人喜欢用狼鱼熬海花吃。他向同事们费劲地介绍海花，看大家一脸困惑，无法理解这种学名海葵的美丽生灵，还可以吃下肚子。

金小鱼说，冬天气温骤降时，可以到汪子边捡冻鱼。冬天，海鲇鱼、虾虎鱼已经钻进窝里睡大觉了，梭鱼还在寒冷的水面上活跃着。一场让气温急剧下降的西北风后，大批量的梭鱼被冻死在海冰里，透过冰面就能看到梭鱼凌乱的遗体。很多在寒冬里难以觅食的海鸟们，就靠破冰啄食冻死的梭鱼果腹；捡冻鱼的人们冒着严寒，提着斧子、冰钎，破开海冰，每次都有沉重的渔获。这种冻梭鱼尽管颜色苍白，但不失鲜美。在漫长单调的冬天，船都被拉上了坞，海货难以获取，这冻梭鱼，也算可口的腥货了。捡冻鱼，也就是捡冻梭鱼，又给渔民们提供了狩猎般的野趣。

金小鱼讲这些事情时，他发现自己像个不入戏的演员，他表情热情但内心冷静的讲述，引起的同事们啧啧惊叹，让他觉得很怪异。难道自己的家乡真有这么大魅力？为啥自己偏偏爱不起来呢？

没等金小鱼讲完糟螃蟹酱和醉琵琶虾，从山区农村学校考到传媒大学的部门经理早已欣喜得狂搓双手，他让金小鱼赶紧回渔村拍摄渔家生活，赶在春节前上传一批小视频，一定能火，一定要火，一定得火。记住了，你就以渔民儿子的身份出镜，讲述渔家特色生活。有必要的话，我给你派个女助理。听到经理这句话，女同事们赶忙低下头做忙工作状。

金小鱼尴尬地咧咧嘴，很绅士地说，还有几天就是小年了，这时候派谁加班也不合适，还是我自己完成吧。

大学毕业后，金小鱼就没回过渔村。整整三年了。虽然他工作的城市距离渔村才二百多公里。

走到码头尽头，码头东侧一艘大渔船上，有个穿红色羽绒服的人站了起来，对着金小鱼粗声大气地喊，喂，小鱼，是小鱼吗？听声音，金小鱼一阵狂喜，他马上就知道，这是二叔。

金小鱼循着声音观看，站起来的人浓重的双眉几乎都连在了一起，浓眉下，大圆眼不怒自威，此人可不是二叔吗？

幸亏遇到了二叔，幸亏二叔主动和自己打招呼，免去了好多尴尬。金小鱼心里清楚，二叔对他工作三年没回家一次，一定一肚子的不满。

你这臭小子，还认识家啊，啥把你忙的，三年不回趟家，你个小陈世美。二叔果然骂上了。金小鱼对这个情境早就在脑子里想象了多少遍了，他就像一个逃犯，惶惶不可终日地想象自己怎样被警察逮捕，逮捕的一瞬间，反而轻松释然了。金小鱼做好了忍受二叔数落的心理姿态，可二叔只骂了几句，竟然走过来亲热地拍打着金小鱼的肩膀。金小鱼冲着二叔笑了，他同时看到二叔微笑时露出的两排整齐结实的大牙。

二叔，你别瞎安排啊，我可不是杀妻弃子的陈世美，你看，我这不是回来了吗？金小鱼笑嘻嘻地说。

二叔呵呵乐，说，没良心的坏蛋都叫陈世美，你就没啥良心，你看不起你爸爸，也得心疼你妈妈啊？

金小鱼顾左右而言他，说，二叔，都寒冬腊月了，船咋都不上坞？二叔说，你小子懂啥，最近两年又开始打冷海了。打冷海，来钱快。你小子要是扛得住冻，赶明儿跟我的船队去打冷海吧，趁着快过年了，给你爸妈挣点买年货的钱。回家了吗？看你爸爸了吗？你爸爸估计是活不长了，都是他自己作的，活该。

二叔对爸爸身体的悲观预言没有掩盖住金小鱼捕捉到打冷海这个新鲜词。打冷海这个词金小鱼还是第一次听说，这个新鲜词一下子让他兴奋了。他连忙问二叔，啥叫打冷海，他赶紧表态，他一定要和二叔一起去打冷海。关于爸爸的情况，金小鱼没和二叔谈论一句话。

可以说，金小鱼是在二叔的保护下，在渔村顺利长大的。他对二叔的尊重，早就胜过了对他父亲。

二

金小鱼觉得，从小就生活在贫穷家庭的孩子，很容易忍受后来生活的贫困。他就是这样的孩子，到了大城市，他不在乎自己生活状况不如人。就是到了谈恋爱的时候，他才发现，女孩子都太现实了。

他快大学毕业时，在校园中，趁着夏天的夜色，追求过几个女孩子，金小鱼也不丑，身高适中，体格健壮，对女孩子还算有魅力，女孩起初都很愿意和他交往，这几个女孩子的共同点是都喜欢美食，没认识多久就要求金小鱼带着去高档餐厅，金小鱼口袋里的钱哪里撑得住门面啊。没几个回合，他就败下阵来。女孩子们发现了他捉襟见肘的局促，深入盘问金小鱼，得知他是渔民的儿子，且家境很一般时，很快就不再回复他的微信，不久就拉黑了他。

金小鱼的爸爸曾经是个很能干的船长，赶上好鱼汛，一次出海能赚万八的，可那时他把钱都花在村里几个饭馆的小姐们身上了。那时候，村里好多驾长都好这口，村里有几辆大发车，专门把某地的小姐们拉来，供驾长们享乐。"老子整天把脑袋别在裤腰上出海，玩几个小姐算什么事儿啊。"——驾长们都用类似的论调吼自己的老婆。金小鱼记得他上小学开始，他爸爸就经常不回家，甚至在船上的舵楼里和小姐鬼混。上初中时，他记得爸爸妈妈总是在吵闹，爸爸在饭馆门口，曾经当着好多围观的乡亲，一脚把拽住他裤脚的妈妈踢得仰面朝天，妈妈躺了三天才爬起来。金小鱼就开始恨他的爸爸了。村里人说，金小鱼爸爸每次喝完酒都要吹嘘说，他的远大理想是一辈子睡一千个小姐，男人就不能白活一世。从那时开始，村里人喊金小鱼的爸爸叫"金千泡"，意思应该是一辈子泡一千个女人。当然，金千泡的泡字，也可以写成"炮"——那就更让金小鱼感觉恶心龌龊了。那几年，金小鱼在渔村里伙伴们面前根本抬不起头。他实在无法理解，睡一千个小姐，这叫什么理想，一个男人竟然能把这种想法当理想，而且还要在酒馆里吹嘘出来，简直是猪狗不如。至少，也得考虑一下亲生儿子的感受吧。从那时起，他就痛恨爸爸，恨不能早点逃离渔村。

上大学时，寒暑假回家，他能少待几天就少待几天，免得看爸爸耍酒疯和妈妈偷偷落泪。爸爸和他妈妈离婚后，和一个小姐同居，没几年，他在一次风暴潮中把腰摔折了，半年没起炕，和他同居的小姐卷钱跑了。后来他又得了严重的糖尿病，连下地笼的力气都被小姐们吸干了。在金小鱼大学毕业前夕，妈妈竟然主动把爸爸接回家伺候。爸爸从此不再干活，平时就靠妈妈在一个饭馆打工，做粘卷子、贴饼子等面食，有点收入。金小鱼上大学最后一年的学费生活费，基本都是二叔给的。金小鱼为此和妈妈吵了一架，他就是那时开始反感渔村的腥臭咸卤的气味，更加懒得回家。金小鱼就是想不明白，妈妈为什么把这种渣渣男人接回家。只为了一个完整的家吗？他金小鱼真不需要。

回到家，推开院门，院子里一片荒凉，原来种些蔬菜的空地，空无一物，墙根处，兀自摇曳着几株枯黄的碱蓬。屋檐下的水泥滴水岩，摆放着几个大酱缸，酱缸还是金小鱼小时候就摆在那里的。

推开油漆剥落的木门，进了屋，金小鱼就闻到了一股难闻的气味，气味中能分辨清楚的是药味和尿臊味。他开门的声音显然惊动了里屋的爸爸，爸爸的声音有气没力，隔着门帘从里屋传来，谁啊？

金小鱼迟疑了一下，还是回答了，是我。

金小鱼站住了，立在堂屋，等爸爸说话。那一刻，他大脑里飞快地想象爸爸会用什么样的方式与他见面。可等了一会儿，爸爸那屋竟然没了动静。

金小鱼推开门，一股浓烈呛人的气味直扑过来，直撞脑门子。他定睛一看，爸爸靠着被子半坐在床上，眼睛呆呆地向屋顶瞅着，并没有看他。爸爸的身边，有一个红色的小塑料尿盆，尿盆里的卫生纸团，都冒尖了。这一幕让他心生一凛，看来爸爸病得很重，难道爸爸瞎了？三年未见，爸爸明显衰老了，眼袋很大，面容枯瘦，交叉在一起的手掌上，星星点点的有好多老人斑。

家来了啊。爸爸说，语气平静，没有温度。

金小鱼也故意不冷不热地嗯了一声，坐在了炕沿上，琢磨着如何与爸爸隔断三年的父子感情对接。爸爸没吭声，金小鱼忍不住仔细观察爸爸的眼神，爸爸的眼神呆滞，仍然没有瞅自己。金小鱼的心凉了一大截。金小鱼无可奈何地站起来，走到自己的房间看看。他的房间好像一直有人住，炕上，暄暄腾腾的被子整齐地叠着，白色的瓷砖也没尘土，他高考时用过的写字台上，摆着他在大学校门口拍的照片，照片里的金小鱼，笑容如绽放的牡丹花。他知道，妈妈不可能住自己的房间，干净的屋子肯定是妈妈知道他要回家了，提前打扫的。歉疚与羞愧之情被眼前的情景点燃了，他脸开始发烫。

金小鱼觉得，人生的每一天都是没有脚本的出演，演好了也只能回味，演砸了也不能重来。三年没有回家，他在电话里和妈妈讲的理由就是刚工作，总出差，不好意思请假，怕给领导留下不好的印象。这些理由如同遮羞布一样可以反复使用，妈妈听到这个理由，总是在电话里沉默，也不挂断电话，每次他喂喂，喂喂喂好多次，才狠狠心扣掉手机。这三年，自己确实演砸了。

金小鱼从家里出来去村里的海鲜街找妈妈，他回头看了一眼自家的房子，他家的房子曾经在村里属于一流的，如今墙皮开裂，外墙镶嵌的小瓷砖剥落了好几片，屋顶还摇曳着几丛枯草。他家周围的好多小二层楼，都是断桥铝窗户，显得年轻帅气很多。

他在大城市这三年，其实也不开心，他过着流浪狗一般的辛苦的打工生活，住处不定，经常加班，深夜十点坐地铁返回住处是常态，他努力节省，可是仍然拮据。这三年，也没给家里带来任何生活上的改善，还是妈妈在电话里总问他钱够不够花，金小鱼觉得自己真是太失败了。身上这件花了三千元买的羽绒服和衣服兜中八千元买的手机以及肩上背的六千元的真皮背包，忽然让他觉得浑身针扎般刺痒。买这么贵的衣服、手机和背包，并不是因为虚荣，在大城市，在公司，这种配置似乎是必需的。他也希望自己保持渔民儿子的淳朴，可是，大城市青年的大手大脚的消费习惯，一身名牌的着装潮流，是一个强大的场，根本无法抗拒。金小鱼本来就觉得自己矮人一截，他只能靠名牌的东西撑起懦弱的自信，不然，大城市生活，就是煎熬。

金小鱼是在饭馆厨房的里间屋里找到妈妈的，妈妈被热气缭绕着，又憔悴又疲惫。妈妈见到金小鱼，先是瞪了他一眼，接着眼睛就红了。金小鱼赶紧过去，把妈妈搂在怀里。他说，妈妈对不起，辛苦妈妈了。妈妈举起沾满面粉的手，用力捶了一下金小鱼，在金小鱼羽绒服上印上了一团白白的痕迹，妈妈慌了，又赶紧帮儿子掸干净，越拍打，白色的痕迹越扩散。

陪妈妈在冬夜里摸黑回家的路上，金小鱼给女同事王倩发了一些在码头上拍的视频和图片。王倩很快给他回复了排列在一起的三个大拇指表情，表示赞。王倩继续回复说，我去陪你一起拍摄吧，需要我吗，哥们儿？王倩是公司中相貌相对平平但是很会打扮的单身女孩。她是金小鱼在公司中唯一谈得来的女同事。金小鱼喜欢和王倩卖弄他的人生感悟，因为只有王倩偶尔回复他分享给好几个女同事的信息。金小鱼给王倩发微信曾经这么说：因为信息不对称和想象力的张牙舞爪、难以驯服，一个人很容易扮演这样几个角色：盲人摸象里的一盲人，两小儿辩日的某小儿，鸡对鸭讲里的鸭子，小马过河里的小马。当意识到自己和别人陷入两小儿辩日的情境中，提醒自己赶紧终止这种毫无意义的辩斗吧。

王倩对他这种故作高深的论断，总是大惊小怪地发些崇拜的表情，让金小鱼很享受。他猜测，王倩也许只是享受发新鲜表情包的快乐。金小鱼把王倩发给他的表情都存下来，津津有味地在和别人聊微信时及时使用。

有一次，金小鱼相亲受挫，感悟了一通，发给王倩：所谓的人间爱情，无非荷尔蒙导演一场场戏，人类会用审美疲劳这个词掩饰荷尔蒙缺失这个事实。这句话引起了王倩的反感，王倩回复说，大叔，拜托请少分泌一些荷尔蒙吧，那样，你连人生都不用感悟了，我也省得出于礼貌回复你了。这次对话让他们一周都没搭理彼此。一周后，公司有应酬，喝多了，他们就又和好了。

偶尔公司有应酬，大家都喝多后，金小鱼会寻找一切机会很绅士地送王倩回家。他们也会拉拉手，分别时甚至会轻轻地拥抱拥抱。王倩曾经很温情地说，等将来我嫁不出去，你也娶不到的时候，咱们俩就搭伙过吧。金小鱼说，行，那时候你就和我回渔村吧，我家在村里有房，我家还有辆1980年的拖拉机。

有一次拥抱时金小鱼稍微用点力，想水到渠成地把王倩搂在怀里，亲吻她额头、嘴唇。王倩却挣扎着推开他。王倩说，小鱼，理智，赶紧恢复理智，我一想到咱们这两个没有房子的城市流浪狗生活在一起，就觉得毛骨悚然，啥兴致都没了。你明白我的意思吗，并不是你不吸引我。金小鱼很悲伤地点点头，然后放开手，独自转身走向地铁站。从那以后，他再没有主动拥抱过她。

回到家，爸爸开始哎哟哎哟大声呻吟，妈妈脸色立刻紧张了，赶紧进里屋，金小鱼皱皱眉头，也跟着进去了。妈妈正给爸爸脱尿裤，金小鱼看到，爸爸胯间竟然穿了个尿不湿。尿不湿早就给屎尿浸染了。妈妈给爸爸盖上被子，妈妈拎着尿不湿往外走。金小鱼呆呆傻傻地瞅着，觉得自己该干点啥，又不知自己该干点啥。妈妈说，出去烧点热水。金小鱼才如释重负地冲出屋子，快走几步，才开始深呼吸。

金小鱼在渔村里转悠了几天，拍了一些渔村生活片段，拍了三道渔家菜，熘咸海鲇鱼、用风干的鲈板鱼熬鱼冻、馇麻蚶子酱；一道渔家主食，牡蛎韭菜馅的饸子。这些都是在妈妈打工的那家餐馆拍的。拍摄好的视频，都传给了王倩，转天就在公司网站上发布了，果然，这些视频的点击量激增，当天的播放量就达到了五万多。好多人留言打听在哪里能吃到这些渔家菜。金小鱼悬着的心放下了，他决定和二叔去打冷海，多拍一些更吸引眼球的视频。

金小鱼在拍摄第二天才知道，这家饭馆的老板，竟然是二叔。三年不见二叔，二叔在渔村干得风生水起啊。再对比二叔的哥哥，自己的爸爸，简直一天一地。自己的爸爸已经倒在了实现睡一千个女人的半路上，真是可怜可气还可鄙。

三

和二叔第一次去打冷海那天，金小鱼被妈妈武装成了大熊猫。妈妈极力反对他去打冷海，金小鱼苦求妈妈，说这是公司给的艰巨任务，妈妈这才答应。给他穿了两件旧羽绒服，一条大厚棉裤，棉裤里还有秋裤和保暖裤，这才放心。二叔看到他臃肿的样子说，这就对了，到了大海上，风就是冰刀子，衣服薄了，一打就透，一会儿就把人冻半死。

二叔开着一辆丰田霸道，带着金小鱼先去城里的超市买了好多吃的。二叔买东西就跟快递员卸快件一样豪横，方便面都是整箱整箱地买，农夫山泉桶装水，买了十来桶，还有烧鸡、火腿、白酒、啤酒、花生米、面巾纸。把后备厢塞得满满的，然后就一路直奔码头。路上，二叔问他车技咋样，金小鱼不好意思地说，连驾照还没考呢。二叔撇撇嘴，大城市有啥可混的，那么多人挤在一块儿刨食吃，累累巴巴一个月，就赚那俩子儿，哪如大海好啊，一年四季螃蟹对虾大海螺，大海才是咱们渔民的提款机。我拖一网，够你忙活俩月的。不行你就回来，帮着二叔一起干吧。二叔唠叨了一路，金小鱼哼哈地应付着。他心中反驳着二叔，渔村里有万达影院吗？渔村里能吃到日本料理、韩国烤肉吗？大海里有量贩式歌厅吗？切。

一路上，二叔给金小鱼详细讲了打冷海的事。

二叔说，以前渔船冬天要上坞，渔民要歇冬三月，冬三月里要修船、备网。最近几年，海鲜价格好了，冬天也不那么冷了，有些渔民大冬天的也要出海打鱼，俗称打冷海。

在渤海湾沿岸五六庹（两臂平伸的长度）深的海水中，栖息着大量越冬的鱼虾，这里是渔民打冷海的渔场。

打冷海十分辛苦，又非常危险，本地的渔民没有不怵头的——冒着寒气的大浪头，裹着海冰，在海面上悠来荡去，嗖嗖的海风扑在脸上，针扎一般疼；捞上来的网片、网绳，眨眼之间结出冰碴儿，连大本（缆绳）也冻得梆硬，砸得甲板嘣嘣响。虽然戴着胶皮手套，攥着钢绳仍然如同捂着冰块，许多人落下手掌麻、痛、痒的疾病；行船时若摊上狂风，肥大的浪头会从船头扑上来，直打到舵楼（驾驶台）上挂起冰柱，甲板铺上薄冰——整个渔船被裹成水晶宫。这几年，本地渔民把渔船租给了能吃苦的外地人，打冷海的渔船才多了起来。

如今大海里鱼虾贝蟹越来越少，休渔期根本管不住胆大的渔船，每年的放流，都是有病的鱼苗虾苗。咱们村能干的驾长，都有自己的渔场，大家井水不犯河水，洄游的鱼虾愿意到谁的渔场，谁就发点小财，这就看驾长各自的渔运了。

二叔的讲述，让金小鱼又紧张又兴奋。

到了码头，早有几个穿着厚棉衣的伙计等候了，他们把二叔买的吃的喝的分装在几艘船上。金小鱼听伙计们的口音，判断他们基本都是山东人。二叔对金小鱼介绍，看到了吗，这些都是和我打拼出来的生死弟兄。

大海正在涨潮，浑浊的海水上漂浮的海冰，像一群逛早市的老人一样蹒跚地移动着。

渔船排成一字形出发了，金小鱼和二叔上了领头的大渔船。渔船缓缓前行，船头与迎面漂浮而来的大大小小的冰块碰撞着，发出咔咔的让人难受的声音。金小鱼扶着船舷低头往下看，他看到冰块们似乎在使劲切割着渔船，渔船上的蓝色油漆，被划出了不少伤口，露出了渔船木头筋肉。金小鱼把这些情景都用手机拍摄下来，他晃晃悠悠又到了船尾，被船头撞开的密集海冰，到了船尾就稀疏多了，后面的渔船，前进时就避免了与密集的冰块撞击。船队前行了不久，渔港越来越小，海面上的冰块更大、更密集了。二叔下令，换一艘渔船开路，他们的渔船排到了船队的末尾。尽管密密麻麻的冰块被前面的渔船撞开，但是它们像有了生命一样，又慢慢聚集在一起，冰块们互相鼓劲，一点也不屈服于渔船的切割、撞击、挤压。二叔下令，继续更换领头的渔船。每艘船都当过一个头船后，他们的船队终于到达了渔场。金小鱼看到，渔场那里孤岛一样静静地卧着一艘更大的渔船，渔船身上挂着不少海冰凌。当他们靠近大船时，大船上竟然闪动着人影。

金小鱼问二叔，这艘大船是干啥的，上面还有人过夜啊。二叔笑着说，咱们的船，看护咱们的渔场啊，这块渔场是聚宝盆、摇钱树，不看着点，三天就被偷没了。二叔指了指大船上挂的旗子，很自豪地说，看到了吗，这面旗子，就是你二叔混江湖混下的招牌。你小子还毛嫩，好好历练吧。

金小鱼发现，渔船远离码头，他们被海水包围时，气温下降明显，他刚把身子再次移出舵楼，身子就像突然掉到了冰水里，两层羽绒服，根本无法抗拒逼人的寒气，寒风迅速渗透到骨头，藏在手套里的十指，很快就冻得失去了知觉。渔船一个起伏，金小鱼差点被脚下甲板上的冰溜子滑倒，他很尴尬，本来想掏手机拍视频，现在站稳都是难题。他就像刚学步的婴儿一样，张着胳膊，等着大人的搀扶。还是二叔心明眼亮，他让一个伙计上前扶住金小鱼。金小鱼像一个耄耋老人一样，被伙计架着胳膊，才勉强掏出手机来。金小鱼唯一可以让二叔满意的表现是，这次出海，他没有晕船。

看到侄子的熊样，二叔直摇头。二叔说，就你小子，还是渔民的子孙，真不嫌磕碜。

这里的海冰少多了，二叔下令开始下网。金小鱼举着手机，双手已经完全被冻得麻木了。海风真的如冰刀子一样，切割着脸上裸露的皮肤。此时应该接近中午了，太阳白亮亮地高悬着，把大海映照得都是刺眼的水光。渔船把捆着钉耙的网具抛下大海，然后冒起一股黑烟，铆足劲开始在海面上拖拽前进，渔船在海浪的起伏中，开始颠簸起来。

大概一个多小时，渔船身子一颤，突然减速了。金小鱼的镜头里，两个伙计移动到了船尾，他们的动作缓慢得像北极熊，他们穿的棉裤棉袄上的泥水快冻结成冰了，像穿了铠甲的兵马俑一般。钉耙网具被缆绳拉起来，网兜里有一半泥样的东西，看起来沉甸甸的。伙计等网兜悬起来，解开下面的绳扣，渔网呕吐了一样，船尾堆了好多泥疙瘩，细看，里面有麻蚶子、牡蛎、海螺以及大量的蚶子皮，还有几条筷子长的白花花的梭鱼。梭鱼应该早被挤死了，毫无挣扎的动作。其他的渔船也在附近起网，看来都有收获。中午时分，二叔他们在舵楼里喝酒吃泡面，伙计端上来一盆煮海鲜，主要是麻蚶子和海螺。麻蚶子张开了嘴，露出黄色的蚶肉。

也就拍了一会儿，金小鱼浑身哆嗦，两排牙齿控制不住，咔咔咔磕打在一起。

二叔拉开舵楼门冲金小鱼喊，不嫌冷啊，还拍啥啊，这有啥好拍的，紧着吃，海货凉了，吃了拉稀。金小鱼咬牙坚持着，他小心地操作着手机，生怕渔船剧烈晃动，站不稳，手机被甩到海里。海上没什么信号，只好返回渔村后再给王倩传视频文件了。二叔高喊伙计把金小鱼拽进舵楼，进了舵楼，一股热气蒙面，金小鱼的脸马上不觉得疼了。他摘下手套，摸了摸脸，冰凉冰凉的，就像摸冰雕人物。

金小鱼赶紧吃了几口泡面，喝下热乎乎的牛肉汤后，腹内才有了股热乎气，这股暖流，让他有起死回生的感觉，身体逐渐止住了颤抖。

渔船返回码头，已经下午了。金小鱼觉得自己都被冻成冰坨了。走路都不稳当，像木偶。码头有几个戴着花花绿绿头巾的妇女，金小鱼看到那个叫凤娇的也站在里面，他心里竟然一暖。伙计们把船上的收获铲下船，码头上很快堆砌出来一条泥浆浆的长龙。妇女们坐下，开始迅速分拣毛蚶、牡蛎。金小鱼活动活动僵直的手指，掏出手机继续拍了一会儿。这次，他把镜头主要对准凤娇。凤娇时不时抬起美丽的眼睛瞄金小鱼。二叔喊，凤娇，晚上给我侄子接风，你也去一起喝点。凤娇没吱声，旁边的妇女替凤娇答应着，金老板放心，凤娇保证陪好大侄子。凤娇看了金小鱼一眼，金小鱼和凤娇对视了一下，他用期待的眼神瞅着凤娇。凤娇低下头，忙着择麻蚶子了。

把码头上的事安排好了，二叔把金小鱼叫到身边，硬塞给一沓钱。金小鱼明知自己没出啥力，二叔这是特别照顾他，才塞钱给他。他说，二叔，我都挣工资了，我有钱。二叔说，你有屁钱，工作三年不给你妈妈一分钱，你这叫有钱啊。拿着，给你妈妈买点啥，让我嫂子高兴高兴，一家子好好过个年。金小鱼这才不和二叔客气，把钱接了，攥在手里。

金小鱼提着沉甸甸的袋子往家里走，袋子里有麻蚶子、梭鱼、白虾。路上遇到乡亲，他都主动微笑着打招呼，也不管认识不认识，对方回应他的先是诧异的目光，然后就换成了满脸笑容。金小鱼心情很好，回到家，爸爸屋里那股难闻的气味又冲进鼻孔。妈妈听见动静，迎了出来，金小鱼赶紧把手里的袋子举了举，放在堂屋地上，把那沓他半路数过的两千块钱递给妈妈。他像个考了双百的孩子，急着找妈妈表功。金小鱼把钱塞给妈妈时，他看到妈妈的眼睛湿了。金小鱼嗓子眼一热，心也快跳了几下，这应该是成就感作祟吧，他想。他不明白，为什么工作三年，他竟然没给妈妈一分钱呢。虽然去了房租，他每月确实也剩不下多少钱，他为了像个大城市人，为了不让同事们觉得他太土气，他得买像样的衣服，买手表，有一次狠狠心，还买了一双限量版的旅游鞋。宁可吃得差点，也要有撑门面的衣着啊。偶尔谈个女朋友，总得请人家吃饭吧，一顿饭，怎么不得五百一千的呢。

金小鱼捏着鼻子帮妈妈伺候爸爸早早吃了晚饭，妈妈又去饭店上班。二叔说给金小鱼接风的，就是同一家饭店，金小鱼就和妈妈一起出了门。

金小鱼吃第一口水煮麻蚶子时，他被麻蚶子的厚重的鲜味惊了一下。这三年，他讨厌渔村的腥臭气息，蜗居在大城市，根本吃不到这么新鲜的海货。他记忆里，麻蚶子没这么鲜美，只有一股浓郁的卤咸味。渔家人吃饭，无鱼不成席，二叔下令厨师炖了一条七八斤的大鲈鱼。鲈鱼肉很结实，嚼在嘴里，却不柴，更不塞牙，只有浓郁的、油腻腻的鱼鲜。金小鱼两口海鲜下肚，突然心情大好。

他站起来，端着伙计给他满上的高度的剑南春，说我打一圈。打一圈，就是敬一圈酒。他从二叔开始，到凤娇结束，正好喝完一杯。喝了第一杯快酒，金小鱼有点晕乎，他开始仔细端详坐在对面的凤娇的模样。

凤娇双眉如画，眉梢淡如蓝烟，眼睛不大，眼型很好看，与美貌搭配起来，很有一股高雅气质。她的鼻子小巧玲珑，就像人工打磨成的，透着一股伶俐俏皮。嘴唇有点厚，双唇如灯光下成熟的草莓一般晶莹诱人。金小鱼有点惊讶，怎么渔村里还有这么标致耐看的女子。

在二叔的怂恿下，金小鱼开始频频向凤娇敬酒。金小鱼说，人生得意须尽欢，莫使金樽空对月，今天认识美女凤娇，真是有缘，来，美女，我再敬你一杯。凤娇开始坚持不喝，怎奈金小鱼特别殷勤，加上二叔说，凤娇你要是敢喝白酒，明天我就给你涨工资。凤娇不得不喝起了白酒，没一会儿，一杯白酒就喝完了。凤娇脸颊绯红，如美人刚出浴一般娇羞，金小鱼更加倾心，也不管身旁的人咋看他了，频频举杯敬凤娇。凤娇突然来者不拒，很快她就花眼迷离，坐在那里，身子晃晃悠悠。突然，她站了起来，绕过几个人，晃到金小鱼面前，举着少半杯酒，非要和金小鱼碰杯。金小鱼有点怜惜她了，劝她别喝，哪知凤娇一饮而尽，金小鱼此时也喝晕乎了，顾及面子，他也喝了。凤娇一个晃悠，差点跌倒，金小鱼一把搂住凤娇，凤娇的身子立刻软在了金小鱼身上，鼻孔里一股撩人的气息喷在金小鱼脸上。金小鱼拉过一把椅子，让凤娇坐在自己身边。

凤娇确实喝太多了。她还不停地和金小鱼碰杯，小鱼一个劲儿劝凤娇少喝酒，可是凤娇就像上满了弦。后来换了啤酒，她更纠缠着小鱼，一杯又一杯地灌酒。席间已经没几个人了，二叔起身回家休息，说，你俩这是啥狗屎缘分啊。说完哈哈大笑，说，凤娇当我侄媳妇，我没意见。凤娇和金小鱼此时已经不介意二叔用什么词语说他俩了。二叔临出门时，又嘱咐金小鱼，好好照顾凤娇，别让她再喝了。凤娇没多久，就挣扎着起来，要去卫生间。当时饭馆包房里除了两个服务员，就他俩了。金小鱼扶着她去厕所，她软得跟泥一样。绕到后院的厕所，凤娇要扶着墙进去，金小鱼怕她摔跤，就把她搀扶了进去，卫生间只有一个蹲便，凤娇分开腿，腾出双手就要解裤腰带，金小鱼见状，赶紧松手，说，我去外面等你。他就在门外等着，门没关严，隔着门缝，他看到凤娇脱下裤子，露出柔软白皙的腹部，她衣服印在腹部的压痕都十分清晰。就在凤娇要下蹲的瞬间，她身子摇晃了一下，眼看要跌倒。小鱼赶紧推门进去，一把抓住凤娇的胳膊，扶住了凤娇。凤娇身子一团泥一样黏在了小鱼身上，小鱼把她拖起来，让她靠在墙上。凤娇鼻孔里芬芳馥郁的呼吸喷在小鱼脸上，小鱼有点血脉偾张的感觉。他看了看凤娇草莓一般的嘴唇，情不自禁，嘴唇凑上去亲吻了一下，舌尖上触到了凤娇甜津津的口水，那一刻，小鱼的身体瞬间涌起一股猛烈的躁动，恨不能把凤娇全部吞进嘴里，细细品尝。凤娇靠在墙上，竟然响起了微微的鼾声，金小鱼有点不知所措了。他帮凤娇系好裤腰带，此时，他摸到凤娇的裤子湿淋淋的，凤娇竟然尿裤子了。

金小鱼从服务员口中得知，凤娇在村里和几个姐妹租房子住，她们不是本村的，因为打冷海，她们被金小鱼的二叔雇佣来打短工，因为每天返回自家得十几公里，渔船出海又有黑天没白天的，就干脆住在了村里。

那晚，凤娇身子软得就像一团面，她租的房子具体位置，金小鱼也没问出来。他给二叔打电话，二叔手机关机了。金小鱼背不动凤娇，只好安排她睡在饭馆的休息室里。金小鱼让早已不耐烦的女服务员进屋帮凤娇换了尿湿的衣服，包括裤衩。帮她擦干净身子，用棉被给她裹好了，金小鱼才进屋坐在她旁边，他也晕晕乎乎的，双手搭在炕沿，把脑袋搁在上面想打盹。一个劲儿地口渴，他又去寻开水，估计凤娇一会儿也得渴，就晾了一大茶缸。一会儿，趴在炕沿的金小鱼听到服务员进了屋，服务员把洗好的凤娇的衣服甩干后送进来，搭在了暖气片上，从外面虚掩好门。金小鱼说，门开着吧。门敞开了一会儿，屋里就没热乎气了，金小鱼站起来把门关上，把屋内的灯都点亮了，金小鱼这才放下心。他琢磨，自己都没这么悉心照顾过爸爸，今天怎么对这个凤娇这么怜惜呢？孤男寡女同处一室，明天会不会有什么流言蜚语，对凤娇不利呢？想到这里，他一个冷战。想离开屋子，可外面寒风呼啸着，饭店的房间黑灯的黑灯，关门的关门，半夜凤娇万一有什么状况，咋办呢？

思来想去，金小鱼决定还是留下来。他想，为什么自己不能做个柳下惠呢？今晚他就要做个柳下惠，给凤娇看看。

金小鱼重新迷迷糊糊地打盹，他的手突然被凤娇的手攥住了。凤娇的手指甲修长，手型很美，可惜，手指都比一般女孩子粗壮。他抬起惺忪的眼睛，他轻声问，凤娇，你好点了吗？凤娇没理他。灯光下，凤娇竟然踹开了被子，露出一条白花花的、修长丰满的大腿，被子只遮住了凤娇的隐秘之处，凤娇半个丰满白皙的屁股就在金小鱼眼前。金小鱼感觉身体过电一般荡漾起一阵从没有过的冲动，他眼睛鼓胀，呼吸急促，不停地吞咽着口水，他被凤娇美丽的身体惊呆了，贪婪地扫视着。凤娇一个翻身，伸出的大腿又收回了被子里，金小鱼这才有点失落地眨眨眼。

金小鱼反复鼓励自己，金小鱼你这个禽兽啊赶紧睡赶紧睡，别瞎想啊。想着想着，金小鱼突然觉得凤娇似乎就是自己患病的妻子一般，需要他呵护照顾，就像他的妈妈照顾爸爸。一股爱心在金小鱼心中升腾。金小鱼觉得，父母不幸的婚姻绝不能在自己身上重演，他将来一定要对妻子好，欺负女人的男人，能有出息吗？所以，今天晚上就要好好照顾凤娇。

半夜时，凤娇又挣扎着要坐起来，她的神情，似乎看明白了是金小鱼在照顾自己，而且，也感觉到自己下半身什么都没穿，凤娇脸羞得通红，紧张得不敢正视金小鱼，她把被子捂得紧紧的。凤娇这个动作，让金小鱼觉得自己刚才的克制完全是君子的、高尚的。他不禁有点佩服自己。他扶着凤娇喝了几口水，凤娇就难受得干呕，金小鱼赶忙四处暨摸，找到了一个脸盆，举到凤娇面前，凤娇一按盆边，哇哇地呕吐起来，一股带着酒气的酸臭气味立刻充满了屋子。金小鱼身子下意识地往后避了避，又觉得不妥，怕凤娇发现自己嫌弃她呕吐的气味，故意把脸盆端平，说，多吐点，吐出来就不难受了。凤娇点点头，又吐了几口，漱漱口，躺下了。金小鱼把盆子端了出去，放在了院子里。等他回屋后，他发现暖气片上烘烤的凤娇的内裤不见了，他心里笑了笑，装作没察觉。

四

转天大风。百里滩海边有句话，是风刮三天。渔船的红旗都要被风扯碎了，大家休息了三天。

金小鱼第二次出发打冷海时，他看到凤娇早早到了码头，站立在寒风中，看见金小鱼，忽然跑开了。金小鱼上船后，一个叫小聂的伙计凑过来，笑嘻嘻地说，凤娇姐给你买了一个棉帽子，放在舵楼里。金小鱼拆开包装，戴上厚厚的抓绒帽子，立刻暖和了许多，他摘下又戴上，反复几次，心里有点兴奋。金小鱼还是第一次得到女孩子给买的东西，这种初次的人生体验，惊喜得他发了一会儿呆。小聂逗金小鱼，小鱼大哥，这帽子是幸福牌的吧。小鱼笑笑，肯定地说，当然是幸福牌的啦。吃醋去吧你。金小鱼琢磨，这顶帽子，一定是凤娇在这大风天气跑上头（城里）买的。这么想想，金小鱼有点紧张，凤娇这不会是送自己定情信物吧。他可有点承受不起。凤娇只是渔村里的西施，到了大城市，她顶多是有点姿色的、粗鄙的乡野丫头。不过，在渔村，遇见凤娇，金小鱼还是很欢喜的。

金小鱼突然觉得，成长真不是随着岁月改变自己的过程。成长过程就是美好的童心被岁月的包浆层层包裹的过程，就像树的年轮一样，最初的那最稚嫩的一圈，永远不会消失。包裹童心的，也许都是自己不喜欢的东西，比如，那些老于世故的人生经验，连自己有时都会害臊的欲望，那些不得不顾及的虚荣。这种包裹感，在城市中生活尤其强烈，只有回到渔村，才会慢慢淡去。想到此，金小鱼觉得身心轻松了。

他把第一天打冷海录制的视频全部传给了王倩，让她制作成成品视频，上传到公司的网站。转天，王倩凌晨就打来了微信电话，王倩高喊，金小鱼，咱们一起发财吧！你可别丢下我！金小鱼迷迷糊糊骂道，你发啥神经啊，想钱想疯了也不至于这样吧。王倩说，你这个傻蛋，咱们可以卖你家的、你们村的、你们那片海的所有的海鲜呀，懂吗？加一倍的价格，我也能卖光的呀！

金小鱼困惑了，那公司会同意吗？

王倩说，金小鱼，你真是猪脑壳，公司也不卖你家的海货。再说了，咱们赚了钱，还要这个破公司干什么呀。你赶紧把你家位置分享给我，明天我就请假去找你，我要好好策划一下，把你捧成大网红，年入千万那种，你这个没良心的，到时候别忘了娶我就行。

可是，我要是红不起来呢，咱们再被公司察觉了，双双被开除，你肯定更不会嫁我，那就得不偿失啦。金小鱼继续担心地说。

金小鱼，你啥时候能长成大鱼啊。这个小网站公司，你拼命干一个月，不就七八千工资吗，有啥可留恋的。就你这收入，想买套好房子，不得攒一万零二百年钱啊，你快醒醒吧。你不是希望我嫁给你吗？那你就抓住这次机会，你行行好，也让我当后半生富婆吧。王倩那边着急了。

金小鱼呵呵两声，想骂王倩神经病，但他忍住了，因为王倩那句难辨真假的"你不是希望我嫁给你吗"，让他的心柔软了一下，还是把定位发了过去。王倩来渔村也很好啊，至少自己还有个伴。让她看看自己的家境，如果不嫌弃，也许她真的可以嫁给他。嗯，想来，那就赶紧来吧。金小鱼在分享的位置下面，打了这句话。

王倩真的风风火火地来了。二叔开着霸道陪金小鱼把她接来的。王倩先让金小鱼带她四处转转，看看堆满贝壳的码头，海冰破碎的大海。当看到凤娇，金小鱼把凤娇介绍给王倩时，王倩突然抱住凤娇，中大奖了一般手舞足蹈。王倩突然闪现一个灵感，让金小鱼和凤娇假扮渔家小夫妻，拍他们打冷海艰辛生活的系列视频，然后拉人气卖海鲜。王倩把想法告诉了金小鱼。

我分析过，这种有辛苦生活背景的小视频，最容易吸引眼球，再加上海鲜，哇！想不火都不行啦，王倩夸张的样子让金小鱼觉得虚假。

当天晚饭，金小鱼请王倩到二叔的饭馆品尝打冷海收货的海鲜，他特地邀请了凤娇。凤娇很失落的神情，垂着眼皮说，你和你对象吃饭，还叫我干啥。

金小鱼说，王倩是我同事，啥对象啊，根本不是，放心吧。

凤娇抬起头，挑挑眉毛，嗔问，我放心啥啊，我有啥不放心的，跟我有啥关系。

金小鱼嬉皮笑脸地说，王倩突然冒出一个想法，让咱们扮演渔家夫妻，我演渔家大哥，你演大嫂。咱们从现在开始得培养感情啊，对不？

凤娇懊丧地说，谁答应和你假扮夫妻了。你，你要不就娶了我，要不就各走各的路，假扮夫妻算啥事儿。咱们孤男寡女的，都在一个屋里过夜了，你让我将来咋嫁人？

金小鱼继续逗凤娇，这么说，我要是肯娶你，你愿意嫁给我喽。

凤娇瞪了一眼金小鱼，扭身要走。

金小鱼一把抓住凤娇胳膊说，凤娇，我发誓，那天晚上咱们俩都是清清白白的。

凤娇憋红了脸，低声说，内裤都给你脱了，还清白个屁。你也不是啥好东西。凤娇这个"也不是啥好东西"，戳到了金小鱼的痛点，这个"也"字，潜台词是，他和他那个色鬼爸爸差不多。

金小鱼赶紧把当晚的情况扼要讲述了一下。凤娇瞅了他一眼说，这么说，你啥也没看到？那你可是万里挑一的正人君子啊。

金小鱼举起胳膊，做宣誓姿态，说，我要是撒谎，让我掉大海里冻死淹死，被鱼虾吃得一丝肉都不剩。

呸，凤娇说，谁信你们男人的屁话。说完，搡开金小鱼，快步离开了。

当晚，点了四个菜，王倩和金小鱼一边面对诱人的菜肴咽口水，一边焦急地盼着凤娇。快六点半了，天都黑透了，金小鱼忍不住了，打开酒瓶，倒满两杯酒，王倩和金小鱼刚喝了一口酒，凤娇低着头走了进来。

哟呵，俩人交杯酒都喝上啦。凤娇嘲讽道。

五

王倩策划的第一个金小鱼与凤娇假扮渔家小夫妻的视频桥段，是渔船打冷海归来，金小鱼和凤娇穿着叉裤跳下渔船，往码头上卸渔获，然后凤娇坐在渔获前分拣海螺和麻蚶子，金小鱼在一旁介绍说，老铁们，我们百里滩的麻蚶子，天下第一，鲜甜软嫩，绝不牙碜。

第二个视频桥段是在码头上煮一锅麻蚶子和海螺。麻蚶子和海螺开锅后，凤娇要扔掉锅盖，开始大吃大嚼，金小鱼则在一边助阵。金小鱼问，亲爱的凤妹子，味道咋样？凤娇回答，小鱼哥，忒好吃了，我都舍不得卖了。金小鱼说，傻媳妇，不卖海鲜给老铁们，咱们过年拿啥买年货啊，快给我也尝尝。然后金小鱼做从锅里抢吃的动作，段子结束。这个桥段拍了两组不同的海鲜内容，除了麻蚶子、海螺，又熬了大梭鱼，熬鱼里还放了两把活蹦乱跳的白虾。金小鱼依然要扔锅盖，然后对着镜头喊，老铁们，吃了开凌梭，鲜得没法说。鲜得没法说啊，吃了开凌梭，赶紧下单购买吧。

二叔看他们仨忙活，站在一旁好奇地观察，一会儿点头，一会儿摇头，不知他在想啥。几个伙计则看得津津有味，嘿嘿傻笑。

这两个段子录制很顺利，一上午就录制完成了。王倩说，先发在她个人公众号上试试效果。她说她的粉丝就要破万了，可以随时挂小黄车卖货了。

两个视频播出后果然效果很好，评论区好多人询问如何购买。王倩报出的价格比二叔卖给鱼贩子的高出一倍，好多人还想下单购买。

王倩把好多外地人想高价快递海鲜的事告诉了二叔，她提出和二叔合作卖海鲜。二叔当场拒绝了。二叔说，我和人家鱼贩子都是老熟人了，我不给人家供海鲜，人家大冬天的靠啥挣钱啊。这下王倩傻了眼，她万万没想到，金小鱼的二叔竟然不支持她的发财计划。

她赶紧去找金小鱼，让他做二叔的工作。晚上王倩又请二叔吃饭，不停地劝酒，苦口婆心地求二叔，给金小鱼一条发财致富的路吧。二叔这才勉强答应，把打冷海的一部分海鲜给王倩卖，以后怎么合作，只能走一步看一步。王倩保证，她会帮二叔更加富有。

前两个视频推送后，每天订购海鲜的粉丝不下百人，凤娇成了过秤装箱打包的主力。王倩偷偷算了笔账，前三天，他们每天较比平时多赚了三千块。王倩得意地说，看到了吗，这就是自媒体的力量。咱们还得加油干，争取每天至少一千单。

王倩策划的第三个视频，就是金小鱼和凤娇要在停泊在海上的大船上过夜，体现渔家打冷海的艰辛。

金小鱼在反复恳求二叔后，二叔答应让他和王倩、凤娇在大船上过一夜，但是得有经验丰富的小聂陪同。

看好了天气预报，渔船把他们四人送到大船边，两船相靠，系好缆绳，大船上的伙计扶着四人跨过了大船的船舷。这次，他们带足了吃的喝的，很像去荒岛长期生存一般隆重。离开码头后无比兴奋的王倩，开始有了晕船反应，她躺在舵楼里呕吐，把舵楼里熏得酸臭酸臭的。王倩哼哼唧唧的，反复要求返航回陆地。金小鱼说，送咱们的船已经没影了，咋回去啊，你忍一会儿就好了。

凤娇坐到了王倩身边，拉起王倩的手，给她按摩穴位。金小鱼看到凤娇在按压王倩大拇指和食指之间，很快，王倩就闭上嘴，不再呻吟了。

金小鱼忍受不住舵楼里污浊的气味，他戴紧帽子，来到了甲板上。他用手机拍摄了夕阳、晚霞和茫茫的大海。此时，太阳就快落在地平线上了，此时的太阳不再耀眼，变成了火红火红的大圆盘，就像炉中煤，最热烈的燃烧已经结束，即将成为灰烬，表面的光焰开始暗淡。金小鱼无论如何也想不明白，太阳为啥是燃烧的火球，太阳如果像童话故事里讲的那样，是位慈祥可爱的太阳公公该多好。想到多年以后自己会死去，死去以后再也不会复活，连地球都会被膨胀的太阳吸进身体里……宇宙未来变成什么样子，永远与自己无关，金小鱼禁不住悚然一惊。他总是这样，每天都会不由自主地想到死亡这件事。唉，自己现在这种状况，啥时候能发大财，过上幸福生活，让自己这辈子不白活啊。金小鱼越想越绝望。

他举着手机自言自语了一段，觉得可以用在王倩策划的视频中。回到舵楼，舵楼里的气味好多了。金小鱼觉得肚子开始咕咕叫了。他对小聂说，咱们晚饭吃点啥啊。吃晚饭也要拍一拍吧。

小聂说，咱们有咸鱼，吃咸鱼饼子吧，再吃一碗热乎的泡面。还有酱牛肉、花生米、烧酒。金小鱼说，咱们赶紧准备，趁着光线好，拍点视频。

王倩已经可以挣扎着坐起来了。她举起双臂，夸张地伸了一个懒腰，高喊了一声，我满血复活啦。

拍完了金小鱼和凤娇夫妻俩一起吃晚饭的视频，他们在船上喝酒，夜晚悄然降临了。渔船被黑夜吞噬，舵楼里突然变得神秘起来。每个人的心中都被黑暗催生着无助感和恐惧感。王倩让金小鱼和凤娇吃完饭躺在舵楼的小床上，让金小鱼搂着凤娇，做甜蜜入梦状。凤娇和金小鱼开始都很拘谨，王倩踢了金小鱼一脚，骂，假戏真做啊，还这么扭捏，要是来真格的，就不客气了吧。凤娇瞪了王倩一眼说，说话别过分啊。

都拍完了，大家沉默了。金小鱼和小聂说，小聂，你给大家讲讲海上打鱼历险的事吧。

小聂说，过去海上打鱼，最怕遇到海匪。老话说，"不指望海不指望田，就指望东风漂大船"。金小鱼赶紧问这话啥意思。小聂说，解放前，河北黄骅一带，多数是犯罪后服苦役的人生活，那里土地不肥，种庄稼养不活人。出海打鱼，他们又没啥经验，就指望海上刮东风，把渔船刮到他们眼皮底下，他们就抢渔获，尝到了甜头，干脆啥也不干了，他们排了大船，专门抢劫，成了职业海匪。如今，海上依然有海霸，虽然不明抢，但是他们霸占好的渔场，渔获的价格得他们定。幸亏二叔，和本地几个海霸较劲，大家商量好了，井水不犯河水，咱们才保留了这块打冷海的地方。没有二叔，我们都得喝西北风。所以咱们这里的渔获多少，卖多少钱，千万别泄密，外边人知道了，非红眼不可。

小聂说，打冷海时不适合夜间长途跑船，一旦碰上厚重的冰块可不得了，也怕在夜里找不到能下网的场地。把渔网撒下了大海，没一会儿天就暗了，黑了，只有船边凌絮擦船而过的嚓嚓声，和远处时隐时现的星星灯光，四周黑得人都晕乎，挺瘆得慌的。

打冷海起来穿衣服是件麻烦的事，厚重的衣服里三层外三层，不能穿多了，还不能穿少了，棉衣套雨衣，棉裤套雨裤，水靴里面套棉袜子，干活时实在笨重。最难受的是刚干活时感到穿得少很冷，可是干上一会儿浑身上下出了汗又很热，干着活还不方便脱换衣服，跟"进冰窖抱火盆"没啥两样。

冷。舵楼里的几个人同时感受到了冷。尽管金小鱼、王倩、凤娇三人盖着一床腥臭的、沉重的厚棉被拥挤在床上，他们还是清晰地感受到从身体下面渗透的强大的寒气。金小鱼身边的王倩和凤娇身子都在哆嗦，凤娇努力克制着不贴在金小鱼怀里，而王倩紧紧搂着金小鱼的腰部，一个劲儿喊冷。

不仅是冷，还有对黑暗的恐惧。

孤零零地漂浮在漆黑的大海上，船身被海浪推摇篮般晃悠着，让他们总觉得没有在陆地上的安全感。黑暗中，金小鱼又无法自控地想到了死亡。他努力想象自己死去的世界。也许在未来的很近的某个瞬间，他就突然葬身大海。他死去以后，世界上发生的事儿，他再也无法知道，就像他出生以前，他对世界同样一无感知。在这个漆黑恐怖的夜晚，海风如恶鬼猛兽，渔船被风浪联手蹂躏强暴，渔船的身子挺起来又被压下去，虽然在奋力反抗，但最终难以逃脱风浪的兽欲。躺在舵楼里的金小鱼，突然觉得世界如此单调狭小，只有风浪的施虐声，只有把他浸泡其中的黑暗。手机总是没信号，他还是反复举起来查看，此时世界上发生了什么他也无从知道了。他觉得自己进入了濒死状态。

在寒冷与恐惧的煎熬中，黑夜缓缓褪色。朝霞缓慢地映亮了舵楼，金小鱼略微清醒了一些，推开王倩的胳膊，想起身去撒尿却发现凤娇不知去了哪里。他扶着舵楼越过厨房，去舵楼最后面的卫生间，看到厨房里凤娇正在做饭，火苗把凤娇的脸映得红彤彤的，暖心又动人。金小鱼心生感动，他凑过去，有点动情地说，我的媳妇就是贤惠，辛苦你了啊，凤娇。

凤娇斜了他一眼低声说，滚，谁是你媳妇，你不搂着你大城市的相好的睡觉，看我干啥。金小鱼还想再贫几句，看凤娇懒得理他，自知无趣，低头钻进厕所。

六

二叔要出门住几天，说去城里给领导们送年货，晚上还要请领导们喝大酒。二叔走后的转天，海上起了风。

这场风给了王倩新的灵感。

王倩告诉金小鱼，她设计了一个非常惊险的情景，想让小视频大火特火起来，必须得拍更加震撼人心的画面。王倩设计的情景是，西北风怒吼，金小鱼和妻子凤娇在颠簸的渔船上，拼命收网。你俩脚下就是光滑的冰坨子——咱们要让粉丝们时时刻刻为你们夫妻揪着心。王倩兴奋地描述着。

王倩怂恿小聂带着船队出海，小聂说太危险。王倩就让金小鱼命令小聂出海。小聂没辙，带着三条船离开了渔港。小聂说，今天风大，咱们到了渔场，都得系安全绳。

这次顶风出海，确实非比寻常。海冰撞击头船的力度很大，每一次撞击，都要把船板撞透一样瘆人。渔船被海浪完全拍湿了，甲板上开始结冰，舵楼外的甲板，成了溜冰场。

到了渔场，大家准备了一下，小聂和一个伙计丢下渔网，他们回舵楼吃了热乎乎的面条，准备开拍。

金小鱼和凤娇戴着胶皮手套，穿着雨衣，分别拉住僵硬光滑的网绳。等待一个大浪拍到船尾。巨浪终于来了。海面上的风声突然大了起来，冰块撞击渔船的声音沉闷有力，海浪剧烈奔涌起伏，就在此时，一个巨浪站了起来，狠狠地砸向了凤娇和金小鱼，王倩举着手机也发出了惊恐的尖叫。海浪把凤娇全身都打湿了。小聂扶着凤娇赶紧回到舵楼中。金小鱼也像落水狗上岸后抖落毛一样，甩掉身上的海水，海水很快就结了层薄冰。

大家都赶紧躲进舵楼。王倩用手机回放视频时，发现巨浪扑来时，她的手抖了几下视频没拍出预期的效果。王倩凑到浑身发抖的金小鱼跟前，和他低声商量该咋办。金小鱼说，凑合用吧，实在是太危险了，不信你去试试。王倩掐了金小鱼一下，又用胸脯撞了一下金小鱼的肩膀。金小鱼明白，不答应王倩，她就会不断用肢体语言骚扰他。他只好和凤娇商量，再拍一遍。小聂听说了，坚决制止。他说，这是让凤娇姐一个人拼命呢，绝不能再拍了。金小鱼对着小聂喊了起来，别忘了你是伙计，怎么不能重拍，咱们不是有安全绳吗？小聂说，安全绳有个屁用。金小鱼听小聂爆粗口，有点急眼了，推搡了小聂一下。小聂挥舞拳头就想打金小鱼。凤娇站了起来，说，别闹了，最后拍一遍吧。金小鱼提出，把自己的安全绳也给凤娇系上，凤娇拒绝了。凤娇挖苦金小鱼说，你就不怕自己掉海里？

甲板上都是冰，凤娇和金小鱼鞋底上也都是冰，他们互相搀扶着向船尾移动。到了船尾，站好位置，一个伙计扶着王倩也站好了，大家就等着巨浪来袭了。此时，大风把海水都搅浑了，污浊的海浪不断地撞击拍打着渔船，就在大家屏气凝神时，突然渔船一个下沉，有两层楼高的巨浪从天而降，狠狠地砸到了船上，所有的人都被巨浪砸到了，海水退去，每个人都是惊恐万状的表情，凤娇显然被巨浪拍蒙了，她本能地侧了一下身子，就滑倒了。凤娇挣扎着爬起来时，渔船一个侧面摇晃，凤娇身子失去了重心，一下子歪向了船舷，船尾的船舷很低，凤娇一个倒栽葱，人就在渔船上消失了，她身上的安全绳也在瞬间崩断了。金小鱼吓得呆傻了，他趴在原地，不会动弹了。他用哭腔高喊，救命啊，啊啊，啊——

小聂急忙脱下棉衣服，腰上套上救生圈，紧紧绑好安全绳，纵身一跃，落入海水里。看准海浪中挣扎着挥舞胳膊的凤娇，小聂伸手去抓凤娇的衣服，抓了几次，也没抓住。一个大浪涌来，凤娇彻底消失在海面上。金小鱼坐在甲板上急得跺脚，他大骂小聂是笨蛋。小聂也快冻僵了，他在浪涛拍过后，急忙挥手示意，其他伙计奋力把他拉上船。大家赶紧帮他脱下冰冷的衣服，搀扶他进了舵楼。金小鱼挣扎着想从甲板上坐起来，他才发现，他已经被甲板的冰冻住了。他一发力，屁股下的雨衣就被扯掉了一大片。他看看大海，实在没勇气跳下去，就缓缓移动到舵楼门口。舵楼里，两个伙计用白酒拼命给小聂搓洗身体，小聂脸色青白，人哆嗦得几乎失控了，好久才缓过一点。小聂摇摇头，哆嗦着说，大哥，我，我凤娇姐肯定没了，咱，咱们赶紧报警吧。海水太冷了，几秒钟，人就冻僵了。凤娇姐……还咋活啊。

说完，小聂像个孩子似的咧着大嘴哭了起来。

他们面前的那盆凤娇为大家做的热面条，还在冒着微弱的热气。

一个小时后，海警的铁船赶到了，他们在出事海域转了几圈，就放弃了。小聂带领船队返航。

从伙计那里打听到事情原委的二叔冲到王倩面前，狠狠地打了她一巴掌，把王倩打得差点摔倒在地。金二叔破口大骂，掉在海里的咋不是你，你这个狐狸精，丧门星！

小鱼冲过去拉二叔的胳膊，被二叔一脚踢开了。二叔吼，滚蛋，你这个废物、孬种、尿包，将来我还想让你接班呢，呸！你们俩都是钱串子脑袋，都给我滚远点！

在金小鱼的记忆里，二叔从没这么凶过他。他也被二叔的疯狂状态吓住了。

转天，凤娇的妈妈被接来了，她跪在码头上，几次都哭死过去了。金小鱼不敢去码头面对凤娇的妈妈，他躲在家里，不敢见任何人。

善后很简单。凤娇的妈妈没什么无理要求。二叔拿出五十万，给了凤娇的家人。金小鱼和王倩把销售海鲜的盈利全拿出来，凑了五万。金小鱼这才知道，凤娇没有爸爸，她妈妈是个老实巴交的农村妇女，她还有个智障的弟弟，已经十八岁了。

据送钱归来的小聂说，凤娇的妈妈收到补偿的钱后，哽咽着说了一句话，这钱是闺女的命啊，让我咋忍心花啊，我花一张票子，就是撕闺女的血肉啊，我苦命的闺女，大海里多冷啊。

凤娇遇难的最初几天，金小鱼总是喜欢一个人安静地躺着，他努力把对凤娇的思念用悔恨的心情点燃，然后每次就像点潮湿的柴火一样，先是酿出很多浓烟，之后才是燃起小火苗。金小鱼非常奇怪自己，为啥没有勇气跳海救凤娇呢？他感到特别地羞愧，为啥人家小聂就那么勇敢。他活了二十多年，从没如此地悲伤。他真想痛快淋漓地为自己大哭一场，可就是无法大哭，不会大哭，努力几次，只能从眼角挤出几滴清泪，他似乎连大哭的能力都丢失了。

七

几天后，停泊大船的渔场，杀气腾腾地来了十几艘外地大渔船。舵楼里的金小鱼马上猜到了，他们一定是看了王倩发的短视频，购买了王倩卖的海鲜，了解好了情况，闻着气味来了。

二叔的船队，拼命驱赶这些来者不善的渔船，和对方的渔船发生了多次碰撞。对方都是船头包了铁皮的大船，二叔的船队很快败下阵来，有两艘船都被撞得渗水了。二叔下令，船队返航修整，那十几艘船扔下固定着钉耙的拖网，开始肆无忌惮地把海底翻了个遍。

三天后，二叔喊上金小鱼，带着修好的渔船以及其他相好的驾长的船，组成了二十多艘浩荡的渔船大军，又出发了。二叔亲自驾船，朝着对方最大的一条船撞去，两船相碰时，金小鱼一屁股摔在了甲板上。他想劝二叔冷静，这样撞下去，船会撞碎的。对方的头船船身被撞开了一个大裂缝，他们见势不妙，灰溜溜地掉头逃跑。二叔船队的其他渔船也很勇猛，都寻找邻近的陌生船只撞去。对方有两艘跑得慢的，被二叔的船队包围，船上的人都吓傻了，跪在甲板上不敢动。小聂吆喝着，命令把他们船舱里的渔获全部铲到了海里，最后，砍断了他们的网绳，才放他们走。

二叔最终夺回了那个被他叫作聚宝盆的渔场。代价也是惨痛的，有两艘船也被撞坏了。受伤的渔船在船队保护下一起返航了，金小鱼心惊肉跳，他想不到海上捕鱼还会有这样的场景。二叔对惊魂初定的金小鱼说，看到了吗，咱们渔民自古至今，不光得和大海拼命。你要是尿蛋包，别人就敢骑在你脖子上拉屎。这就是海上的生存法则。

金小鱼点点头，他想到了病榻上的爸爸，也许当年渔船归各家各户后，爸爸也是这样拼命捕鱼养家的吧。

王倩离开渔村时，二叔让小聂开车送她去火车站，小聂开了一辆脏乎乎的五菱荣光。王倩面对这辆破车，迟疑了一下，还是钻了进去。车开远了，二叔啐了一口，这个扫把星。二叔回身看了一眼金小鱼说，这样的女人要不得，知道吗？你要是娶了她，就甭想过顺气日子，除非你是个贱骨头。

王倩竟然把凤娇落水的一幕完整地拍了下来，还在自己的视频号上推送出来了。金小鱼看到后，非常愤怒，他下载了视频，并在微信上转发给王倩，然后留言：你竟然这么冷血，这个视频也忍心发出来吸粉儿？

他知道这句话，足以得罪王倩后半生。半小时后，他开始后悔发了这句话，想在微信上向王倩道歉，他发了一个示好的玫瑰花，系统提示，他并不是对方的好友。——王倩也像那些女孩一样，拉黑了他。

八

金小鱼油尽灯枯的爸爸在正月初八那天死了。

金小鱼的妈妈哭得很伤心，好几个本家大婶一直在劝妈妈，金小鱼看着妈妈满脸泪水的样子，非常心疼，也非常不理解。

村里的老少爷们来到家里，帮着张罗丧事。搭灵棚，操持祭奠程序，张罗采买矿泉水、烟酒等东西，还有去村里的饭馆订桌，都由二叔出头。金小鱼惊诧地发现，家族的长辈们都很认真地为丧事忙活着。他们并没有流露对死者的不屑和鄙视。金小鱼一身白棉布孝袍，头上戴着白棉布的孝帽，连他的名牌旅游鞋也都被白棉布包裹得严严实实，他撕扯了几次，才把鞋子上那个大弯钩暴露出来。

枯瘦如柴的爸爸躺在了灵棚的水晶棺里，身上蒙着金黄色的绸子布。大知宾举着麦克风喊，亲朋好友们，咱们举行送路仪式。金小鱼被同辈的兄弟搀扶，在渔村里游走，他们后面是长长的亲友队伍，他们每个人腰间也都束着孝布，好像一支行军的部队。

金小鱼穿过一排排房子，出了渔村，看到了码头上上坞休整的渔船，感慨万千。想当年，先祖们就是从山西大槐树下出发，筚路蓝缕，来到了百里滩海边，他们选了一块高垞，开始筑屋排船，定居繁衍。他们放下锄头，拿起网具，耕海牧渔，好多人葬身大海。一代又一代人埋骨百里滩的盐碱滩，才积累了打鱼摸虾的门道，包括打冷海的经验。

队伍到了渔港码头，大知宾让大家朝着西北方跪下，然后叫金小鱼大声喊"爸爸，西北大道走啊"，让他喊三遍。金小鱼照做了。他没想到自己在喊完最后一遍后就忍不住放声大哭，谁也劝不住他，他哭得队伍里的家族亲友们也纷纷擦眼泪。队伍里有长辈说，小鱼这孩子，这不挺懂事的吗？那一刻，他突然无限悲伤。恍惚中，他似乎看到了凤娇浸泡着海水，用惊恐的眼神看着他，凤娇说，小鱼哥，你是男子汉，你为啥不敢救我，为啥看不出我好想嫁给你啊？当时你只要肯跳下来救我，我这辈子就算给你当牛做马也认了。

送路的队伍返回时，金小鱼的双肩还在迅疾的海风中不停地抽动。

有家族亲友特别是二叔的张罗，丧事办得很顺利。丧事收到的份子钱，以及每一项支出，账房也都记录得一清二楚，在丧事办完的当天下午，账本和余款被家族长辈郑重地交给了金小鱼。金小鱼内心的感激之情开始大海初潮一般悄无声息地涌动。

给爸爸过完了头七，金小鱼决定留下来继续和二叔他们去打冷海。毕竟他血管里，也流淌着渔民的血液啊。那次二叔骂他废物、孬种、尿包，把他骂清醒了。

再次打冷海，登上渔船的金小鱼，一身旧棉衣，脚上穿的是二叔给他的胶棉鞋。

渔船又出发了，金小鱼努力地和伙计们一起忙活。那天，海上阳光清澈，海面闪亮，海风驯服，那些破碎的、逐渐缩小的海冰，也不那么凶狠了，它们围着船尾旋转，似乎在围观、议论——金小鱼今天咋突然像个渔民了？金小鱼依然掏出手机拍摄，对着大海拍，对着码头拍，他还是想继续向世人讲述打冷海的艰辛故事。

当他的手机镜头对着渐行渐远的码头时，他恍惚间似乎看到了凤娇的身影，他赶忙移开手机，极目搜寻，实在看不清晰；赶紧拉近焦距，可是寻找了半天，码头上只有一群上下翻飞的海鸥，在明媚的阳光下，它们耀眼的双翅，闪烁着点点洁白的光亮。

海钓凶猛

一

忘了从何时开始，大海变得忧伤不宁了。

在驾长二发以往的感觉中，大海的声音一直是种让他内心踏实宁静的喧响。大海温柔的波涛声，是他一生听不腻的催眠乐曲、出征号角；大海每天两次永不疲惫的潮汐循环，是他灵魂深处最准确的生物钟。落潮时，一片广阔无边的闲适，是他每天最愉快的时段；涨潮时，总是超过其他驾长的让他激情澎湃的大鱼大虾的收获，是他最引以为傲的资本——潮汐就是他快乐钟摆的两端。

自从他高中毕业回渔村上船，一晃就过去了二十多年了。他历练成了渔村里数一数二的好驾长。他的肤色，他的气息，他的喜怒哀乐，早就成了大海的一部分。他觉得自己就是被大海养育的孩子。

可如今，大海里是那么嘈杂拥挤，那么冷酷贪婪，为了抢夺渔获，二发和其他驾长们早就乱了生物钟。为了钱，其他驾长们竟然捕捞孵化不久的小鱼、小水蝎子，他们的无耻行为，二发阻拦不住，这让二发只觉得愧对子孙后代。

人们对大海的掠夺榨取早没了底线，人们早就不把大海当母亲看待了。人们把大海只当作提款机。

二

深秋那天微冷的早上，二发在天还没亮时就开着他的散发着腥臭味的大发车摸索着来到了码头。他不知道，当天下午黑四儿独自驾的渔船，将被两艘外埠渔船左右夹击猛烈碰撞后沉入海底。

深秋时的渔港码头总是饱含着咸腥的味道。这味道在二发鼻孔中钻进钻出了三十多年，老朋友一样熟悉，熬鱼、煮虾、焖螃蟹的香气一样地亲切。

太阳还没升起来，码头东方，覆压在海面上的大片的天空已经像炉火一样红彤彤了。满潮的大海波涛辽阔，海浪温柔无边，波痕布纹一样细密。二发把大发车里的两件纯净水提到船上，透过舵楼的玻璃窗向码头回望，码头还是很安静，远处道路上有汽车驶来，车灯把路边的树木点燃了一般，树木身姿清晰，在车灯中燃烧。汽车很快到了码头，在二发的车边停下，锃亮的大灯闭上眼，码头又昏暗了。四个车门打开，汽车的姿态立刻像长翅欲飞的甲壳虫一样，车上下来了四个人，都挤到了车尾，弯着腰。再直起身子时，每个人都变了样，背上多了一个见棱见角的大箱子，后背凸出一个指向天空的物件，像士兵背着的枪支。他们也显得臃肿了，像行动迟缓的老人一般，弯着腰走向亮着灯光的二发的渔船。

四个人走近了，二发忽然一阵惶悚，四个人都穿着同样款式的衣服，像一支武装小队伍。二发主动和他们点头，对话，接上头了，四个人大大咧咧地跨上船，把背上的鱼箱重重地落在甲板上，二发赶紧猫腰，他想把四个箱子码整齐。有个人就喊，别动，就扔着吧，待会儿要坐的。二发的手被炉火烫疼了一般，赶紧缩回来，不知所措地垂在胯骨间。

第二辆汽车停在码头时，太阳耐不住性子，在遥远的海平面上冒出了大红脸，也许是在黑夜这个大被窝里憋闷了一宿，早就急不可耐了，不一会儿就急不可耐地钻出了海面。

八个钓手到了甲板，船上开始热闹起来，二发也听不清他们说什么，他们哄笑，二发也配合着咧咧嘴，他已经把缆绳解开，机器轰鸣，船舷抖动，舵楼上面的烟囱大口大口地喷吐着黑烟，渔船在其他还在沉睡的渔船中挤出一条水路，开进了航道，大鱼一样游向了大海深处。

大海一直在受伤。每次看到渔船切开的波涛，二发就会这么感慨。

这几年，他总觉得，密密麻麻的渔船在大海的淡蓝色皮肤上划开的水道，就是大海肌肤上的一条条白花花的伤口。好在大海身子骨很皮实，伤口瞬间就愈合了。远处的海面显得很高，远处的那些渔船也被无数的海浪之手高高地托着，海浪好像是由高山向峡谷倾泻过来的，有种向下覆盖的姿态。

今天去的是那个最隐秘的钓点。这个钓点只有黑四儿和二发去试钓过两次。黑四儿的海钓船每次出海，时常有别的渔船尾随，下锚后开钓不久，很多胶皮艇就会苍蝇一样围过来，胶皮艇上的钓手和海钓船上的钓手，经常为争夺钓点互相谩骂。这样的场景总是让二发心情郁闷。

组织海钓的老板黑四儿，是二发的发小。黑四儿从小就胆大，初中没上完就跟着他爸爸上船，风里浪里的，把胆量练出来了。如今，在百里滩组织海钓的十几个人里，黑四儿的名气最大，他知道二发驾船经验好，人茶呆呆的，不很灵通，在如今大海被那些胆大有势力的人瓜分的时代，海面上到处都是划分界限、标志领地的浮子、红旗。地笼网到处都是，有的地笼有浮子，有的干脆连浮子也没有，他们收地笼时，就靠船上的定位系统。那些下水蝎子的胡子网，像破屋檐下的蜘蛛网那么多。像二发这样的驾长，想撂网都找不到地方。二发的渔船就像路虎车开在蜿蜒的山路上，本事再大也施展不开。只有黑四儿能偶尔保护二发，让二发凑合着继续吃海里捕鱼这碗饭。有一次，二发的拖网下在了别人的地笼上，一条地笼被拖进渔网，地笼网主人就在附近收地笼，瞄着影儿就过来了，硬说二发把他的地笼阵全破坏了，非要讹二发三万块钱。最后黑四儿出面给圆了这事儿，只让二发赔了八千块钱。

二发很感激黑四儿，要是没黑四儿，自己不得多赔两万二吗？从家里拿钱时，二发老婆骂他，你这傻货啊，一个破地笼哪里值八千，镶金边了啊，黑四儿他们八成这是插圈糊弄你呢，就你傻，让人卖了，还帮人数钱。我咋跟了你这个傻货啊。老婆坚决不给二发钱，最后黑四儿知道了，他给了二发一万块钱，这事儿才平息过去。老婆每次骂他，绕来绕去都会落到后悔嫁他的结论上，二发只是心里回几句嘴，瞧你那蠢样子，渔网也不会补，家里也不会收拾，就知道玩小牌，我还后悔娶你呢。

渔船开了一个小时，确认没有尾随的渔船后，二发才直奔目标。到了钓点，二发抛下锚。渔船稳当多了。八个人发觉船停了，开始从各自的渔具包里掏出各式各样的钓竿，花花绿绿，银光闪闪，让二发觉得这些渔具珠光宝气的，心里先对这八个人生了敬畏，觉得自己又矮了一截。二发是按照黑四儿告诉他的经纬度找到的钓点。海面上的浮子稠密，二发知道，这是标志领地的浮子，一般的渔船不敢在浮子范围内撂拖网。黑四儿就是用这些浮子围住这个神秘钓点，好像这里下满了地笼，让别的海钓船和胶皮艇无法靠近。

今天出海，满船只有八个钓手，这在以前是没有的。以前出海，都是三十几个钓手，一个挨一个，把渔船的船舷都占满了。中鱼后，相邻钓手的渔线经常纠缠在一起。二发猜想，这八个人要么是很有钱，舍得花大概其五千块钱，把渔船包下来了的；要么是很重要的人物，黑四儿特意安排他们白玩，拉关系、套近乎的。不管是哪种情况，他二发都得小心伺候着。

二发知道，大鲈鱼就喜欢在有牡蛎堆的地方聚集。二发驾船撂拖网时，撂网处就是寻找海底的牡蛎堆，聚集牡蛎的地方鱼虾螃蟹都多，但是撂不准渔网，渔网就会被锋利的牡蛎皮儿撕豁了嘴。如今，古老的牡蛎堆被蚶子耙子搞得越来越小，牡蛎搞没了，海底的硬底儿——渔民叫小岗儿，也就是海底的古海岸线——也就被海流冲开了，这里就很难聚集大鲈鱼了。鱼群就寻找新的小岗儿去了，而新的小岗儿需要渔民们不断寻找探测，才能找到。每艘渔船都想寻找到这样的神秘渔场。前年，政府部门在海里投了很多水泥筑件，人工制造了很多"小岗儿"，小岗儿的聚鱼效果显著，这里很快成了出大鲈鱼、黑鲷的好钓场，黑四儿的海钓船与别的海钓船为争夺这些钓场发生摩擦，早就成了家常便饭。他们一言不合，就用水枪对射，谁也不服谁。

这八个人抛下鱼竿后，阳光变得耀眼，海面上的波浪披着破碎的阳光外衣，让渔船像被一炉银水煮着。第一条鱼很快就上钩了，是一条斤来沉的小鲈鱼。这几个人一阵惊呼，好像中了多大的鱼似的。中鱼的人兴奋地用钳子钳住鲈鱼的大嘴，让人给他用手机拍照，估计得回家发微信显摆一下。这条鲈鱼受了惊吓，全身的背鳍竖立，鱼就显得更大了一些。把鱼扔进鱼箱，鲈鱼砰砰地撞击着箱子盖儿。大家兴奋起来，开始专心钓鱼，渔船安静下来了。在渔船上空盘旋的海鸥的尖叫声，突然清晰刺耳起来。

二发有种预感，刚下杆就这么快中鱼，今天估计会有大鲈子。

前几天，石头礁那边已经出了几次十斤以上的大鲈子，好多小皮艇都疯狂地围着二发的大铁船，任凭风浪再大，也不躲避。鱼竿就像山坡上的竹子一样密集。一条十斤的大鲈子就可以以四百元的价格卖给冷冻厂，钓手们早都红眼了。

渔船热闹起来，八个钓手都开始中鱼了，大大小小的鲈鱼砸在船甲板上，鲈鱼奋力弹动着身子，铁甲板上乒乒乓乓响成一片。八个人乐得嗷嗷叫，有几个人又举着手机一阵狂拍。二发在他们身后直撇嘴。二发心想，真是没见过啥，几条鲈板鱼就美成这样了。海面上手机信号不是很好，估计他们就是发微信，也难成功吧，只要别招来其他渔船就好；环顾四面都是滚滚翻涌的海浪，就是他们在微信上晒照片，没有任何参照物，也应该没事吧，二发想。二发看着他们钓鱼，心里却在估摸另外一件事，这水下，肯定有不少大梭子蟹啊。二发最喜欢的海鲜就是梭子蟹，特别是叉脐的公蟹。那种大公蟹，把螯钳抻直了，三只螃蟹比一个人还高，一只吃下，能填饱肚子。这种螃蟹尤其让二发喝酒时迷恋。

此时，有个戴墨镜的高个子突然大叫："绷紧鱼线，好，飞，飞，飞！"有个矮个子耸起肩膀，双臂发力，鱼竿被奋力提起，一串鲈板鱼被提到了半空中，鲈鱼张着鱼鳍，摆着飞翔的姿态，二发定睛一看，整整五条鱼，每条都有一斤左右。矮个子顺势把鱼砸在甲板上，铅坠当的一声，撞击了甲板一下。船上又是一阵欢笑。

几个人兴奋地喊了起来。

二发渔船上八个人频频中大鱼，晌午时，从渔船厨房里钻出来的二发，猛然发现，两艘渔船已经在他们的船跟前儿下了锚，海面上的浮子根本没起任何威慑作用。他们也是海钓船，船上稀稀拉拉站了几个举着鱼竿的钓手，二发冲他们呼喊，想让他们离开，对方回应了几句，听不太清楚内容，从口音分辨，大概像邻省的。二发继续高声驱赶他们，两艘船根本不搭理二发，他们挑衅似的下了锚，钓手们开始肆无忌惮地挥竿钓鱼。

三

没跟着黑四儿搞海钓的那段时间，每出海捕鱼一次，二发就得干赔一二百块钱，眼看赔钱的势头没什么转机，他干脆不开船出海了。整天在海边瞎转悠，也不知道干点啥好。赚不到钱，老婆整天耍脸子给他看，老婆说，不出海，以后你就在家做饭吧，你当娘们儿。二发说，出海就赔钱，让我咋出海啊？你当我真傻啊。

老婆恨铁不成钢地说，二发，你就是傻啊，你水性那么好，我给你找个雇主，你去当水鬼，潜水摸海螺吧，那个来钱快。

老婆的建议让二发心寒。当水鬼潜水摸海螺、毛蚶，确实能维持生活，旺季里每天有千把块钱的收入，但是这也不是长久之计。水鬼的活儿有多危险，二发很清楚，每年都有几个水鬼因为氧气管突然出问题，被憋死在七八米深的海底。很多水鬼潜水后，偷偷倒别人地笼螃蟹篓里的渔获，当水鬼的人，在别人眼里，有贼腥味。冒死当水鬼的，都是穷得急眼的外地人。可他不想总被老婆骂，只有大把的钞票能把老婆的嘴堵住。只有堵住了她的嘴，二发的世界才能安宁啊。没有钱，半夜里他把胳膊搭在老婆胸前时，老婆会把他的手挡开，老婆借题发挥说，都穷得叮当响了，还有心思干这事，你咋不知愁呢！以后咱家就是座庙，你就是老方丈，甭想吃啥荤腥。

二发一横心，当了水鬼。雇用他的老板还是老婆给他找的，老板叫林子，比二发还小几岁，是二发瞧不上的那号人，二发嫌他一肚子花花肠子。老婆认为林子脑子活，嘴皮子花哨，会看慎路。林子人帅气，还是钻石王老五，女人缘极好，经常开车带着村里几个风骚的小媳妇去歌厅，把她们的老公搞得整天愁眉苦脸、魂不守舍，生怕林子给自己戴绿帽子。他们每年出虾、扒蚶子的大忙季节都要到林子的养殖场、冷冻厂打零工，他们大半年的烟酒钱得指望从林子那里挣，谁也不想惹林子。他雇佣外地人当水鬼有几年了，别的雇主出事的多，他却一直干得顺风顺水。林子给二发开的工钱是两人半对半分渔获，给其他水鬼，都是四六分成。

　　最初潜水那天，二发浸泡在水下后，心里有点哆嗦。海水深处，昏暗莫测，让人大脑里充满了诡异想象，不过，通过潜水镜看到海底异常熟悉的海螺、毛蚶、鬼夹子螃蟹时，又感觉到非常亲切，潜水上浮几次，也就适应了。二发开始一门心思探寻海螺、毛蚶。水下压力大，海水挤压得耳根子酸疼，咬不紧换气嘴子，难免有苦涩的海水呛进气管，憋得二发冲出水面一阵咳嗽。一天下来，确实不太好受，可晚上几百块钱分到手，心情马上就畅快了。把钱如数塞给老婆，像考试得了满分的小学生拿着考卷向家长表功似的。当晚，老婆主动把二发的大手拉过来，放在自己身体上，激动得二发像初夜那样兴奋起劲儿。

　　黑四儿没找二发和他一起干海钓前，二发已经打算把渔船卖了，专心当水鬼。黑四儿得知二发潜水摸海螺，惊诧得瞪大了眼睛。黑四儿说，二哥，你至于的吗，钱比命值钱吗？你快省省吧，多活几年不好吗？跟着我海钓吧，咱们一起赚钱花。

　　黑四儿再次喊二发"二哥"，让二发心头一热，人家黑四儿如今是啥人物啊，竟然还喊自己二哥，二发恨不能一下子把自己的一颗赤诚的心掏出来给黑四儿看看。说起来，二发和黑四儿小时候一起上学，一起下海摸鱼摸虾，一起在盐碱滩的大埝上找串地鹨蛋，回家偷偷煮了吃解馋，有着兄弟一样的感情。分劳动小组承包渔船时，他和黑四儿刚上船干活，被分在一条船上，那年夏天，海蜇高产，起网了，网里粉红色、浅蓝色、淡黄色的海蜇拥挤在一起，煞是喜人。他们用大捞拎从网里捞海蜇，每一捞拎都有一百多斤，要两个人协力才能捞上船来，他们哥俩就一起搭档。夏季无风，海面燥热得很，遇到这么繁重的劳动，身上的汗水湿透了衣服，每个人都像落汤鸡一样，汗水被风嗖干了，全身冒出一层盐碱。大家都出了太多的汗水。驾长大爹——黑四儿的父亲预备的一大壶白开水很快被喝干了。二发嘴馋，吃了好多海蜇脑子，又喝了不少凉水，结果坏事了。第一网收获了一万多斤海蜇，驾长大爹决定原地撒下第二网。第二网起网之前，二发突然肚子疼，疼得很难受，开始不停地呕吐。驾长大爹喃喃自语似的说，这是渔家人俗称的"小霍乱"，急性肠胃炎，治疗不及时很容易死人啊。眼看二发病情异常严重，驾长大爹当即决定收网返航。二发后来知道，那次他们渔船至少少收入了万把块钱，但是黑四儿父子从没埋怨过二发。

二发一直当黑四儿一家是自己的救命恩人，逢春节，二发准提着点心、酒去给驾长大爹拜年。后来黑四儿有钱了，加上驾长大爹去世，二发他俩各忙各的，来往才少了。那时出海，渔民们遇到海难，都是倾力救助，不像如今，为了多打渔获，开始在海上为占地盘没完没了地争斗。

雇佣二发，就像一下子把二发从淤泥里拉上了大埝。二发觉得，黑四儿简直就是自己再造的爹娘。

黑四儿最初搞海钓，只有自己的那条船，后来又租了四条船。几年下来，出手大方的黑四儿上下打点，疏通各种关系，壮大了人脉，终于发了大财。他脖子上戴着狗链子那么粗的大金链子，剃着蘑菇头，胳膊上、后背上、胸口上都是青色的文身，汽车也从丰田霸道换成了路虎。

一起干海钓后，二发给黑四儿出了很多主意。比如，为了招来大鲈鱼又不和其他海钓老板犯争执，他建议黑四儿往自己管辖的海域里抛下很多毛石。一货船一货船的毛石扔下海，还不够大海塞牙缝的，投入好多石头入海，最初显现不出啥效果。黑四儿有点着急了，对二发抱怨说，二哥，咱这哪儿是扔石头啊，这就是往海里扔钱打水漂呢，咱们还不如抢政府投水泥筑件的那些钓场呢。

不过，转过年来，这一招还真管事了。转年，有人在黑四儿的钓场钓到的最大的鲈鱼有二三十斤，个头像七八岁小孩子似的，一条就卖了一千多块钱。

惹得很多海钓高手争着上黑四儿的钓船，也想钓这么大的鲈鱼。黑四儿钓海鲈鱼的船费趁机从一百涨到了一百五十块钱，后来干脆二百。就这样，每次船钓，船上的钓位还都满了，一艘船最多时有四十人来钓鱼，鱼竿密密麻麻，渔船像个大刺猬。黑四儿乐坏了。今年，黑四儿就死乞白赖让二发的渔船入股他旗下，不仅给二发工资，还给他渔船的入股费，二发的腰包也很快鼓囊起来了。眼下，百里滩海钓船，黑四儿搞得最好，黑四儿在二发帮助下，已经掌控了十几个秘密钓点。

从去年开始，二发还被黑四儿授意建了三个微信海钓群，没几天，每个群里就拉进了四百多人，二发负责每天在群里发红包，二十元一个，一个群每天十个，维持人气儿。当然，红包钱都是黑四儿出。每发一个红包，就像往饥饿的食人鱼鱼群里投了肉块，瞬间被抢食一样，红包一现身，十几秒就抢光了，群里一阵喧腾。每次中大鱼的视频，二发也要拍下来发在群里，视频都配上了画外音，告诉群友中鱼的时间。视频一发，微信群又是一阵躁动，有语音留言的，有点赞的，有发搞怪表情的。人就怕视觉刺激，很多人偷偷向单位请假，也要上船海钓。每条海钓船每出去一天，黑四儿就有至少三四千块的利润。五艘船，消消停停地进账两万来块。黑四儿赚钱赚得顺风顺水，村里好多人恨不得把他当烧鸡一般拆了、嚼了。

"连黑四儿这种不会掌船的都发大海的财了，啥世道啊。啊呸！"

跟了黑四儿以后，二发算是开了眼界了。什么鲍鱼、龙虾、石斑鱼、象拔蚌、辽参、洗浴小姐这些好吃的、好玩的，二发都见识了。二发忘不了喝得醉醺醺的他，第一次被黑四儿拉进洗浴中心的情景，他好歹冲洗一下就进了小包房，想赶紧睡觉醒酒，昏暗中，尾随进屋的一位豪乳呼之欲出的小姐，香喷喷地贴过来，二发当了神仙一般飘飘然。他迷迷糊糊打量着身边的仙女一样的美人儿，不敢动手抚摸。二发寻思，自己当初结婚，娶了那个妨人娘们儿，就花了一万多彩礼钱，身边这个美若天仙的女子，碰一下不得十万八万的。二发憨憨地对伸手要解他衣服的小姐说："咱俩说说话就好，说说话就好了。"小姐笑了："哥，你真可爱，你朋友说了，都他买单，你可劲玩，别怕。"二发问了大概多少钱，小姐告诉二发，啥服务啥价格，然后具体给二发辅导了一番。小姐像个耐心细致的小学老师，表情温柔可人，把二发说得脸通红，恨不得破门而出。

"你就按最低消费签单子吧，咱俩就说、说、说话吧。"二发几乎在哀求。他脑子不断浮现这五百元钱能换算成的各种鱼虾数量：五十斤大梭鱼，三十斤鲈板鱼，十斤海虾，五斤梭子蟹……越想越冷静。

穿好衣服出来，与黑四儿会合，坐上黑四儿的路虎，黑四儿一脸坏笑，问二发："二哥，刚才舒服了吗？"二发挠挠头皮说："我就和她聊天了。"黑四儿一愣，他知道二发不会和自己撒谎，伸手在二发脑袋上掴了一下："我的哥哥，五百块钱聊天，你他妈真爱聊哇。"

黑四儿继续开导二发，你没听说过四大铁吗——一起扛过枪，一起同过窗，一起分过赃，一起嫖过娼。咱哥俩现在以后、将来永远就是铁子，铁哥们儿。

四

到了中年，二发突然觉得，他身边的人就像一堆篝火，靠近了也许可以驱寒取暖，但是距离太近又会让他感到被火焰炙烤得不适。

在这两艘船出现之前，船上的那个矮个钓手又中了大鱼，二发得拿着捞拎把被遛累了的大鱼抄上来。二发觉得自己已经很小心了，但还是经常招来钓手的埋怨。

你咋这么笨啊，快抄鱼啊，笨蛋。鱼跑了你得给我赔。

虽然说让他赔鱼有点半玩笑的意思，二发却很当真。刚才矮个钓手中了一条三四斤的大鲈鱼，他在二发用捞拎抄鱼时，松了鱼线，鱼竿松弛的瞬间，鲈鱼奋力一甩脑袋，就挣脱了鱼钩，矮个钓手冲二发瞪眼睛，大声呵斥二发，你看看，都赖你，跑鱼了吧，你这不坑人吗？二发赔着笑脸，他不敢辩解，他只能讪讪地憨笑，他知道，如果辩解，对方会有更多的抱怨等着他。高个戴墨镜的钓手替二发解围说，行了，钓鱼哪有不跑鱼的？你没把鱼线绷紧，不跑鱼才怪呢。船长师傅，别搭理他，赶紧选两条大鱼，给我们炖上，中午就吃炖鲈鱼，尝尝渔家炖鲈鱼。

二发感激地看了那人一眼，在甲板上打开的鱼箱里踅摸了一圈，估摸着铁锅的大小和八个人的食量，选了两条三斤左右的鲈鱼，退缩到了舵楼的厨房。甲板上的声音淡弱了，跑鱼的人话语里的芒刺也扎不疼二发耳朵了。

把鱼炖上后，他看到了那两艘来者不善的海钓船。

那两艘船上的钓手看到二发船上不断中鱼，早就红了眼。任凭二发喊破嗓子也没有用。二发想，他们怎么找到的那个钓点呢？皱着眉头想了一会儿，他明白了，肯定是这八个钓手手机拍下视频后发朋友圈或者海钓的微信群闹的，他们很可能不仅发了照片和视频，还发了卫星定位。早晨黑四儿电话里反复叮嘱二发，千万要嘱咐这几位爷，万万不可发朋友圈。可是二发一见这几位的气派、气势，早就不敢张口了，他心里只祈祷着他们别乱发微信，根本不敢管人家。

过了没多久，几艘胶皮艇也不知从哪里冒了出来，在大船的空隙间下锚了。每艘皮艇上有三四个人，皮艇随着他们奋力挥杆以及海浪的托举，一上一下，深度起伏着。

"喂，船长，咱们的钓位都被人家占了，咱们咋钓鱼啊，照这样我们不给钱啊。"高个钓手冷言冷语地对二发说，"你得赶紧通知黑四儿，赶紧的！"

二发只好抓起手机，给黑四儿拨电话。拨了几次电话，电话才通，虽然声音都是破碎的，连缀起来，黑四儿还是听懂了。

黑四儿在电话那头破口大骂，说自己一会儿开船赶过来，让二发别急，先把船上的这八位爷伺候好了再说。人家花高价包的船，咱们不伺候好了，拿不到钱啊，黑四儿补充说，钓了我的鱼，一条也别想带走。黑四儿最后撂下了狠话，二发心里踏实多了。

鱼汤熬到冒出浓稠的大气泡，鱼终于炖好了，二发把黑四儿早晨让他在海鲜早市买的梭子蟹也煴熟了，又煮了提前准备的海螺、扇贝，辣炒了花蛤。八个人围着舵楼里的长条桌子，打开了白酒瓶盖。舵楼外，那两艘船上，仍旧鱼竿狂舞。又有几只胶皮艇围拢过来了。这些胶皮艇距离二发的渔船也就十来米了。二发的渔船完全被包围了。

黑四儿的渔船出现在二发视野里时，远处渔船上那些陌生的钓手们，开始上大鲈子了。先是一个钓手开始尖叫，把二发吸引到了船头，他看到对面船上那个钓手的鱼竿已经弯成了圆弧形，鱼竿还在奋力地摇动，钓手脸憋得通红，像是使出了全部力气，他身边的人则举着大捞拎，随时等大鲈子冒头，好一下把鱼抄进网兜。二发船上八位钓手也放下酒杯，来到舵楼外，大家都屏息凝视，等待那成功的一抄。

这条大鲈鱼是被两个人拽上渔船的，目测有二十斤吧，他们像从水里打捞了一具沉重的死尸一样。

鱼真大啊，围观的人们都在高喊。

黑四儿还是看到了大鲈子上船的这一幕，这一幕无疑刺激了黑四儿。他的渔船气势汹汹地直接向中大鲈鱼的船贴了过去。大船切开的波涛把附近的胶皮艇冲到了一边。

"谁让你们在这儿钓鱼的？！没看见都是浮子吗！"二发听见黑四儿气势汹汹地吼着。那两艘渔船上的钓手收了鱼竿，那几艘胶皮艇见势不好，都开溜了。胶皮艇在海面切割出几道白色的伤口，嗖的一声，就缩小在远方的海浪里了。

两艘渔船没有离开的意思，二发看到一艘稍大的船上有个人和黑四儿伸着手指指着对方谩骂。对方根本不服软，还敢和自己对骂，大概是黑四儿意料不到的，黑四儿脸有点挂不住了，他的船上没一个弟兄，他是独自驾船出海的，对方船上人多势众，他只能放狠招了。

二发船上八个钓手也开始起哄："四哥，咋回事啊，四哥说话咋不好使了？"

"四哥，这帮人敢在咱们家门口参刺，咱别尿了啊！"

"对，四哥，撞沉他们狗操的。"

这些话显然是火上浇油，只见黑四儿脸憋得大了很多，他返回了舵楼。二发心头一凛，难道黑四儿真要撞船？

那两艘船起了锚，做出要离开的样子，没等他们开走，黑四儿的渔船已经撞向了稍微小点的渔船。两船相碰的瞬间，黑四儿的船头高高地翘起，而对方的渔船只是稳稳地侧向了一边。二发着急了，他冲着黑四儿高喊："老四，人家渔船舱里一准有重东西，人家船稳当，你空船，快别撞了，肯定吃亏。"黑四儿哪里还听得进去。两艘船一看黑四儿真撞过来，有点害怕了，开始发动机器，准备逃走。

老四，见好就收吧，二发继续高喊。二发被那个小个子钓手狠狠地推搡了一下，小个子喊："四哥，一战成名啊，四哥才是这片海上的老大啊。"

眼看那两艘船已经开出去几百米了，黑四儿的船本来也慢了下来，但是这句煽动性的话让黑四儿的船突然"嗷"的一嗓子，像挣脱了铁链的德国牧羊犬一样，冲向前方。

二发眼睁睁看着黑四儿的船发疯了一样向那两艘逃走的船冲去。黑四儿的船大概追了一千米，任凭二发怎么高喊、怎么挥舞胳膊，黑四儿已经无法听到了。二发的心纠结在了一起，他看到黑四儿的船再次撞在前面的渔船上，黑四儿的渔船几乎竖直起来，而对方的渔船却稳稳地卧在水里。

完了，老四要吃亏啊。二发一边念叨一边赶紧猫腰去提锚缆，高个的和矮个的钓手同时阻止了二发："没事，把他们追跑了，以后这块海面就是黑四儿的了，你跟着捣啥乱！"

二发迟疑了一下，他抬起头向远处张望，只见黑四儿的船再次高高跳起，从空中又重重地砸了下来，渔船在空中几乎竖直了，像跳出水面的大梭鱼一样，就在船竖直的瞬间，黑四儿从舵楼里被甩了出来，横着身子砸在了滚滚浪涛里，接着，渔船像钉入软泥上的木楔，一下就消失了。

二发眼看着黑四儿掉进了大海里，黑四儿身边围满了雪一样白的浪花泡沫。一会儿，黑四儿只有一颗黑脑袋瓜了，那圆圆的黑色在浪花里很显眼，一排浪头滚过，黑四儿的脑袋就看不到了，又一会儿，他在几十米开外伸出了一只胳膊，然后海面就只有绵延不绝的浪涛滚滚涌动了。

坏了，老四的船沉了，老四掉海里了。二发焦急地高喊，我得赶紧去救人。

八个钓手不再阻拦二发，但是没人去帮二发起锚。二发一个人艰难地提起锚缆，调整航向，向黑四儿落海的地方急急忙忙开了过去。

二发向海岸边防报了警后，驾着船在茫茫大海之中任意行驶，他的眼睛都瞪疼了，哪里有黑四儿的影子呢？直到太阳西沉，边防急救船赶来一起搜寻，还是一无所获。

为啥黑四儿没飘起来呢？仅仅是黑四儿没穿救生衣的缘故吗？按说，黑四儿的水性也很好啊。他会不会中午喝酒了？二发边开船边胡思乱想，天越来越昏暗了，他越来越焦急。二发不住地高喊着："四弟啊，快冒头啊，你这是咋啦！"

那八个人有点不耐烦了，催促二发送他们返航。二发无可奈何，只有返航。到了码头，二发磕磕巴巴地提起钓费的事，高个说，黑四儿都没了，今天也没钓美，还要啥船费啊。我们不要受惊吓的赔偿就不错了，得了吧。二发眼看着他们背着沉重的鱼箱上了码头，才在黄昏的朦胧中朝这几个人的背影啐了一口。然后赶紧掉转船头，又冲向了黑色的大海。

二发不死心，他驾着船驶向了那个神秘钓场，舵楼上的灯越来越亮，很快就亮得刺眼了。

五

黑四儿始终没有冒头。

警察找二发做了几次笔录，二发很懊恼，自己竟然没记住那两艘船的船号，也不知道自己船上八位钓手的身份。他驾船带着两个警察去了出事的海域，那天风浪大，警察们晕船严重，没来得及拖一网就返航了。

渔政部门下令暂停了海钓活动，二发请求黑四儿雇佣的那四位船长一起开船出去找黑四儿，那四个人都推脱家里有急事，不去。二发急眼了，质问他们有没有良心，二发说，黑四儿给咱们开的钱不算少啊，如今人家生死关头，你们咋没事人似的呢。

接连几天里，二发的拖网整天在黑四儿落海的海面上拖来拖去。海水温度越来越低，二发知道，黑四儿生还的希望越来越渺茫了。

每次拖网被滑轮拽上船尾，二发就希望从网兜里的渔获中能发现人形的东西。可是，除了满满的一大兜螃蟹鱼虾，就没别的什么，哪怕只是一只手、一条大腿也行啊。被拖上来的淤泥块儿，二发会用海水细细冲洗，还是一无所获。有一次，二发真以为拖到了一只手，二发的心怦怦撞嗓子，他不敢触摸，举着水管把泥浆冲干净，原来是一只厚厚的黄色胶皮手套。

有几次深夜里，二发和两个新伙计一起出海下拖网，指望能拖到黑四儿的尸体。伙计忙碌时，二发就在舵楼里睡觉。他总是梦到黑四儿从船尾爬上来，全身湿冷，身体上长满了牡蛎，像个古代穿了铠甲的武士。黑四儿用满是泪水的双眼看着二发，冷得浑身哆嗦。黑四儿说，二哥，我后悔活着的时候没多帮帮你。你性格太老实，如今吃大海这碗饭，太老实了活不了。我是心太大了，要不然，咱们哥俩还能摽着膀子干几十年啊，我听你话就好了。

黑四儿说话时，牙齿磕碰得嗒嗒响，他全身也因为寒冷在颤抖。二发问，四弟，你冷不冷啊，我给你生火烤烤吧。

黑四儿说，冷啊，比咱们刚上船时一起打冷海还冷。二哥，你还记得咱们一起打冷海吗？二发当然记得，那年元旦刚过，渔港航道里都是破碎的海冰，十几艘渔船就排成一字形，准备出海打冷海。打冷海就是捕捞冰凌中的鱼虾，是渔家最艰苦的捕捞活动，但是回报也最丰厚。他们的船前进时被冰凌、冰排、冰片挤压着、剐蹭着，得艰难地前进一个多小时，才能摆脱海冰包围，找到下网的宽阔海域。破冰前行时，打头的渔船最危险，木船上的油漆，很快被海冰刮干净了，露出新鲜的木茬，渔船们就轮流当头船，互相照应。一次，一艘叫大海花的渔船被海冰刮得船板都透亮了，大家毫不含糊，都停止了拖青虾的作业，护送大海花返航，那时的渔民，都像亲兄弟一样亲。

说也奇怪，每次梦到黑四儿，二发的拖网一定能拖到更多的梭子蟹。那些巨大的梭子蟹，近几年极为罕见，二发和伙计尝到了少有的鲜肥味道。二发卖螃蟹的钱，他都自己攒下了，他想攒够了五万，偷偷给黑四儿的老婆，以表达自己没拦住黑四儿的歉疚。那些看到二发卖螃蟹赚到了钱的船主们，一窝蜂尾随二发出海，二发心中暗喜，盼望黑四儿能被拖进渔网。可他们与二发同时摆网，但无论他们的船拖着渔网跑多久，最终也没太多渔获。

没几天，就没有渔船尾随二发了。

那些日子，老婆对二发又没好脸色了。她平时故意不给二发一分钱，想让他没钱加油，逼着他跟林子去搞海钓。二发为图清净，干脆住到了船上。后来二发老婆听说二发每次拖网，都能拖到好多梭子蟹，每天都有几千块钱进账，她又寻到码头，想把二发赚的钱要走，二发梗梗脖子说没钱，二发老婆爬上船，在舵楼里一气翻腾，也没找到钱。她跳起脚在码头上骂海街，连别的驾长听了都觉得刺耳，二发却躲在舵楼里不吱声，像躲在海螺壳里的一只胆小的寄居蟹。大家骂二发"尿货"，二发也不气恼。

后来大风天，他的渔船再进港，故意停在众多密密挤挨在一起的渔船的最外围，中间隔着十几条渔船，他老婆再想骂他，得翻山越岭般跨十几条船的船舷，才能到他眼前。这个懒婆娘，无论如何也懒得花这个力气。二发自己心里清楚，他不是怕老婆，他只想把黑四儿的尸体找到。

六

没过多久，林子和一些从事海钓的老板们花钱疏通了渔政领导，海钓又恢复了。

林子开始纠缠二发，让二发帮忙找黑四儿的老婆说和，他要花钱买下黑四儿的海钓船和他的钓场，并且开出更高的工资给二发，二发坚决拒绝了。他只想干一件事，就是尽快搜救到黑四儿，无论如何，不能让他在冰冷的海水里，与鱼虾为伴。

搜寻黑四儿的那些天，只要没有大风浪，二发干脆就住在了黑四儿落水的那片海上。好友的失踪让他无比悲伤，好像睡在那片海面上，才可以日夜陪伴着落水的黑四儿。——在每一个孤寂寒冷的夜里，黑四儿浸泡在阴冷的海水里，该是多么凄惨无助啊。二发觉得，自己能做的，就是更近距离地陪伴黑四儿，但愿黑四儿的灵魂能读懂自己的心思。晚上在舵楼里喝闷酒，二发把第一杯酒泼洒在黑漆漆的海里，他盼望黑四儿闻到酒香，能爬上甲板，和自己面对面痛饮。

日夜听着生生不息的海浪声在耳畔响彻，二发心头才觉得稍稍安宁了一些。

让二发出乎意料的是，有人告诉他，黑四儿失踪半个月后，林子竟然大摇大摆出入黑四儿家，对黑四儿的老婆展开情感攻势了。村里好事的人说，黑四儿失踪一个月时，林子就在黑四儿家过了一夜。二发听了，替黑四儿难受，这是啥女人啊，自己爷们生死未卜呢，就劈叉出轨了，怎么这么薄情寡义呢？自己卖螃蟹的钱，还想贴补给这个女人呢，真可笑啊。

这个传闻很快被证实了，林子全面接手了黑四儿的海钓船，林子理所当然成了二发的新老板。林子开始每天给二发打电话，要求二发继续载客海钓，二发就是不答应。林子一气之下把二发解雇了。林子的海钓生意因为找不到好钓场，钓手们总当"空军"而萎靡不振。林子骂二发是蒸不熟、煮不烂的滚刀肉，是一根筋的猪心眼儿，但他又拿二发没辙。他只好继续踅摸新的船长接任二发。

得知林子的海钓事业不顺利，二发感到了替黑四儿报复了林子的快意。二发知道自己没更大的本事，他只能做到这些了。

黑四儿和二发秘密经营的那十几个神秘钓点，只有二发和黑四儿清楚精确的位置，黑四儿每次让别的船长出海，故意让他们只擦点边，钓手偶尔可以爆箱，每次都有渔获。假如每次都满载而归，别的从事海钓的老板就别活了，多少得给人留点活路啊，树大招风，钓点一旦被别的海钓船发现，那些人就会偷偷组织人去夜钓。黑四儿以前早就领教过了。渔家都知道，渔获没有三日猛，几场疯狂的夜钓后，鱼群就散了，没了，就得寻找新钓场。

黑四儿用石头填出来的秘密钓点，二发永远不会告诉林子的。

搜寻黑四儿的六十多天里，二发一共救上来了七个海钓落水者。一次刮东风，又赶上是农历的月初，海潮很大，天擦黑时，二发返航途中，经过填海大堤的东堤时，看到三十米开外，几个荧光闪闪的绿色亮点，凭经验判断，应该是有人落水了。二发赶紧移船靠近，海浪中，有四个穿着救生衣的人正挥舞鱼竿，鱼竿上有夜钓用的荧光棒。把这四个人拖上渔船，四个人已经颤抖得说不出话了，他们因为被冰凉的海水浸泡，身体出现了低温症状，光剩下哆嗦了。后来二发才知道，他们四个都是一个工厂的，厂子不景气，每月只有三千块钱死工资，他们就靠海钓卖鱼，赚点烟酒钱和平时要应付的人情份子钱。平时这里很安全，海潮没那么大，今天不知咋了，发现海水打湿鞋子后，再想走到海堤，已经来不及了。

还有一次，是一艘胶皮艇，几乎是在海面上飞着前进。皮艇经过二发的渔船时，二发大声提醒他们赶紧减速，在巨大的引擎声和海浪声中，他们没有听到二发的喊叫，继续飞了一段距离，就被一个大浪掀翻，胶皮艇扣在了海面上，艇上的三个人都掉海里了。鱼竿、鱼箱瞬间都冲走了，三个人惊恐万状，幸亏二发及时赶到，才没出人命。类似的情形，每年都会发生。每年都有几个钓手落水溺亡，他们所在的海钓群，再也看不到他们说话了，这也是二发每次想起都无限伤感的事情。

寻找黑四儿六十多天，二发捕捞了大量的梭子蟹，收获了意外财富，村里人得知此事，好多老人都说二发厚道，像个真正的渔家船佬。黑四儿能交二发这样的哥们，这辈子也算值了。还有个老人故弄玄虚说，肯定是黑四儿的鬼魂在暗中指挥家仙帮二发赚钱呢。

黑四儿失踪两个月后，林子在码头贴出来悬赏告示。主要内容是，谁能打捞到黑四儿，奖励十万元钱。

二发和几个船主议论此事，二发才恍然大悟。原来，法律规定，一个人失踪两年，才可以去法院申请解除婚约。看来林子真要和黑四儿的老婆结婚。不解除和黑四儿的婚约，黑四儿的财产就无法由他老婆随意处置，林子就捞不到一点好处。

没人响应林子的悬赏告示，众人说，林子说的话，还没放屁有味儿呢。

在林子悬赏打捞黑四儿尸骨的第七天，黑四儿的遗骸终于被二发拖到了。

网兜被拽出水面，二发就觉得里面有异样的东西，等把网兜放稳在船尾，解开绳扣，里面的东西倾泻而下，一个大东西压在了甲板上，分明是个人形骨架子。骨架子残留的衣服还有一点，皮肉几乎都快没了，骨头上爬满了一层叫作鬼夹子的小螃蟹。鬼夹子，也有人叫它们骨夹子，贪婪贪吃的一种小螃蟹，爱吃腐烂的鱼类尸体。它们的习性是，只要夹住食物，就不松开螯钳了。密密麻麻的小螃蟹的大螯钳互相纠缠着，它们像给黑四儿的骨骼上穿了一层奇特的铠甲，从螃蟹腿儿的缝隙中，二发看到，黑四儿尸骨的脖子位置的金链子，还是那么金黄。这金链子二发太熟悉了，这尸骨分明就是黑四儿的。黑四儿的模样竟然和二发梦里见到的差不多。二发扑通一下就跪在船板上，心揪疼着，眼泪夺眶而出。

哭了一阵，二发被两个眼睛红红的伙计搀扶起来。二发定定神，看到还在黑四儿骸骨上举着螯钳的小螃蟹们丝毫没有收敛的样子，不由得怒火中烧，他抬脚，狠狠地碾压那扭打成一团的螃蟹，脚起脚落，随着咔嚓声，脚下冒出一片惨白的碎屑和土灰色的汁水。猛踩了几脚，二发停了下来，让伙计小心清理黑四儿身上的螃蟹，并把黑四儿被拖网扭曲的身子摆正，小心用淡水冲洗了，抱来舵楼床上的被子，把黑四儿的遗骸包裹好，这才觉得安心了一些。刚倾泻在甲板上的渔获和泥浆，全部铲进大海。

"四弟啊，你走得太惨了，二哥对不住你，今天才接你回家。"返航时，二发心里不住地对着黑四儿念叨着。

二发给公安局打了电话，告诉他们带着法医来码头验尸。

安葬了黑四儿不久，黑四儿的老婆拿到了法院开出来的离婚证明，急急忙忙和林子去民政局登了记。

俩人很高调地在城里最好的饭馆办了酒席，向全村人发了邀请，准备了五十桌酒菜，只去了十几桌人。气得林子嚷嚷着，要把剩菜剩饭都喂野狗。

二发突然变了个人似的，整天没精打采，早晨起不来，晚上吃完晚饭就想睡觉，微信群也不管了。林子找他谈话了几次，还是没效果。林子责成二发老婆做二发的思想工作，二发突然脾气大了，对老婆说："你也着急改嫁啊，不愿意和我过就走人，赶紧找下家，以后我的事儿你少管。"

一句话把二发老婆噎哑巴了，要咽气的鲈鱼似的，大张了几次嘴巴，终于没敢出声，灰溜溜走开了。

七

村子附近有个养殖海蜇的大汪子，养殖场老板是大连人，他亲自上门请二发去他那里打工。转年，老板让他入股，说二发为人厚道，能坚持打捞朋友遗体六十多天，难能可贵。老板还放出话，说等自己老了，就让二发管理这个养殖场。二发理解老板的用意，他这是在暗示全体职工要仁义忠厚。

在养殖场，二发听到了一个消息，有人怀疑，黑四儿之死，是林子一手策划的，他找外省渔船故意设的局。目的就是霸占黑四儿在海上的地盘，好称霸这片海域。

据说，撞沉黑四儿渔船的海钓船，船舱里预先放上沙子石头，渔船更稳当。黑四儿的空渔船肯定会被撞翻的。

还据说，林子得手后，从黑四儿老婆那里合法地分到了五百多万，眼看这女人油水不多了，就丧失了对她的热情。而这个女人还是个老陈醋坛子，对风流成性的林子总带着别的女人吃喝玩乐受不了，整天和林子吵架。林子出去喝酒快活，她隔一个小时就要给林子打一次电话，电话只要接通，她一句话也不说，就是歇斯底里地尖叫，林子快被逼疯了，正闹离婚呢。

二发在养殖场活得很惬意。这里风浪温柔，清净安宁。每天简单做事，接触那十几个老板精挑细选的简单的人，心思也可以很简单。

每天早晨，二发把磨好的豆浆一桶一桶装上小船，在大汪子里四处泼洒，给海蜇们开饭，海蜇们不会争抢食物，它们总是悠闲地一涌一涌，不紧不慢地游动，看不出它们的欲望，永远是优雅的样子。

这里人少，大家都尊敬他。大汪子与大海只隔了一道海垱，是微型的大海，大海里有的，这里都有，只是少了大海的辽阔，当然也少了大海的凶险。

海蜇在伏天开始捕捞时，工人们驾着小铁船，用大捞拎收获浮在水面的大海蜇。坐在铁船上的二发，偶尔喜欢潜入水下待一会儿。

当大汪子里春天时从大海引来的海水没过二发头顶时，骄阳的无数箭镞被水面的盾牌全部阻挡，世界一下子安宁清凉了。在这濡热天气，清凉世界中那些二三十斤重的锈红色海蜇，在水波中姿态蹁跹地游泳，它们伸展着触足，泳姿优雅。二发潜入深水，仰视这些海蜇时，头顶上的它们，其实更像一朵朵盛开在草地上的巨大的菊花。

畅游其间的二发，觉得自己不再是那个为了生存潜水摸海螺的水鬼，而是波涛翻滚的大花园里真正的主人。

海钓温柔

一

第一批大鲈鱼终于在 5 月 15 日来到了渤海湾百里滩东埝坝头外的流口。

海军第一个从微信群里得知了这个消息。他看到钓友们在七嘴八舌地议论，说就在流口外不远，有个钓友中了一条十五斤的，其他人钓的都是五六斤以上的，一共出了十多条。他赶忙打开微信，给海力、海彬语音留言，兄弟们，抓紧吧，收拾好钓组，大鲈子、大鲈子终于来喽！这回，咱们买的钓艇可以试试水啦。知道吗，现在大鲈子都卖四十块一斤了，紧着点儿吧。

钓艇是去年冬天哥仁凑了八千块钱，买的不知几手货的船壳子。海军和海力各出两千，海彬四千，等买发动机时，海军、海力实在拿不出钱了。海彬说，恰好他小金库里有钱，他又拿出了四万元，买了九成新的雅马哈发动机。海军说，海彬这四万元，算是咱哥仁的，等赚到了第一个四万块钱，就还给海彬，然后这四万就是哥仁平均的股份。海力没意见。海彬说，咱们哥仁还算那么清楚干啥，我眼下也不咋用钱，要是赔了，算我自己的；赚钱了，咱们哥仁均分。

钓艇有三米宽，八米五长，最多可坐十个人。等到了夏天海鱼连竿时，就能搞海钓载客生意，如果鱼情好，估计一个夏秋就能回本，入冬时就看到利润了。

别看是二手货，哥仨可喜欢这条灰头土脸的钓艇了。刚买下后用双排车拉到工区院子里，架在破砖头上，小心翼翼地把艇底附生的疙疙瘩瘩的小牡蛎、藤壶铲掉。有几个热心的工友凑过来想帮忙，海军赶紧拒绝了，他怕他们不精心，把艇底给铲漏了。

初冬，工区附近的大汪子里的养殖虾基本都治净了，海军他们仨就把钓艇开进大汪子，先练习练习驾驶技术，钓艇不怎么驯服，像一匹野马一样左突右冲，每次下来，三人都搞得全身湿漉漉、水淋淋。

雅马哈的发动机，被手巧的海军、海彬拆了装，装了卸，一遍又一遍地抹润滑油，抹完用蛇皮袋子紧紧实实地包裹好，塞进宿舍空置的上铺。海彬戏称，这是把发动机供起来了。

阳光好的冬日，海军他们仨干脆举着饭盆坐在艇里吃饭，根本不在乎清凉的寒风迅速吸走饭盒里的香喷喷的热气，好像只有这样，能够出海的日子才会到来得快些。日日夜夜兴奋地盼望着夏天，海军有时候就觉得，他们不是坐在钓艇里，而是坐在了美好的梦里。

拥有了钓艇，意味着他们告别了以往受气的岸钓日子，告别了只能在退潮的滩涂上寻找瘦小的海螺、牡蛎，寥寥无几的毛蚶、花蛤、八带鱼的日子，从此，他们可以在盛夏时节昂头挺胸，大大方方奔向大海深处的海螺岛、小蛤地了。那里，有岸钓永远钓不到的大鲈鱼和大梭鱼。

傍晚的太阳跟咸鸭蛋蛋黄一个颜色时，海军三人把钓艇运到了海边。一边给钓艇充气，一边往钓艇里搬东西。羽绒服、救生衣、钓箱、不锈钢保温瓶，还有面包、火腿，看看气充足了，东西也搬全了，三个人迫不及待地跨进舱里，发动机突突作响，钓艇开足马力奔向著名的海钓圣地——填海造地制造出来的坝头流口。

天气预报说渤海海面上是三四级风，钓艇到了海上，冲起速度，风就强烈多了。钓艇昂头前进，每冲一下都要飞起来一样，大海的肌肤被切割出一道白花花的伤痕，浪花开始往艇舱里拍。虽然都穿着雨衣，三个人的鞋还是湿透了，海水一会儿就洇到了裤脚，脚下立刻冷飕飕的。海彬开始晕船，他举手示意，请求海军放慢速度。海军本来想开往坝头流口附近的外海，他自己也觉得肠胃有点翻腾，就只得向东坝坝头开去。到了坝头，抛下锚，海彬挣扎着想爬下钓艇，钓艇距离海坞的第一块丁字石还有两三米距离，海军见状，挽起裤腿，咬咬牙，跳进冰凉砭骨的海水里，他背对海彬，让海彬趴上他后背。把身体因为干呕一下一下痉挛的海彬背上了丁字石，站稳后，慢慢把海彬放下来。海彬一下地就赶紧蹲下，用手撑住一块更高的丁字石上，哇哇地哕了起来。海军和海力把船上的钓竿、钓箱背下，海军赶紧从钓箱里找了一双干爽的登山鞋，换掉了湿漉漉的鞋子，海力也换了双鞋，他帮海彬也换了一双。海彬哕了几口，喝了点热水，吐了几口嘴里的秽物，很快缓过来了。他说，呸，妈的，昨晚熬夜来着，忘了提前吃粒小鬼子的大白兔了。大白兔是一种钓手们很信服的晕船药，日本制造，很灵。

海水哗啦哗啦涌向由丁字石堆砌的海坞，在涨潮的大海中，视野中坝头几乎要被一浪高过一浪的海水吞没，只露出有两个钓艇大的水泥墩子，在逐渐黑下来的夜色中，令人心生恐惧。伸向远方的海坞缓缓地变得越来越纤细。哥仨定定神，开始挂钓组，支矶竿，每个竿梢处夹个报警铃铛，然后找平坦一点的丁字石坐下，吸着烟，烟头微弱的明灭中，耐心等待大鲈子咬钩时把矶竿竿梢突然拽弯，铃铛响起的激动时刻。

渤海里的鲈鱼，百里滩人也称之为鲈乍、鲈板儿、海鲈鱼、大鲈子、大板子。它们儿童时代被叫作鲈乍、小鲈板鱼，少年时代被称为鲈板儿，等长到三四斤以上，到了青壮年，则被叫大鲈鱼、大鲈子、大板子。外号这么多，就可以看出它们是海钓人的最爱。常有骄傲的海钓人把刚钓上来的一斤以下的梭鱼顺手扔回大海，他们只求鲈板鱼。鲈板鱼，全身有很多锐刺，所以有鲈鱼身上十八把刀的说法。鲈鱼被钓出水面后，就像刺猬遇到天敌一般，齐刷刷竖起全部鱼刺。鲈板鱼这种鼓起全身鱼刺，拼死一搏的现象，被百里滩先民用方言土语记录下来，名曰"乍刺"。乍刺，形容不服气别人，要与别人打架拼命前的桀骜样子。

二

厂子倒闭之前，工友中有人不甘心就这样丢掉端了多年的饭碗，自发组织起来闹了几次。

随大流，海军哥三个陪着闹事的工友们在厂门口有一搭没一搭地举了两天标语横幅。海军知道，闹也是白闹，不过该闹时也得闹一闹。闹了半天，八十年历史的万人大厂子还是眼睁睁黄了。厂子黄了怨谁呢，最后几年，厂子年年亏损，开工资完全靠银行贷款，大家就像看到路尽头是悬崖，都没了奔头和指望。那几年，工友们上班最累的活就是洗家里的衣服。下班前，好多人都要用饭盒装点厂里的金属零件，带回家里，积攒多了，卖破烂。海军、海力、海彬没有拿过厂里的东西，他们觉得为了拿点东西被厂门口警卫查出来，实在丢不起磕碜，他们看着几乎全厂的工友们都变成了白蚁，生生把参天古树一样的老厂蛀空了。

参加了乱哄哄的考试，开始晕头转向地选择转岗。年龄接近两年退休的，可以申请提前内退，每月给一千多块钱的基本生活费。四十五岁以下的，必须听从安排，转岗再就业。工友们有的去了街道，有的当上了交通协警，有的去了盐场滩地。海军、海力、海彬三个人又都分到了一起，他们新工作单位是距离小城四十多里地的盐场一工区。

一工区靠近大海，四顾都是晒盐池，一片水光，有一条柏油路伸向他们居住的小城，还有一条伸向不远的渔村。

与他们一起分配到一工区的，还有三十多个工友。每天他们要早早坐班车去滩地，那里有食堂，可以解决早饭、午饭，下午四点再坐班车返回，到家差不多四点半。工作不累，滩地伙食也不错，就是海风忒粗糙，太阳更热烈。上班第一天，新单位就发了海蓝色的工作服，可脸和手毕竟得暴露着，没十天，三个人的脸都晒成了酱猪肝颜色，双手也跟五香酱鸡爪一个色了。盐场的老工友们早就嘱咐他们，可别小瞧海边的滩地，这里阴天就能把人晒爆皮。没多少天，他们就和原来的老工人一个肤色了，他们的肤色倒是迅速融入了新的工作环境。

就像离家出走的孩子重新回家后需要家长安慰一样，为了照顾他们转岗的情绪，盐场领导给他们安排的工作很轻省，当跑卤工。就是每天到蒸发池取样，用波美度表检测一下卤水的浓度，卤水够度数了，就可以引卤水进结晶池，让海盐慢慢析出来。这个活毫不费力，就是太拴人，三个人整天在滩地里闲逛，顶着无处不在的刺眼阳光，内心里都感到了荒凉和孤独。海军觉得，自己每天下班回家，带回去的除了一身阳光的余热，还有臭烘烘的汗味和盐碱滩的卤味。晚上在排档拼啤酒的日子戛然而止，原因很简单，兜里太素了。

和老工人们还没混熟，三个人在工区里又形影不离了。时光仿佛又回到了上技校的时候。上技校时，他们仨同时发现彼此的名字都有海字，仨人一下子就亲近起来了。海军姓刘，海力姓张，海彬姓李。到了技校快毕业时，在一个海鲜排档喝了两箱啤酒后，哥仨喷着酒气、打着饱嗝拜了把子，结成了盟兄弟。他们的友情在化工厂的二十年中，可以说是越来越深厚了，就连彼此的七大姑八大姨都了如指掌。谁家有红白喜事，那两个人一定不遗余力帮忙，非常靠谱。

当初厂子景气时，每月开双工资，小学老师、医院护士，都争着抢着嫁给化工厂的三班工人。海军的老婆是个小学老师，收入比老师高时，他在家里的地位还不错；后来就完了，老师们总在涨工资，海军却总在降薪；到了厂子不景气的那些年，海军回家，总有一点负罪感，觉得自己这个大男人，实在空有其名。海力的老婆当上护士长后，每天跟随医生的应酬很多，并且乐此不疲，女人家家的，总喝得醉醺醺的半夜回家。海力开始连问都不好意思问，后来连问都懒得问了，爱咋咋地吧。海彬的老婆出国打工去了，已经去了一年了，而海彬对老婆的情况绝口不提，估计也是一肚子怨气。哥仨都成了婚姻学堂里的末等生。

到了滩地，虽然每月的工资多了千把块钱，三个人还是觉得很失落。原来的厂子是不景气，每月工资也就两千七八，可是外快多些啊，家里买点啥，就可以拿着发票找会计报销，车间里好歹找个名目，也能发点奖金。那时，厂领导家开了饭店，车间主任们都要去捧场，工人们有气，就发泄在工作上。有一次，海力酒后找乐，叫了一辆出租车，去了三十里外的一个地方，在那里的宾馆拉了泡屎，回来把打车钱、开房钱都报销了。有个师傅，上班时间往家里得跑四五趟，破书包里装满了焦炭，支援他老婆炸果子的事业。那时，从领导到工人，真是横作啊，都这么作，厂子能不完蛋吗？

海军说，如今每月就这素素净净的三千来块钱，都交给老婆，老婆还没好脸儿呢。老婆买个包包，就得几千块，买了这个"哎呦喂"又想买那个"抠死"，再看自己，买双一百多块钱的李宁牌处理旅游鞋还舍不得呢。老婆撇着嘴说，你有啥场合穿好鞋啊，整天跟盐卤子打交道，人跟腌了几年的咸菜似的，能穿出啥好来，凑合着得了。

他们在一起，开始琢磨咋能挣点外快。在海风把渔村那边集市上堆积如山的海螺壳、牡蛎壳、咸干鱼的混合气味灌满他们鼻孔后，他们才醒悟，为啥不从大海里捞银子呢。

经济地位的日益卑微，让海军在家里学会了忍气吞声，老婆的冷漠他早就习惯了。如今自己裤兜比滩地周边荒地里的野猫野狗的肚子还干净，这才是让他最犯愁的事。为了自由一点，哥仨都申请转岗塑苫工。塑苫工是盐场特殊的工种，晴天时啥事没有，可以不上班，但到了阴天下雨的日子，无论什么时候，都要在下雨前赶到盐池，随时把结晶池的塑料布苫好，防止雨水把刚晒好的卤水冲淡。下雨后，还要用工具把积攒在塑苫布上的雨水片出去。一般的盐工都不愿意干这个活，有时候半夜就得起来，摸黑往工区赶，太辛苦。雷电交加中户外干活，也危险，滩地里真有雷电劈死人的事发生。哥仨分析，雷雨天无法赶海钓鱼，塑苫工的这个作息时间正好和赶海钓鱼不冲突，他们和领导恳切申请，转成了不用坐班的塑苫工。

三

五月的海边之夜比海军他们想象的要冷很多。而且，海军深刻体会到了深夜中的恐惧，盯着漆黑的海面，耳朵里灌满了层层叠叠的涛声，凝视黑漆漆的大海，总是担心突然从海里爬上来一个传说里巡海夜叉模样的怪兽。白天独自一人在海边钓鱼的时候，只要想到四野的空旷，都会体会到恐怖感如海风海浪一样不停袭来，何况是黑魆魆的深夜呢。

他用头灯扫射，看看海力和海彬，他俩看起来更紧张，海力平时咋咋呼呼的，此时蹲在他旁边很近的地方，不停地吸着烟，看他烟头明灭的频率，几乎比海军心跳频率还快。

海军想吓唬吓唬海力和海彬，他故意谈起了夜钓的恐怖。海军说，他听一个钓友说某次独自一人在海边夜钓，刚摸索着打下两把矶竿，水里就模模糊糊地爬上一个黑乎乎的人形生物。那人形对钓友颤抖着嗓音喊话，喂，兄弟啊，别在这儿打啊，我在水底下呢。那一瞬间，他以为真遇到了"水鬼"，觉得后背发凉、发麻，全身毛发根根竖立，恐惧到了极点，用魂飞魄散来形容再恰当不过了。等水鬼爬近，再次开口说话，他才醒悟，这人正在潜水摸海螺呢，他是人不是鬼。说完，海军哈哈大笑，提前用自己的笑声肯定自己讲的段子很好笑。他又补充说，当然，他们这些潜水摸海螺的外地人，也确实被叫作水鬼。

他隐隐地看到海彬的肩膀一哆嗦，不知是因为害怕，还是因为寒冷。等了大概三个小时，竿梢的铃铛始终没有响起来。到了十点多，月亮从云彩里溜了出来，把大片月光播撒在海面上，近处浪花的花朵花瓣，都看得十分清晰了。海军的精神为之一振。就在这时，一把鱼竿的铃铛响起来了，海力手快，一把手抓起鱼竿，开始快速摇渔轮。看竿梢弯曲的程度，鱼应该只有一斤左右，尽管如此，海军海彬都兴奋期待着鱼赶紧出水。等海力把鱼挑上海垲，仨人都吓了一跳，这是什么鱼啊，样子太吓人了，头灯照射下，这条鱼脑袋看着像鳄鱼，身子像癞蛤蟆，尾巴像壁虎。怪鱼在乱蹦，仨人谁也不敢贸然去摘鱼钩，眼看着鱼无论怎么蹦跶也无法挣脱被它吞进喉咙的曲柄钩，无奈，海军戴着手套，硬着头皮把鱼钩取下，看看这条丑鱼，扔也不是，不扔也不是。那二位赶紧喊，快扔了吧，比鬼还瘆人。

天快亮时，他们三个都绝望了，又冷又饿又困，浑身上下哪儿都难受，这时候一把鱼竿突然从竿架上跳了起来，直接向大海的方向箭一样射了出去。

大鲈子！大鲈子！

哥仨几乎同时反应过来了，海力爬起来猫腰去抓竿柄。竿柄距离他的手越来越远，很快消失在海垱上，游动在海面上，缓缓下沉了。海军赶紧提起另外一把矶竿，奋力摇轮，拽上钓组后，赶紧朝着鱼竿消失的方向打了出去。二百克的铅坠砸在海浪上，发出一声闷响，海军赶紧往回收线，一无所获，他又奋力打出钓组。折腾半天，还是一无所获。

钓了一条鬼鱼，损失一把价值好几百的矶竿，第一次夜钓蹲大鲈子失败了。

毫无疑问，矶竿肯定是被大鲈子抢走的，这也是好事啊，大鲈子真的来啦。

这次夜钓后，他们在海钓群里向很多海钓高手请教。高手们闲聊说，蹲大鲈子一靠运气，二还得选好钓点，鲈鱼喜欢钻井平台或者乱石堆或者海底有蛤地的海域。他们仨越听越高兴，这些高手中没人提到坝头岸钓会遭遇大鲈子，这个结论让他们三个又对下次夜钓充满了期待。

四

最初扛着鱼竿赶海捡海螺钓鱼，他们仨没少闹笑话，也没少出险情。

大海落潮后，很多喜欢赶海的鱼鹰子会在大海刚退潮时就到了海滩，随着海潮上来的海螺们，正静静地吸附在海滩上的牡蛎堆上，在外行人眼里，很难找到它们。海军他们不懂得潮汐，第一次辛辛苦苦走了一个小时，到了海边，大海已经满潮，满眼是浑浊海浪和海浪吞吐的白色浪花；第二次赶海，时间对了，还是去晚了，那些容易找到海螺的滩涂，早被人捡过几遍了，没给他们剩下啥好货，仨人捡小海螺时，手都被小海螺吸附的刺蛤划伤了，开始没在意，最后手上沾了海水，才感觉被蜇疼了。海水浸泡的伤口，化脓后才慢慢愈合。

开始他们钓鱼，总当"空军"，向老钓手们请教才知道，满潮时，鱼情都不好。钓鱼要么钓涨，要么钓落，七分潮是鱼最活跃、最爱开口的时机，此时找到鱼群，半个小时就能钓四五十斤，绝对能爆箱。鱼和潮汐的关系，就像交通工具和乘客的关系。大潮汐就是鱼群的大公交。大潮时，随潮汐来的鱼群就多，钓鱼人渔获就可能多。潮汐不好时，大公交车成了小"三蹦子"，没带来多少鱼，所以老钓手不会天天泡在海边，他们只选择大潮。凡是高潮低潮落差不超过两米的日子，绝不去海边浪费时间。

他们仨第一次在东垲钓到鲈板鱼，差点累吐血。停好车，顶着刺眼的大太阳，背着钓具奔向坝头，整整走了一个多小时，去的时候因为憧憬着渔获，还不觉得多累。他们哥仨那天渔运很好，钓了一个涨潮，半个落潮，钓了好多鲈板鱼、梭鱼，钓箱全塞满了，海垲上还散落了很多鱼。收竿返回时，他们先把吃的喝的全装进肚子以减轻负重。每人背着几十斤鱼往外走，走了一会儿，实在太沉了，仨人就咬咬牙狠狠心，把不值钱的梭鱼都扔了。继续走了片刻，还是太重，就停下来用剪刀把鲈板鱼的肚子清理干净，每人都扔掉了五六斤鱼肠子，好歹也轻松了一点。再次出发。可过了片刻，又累得走不动了，他们再次打起了鱼的主意，一条鲈板鱼也舍不得扔掉，仨人一商量，把鲈板鱼头全拧掉扔了。就这样，一路走一路扔，终于把三个钓箱的鲈板鱼背到了汽车跟前儿。刚到汽车边上，海力一斜肩膀，滑落钓箱，他顺势躺在地上一动也不动，呼哧呼哧出着粗气。这一百多斤没有了鱼头的鲈板鱼并不好卖，无论他们仨怎么向路人解释，大家都将信将疑地躲开了。直到一堆鲈板鱼都散发出了臭味，他们只卖出了一少半，剩下的带回家，撒上海盐，全腌制起来晒鱼干儿了。晒成的鱼干儿依旧臭烘烘的，吃起来像在嚼晒干的屎橛子，最后都扔掉了。

他们终于能够一次次把捡到的海螺卖给饭馆和小商贩，每次都能有二三百元的收入，每次钓鱼也有不少渔获，觉得自己已经是老鱼鹰子了，在有一次海钓时，仨人还是差点丧了命。那次，闻讯西垲出梭鱼了，他们仨赶到西垲。那里早就围满了人，大家焦急地眺望，等着潮水上涨。有性急的，举着鱼竿离开海垲上的丁字石，下到了涨潮后会被淹没的篦子石排上。篦子石排，中间一格格是镂空的，没被水淹没时，踩上去还是很安全的，被海水吞没后，镂空的格子看不到了，很容易踩空，把腿划破，把脚脖子崴伤。

那天，他们看别的钓手都蹚水钓鱼，不断抻上一二斤的大梭鱼，就也蹚下水。脚下先是丁字石的尖角，两脚只能踩在两个尖角上，然后是平铺的篦子石排。潮水只没到脚脖子，还能站稳，注意力全在鱼漂上，脑子里想的就是黑漂、中鱼、中大鱼。钓了一会儿，身上背的钓鱼兜子就沉甸甸地勒脖子了。海军心里很激动，只想着钓更多的鱼。可没过一会儿，不知不觉地，海水没到膝盖了，浪涌就有劲了，海军的脚下开始有点晃悠。那一刻梭鱼爆连，下钩就中鱼，他们仨根本没在意海潮还在上涨，也没注意别的钓鱼人已经上了高处的海垱，好心的钓手喊他们往上走，他们哪里听得进去啊，心中只在期待下一条能中更大的梭鱼，甚至白眼鱼。当海潮淹没了裤裆时，已经站不稳了，身体在海浪撞击推搡中晃晃悠悠。海垱上的钓鱼人开始高声呼喊他们赶紧上岸，他们才发现，回去的路已经很难走了。海水还在涨，仨人脸色煞白，可碍着面子，还得假装满不在乎，继续挥舞鱼竿，直到海潮到了胸口了，鱼竿都挥不出去了，鱼竿已经成了支撑身体的拐杖了。仨人崩溃了，惊恐地互相打量着彼此，都从彼此表情中看到了对死亡的极度惊恐。海军想到了被淹死以后，身体吸饱了海水，像塑料娃娃一样，脸朝下漂在海浪上的样子，差点落泪。但是他没忘记鼓励他俩撑下去，除了硬撑，实在没有更好的办法。仨人更恐惧了，他们扔掉了鱼兜子，把紧紧抓在手里的三把鱼竿横在胸前，互相牵扯着来抵抗海浪没完没了的撞击。开始是海彬小声，继而海力大声，他们俩开始呼喊救命。海垱上的钓鱼人只剩下了几个，那里手机没有信号，他们只能用高喊安慰他们仨，他们喊，平潮了，再忍耐半个小时，半个小时后，就退潮，退潮就安全啦。我们出去给你们喊人啊，一定要坚持住！

海军看到那几个钓鱼人扛着钓箱钓具，慢慢消失了，听着海力对他们的咒骂，他想到了去年在这个钓位，有三个人在雷电袭来时还在贪恋渔获，最后被一个炸雷劈成一死两伤的事。他听到这个惨剧后，还笑话人家是贪心不足蛇吞象呢。如今，竟然轮到了自己明天也会被别的钓鱼人这么嘲笑，真是造化弄人啊。

　　他们三个孤零零泡在海浪里，绝望地等待那临终的一刻到来，远处，几个钓艇悠然自得地漂浮在浪尖上，让他们无比羡慕，海水有点凉，他们的身体开始哆嗦了。

　　海力哭丧着脸说，大哥，咱们哥仨不该走这条路啊，送送快递，一个月也能挣点零花儿啊，咱这不是玩命吗？！

　　海彬紧闭双眼，牙齿咬出了声音，不知他是不是因为恐惧不敢看到自己的灭亡，还是在祈祷什么奇迹出现。

　　救他们的人一直没来，他们仨足足在海水里泡了两个半小时，落潮后，才浑身湿漉漉地互相搀扶着逃到了海垱上。脸色都白如宣纸，身体抖成了刚发动的摩托车。那次生死考验后，他们仨开始下决心，无论如何也要买条钓艇。

五

　　在夜里蹲守的第三天，天蒙蒙亮时，他们终于钓到了平生的第一条大鲈子。这条七斤半的大鲈子，是海军中的。那一刻，他感觉手里的鱼竿被谁突然要夺走一般，他心脏狂跳，脸颊上热血上涌，本能地直起身子，搂紧鱼竿，竿梢立刻弯曲成了半圆形。鱼线被大鱼拽得忽左忽右，时深时浅，海军也被拽了几个趔趄，鱼的力气大得超过了海军所有的中鱼经验。他憋住呼吸，全身紧绷，才抗住大鱼凶猛的拉拽。矶竿竿柄顶着他的小肚子，左胳膊肘抵住竿身，小腹深深地被鱼竿柄顶凹进去了，像要剖腹自杀一般。他和大鱼拔河一样你拉我拽，海彬高喊，海力，拿抄子；大哥，松松渔轮的懈力，小心别让鱼洗鳃、切线！海军赶紧拧了一转渔轮的懈力，懈力松开的瞬间，大力马线被拽跑了十几米。海力拧亮了头灯，海彬赶紧提醒，别开头灯啊，会把别的鲈鱼吓跑了。

　　海军感到大鱼的力气变小了，他开始在心里默默地反复祈祷，千万别跑了啊，老天爷、观音菩萨、土地爷、各路家仙，阿弥陀佛、阿门阿门，千万保佑啊。渔轮摇把可以摇动了，他赶紧加劲，迅速摇动渔轮。海力海彬眼巴巴盯着他，海力举着抄网，瞄准水面鱼线潜入的位置，一个大鱼花沸腾开来后，大鲈鱼张着大嘴的鱼头浮出了海面。

海力刚要下抄子，海彬连忙喊，抄脑袋，千万别抄尾巴。大鱼似乎觉察到了头顶劈下来的抄网，再次奋力一摆尾巴，又消失不见了。海彬吓了一跳，问海军，跑了吗？见海军手里的鱼竿仍然弯曲着，才放下心。

精疲力竭的大鲈鱼再次被拽上海面，海力奋力一抄，大鱼进了抄网，最后挣扎了几下，被抄网兜住的大鱼有劲儿也使不上了，它变得服服帖帖了，竖起的背鳍也收敛了。大鱼总算跑不了了，三个人这才松了口气。摘鱼钩时，海力自告奋勇，伸手去抓鱼头，只见他的手刚触碰到鱼鳃，就被火烫了似的，瞬间缩回手。他嘴里吼了一句，可他妈扎死我了。再看双手，手掌上渗出了血珠。后来他们经验丰富了，才知道，大鲈鱼的鳃盖刀一样锋利，就连鱼头附近的鱼鳞，也都跟小刀片一样。

那天夜里，他们的渔运再次爆发，竟然钓到了七条大鲈鱼。目测最小的也有五六斤，最大的那条，八十升的钓箱都装不下了，头尾都在钓箱外面耷拉着，像巨人睡错了床。

天亮时，他们飞速地开着钓艇，任凭船头撞击海浪的飞沫，打湿了全身，他们身披火红朝霞靠岸，心情大好特好。

这七条鱼的处理方案，三个人稍有分歧。海军建议给工区头头送一条，以后钓鱼，时间上有个方便。海力不同意，说咱们辛辛苦苦钓的鱼，凭啥给他白吃。海彬不作声，沉默就是反对海军吧，海军就没再坚持。他们决定，都卖给饭店。跑了四家饭店，人家掰开鱼鳃打量后，对鱼的新鲜程度很满意，但是都不接受四十块钱一斤的价格。他们像商量好了似的，只出三十二元一斤，三十二，包圆儿。海力沉不住气了，就想卖给第四家饭店。海军说，这个价格，少卖四百多啊，咱们最后再换一家问问，不行我去蹲早市。海彬说，蹲早市卖鱼，传出去，咱们今后就没这么随便了，还是再找家饭馆问问吧。

第五家饭店规模大一些，老板看到了这几条鱼，听了报价，说三十五，我包圆了，我原来也海钓，知道海钓不容易，三十五，价格不低了。海军想，行啊，三十五就三十五，他说，老板，这条最小的我们不卖了，你免费给我们炖了行吗？我们哥仨在这喝点。老板很痛快地答应了。一听有大鲈鱼下酒，海力来了精神。海彬只是笑笑，没说什么。过完秤，总共四十五斤，老板把一千五百七十五块钱递过来，海力伸手去接，海军抢先抓过钱，塞给海彬。海力举着手，尴尬地说，我也是想接过来给海彬。海彬接过钱，数出五张塞给海力，又数五张塞给海军，说，第一次卖鱼，咱们都沾沾喜气，你们哥俩兜里也够素的了，我还不知道吗？这五百块钱，谁都不许要。海力接过钱，憨憨地笑着塞进裤兜。海军叹口气，说还是咱海力兄弟实在，也接了，摆在桌上的塑封餐具旁边。

海军说，今天晴天，工区应该没事，咱们吃完喝完，正好在家睡一觉。一会儿，热腾腾的鱼端上来了，海军抽出两张百元钞票，对服务员说，给我们拿瓶牛栏山，剩下的安排几个菜，今天我请俩兄弟。海彬把那七十五元零钱也拿出来，塞给服务员，说添个硬点的菜。

新鲜的大鲈鱼太鲜美了，仨人都停不下来筷子，鱼肉耐嚼，还没有软刺，吃起来痛快。那天他们敞开了酒量，又要了一瓶白酒，每人两杯后，海力开始话多了。每次喝了两杯白酒后，海力肯定变话痨。他从过去车间里的女工，白话到了现在工区食堂的女厨师，开始，海军、海彬被他逗得哈哈大笑。本来很好的气氛，让多嘴的海力突然冒出来的一句话搅了。他说，你们听说了吗，咱们这儿那些出国打工的人，一下飞机，就男女自由结伴，立马同居在一起，男的负责租房吃饭的费用，女的则负责家务，打工之余伺候男的，俩人就跟老夫老妻似的，多带劲啊。过几年，咱们哥仨不行也出去打工吧。

海军发现，海力的话刚说完，海彬就有点变脸色了。海军咳嗽了一嗓子，他反问海力，海力你又胡说，你又没出过国，你咋知道的？你说的现象也许有，肯定是个别的，没啥普遍性。

谁知，海力喝多以后，爱抬杠的劲头上来了，他提高了嗓门说，大哥，你是不知道，国内这边有几个女的要飞过去了，那边的工头儿早就门清了。他先看照片，漂亮的他先过一水，哪个女的归哪个男的，他都安排好了，我要是撒谎，我就不是人。

海军狠狠地瞪了海力一眼。海彬阴沉着脸，把剩下的半杯白酒一口干了，说我突然想起来，今天还有要紧的事要办，先撤了，你们哥俩慢慢喝。说完晃晃悠悠就走了。

海军喊，三弟，啥着急的事啊，等会儿咱们一起走。喊了两遍，见海彬头也不回，海军就叹了口气，他踢了海力一脚，你这破嘴啊，你不知道海彬的老婆出国打工去了？你这不是骂三弟是王八吗？！

啊，我哪里知道啊，他从没跟我念叨过，海力挠着脑袋，极度懊悔地说。

好在转天他们去海钓，海彬没有表现出生气的样子，让他们感觉意外的是，他们钓到大鲈子的坝头，已经被二十多条钓艇包围了。

他们哪里知道，他们卖给饭馆几条大鲈子的事，早在几个微信群里炸锅了。

六

海军回家时，都是蹑手蹑脚的，不敢弄出大的动静。每次回家，他都有去别人家做客的生疏拘谨感。他知道自己和身为小学语文老师的妻子文化层次的差异，平时很少有语言交流，他们就是都在家，也像梦游人一样，彼此视而不见，各忙各的。他们不吵不闹的，也不亲热。彼此就像两条平行的河流，各自流淌，互不侵扰。

刚读大学的儿子，成了他们平时唯一可以简单交流的话题。无非，孩子咋样？挺好的。哦，那就好。孩子读大学离开家后，妻子就和他分房睡了，家里更像旅店，他们是不同房间的房客。妻子工作很忙，天不亮就去学校了，回家后忙着在微信群与家长们交流。儿子和妈妈偶尔打微信电话，海军只能隐约地听着，妻子很少把手机递给他，而孩子每次都是与妈妈联系。

海彬曾经和他深谈过对家庭的感受，海军知道，海彬的处境和自己也差不多，也是感觉不到家里的温度。海彬的妻子也是他们一个厂的，看到厂子不死不活的样子，就辞职出国打工了。刚开始，海彬的经济状况果然突然好起来了，海军知道，是他老婆每月给他汇一万多块钱。海彬总让海军陪着，去中国银行把外币兑换为人民币。这样的日子持续了半年，海彬再没邀请他陪伴了。海军也没多想，海力酒后的话，倒是让他替海彬的婚姻担心了。的确，他认识的出国打工的人，没超过两年，几乎婚姻都破产了。

工区食堂卖菜的小花，矮墩墩、胖乎乎的。她包的包子很好吃，每次在食堂窗口卖饭，小花对海彬总是含情脉脉的，她给海彬舀的那勺菜，每次都是冒尖的，惹得海军、海力总拿小花找乐，称小花为花西施。他俩总怂恿海彬买红烧肉或者红烧丸子。但是海彬对小花、红烧肉、红烧丸子都没什么兴趣，小花情意绵绵地多盛给海彬的红烧丸子、红烧肉，都便宜了海军、海力。

工友们私下说，小花的老公也出国打工去了，走了五年了，说他俩早就协议离婚了。小花也是空床难独守，身子饥渴难耐，一直喜欢对帅哥放电。

食堂的大师傅里，有个帅气的山东小伙子，只要不穿食堂的工作服，他总是穿戴得很整齐，他开一辆白色的迈腾上下班，在工区很扎眼。工区里，除了盐坨是白色的，就是他的车是白色的。他的车任何工友也没坐过，他谁也不让坐。海军听说，他靠网聊，认识了一个医学女博士。据分析，女博士很有钱，女博士给他买了车，还在距离一个小时车程的高档社区买了套房子，每周末，女博士与他去那里相会，女博士是否婚配，不得而知。爱八卦的工友们，当然要把女博士想象成婚内出轨，包养小白脸，寻求短暂刺激。山东小伙子这点艳遇，成了他看不起工友的资本。有一次，他给海力盛米饭，海力嫌给少了，让他给再添半勺米饭，他不肯，海力高声说，你他妈的蒸的啥米饭啊，跟酱粥似的，我这人胃口好，从不吃软饭。

"从不吃软饭"这五个字，海力故意大嗓门说得一字一停顿。海军赶紧捅海力腰眼，暗示他说话别揭人短处。谁知山东小伙笑了，挑衅地说，海力师傅啊，您老人家晒得跟酱黄瓜似的，想吃软饭，你吃得上吗？一边馋着去！

七

出了末伏，鲈板鱼三四两大了，他们开始张罗载客钓鱼。包船一千，拼船一人二百。第一次载客去钓鲈板鱼，险些出事。

那次出海，海彬说他家里突然有事，没有参与。船钓时，为寻找好的钓位，一天得下二三十次锚，平时他们仨出海，都是心细的海彬当锚长。海彬听说这次出海是海力负责下锚，就在哥仨的微信群里留言，反复叮嘱海力，海里有涌，锚绳下水，立刻绷紧，力量吓人，一定要注意安全。上船第一件事就是规整好所有物品，第二件事就是把锚绳盘好！放锚时必须让大家都坐着！坐着！坐着！免得锚绳把人带下水。起锚时，必须两条腿一前一后找准稳定感后，再开始拉。如果锚到礁石，拉不动，启动船机直角用力"顶"的时候，重心后移下蹲……

海力摇摇头，妈呀，这么多事啊，我哪里记得住啊。

那天上来了六个人。他们一千块钱包船，要求去流口子钓鲈板鱼。海军在船尾控制发动机，海力在船头负责抛锚。钓艇到达流口子时，已经下午一点，涨了五六分潮水，正是鲈板鱼爱开口的时机。海军准备在流口子外找钓点。谁知，那六个人说不去口子外面。海军说行，那就去口子里面钓。六个人说不，就钓口子的流头。海军和海力对对眼神，俩人心里都没底。流头就在坝口中间，坝口外的海水从这里涌进坝口里面，海水受到两个石头坝的阻挡，力量会变得非常大，流大浪急，抛锚很困难。海军说，流头不好下锚啊，那里流太大，太危险了吧。六个人齐刷刷说，咱们离两边的坝头那么近，扑腾几下就上岸了，我们都不怕，你俩怕啥。

海军琢磨，第一次载客出海，图个顺利吧，不和他们呛了。他问六个人，你们船钓过吗？

六个人说，没有，今天是头一次。听说口子出鲈板了，我们就来试试，听说鲈板不是好顶流吗，咱们就在流大的位置钓。船长，你要是不行，我们就退钱，换条船。

海军有点恼，心想，好言难劝该死的鬼，一会儿你们不晕船才怪呢。他就转舵，把钓艇往激流中开。海浪撞击船头的力度马上加大了，浪花溅起一人多高，船头的人身上都淋上了海水。他们竟然兴奋得嗷嗷叫。到了流头，海军控制好发动机油门，让钓艇静止下来，喊海力下锚。海力脸色惨白，估计是有点害怕了，他抛下铁锚，盯了海面一会儿，说锚落底了，海军就关了马达。谁知，铁锚并没有真落底，发动机一熄火，钓艇一瞬间就被卷入了漩涡里，并在漩涡里迅速打转儿。海军赶紧发动机器，发动几次，竟然没点着火。钓艇眼看旋转得更快了，六个人也不嗷嗷叫了，都紧紧抠住钓艇边缘的帆布抓手。就在此时，锚绳突然绷直，估计铁锚挂到了填海的毛石缝隙上了，锚绳绷直的瞬间，钓艇的船头被锚绳压下了海面，钓艇里瞬间扑进了一大摊海水。眼看钓艇就要潜入海里，海军高喊，海力，赶紧把锚绳砍了。海力低头找到砍刀，一刀把锚绳砍断，钓艇的船头挣脱了锚绳的压制，立刻高高抬起，像一匹烈马高抬前蹄。海军感觉手下一空，发动机竟然挣脱了固定它的卡座，掉进了滚滚激流中。这下，钓艇成了浮萍，在湍急的漩涡里自由自在地旋转起来。

幸亏这时有两个钓鱼人驾着一条十五节的小艇经过，人家二话没说，开过来就把海军他们的钓艇顶住了。小艇发力，把海军的钓艇顶出了旋涡，顶到了缓流的水域，那两个人喊，你们把锚绳拴在地笼的浮漂上吧。

海军、海力一起配合，把锚绳拴在了篮球大小的浮漂上，一会儿，锚绳拉直了，钓艇也稳住了。六个人有四个已经趴在艇边，哇哇地呕吐起来。海军暗骂，活该。

海军对小艇上两个好心人千恩万谢，说你们把手机号告诉我，找时间我好好请请哥俩。那两人说，不用，要不我们把你们顶到坝上去吧，你们别钓了，太悬了。

六个人中有两个没呕吐的不乐意了，说不行，我们包船钓鲈板来的，上了坝头，我们不就成岸钓了吗，我们现在就下竿。

海军对帮他们的那两个钓鱼人说，谢谢哥俩了，好心人必有好报，咱们都在这片海上玩，总会碰见的，来日方长。那俩人说，你们差不多了就打救援电话吧，要是真不用我们，我们就去流口外面钓鱼去了。

急着下竿的两个人赶紧挥手说，你们走吧，走吧。

海军和海力本来也带了钓竿，可锚也没了，发动机也掉海里了，损失惨重，哪儿有心思钓鱼呢。一会儿还不知道咋上岸呢。再看那二位，已经开始中鱼了，呕吐的人见到中鱼，也都来了精神，没心没肺地也钓起了鱼。三个小时后，海军看他们每个人都钓了多半箱鲈板鱼，就开始打救援电话。电话拨出后，他傻眼了，根本没信号。他让海力打电话，也没信号。

海军意识到事态严重，就对六个人说，哥几个，我们哥俩的手机都没信号，你们谁的手机有信号，借我用一下。六个人说，着啥急啊，正连竿呢，等会儿别的钓艇路过，把咱们顶上坝头不就得了。

海军低声对海力说，咱俩今天算碰上一帮生瓜蛋子了，要鱼不要命的主。咱们俩都编条短信，发给海彬，反复发，万一发出去呢。只能让海彬帮忙联系一条渔船吧，五点左右必须把咱们拖走，真要出了人命，咱俩下半辈子就剩还债了。

到了五点多，西面的天空开始扑过来大片的乌云。海上起了风，钓艇又开始剧烈起伏了，晕船的四个人又开始呕吐了。他们提出要上岸，海军冷冷地说，我们一直联系救援船，手机就是没信号，我们也没辙了，听天由命吧。

六个人这才如梦初醒，赶紧掏出手机，他们的手机也没信号。海军长叹一口气，恶狠狠地说，天气预报后半夜有七八级大风，咱们要是找不到救援的，明天等着家人给咱们收尸吧。

六个人面如土色，说你是船长，你赶紧想辙啊，我们可是花了钱的。海军、海力不再和他们搭话，只是低头摆弄手机，给海彬反复发短信。

真是不幸中的万幸，半个小时后，一艘渔船经过，看到他们拼命挥手，就靠了过来，把他们的钓艇拖进了渔港。

八

机器掉海里了，海军只得找老娘借了两万块钱，买了一个更旧的发动机，海军好歹懂得维修，把旧机器保养一下，还是很好用的。他嘱咐海力，丢发动机的事儿先别告诉海彬。

可是海彬压根儿就没看到过新买的旧机子，因为从那天开始，海彬总是找借口不出海，这让海军很费解。是不是他对股份的分配逐渐不满了呢？毕竟钓艇主要是他投资的啊。他思来想去，多次邀请海彬出来喝酒，海彬只说没空。他想去海彬家里，和他好好聊聊，海彬说不方便，千万不要来。后来给海彬打手机，他总是关机。

一天晚上，乌云密布，塑苫工们急急忙忙往工区赶，海力开着他买的快报废的面包车，拉着海军，直奔滩地，海彬还是没来。他俩苫盖好了自己负责的两个结晶池，又要帮海彬苫他负责的两个池子。他们到了池子边，结晶池的塑苫布已经打开了。在那里忙活的工友说，你们哥俩都不知道啊，海彬请假了，一时半会儿上不了班了。

转天上午，风雨过去，天气放晴，他俩把汇集在塑苫布上的雨水用铁锹铲出去，又把结晶池的塑苫布卷起来。下班路上，他俩商量着，还是得去海彬家看看。海军说，咱们到家里堵他，不管咋样，得给句痛快话啊，不满意咱们哥俩，也得直说啊，闷葫芦一样，憋死人呢。

到了海彬家，用力敲门时，海军隔着门缝，就闻到了一股清晰的中药味。门开了，海彬头发蓬乱、一脸憔悴地站在他俩面前，中药味浓烈地从海彬身后扑面而来。

海军挥起拳头砸在海彬肩膀上，三弟，咋回事啊，得病了？得病咋不告诉我们哥俩一声啊。真有你的。说着，推开挡在门口的海彬，站在了客厅中间。海军四下看，发现主卧室的门半掩着，屋内的床上，分明躺了一个人。

海军用手指指卧室，海彬赶紧走过去关好门，小声说，我老婆回来了，病了。

原来，海彬的老婆在国外出了车祸，截瘫了，家里离不开人，海彬把老婆接回家后，一直伺候老婆吃喝拉撒睡。

当年钓艇钓鱼、捡海螺的收入，正好四万多块钱，海军、海力谁也没要，都给了海彬。让海彬带着妻子，去更好的医院看病。

海彬说，我不缺钱，保险公司赔了钱了，够用的。海军说，把弟妹的病治好，其他的别管。咱们兄弟，谁有事都不许一个人扛着。

海彬怔怔地听着海军的话，没接话茬，只是低下头一个劲儿揉眼窝。只有他自己知道，悄然涨满了清泪的眼眶，似乎要胀裂。

只要有空，海军和海力都会到海彬家，哪怕陪海彬坐坐，他俩也高兴。海军偷偷和海力说，咱们得向海彬学习，人家才有真男人的胸怀啊。海彬的老婆也从截瘫的悲观绝望中走了出来，开始和他俩打听海钓的事，每次海力都要添油加醋地讲述一番，这个女人努力做出如醉如痴的神情，安静地听海力白话。

九

在后来的海钓日子里，他们先后救起了十几个落水的钓友，海军、海力两人，都成了成熟的船长。他们的钓船，口碑越来越好。

第三年开春，单位允许转岗人员办理提前退休，海军哥仨一商量，都办了内退手续。到了秋天，他们又换了一条更安全的新钓艇，还新配备了超声波探鱼器，专门用来寻找茫茫大海下的蛤地。鲈板鱼的鱼群喜欢在蛤地栖息，找到新的蛤地，才不会让花钱钓鱼的客户失望。海力还买了一套手机直播设备，把钓鱼的视频直播给钓友。船钓的事业开始风生水起。

政府有关部门派人找海军他们探讨，能否把载客海钓纳入政府旅游项目中，让海钓更规范安全。政府还希望在适当的时候，策划第一届国际海钓节，邀请世界上的海钓高手来百里滩一试身手，通过海钓，带动亲海旅游业的蓬勃发展。哥仨很高兴，他们表示一定全力配合政府工作。

海彬的妻子，在海彬精心陪护下，已经可以挂着拐杖下地行走了，生活基本可以自理。海彬告诉海军和海力，再等半年，他想带着妻子也体验体验海钓，这不是他的意思，是他妻子主动说出来的心愿。

大海涛声不断，靠海吃海的人们生生不息，享受着大海的富饶。

后来的日子似乎成为被一双看不见的手拉长的镜头，在很慢很慢的节奏中缓缓放映。

朝霞中，夕阳里，在海边忙碌的人们不经意间就能看到有三个身影驾驶着新钓艇，劈涛斩浪，一路向前。他们把快乐的笑声一天又一天地播撒在了闪烁着温柔波光的大海里。

守海

一

　　腊月二十三，一大早去海边混养汪子捡冻鱼的二获，骑着他那辆加了发动机的破三轮车，返回自己在海沟边搭建的窝棚时，他看到从养殖场那边流过的沟水，正源源不断冒着白蒙蒙的雾气。雾气把海沟笼罩住了，像一条绵长的蚕丝大围脖一样蜿蜒曲折地缠绕着水面。透过雾气，几个巨大的鱼花儿冒出来，在水流中十分显眼。他本来就不平稳的三轮车剧烈地颤抖了一下身子——他想刹车，点了刹车的脚很快又抬起来。他想起自己车上只有鱼竿，没有鱼食，只好抬起踩刹车的脚继续前行。好在窝棚不远了，赶紧到窝棚里取铁铲，在沟帮子挖点沙蚕吧。

　　只捡了三条一斤来沉的冻梭鱼，有一条鱼的脑袋还被鱼鹰子鸽烂了。这三条鱼应该够吃了。他那个在电厂当厨子的朋友说，想吃冻梭鱼炖粉条了，有三四条就行，梭鱼就刚熬熟了最好吃，隔夜就返腥，多了没用。海边太冷了，穿了两件防寒服的二获都冻透了，他就赶紧回来了。他把冻鱼拍照，给朋友发了微信，让他自己来窝棚拿鱼。

他的那个让一切过路人觉得很刺眼的帐篷，就搭建在通向一个刚被拆迁的渔村路边海沟的闸门脚下。这个闸门有三四米高吧，钢筋混凝土的，与周围堤埝的颜色很一致，都是土黄色。闸门突兀矗立，真像一扇孤单的大门，恍惚让人以为与它曾经是一体的老宅子不知何时荡然无存，它成了唯一残留物。这道闸门控制着几条交错的海沟的潮落水，暮色中它应该也像个巨人，而它脚下那个蒙着碎花棉被的窝棚，应该很像卧在巨人脚底下的一只懒狗。

距离大海不远的窝棚四周的海沟河道很复杂，几条上水沟、泄水沟纵横交错。沟汊交叉处，是一片很开阔的三角形缓冲水面，这里应该很适合鱼虾栖息。水面上插着很多细竹竿，每根竹竿下都有一个地笼的尾巴。二获窝棚边，有个很奇特的筏子，筏子的浮子是十几个装桶装水的蓝色塑料桶，与西北人的羊皮筏子比，这个筏子的浮力也不逊色，且更有时代感。

这里白天车多人多，过路的车、钓鱼的人，给海沟带来了热闹，但是到了晚上，刺猬、黄鼠狼、野兔子出没，说不准还有从内心跑出来的孤魂野鬼吓唬人。一个人在帐篷里过夜，或者冒着严寒熬夜搬一宿的罾网，的确不是很好玩的事，如果不为了把鱼虾换点钱和内心的难言之隐，谁愿意舍弃自家温暖的床铺被窝呢。

快春节了，他还是不想回家。现在的老婆赵晶隔三岔五电话催他一次，他找了一个个借口，说海沟里出梭鱼了，找他预定梭鱼的人不少，咋也得满足人家啊，缓几天就回去。他卖鱼虾的钱，赵晶一分钱也不要，她开了一个发廊，收入还不错。他俩结婚时，他就觉得矮人家好几截，自己没工作，没劳保，跟街头流浪汉差不多，赵晶这是收留他啊。

幸好赵晶的女儿也结婚了，很少来家里，刚和赵晶一起过日子时，他觉得还挺好。后来赵晶的女儿生了孩子，总抱着孩子来姥姥家住，二获就觉得自己像个局外人了，人家母女之间有说不完的话，赵晶的女儿对二获倒是很客气，当着赵晶的面，也会偶尔喊二获一声"爸爸"。但是只要赵晶不在场，她的脸就像结了层薄冰。就是这种没温度的客气，让二获觉得自己就是来串门的，时刻得看主人脸色准备告辞。这种寄人篱下的感觉，让他难受得如同后背扎满了细小的芒刺，根本拔不干净，随时随地刺痛着他。

尽管住在海边的窝棚里实在是太冷了，夜里盖三层厚棉被，早晨醒来时，鼻毛还是被呼出的哈气冻硬了，鼻孔里像堵了一块硬鼻涕，二获就是不想回家。

这个窝棚搭建了快三年了，他在海边游荡时，看到了海沟沟汊处裸露的大片空地，就生出了搭个窝棚的想法，他从各处踅摸来材料，一点点搭建，越搭越厚实，从一层聚氯乙烯袋子遮挡阳光，到用厚帆布、厚毡子、破棉被抵御寒风，窝棚越来越像一个舒适的小安乐窝，住在里面的感觉踏实。这三年中，也没人对他说这里不许私搭乱建。他在沟汊中下了地笼、粘网，每天海沟随着大海涨潮落潮，沟水或满或干，总能捕获一些小鱼小虾。好歹弄到市场上，就可以卖百八十块钱，他的烟钱酒钱，就是小鱼小虾给的，他很知足。

二获喜欢待在窝棚里的感觉，尽管大晴天窝棚里面也很昏暗，夜晚更是伸手不见五指；夏天蚊虫肆虐，冬天寒冷刺骨，他还是喜欢待在里面。坐在黑暗的窝棚里独自喝酒时，总是把酒杯碰洒，把酒肴看错，但是大海的涛声与海风的卤味让他格外踏实安宁。每次喝醉了，晕晕乎乎睡着，他就梦到了年轻时候那些美好的日子。那时他挣了些钱，比在工厂上班的同龄人兜里富裕，每次和几个哥们喝酒，都是他抢着结账。他还买了一辆摩托车，总驮着老婆出去兜风，那时她还不迷恋赌博，儿子没有上学，也正是最天真可爱的年龄。

去年初冬，他发了笔小财。地笼里连续几天灌满了蚂蟥，蚂蟥这种只有冬天才能品尝到的小海鲜，活像沙蚕，味道很鲜，在百里滩大大小小的饭店里，特别受食客欢迎。他联系小贩儿，最多的一天，足足卖掉了八千多斤，收入了万把块钱。他一高兴，给自己买了一个鸭绒睡袋，买了一个充电台灯。晚上睡在窝棚里，再也不用盖三层厚棉被了。棉被太沉了，翻身都得铆足拉屎的劲儿。有了台灯，窝棚里就偶尔有了光明。

在海沟边挖了几铁锨，就挖到了多半塑料盒的沙蚕，二获很高兴，这点沙蚕，足够两天钓鱼用。他给电厂的朋友打电话，让他来拿鱼，一会儿朋友开着他那辆红色吉利来了，拿走了鱼，给他丢下两个热乎乎的餐盒，米饭和素烧茄子。朋友告诉他，熬好了鱼，晚上带过来，和他喝两口儿。

往年到了这个季节，海沟会结层薄冰，他只能冒着刺骨的海风捡点冻鱼，剜一些牡蛎卖钱。那些网眼上糊满泥絮的地笼，基本都拽上堤埝，晒太阳了。今年不知为什么，海沟一直不结冰，沟水总是满满的，每天都有好多水从上游源源不断排泄下来，形成清晰的水流，向大海方向涌动。

二获猜测，一定是随着海潮误入海沟的梭鱼们，迷恋上了海沟里肥美的麻虾、蚂蚱，忘了在冬天到来的时候回到大海里，想到这里，他不由得一阵狂喜。

刚才冒出鱼花的位置，是海沟一个胳膊肘弯的地方，那里的水流突然缓和了下来，估计是可以存住鱼。二获找了一个堤埝陡峭的位置，上好沙蚕，砸下了鱼漂。胡萝卜形状的鱼漂在水面上发出清晰的"啪"的声响，鱼漂竖立起来后，随着水流漂移，还没漂出半米远，鱼漂就突然沉入了水下。黑漂！二获狂喜，心跳得撞嗓子眼，他奋力提竿，马上感觉到了水下的沉重与挣扎。他奋力挑起鱼竿，鱼竿竟然没有拽动，反而是竿梢弯弯地扎向了水面。二获凭借几十年的钓鱼经验，他知道，这条鱼小不了。水下那条二获还没见到的大鱼，正拼命挣脱着鱼钩，似乎要把被拽得深弯着腰的二获拉下水，才肯罢休。

二

二获上小学二年级，家里人发现他不是读书的料，蹲了两次班，第三次上二年级，刚开学不久，新班主任上门家访，对二获一通奚落，二获的爹妈垂着手毕恭毕敬，跟三孙子似的听老师鞭炮一般的数落，二获一股怒火顶上脑门，大喊一声，干蛋去吧，我不上了，退学！班主任似乎就等二获这句话呢，立刻如释重负站起身，步履轻盈地走了。从此，二获开始骑着家里的破自行车，往返于海边和家里，用一把江苇做的鱼竿，每天把海鲇鱼、鲈板鱼钓回家。二获的渔获，从最初的二三斤，到后来的二三十斤，四五十斤。家里吃不了，二获就在门口摆摊，卖给街坊邻居，弄些零花钱。父母都是盐场滩地工人，中午也不在家，见二获能自食其力，也就不再对他多加打骂了。那时候，二获就很喜欢海边那些养虾的混养汪子堤埝上用苇箔油毡搭建的如同碉堡一样的窝铺。那些窝铺，到了养虾的季节，才会有人进出。投放虾苗的五月，二获就去窝铺边，和看汪子的人搭讪，慢慢混熟了，他们就让二货帮忙捎烟酒，捎花生米、兰花豆。到了六月份，汪子里的海鲇鱼有手丫子粗了，二获每天都能提着一大篮子鱼回家。赶上汪子出虾，人家还会给二获几斤新鲜的虾钱，让他回家炒辣椒吃。二获的爹妈开始觉得二获是个人才，二获在家里的地位也就升高了一些，可以当着爹妈的面抽烟喝酒了。二获十八岁那年，他已经成了百里滩小有名气的鱼鹰子，成了打鱼摸虾的好手。那时，混养汪子的人开始雇佣他，他吃住都在窝棚。养虾的几年，是二获一辈子最开心的时光。除了干活睡觉，就是喝酒，顿顿有鱼虾，抽的烟不是红山茶、石林就是良友、希尔顿。喝酒时，他入迷地听他们讲女人，讲黄段子。女人让他无比神往，每天支支楞楞地睡着，隔三岔五，早晨起来就得偷着洗裤衩。养虾人偶然间撞破了二获的秘密，从那以后总逗他说，嚯，你小子，性还挺大，赶紧找个媳妇吧。二获对这句话，一直懵懵懂懂。

　　但是他刚二十岁，就急急忙忙结了婚。

三

　　那天下午，二获持续不断地中鱼，他自己都觉得做梦一样，他带去的一个装墙面漆的大塑料桶很快就满了，很多大梭鱼塞进桶里，一拧身，就挣脱出来，在地上滚满了干土，本来青背白肚的俊俏梭鱼，瞬间变成泥猴。很快，他脚下躺满了滚满土的梭鱼，梭鱼偶尔还会蹦跶一下，好像一根干屎橛子要成精。

　　水下好像有个聚宝盆，梭鱼源源不断被二获拽上堤埝，可钓上再多，水下也没有一点减少的迹象，依旧是下钩就黑漂，黑漂就是死口，一提竿，准有鱼，有时候还是两个鱼钩同时中，钓鱼人称之为双飞。

　　二获中鱼的钓点，就在公路附近，相隔着海沟，他中鱼的场景，引得很多路过的汽车减速，落下车窗，侦查，询问。

　　就在二获喜不自胜的时候，他身边已经站了几个过路的人，他们的惊叹声引起了二获的注意。他们叫好之后，就匆匆离开了。

一个小时左右，四五辆车停在了路边，下车的人背着垂钓包聚拢到二获身边，他们没有沙蚕，每人都找二获索要了几条，还向二获打听怎么挖到的沙蚕。他们下竿时，鱼漂都精确地砸在了二获的鱼漂周围，二获知道，钓梭鱼属于"流氓钓"，是可以欺钩的，可他还是觉得有点堵心。他们也很快中鱼了。中鱼的惊喜极大刺激了他们，他们嗷嗷叫着笑着，摘下钩上的大鱼后，急忙又把鱼竿下好。二获被团团包围，他举起鱼竿后，再想下竿，他面前已经横了几把鱼竿，水面也已经挤满鱼漂。二获想发作，心里反复骂了他们几遍傻逼，可一想到自己已经钓了那么多鱼，也就压住了怒火。

好在那些人到来的半个小时后，海沟突然泄水了，沟水汹涌，鱼漂小船一样漂动，梭鱼突然集体停口，无论怎么用鱼漂拍击水面，鱼漂也不再异动了。

那些钓鱼的人又拍了一会儿，绝望地收起鱼竿，每人又都从二获扔在地上的鱼里捡走几条，骂骂咧咧地回家了。二获等他们都走了，开始收拾自己的战利品。足足钓了六七十斤梭鱼，二获笑得合不拢嘴，他把鱼搬上三轮车，直接奔向小城的海鲜街。二获以十元一斤的低价，很快卖掉了梭鱼，留了四条，去送给电厂的朋友。顺便买了一箱啤酒、两瓶牛二、一斤松花蛋、一斤猪头肉、四个馒头，又去药店买了几贴膏药。除了零花钱，卖海鲜余下的大数目的钱，他基本都给了赵晶，他觉得这就如同入了股份，成了股东，从此就可以直起腰说话了一样。用现在的新词，叫获得话语权吧。

晚上喝酒，他美滋滋地告诉了朋友下午渔运大爆发的经历，他用筷子头指点着眼前的酒肴说，你看，这都是下午的梭鱼换的。朋友帮他分析，为啥鱼情这么好。他们的结论是，春节前，各个养殖场养殖池的鱼虾集中上市，把温水排到海沟，海沟水温一直很高，另外，一定有一群大梭鱼不知从哪里窜进海沟，一看这里暖暖乎乎的，都舍不得走了。他们的推论是，海沟里一定还有好多大梭鱼。那不仅是梭鱼啊，更是一张张百元大钞啊，而且是属于我二获的钞票，二获喜滋滋地美了一宿。

转天醒来，二获发现海沟还在放水，无法钓鱼。有几辆小汽车开到沟边，看到水流太快,车里的人站在沟边发了一会儿愣,就开车离开了。

二获突然想起了拴在桥头的搬罾架子。有水流,正好搬鱼。他翻出罾网,拍打着网片上干硬的泥垢,走向桥头。

二获攥着搬罾的拉绳,手边还有一把长柄的大捞拎。桥东已经有一个老人在搬鱼了。二获的搬罾架子在桥西。二获穿着像壳子一样坚硬的满是泥浆的羽绒服,戴一顶抓绒帽子,整个人就像冬日盐碱滩上一簇凋零的鬼柳。一辆奥迪停在了路边,摇摇晃晃下来了三个人,走到了桥西头。他们走近桥时,他正在拽罾网,罾网不大,直径也就三米吧,外沿是一个金属的圆环,所以很容易拉出水面。罾网出水时,他们看到网底有七八条蹦跳的梭鱼,他们惊呼,嚯,真不少,搬多少了?二获不太愿意接受他们的赞赏,他知道这些人都是想捡便宜的,就沉着脸说,刚来。然后低头瞅了一眼脚下的塑料桶。塑料桶里,已经挤满了一层鱼,估摸着有五六斤了。三个人中有人问,鱼卖吗?二十块钱卖给我们吧?此人又回头对同伴小声说,冬天海沟里的梭鱼鲜灵,市场很难买到。二获更加心烦,他含糊地说,看吧,搬多了再说。那人说,你使劲儿搬吧,我多买点。

桥东的老人也拉罾网了,三个人又凑了过去,这一网也有几条。他们再次惊呼,这么厚的鱼,一会儿不就搬百八十斤啊。老人呵呵笑着说,这哪有准儿啊,要是每次都这么多,那敢情好了。老人用捞拎在网底一杵一杵,网底的鱼弹跳着身子,最后都落进了捞拎里。老人一松手,罾网重新潜入水下,抬起捞拎里的鱼,抖落在一旁三轮车上一个白泡沫箱子里,箱子立刻如受了潮的过期鞭炮被点燃一样,闷闷地响成一团。只这一罾,箱子底儿就铺满了鼓着鱼鳃、喁着嘴蹦楞着身子、大口喘气的梭鱼。

三个人在风中贪婪地看了一会儿搬鱼,寒气彻骨,再多站一会儿,人就要被冻透,就钻进了车里。

等了约莫二十分钟,老人的泡沫箱子几乎半满了,里面的小梭鱼很多,也有几条尺把长的。钻出奥迪的人问老人鱼卖不卖,老人很痛快,给二十块钱拿走吧。二获心里一哆嗦,二十块钱,买这么多尺把长的梭鱼,价格太低了吧,他又不好作声，只好瞪眼看着他们交易，眼巴巴看人家把鱼装走。三个人走的时候，还不忘路过二获身边时，使劲儿按了两下喇叭。二获呸了一口，傻逼，都开奥迪了还爱占便宜！

过了一会儿，又来了一辆车，下来两个人。来人走向桥西。看看二获脚下的桶，鱼已经满满的了。来人说，哥们儿，我们都买了，多少钱？二获竟然说，嗯，嗯，不卖了，留着家吃。来人说，哟呵，多给你钱也不卖？他坚决摇摇头，不卖了，家吃。来人还不死心，与他东拉西扯一会儿以套近乎，又看他拉了几次罾网。这几次，基本都空网了。对方递过来一支烟，二获接了，对方给他点上。二获微笑了一下，告诉他们，他黑天白天都在这里搬罾，有时候一搬就是一宿。能搬多少？对方问。他吹嘘说，多的时候一百多斤吧。这时候，来人又觉得时机成熟了，话题一转，问，卖吧，卖给我们，你再搬的鱼留着家吃呗。二获脸一绷，还是与刚才一样的坚决态度说，不卖，家吃了，这鱼好吃。

这时，老人拉起了罾网，网底白花花跳成了一片，足足得有二十多条鱼！两人赶紧凑过去说，大爷，这些鱼我们都买了，二十块钱行吗。行，老人笑呵呵地又答应了。

那俩人走后，二获憋不住了，说，您老把鱼卖便宜了。

老人说，我就是前面渔村的，刚拆迁，我家六间房子呢……我就是出来活动筋骨，不指着卖鱼的钱。呵呵。

二获舔舔嘴唇，不作声了。

四

这年头，海边的人们都往城市挤，二获却总想躲开城市，逆行向东，孤守大海。

附近那个渔村，为了拆迁，村民们自发组织起来，堵住道路，不让大卡车从盐场的盐坨拉盐。他们要求拆迁的理由是，电厂散热塔整天冒白烟，一定有污染。折腾了一年，渔村真的拆迁成功了，每个村民按人头一人分了三十六万，根据原来房屋面积，每户都分了两三套房子，这下渔民们都乐得合不拢嘴了。政府怕渔民们城市里分了房子，又把渔村的房子强占，吃着碗里瞧着锅里，就采取谁家签字领新房钥匙，立马把老房子扒掉的政策。渔村的民居很快被拆得狼牙锯齿的，而渔村里海鲜一条街的那十几家饭馆，还一直营业，继续满足着四面八方的食客；渔港里的渔船，照样出海捕鱼，照样大把大把赚大海的钱。

二获的破窝棚，就像拆迁后渔村破房子下的小崽子一样灰头土脸的，加上二获乞丐一般的衣着，所以，二获在窝棚边出现时，总能招引来好奇的路人到他跟前探询。

在海边守着海沟时，二获也很喜欢和路人攀谈。他喜欢他们向他打听和打鱼摸虾有关的事情。

偶然遇到和他同一个小学毕业的路人，二获一下子就变得很和气。他会先问对方，你听说过一个叫二获的吗，在学校里很有号。有号，是那时的流行词，有名号、有名气的意思。那时学校里有点名气的淘气孩子基本都有外号，有外号，才算有号。

那些曾经有号的孩子，后来要么发了财，成了企业家、大老板，继续出名；要么沦落到社会底层，被时间的车轮碾压成尘土了。二获就是后者。虽然二获也曾经很有钱。

他主动告诉路人，他年轻时曾经做过很多买卖，卖磁带，开台球厅，出租录像带，卖服装，开麻将馆……也赚了钱，但是开了几年麻将馆后，就因为前妻赌博败了家。

哦？你咋发现老婆赌博的？二获回忆到这里，路人通常会礼貌地问二获。

二获通常会说，放高利贷的都围门了，找我要钱，我才知道家里钱都输光了。那些钱，当时要是买房子，早发财了。我和放高利贷的人急了，我说谁敢再借给我老婆钱，我二获就和谁急眼，我弄死个狗操的。我哪有钱给她堵饥荒啊。结果我老婆跑了，临跑前她还害了我儿子一把，让我儿子给她担保了二十万贷款，钱一到手她就消失了。我儿子现在还没还清担保的钱呢，我还在偷着帮他还呢。他一个盐场滩地工人，一个月三千多，连个对象都不好找。

路人一般会很同情地惊叹说，天啊，虎毒不食子啊，咋还有这样的妈妈啊，竟然忍心坑自己亲儿子。

二获得到了安慰，动情地说，说的就是呢，后来，后来我们就离婚啦。

他还反复告诉路人，他再婚的妻子有退休金，还开了一个理发店，对他很好，鼓励他出来打鱼摸虾散心。

我这就是玩儿，他和路人继续说，在家闷得慌了，就到这儿搬点鱼，亲戚朋友要鱼了，给我打电话，我就过来弄点。

他说他靠搬罾下地笼打旋网，自己的生活费都有着落了。钱多少算多？够花得了，我都五十一了，也不咋花钱，就抽抽烟。

吸完路人递给他的香烟，他会礼尚往来地递给路人一支烟，路人看不上二获几元钱一包的劣质烟，一般会赶紧再拿出自己的好烟继续与他分享，一起吸着烟，似乎更加拉近了距离。假如此时他咳嗽了一阵，他一般会说，我身体也不好，烟也戒不掉，医生说我肺气肿。——咳，谁知道谁啥时候死呢？抽吧，抽死拉倒。

谈得投机了，假如路人是个钓鱼的，二获会说，以后你钓鱼，就在这里钓，他用手指在三角地上空画了一个圆圈，我哥们来了，谁敢不让钓？他俨然是这块儿小地方的王者。

这些路人都是去渔村的那十几家矗立在废墟中的餐馆吃海鲜的。有喝高兴的人路过时，会摇下车窗，对站在泥水里的或坐在自制渔筏子上的二获高喊一声：

"二获，你老婆投案了吗？"

或者，"二获，你儿子的外债还清了吗？"

抑或是，"二获，还不回家和新嫂子团圆啊，你可不能大意了，新嫂子那块地该耪就得耪啊！"

没等二获瞅清楚是谁，路人就驶过了，只留给二获冒着烟的车屁股，这一辆辆不停冒烟的汽车，二获觉得它们好像是烟卷不离嘴的大烟鬼。

五

腊月二十五那天，二获上午回了趟城里，理了发，洗了澡，回家时恰好赵晶在家。二获心里咯噔一下，他知道，他免不了得和赵晶亲热一下了。赵晶这方面要求特别强，幸好二获身体不错，每次总能把赵晶伺候得嗷嗷叫。二获心里总犯嘀咕，赵晶收留他，是不是就图这个呢。每次想到这个，二获就觉得自己更低人一等。

二获耐着性子，心念海沟，草草事毕，赵晶脸色红扑扑的，说话也温柔多了。听说二获还要去海边，也没阻拦。二获塞给赵晶一千块钱，赵晶也没要，嘱咐二获，大男人兜里别太素了，过年了，抽点好烟，喝点好酒。说得二获心里热乎乎的。

二获如释重负，回到窝棚时，他远远看到海沟边花花绿绿地站了好多人。靠近一些，才看清他们都背着钓鱼包，穿着鲜艳的钓鱼服。

他们远远地看到二获具有身份特点的三轮车近了，就围过来，有人说，二获，你死哪儿去了，大家等你带着刨沙蚕呢，紧着点啊。

二获闻听这么多人都盼望着自己，手下动作敏捷起来，他跳下三轮，顾不上没停稳的三轮车继续向前溜去。把铁锹抓在手里，一脸严肃认真的二获像指挥员指挥冲锋一样一挥胳膊，哥儿几个，跟我来。

二获把他们领到了海沟末梢，沙蚕最聚集的一段，他说，你们别挖了，把衣服再弄脏了，我挖。说着，二获就像一只勤奋的土拨鼠一样，低下头，挥舞铁锹，把沟帮子的软泥一坨坨翻开。很快，就挖了几斤沙蚕。每个人都抓了一把，塞进自己的塑料饵料盒里。有人又说，二获，昨天的爆连点在哪里？带我们去，紧着啊。

二获故作矜持，直起腰笑着说，哥儿几个别急，容我抽支烟。他没掏口袋里五元一盒的恒大，而是耐心等待。果然有人甩过来一根烟，二获稳稳接了，看看商标，竟然是中华，二获乐了，这可是好烟啊。他点着了烟，深吸三口，一支烟就没了大半，吸干净中华烟，这才带着大家前行。到了钓点，这些身经百战的钓手们迅速下竿，他们没有上鱼食，先挥舞鱼竿，用主线的胡萝卜形鱼漂猛烈拍打水面，啪，啪啪，啪啪啪，啪啪啪啪。这样拍打水面，可以把四面八方的梭鱼聚拢过来。

他们猛烈挥舞鱼竿，鱼竿就如同一把把砍刀，劈向海沟。那阵仗，似乎不把海沟砍断拍碎，誓不罢休。

没过一根烟工夫，就有人中鱼了，一条七八两的梭鱼被甩上堤埝。冬天暖阳中白花花的梭鱼刺激了钓鱼人，他们更加奋力拍击水面，水面开始拱起一个个大鱼花儿，那是梭鱼群到来的信号。很快，拍碎在水面的沙蚕刺激了梭鱼集体进食，水下的梭鱼争抢着碎鱼饵，很多梭鱼看到身边的同伴突然失踪，也顾不得思考，继续冲向水中乍现的鱼饵，毫不犹豫张口吸食。

很多人钓美了，开始举着手机录制视频，然后发朋友圈，发微信群，发快手，发抖音，有人吹嘘说要在这个冬天，涨一万个粉丝。二获搞不明白他们在做什么、说什么。他很纳闷，怎么用手机录制一段钓鱼的视频，就会长粉条呢？

第二批的十几位钓鱼人在一个小时后来到了海沟，那时，岸钓的拍杆中鱼频率降低了，而第二批钓鱼人更加专业，他们掏出来的都是精致的海竿。

二获那天没钓多少鱼，因为只要他中鱼，身边就会有人凑过来，他们的钓具很好，一挥胳膊，一串鱼饵就抛向十几米开外的海沟中央，二获的鱼竿，根本够不到那么远。他们中鱼时，竿梢剧烈抖动，渔轮飞快摇动，每次都有两三条大梭鱼被拽到岸边。二获很眼热，主动和他们聊天，从他们口中得知，他们用的海竿牌子，都是什么禧玛诺的、达瓦的，日本产的，一套钓具，动辄就得四五千块钱，惊得二获直吐舌头。一把鱼竿，得换多少梭鱼啊，啧啧。他们钓鱼技术也确实很好，不到一个小时，用海竿钓鱼的人就爆箱了。

二获愈加自卑，想从钓鱼现场撤离，他抬头远看，寻找自己停在路边的三轮车。他看到，马路边已经停满了各式各样的私家车，他低劣丑陋的坐骑，被紧紧包围在了各式各样的日系车、德系车、美系车里面了。

六

到了五十岁时，二获躺在窝棚里的每个夜晚，在漆黑的空间里，听着大海的浪涛声，偶尔经过的汽车声，窝棚苫盖物被风吹动的呼哒声，总会想到死亡。在漆黑一片中，人仿佛在漂浮着，二获琢磨，人死了以后，灵魂就是这样的漂浮感觉吧。他看不清自己，恍惚间忘了自己的年龄，寄居在二获开始衰老的肉身中的那个二获，还是孩子一样的感觉，似乎这几十年的尘世生活，忘记了成长。慢慢地，二获很沉醉于这样的感觉，如果死神降临，就降临在窝棚里吧，这窝棚，就算自己的棺材吧。

二获觉得，这辈子最对不起的就是儿子。所以他和赵晶结婚，住到了赵晶那里，把家里的房子让给儿子，这样儿子也算有房了，对儿子搞对象还有利一些。除了这些，他还能为儿子做点啥呢。儿子被他亲妈妈坑了以后，二获就更觉得歉疚，他偷偷攒钱，帮儿子减轻点还债压力，儿子的态度是，钱可以接受，但父母他都不认。他听说儿子总和一些工友们喝酒，每次都酩酊大醉，还不到三十岁，头发就谢顶了，肥胖的身躯，大腹便便，像个即将临盆的孕妇，走起路来，甩着胳膊，像在划船。二获不愿意和儿子见面，他会用手机微信后，二获再给儿子钱，就直接转账了，儿子每次都是秒收款，就像一个老练的厨师，要杀死砧板上的甲鱼，甲鱼头一伸出来就被剁掉了那样，眼疾手快。

七

海沟出鱼了。

这个消息像场神秘的瘟疫，传染给了小城所有钓鱼人。腊月二十八那天，他们疯了一样涌到海沟。

二获挖沙蚕的地方，一大早就聚满了人，他们不钓鱼，专门挖沙蚕卖钱。那些天，沙蚕的价格一路飙升，用塑料盒装好的一两多沙蚕，卖到了二十元，四十元、六十元一盒。钓鱼人开着私家车，买了沙蚕就去海沟寻找梭鱼群。

甚至本该清净一下的大年三十儿，海沟边还是农村大集一样的热闹，来钓鱼的人，有无业游民、工人、机关干部、教师、个体户……他们为了抢占好的钓点，不惜凌晨摸黑占地方，有人甚至戴着头灯，用荧光漂夜钓。海沟边聚集的人越来越多，二获的窝棚都被包围了，有人钓鱼累了，干脆躺在二获的窝棚里打个瞌睡。初一从家里回到窝棚，二获发现，自己放在窝棚里的两瓶白酒被喝掉了，地上丢弃了很多烟头、花生壳、鸡骨头，他在枕头里藏了半年多的两千块钱也不见了。那个油腻腻的枕头，被人开膛破肚了。

奇怪的是，只有二获在钓鱼时，海沟里的大梭鱼群才会出现，二获不在钓鱼，那些钓鱼人钓到的都是被钓鱼人戏称"还没小孩鸡巴大"的小梭鱼。二获连续两天用梭鱼给亲戚拜年，海沟竟然没出几条大鱼。而初一上午，二获出现在海沟边，他刚抛下鱼饵，一条大鱼就上钩了。二获周围的钓鱼人，也开始中鱼，大家又美美地爆连了半天，每个人都满载而归。这个神秘规律是一个钓鱼人在正月初三那天发现的，他只偷偷告诉了几个亲密钓友他的惊人发现。他们约定，这个秘密不许透露给任何人。

二获成了那几个钓鱼人眼里的宝贝。这几个钓鱼人早晨到了海沟，先找二获，把给二获买的早点递给二获，死乞白赖请二获上他们的汽车，甩开那些苍蝇般的钓鱼人，然后听二获指挥，在绵延十几公里的海沟的某个新钓点停车，开始钓鱼，每次他们都心满意足。

但是，纸里包不住火，二获帮几个钓鱼人找鱼这事，还是被其他钓鱼人知道了。他们无比愤怒，初八那天，他们围在二获窝铺门口，向二获讨说法，强烈要求二获陪他们钓一天鱼。如果二获真能找鱼，他们宁愿每天给二获二百块钱。

二获美滋滋地被钓鱼人供着、恭维着、膜拜着，连续三天渔获丰收，他们请二获喝了三天大酒。

第四天早上，他们又到窝棚门口喊二获起床时，窝棚里只传来了含混又异常的呼噜声，打开门，他们看到二获嘴眼歪斜地躺在床上。

当救护车把昏迷的二获拉走时，从百里外闻讯赶来的别的城市的钓鱼人，正在路上飞快地行驶着呢。

八

二获中风了。

一批又一批钓鱼人还在源源不断地涌到海沟。

海沟里的梭鱼群突然消失了，而且消失得无影无踪，那些情绪亢奋的钓鱼人，仍然坚持每天来海沟边挥舞鱼竿拍打水面，期待连竿的美妙一幕可以重新上演。他们聚在一起讨论梭鱼群的去向，争辩得面红耳赤，甚至互相谩骂。他们想尽了办法，如用面条或者饼丝打窝儿，一只鱼钩上挂两根沙蚕，或者加上锚钩，连钓带锚，但是，直到他们忙活到了七九河开、八九雁来，他们总成绩也不过是用鱼钩锚到了几条养池厂丢弃的树叶大小的牙鲆鱼苗。

他们终于绝望了，他们离开海沟，回归各自城市，他们咒骂二获和海沟戏耍了他们，把他们正月里的麻将局和酒局都耽误了。

一个绝望的钓鱼人因为锚鱼时，锚钩刺伤了旁边人的左眼，赔了伤者五万块医疗费而怒火中烧。他是最后一个离开海沟的，他把二获的帐篷一通猛砸，一把火把二获的被褥点着了。

海沟逐渐安宁了。

二获的窝棚被烧掉后，一场大雪突然降临，给二获窝棚的残骸穿上了一层厚厚的洁白外套，远远看上去，被毁掉的窝棚很像商店里给爱浪漫的人们制作的满是奶油的生日蛋糕。

活田

一

　　渔港像条体形巨大的鲨鱼，习惯性地张着大嘴，机械而疲倦地把一条条小虾米一样返航归来的渔船吞进肚里。海生的渔船被白花花的浪头簇拥着，摇摇晃晃，在暮春明媚亮丽的阳光中，也慢慢靠近了渔港码头。海生对舵楼里的两个伙计说："把锚下了，咱们先不进港，午饭在船上吃。"脸上堆满青春痘的伙计来多，满脸疑惑地问："海叔，鱼贩子都在码头等着呢，咱们不回去？"海生斜了来多一眼，说："你操啥心，该干啥干啥去。"

　　名叫顺子的伙计，赶紧下到机舱，停了发动机，来多支着胳膊肘，用手指捏着锚绳，笨手笨脚地抛下了锚。他胡乱掖在裤子后兜里的手机，在挤压下，已经探出了半个身子，眼看着要掉出来了。海生见状，高喊了一句："手机！"来多摸出手机，揣进裤子侧兜里。海生叹了口气，来多这孩子不笨，就是懒，从不主动找活儿干，眼神中总是飘着一股什么都无所谓的寒气。他扭脸看到，船尾甲板的塑料桶里，顺子把拖网捕获的墨斗鱼、水蝎子和一条大梭鱼都洗干净了。

墨斗鱼很新鲜，身体还透明呢，身上密密麻麻都是亮晶晶的小荧光点。每一只墨斗鱼都鼓鼓地凸着两只大眼睛，它们的眼睛有着巨大的黑眼圈，很像两盏车灯，也像经常熬夜人的熊猫眼。浅绿色的，俗名叫水蝎子的琵琶虾，还在惊慌地弹着身体，它们小榔头一样的两个大爪子，把铝盆敲打得叮叮当当响。此刻，它们只会惊慌地乱敲。它们哪里知道，不一会儿，它们就要被滚烫的水汽煺得全身变红，直至成熟，再被海生他们就着烧酒吃掉。大梭鱼早已咽气了，鱼鳞被刮干净，肚子里的鱼肠也被掏掉，两条肥肥的鱼子从鱼肚子里鼓胀了出来。

目光所到之处让海生很满意，但他心里还是骂了一句，妈的，这俩吃货，一沾吃，勤快着呢！船上伙食好，俩伙计肚子吃得滚圆，像揣着个大冬瓜。

海生此刻心情很好。每次出海，船空空的，他就觉得渔船像一匹发情的瘦驴；而现在，他的船在海面上慢慢悠悠，摇头晃脑，活像头奶水充足的肥母牛了。——渔船不仅变了种，还变了性。

这次出海很顺。

出海的时候，海生看到别的渔船在遥远的海面上变得像火柴盒那么小了，他终于找到了大力告诉他的那块活田的大概位置。大力曾经告诉他，那里可能是块好活田，慢慢经营着，海货肯定很厚。

一群海鸥在不远处的海面上盘旋，船渐渐靠近时，海鸥围了过来，绕着渔船低回飞旋，海面上还不时有肥大的白眼鱼蹿跳起来，有一条还咚的一声撞到了船帮上。海生心里很激动，他估摸着，这片水域应该有货。他心里捏着一把汗，让顺子撂下了拖网。果不其然，第一网就拖上来不少渔获，然后他们就下了第二网。根据多年积累的捕鱼经验，海生觉得，这片海面下，还会有不少海货，他的渔网可能只是扫到了一角。如果真的找到了大力说的那块好活田，这个开海季忙活下来，一年的日常生活开支都可以赚到兜里了。看来，进了牢狱的大力没有骗他。但是，如果大力的话是真的，海生就觉得更对不起大力，他就更要把大力的儿子——来多——调教好。几个月下来，来多对渔船的操控，基本掌握了，他和顺子下网，也没啥问题了。再历练几年，再勤快点，兴许能成为一个不错的能掌舵的驾长。

舵楼后面的厨房里冒出了熬鱼的香气，混合着烊水蝎子的鲜味，直扑鼻孔，满船都变得香喷喷的了。船舱里，二十几个塑料筐装满了渔获，主要是拨螺油子、海螺、毛蚶，外带一筐蛏子，总共大概有小一千斤。如今，城里人越来越爱吃带壳的了，他们把海鲜叫作生猛海鲜。最近几天，商贩们给这些小海鲜开出的价格，都在十块钱上下。卖了塑料筐里的这些渔获，一万块钱就能到手了。海生的收入，就在码头上那些鱼贩子的兜里。那兜里的钱，让他们先替自己保管一会儿吧，海生心里美滋滋地想。

这次拖网，香螺最多。百里滩的养船户们把带壳的小海鲜，统统叫小活田。海生很奇怪，活田这个词，有时候是说大海，有时候又是说海鲜。海生觉得，大海就是最大的活田。自从祖先们随燕王扫北，来到海边做营生开始，活田这个词就传下来了，也用乱了。有时候，他们把本地的价格不高的海鲜叫小活田；把洄游性的鲙鱼、对虾等价格高的海鲜，叫大活田；把冬天的带着冰碴的海鲜叫冷活田。海上作业，两船遥遥驶过，此驾长有时候会忍不住问对面的驾长："兄弟，今儿咋样？"对方答："咳，不中，都是小活田，卖不了毛八七的。"卖不了毛八七的，就是卖不了多少钱的意思。驾长们海货捕得多与少，得从驾长的神态和语气判断。总之，活田这个词，被船户们用得含含糊糊，可不管咋说，驾长们彼此都能懂。

不过，海生觉得，活田这词确实生动，因为海鲜都是活物，它们不会傻乎乎待在一片固定海域。这就使得大海这块大活田有了灵性，海鲜们洄游、迁移，好似与渔船捉迷藏，船户们总要在四顾茫茫的波涛中，苦苦寻觅它们的行踪。船户们驾着船，不断在大海里摸场、探场。只有摸到了场，才能有更多收获。

也不知道谁发现的，说满黄的香螺吃了能壮阳，这几年一到春天，香螺价格就会猛涨。要在几年前，拖网拖多了香螺，船户除了自己煮点个头儿饱满的香螺下酒，其余的统统扫到海里，谁知道这东西还壮阳呢。香螺是好吃，可就是吃起来麻烦。吃香螺，得用牙签插进螺肉里，慢慢把螺肉剜出来，螺肉上的半截螺黄，很容易剟断在壳里，香螺最好吃的恰恰就是螺黄。

最让海生惊喜的是，这次竟然收获了一筐蛏子。这种蛏子，叫美人蛏，蛏子肉上有两根小腿。在百里滩，有"四大鲜"之说，美人蛏名列四大鲜之首。因为蛏子味道太鲜美了，就成为大家追逐的美味，所以船户们用蛏耙子在海里耕地一样捕捞，这样捕捞的结果是，早在五年前美人蛏就基本绝迹。这次能收获一筐蛏子，很可能是这几年无人用蛏耙子，蛏这小东西又从别的海域偷偷迁移过来，在这片海面悄悄定居，这才繁衍出来的。大海就是这样，不知道哪年，哪种海货会丰产。有的年头是麻蚶子在码头上堆成山，有的年头是海蜇多得像海带一样俯拾即是，有的年头是某种鱼类突然增产，把人吃得腻腻歪歪。海生觉得遗憾的是，今天捕获的这些蛏子，个头儿都不大，还没长饱满。饱满度不够的美人蛏，甜中带鲜的味道就不足。

在发现这块活田时，海生牢牢记住了卫星定位的数据，他反复嘱咐顺子和来多，千万别将这块活田的位置说出去，必须小心谨慎。"你俩的工钱就指望这块活田啦。"海生说。海生很担心，只要给黑东的人闻到赚钱的气味，这块活田肯定马上就会被他们霸占。黑东的人霸占活田的办法很简单，往海里撒几百斤毛蚶苗，然后插旗子下浮漂，宣称这片海域被他们承包了。如今，除了自己，海生对谁都不敢信任。

这几年，本来很安静的海边，被很多人下了浮漂，把大片海域分割得七零八碎，船户们出海，到处都飘着小彩旗的网竿、浮漂。后来大家才打听到，这是一个叫黑东的人干的。黑东手下的人说他承包了沿海的滩涂。据说，刚开始那会儿，有的船户们和他们理论，说自己祖祖辈辈在这块活田捕鱼，怎么大海被黑东承包了，自己却不知道。

起初，黑东手下的人很客气，拿出海洋局的承包合同给船户们看，白纸红章的，让没啥文化的船户们哑了口。后来，黑东他们圈海的范围越来越大，原来能作业的好活田都被霸占了，很多船户干脆不出海了。好在国家有油补，一艘船不出海，国家每年也能补贴个十万八万。他们上岸后，有的开海鲜排档，有的干脆跑起了黑出租。他们的渔船一年四季卧在渔港边的船坞上，船身吸附着被晒死的斑斑点点的牡蛎壳，船帮的裂痕在海风中大张着嘴巴，像一条搁浅的大鱼在呻吟。渔船安卧在那里，看起来就像百病缠身的老人，永远躺在了病榻上一样。那些想出海的船户，只要船出了渔港，就会被黑东的人监视，黑东的人放出话说，要想在他承包的地界捕捞，就必须得给他交保护费，交了保护费的渔船，还必须得挂上黑东他们设计的黑龙旗，说是海上作业好辨认。有胆小的驾长，还真挂上了龙旗。只要挂了旗的，黑东手下的人就不捣乱了。那些不肯交保护费的，要么船被黑东的大船撞伤过，要么拖网绳被直接砍断过。黑东的名字，像块乌云，罩在渔村上空，让船户们心里压得慌。

渔村的驾长里，只有大力敢放出话和黑东他们叫板。大力说："咱们爷们儿风里浪里那么多年，天天把脑袋别裤腰上，胆子晒干了也有倭瓜大，害怕啥鸟屁黑东？！不怕死的就在海里比画比画！"

大力这硬话放出不久，他渔船舵楼的门窗半夜里就被人砸落了。大力自然明白怎么回事，他瞅瞅残破的窗户，放声大笑，高声骂道："黑东，你他妈是个娘们儿吗？咋干下三烂的事？"他让海生在渔船船帮上用血淋淋的红油漆刷了几个大字："人若犯我，我必犯人！！！"后面那三个巨大的惊叹号，就像三根粗木棍一样，赫然陈列，威武有力。

大力的言行好比烈酒，给很多驾长壮了胆，他们出海时，都瞄着大力的船，不敢离大力船太远。到了海上，海生的船和大力的船，就更像一双鞋的左右脚，谁也远离不了谁。

那段时间里，黑东的人还真收敛了一阵儿，可是没过多久，大力就出事了。

去年伏天，正是捕海蜇的季节。海生的船瞄着大力的船一起捕海蜇。那天运气太好了，几网下来，大力拖网拖了两万来斤海蜇，海生也收获了一万多斤。他们急急忙忙返回码头时，就感觉有两艘渔船追了过来。海生远远地看到大力的船被两艘船夹在了中间。

两艘船纠缠着大力的船，它们似乎想控制大力渔船的航线，但它们每次堵截，都被大力的船巧妙绕开。三艘船一直纠缠到港里。途中，一艘船的船身还有几次结结实实地撞在了大力的船上，每次碰撞，大力的船都发出了疼痛般的开裂声。海生被这声音吓得肉皮发麻，他觉得来者不善，心里开始发虚，就把自己的渔船航速慢了下来。

大力的船终于靠了码头，海生远远看到，大力蹦上岸拴缆绳时，从那两艘船上也下来几个人，把大力围住了。他们在互相推搡着，很多船户们都围拢过来。海生这才悄悄进了港，上了码头，凑到了人群后面。海生听到，那几个人说大力捕捞的海蜇是在他们承包的海面游出去的，大力等于偷了他们的海蜇，非要让大力交两千元"水钱"。"水钱"这个词，可以算一句黑话，跟赌场抽头一个意思。

海生看到，大力已经被两个手臂上都有刺青的小伙子架住了胳膊，动弹不得。大力奋力挣脱着，怒吼着："松开！松开！"对方喊道："就是不松！偷了海蜇就得给钱！"大力急眼了，骂了句："我偷你妈逼了！"这句话可惹祸了，几个人骂骂咧咧，挥舞拳头砸向大力，大力很快被摔倒在地上，几个人按住大力猛打，大力在码头上翻滚，身上很快蹭了很多泥水。

几个胆子大的驾长赶紧上去拉架，可是双方都动了真格的，死死扭打在一起。刚拉开大力，对方又扑过来；刚把对方支开，大力又扑上去了。大力寡不敌众，被打得蜷缩在地上嗷嗷叫。就在海生以为大力彻底失去反抗能力时，大力突然使出浑身力气挣脱了，此时，他已经满脑袋是血，大力爬起来，撞开人群，蹿到自己船上，抓起一根棍子，迅速向那几个人抡过去，围观的驾长们吓得赶紧向一旁闪。

大力疯了一样，手里的棍子已经不管不顾。

大力嗷嗷吼着："老少爷们儿们，咱们不能让他们这么欺负！"

他一棍子先咔嚓一声砸到一个人的腿上，那人咕咚倒在地上，抱着腿，哇哇叫着，不停地在地上打滚，估计腿被打折了；第二棍抡下去，被打的那人竭力向后撤着身体，结果一脚踏空，脑袋朝下，掉进了船与码头之间的缝隙里，很快被浑浊的海水吞没了。这人也是个短命鬼，掉下水就不见了，尸首一个小时后被赶来的边防武警打捞上来，大家看到他的脑袋上有个大伤口，估计是跌落时头部撞在船尾的螺旋桨上了。

大力就这么进去了。

黑东的人放出话，要么赔二百万，要么蹲监狱等着吃"黑枣"（子弹）。法院很快判了，大力因为犯故意伤害罪，被判了十五年，附带民事赔偿一百万。大力家拿不出那么多钱，海生带着大力媳妇二梅，求村长出面与黑东的人谈判，打算私了。村长出面谈判的结果是，大力的船让黑东无偿使用十年，十年的油补都归死者家属。十年后，用二十万赎回渔船。这事因为有村长出面，也算基本定案了。

大力打架时，海生被吓傻了。香港电影里看过的斗殴场面就在他眼前活生生地上演，木棍砸在皮肉上的声音清晰洪亮。大力鼻孔、嘴角淌出来的鲜血，那么刺眼，血腥味随着海风到处弥漫。海生当时只感觉尿脬发紧，心跳得厉害。事情发生后的很长时间里，他仍在后悔大力被围攻时自己没有冲上去拉开他们，当时自己的表现太怂了，海生也不知道自己为什么那么怂。他后来在脑子里反反复复把打架的场景回放，每一次他都加进去一些新的情节，假设出一个另外的结局。比如，那个人没有掉海里，只是虚惊一场；比如他奋力冲上去，和大力一起打跑了那几个小混混儿。

海生有时候会在梦里突然惊醒，他脑子里总是毒蛇盘桓一样回响着一句话，那是对自己的质问："你咋那么蛋包啊！"

那件事后，海生重新认识了一个软弱窝囊的自己，他想像甩鼻涕一样把那个软弱的自己丢弃掉。

海生无法忘记，上初中时，他发育迟缓，一副海风可以刮丢的样子。在渔村伙伴中，都是大力护着他，他才很少被别的孩子欺负。赶上大潮水时，他俩就一起旷课，下海捞底网。大力有力气，海生有脑子，有时候捞到值钱的大梭鱼、螃蟹、对虾，很容易被渔业队巡逻的人没收，巡逻队员在涨潮时把守着唯一的海道，每个下海捞鱼的村民都要被检查捞到的渔获，很多人被没收了值钱的渔获气得直骂街。每次都是海生想主意、大力唱主角，才能化险为夷。看到盘查的人，海生就和大力分工，膀大腰圆的大力突然加速硬闯过去，巡逻队员在淤泥里围堵大力，瘦小干巴的海生就顺利过关了。值钱的渔获都在海生的裤腿里。把一些值钱的渔获卖了，钱由大力和他平分，交给家里大部分，留下一点自己买好吃的。

夏天，他俩在落潮的泥滩上掏望潮（一种小型章鱼）的窝时，海生常把鱼窝、螃蟹窝错看成望潮的窝；胳膊伸进窝里，有时掏出几条海狼鱼、几条滩涂鱼，有时什么都没有，手还会被碎贝壳划破。大力就告诉他望潮的窝什么样子。望潮很狡猾，一般一个窝有两三个出气孔，特别是要涨潮了，潮水的声响会把望潮们诱惑到窝边，那时仔细看滩涂上冒泡的孔洞，那里肯定有望潮躲在洞口，伸手进去，望潮就用腕足紧紧缠着胳膊，很容易就被掏出来了。海生捕鱼的技能，基本都是跟大力学的。那时，他就和大力兄弟相称。在大力陪伴下，瘦弱的海生成长成了一个结实的渔家小伙。所以海生不止一次地想，如果生在《水浒传》里的那个年代，他俩肯定是结伴上梁山的好汉。当然，最好别有女人掺和。

这次大力被殴打，海生确实有点迟疑。他蒙了，傻站着不知所措，等大力被带上警车，无意间扭过头，冷眼看着他时，海生才缓过神，打了个冷战。大力的眼神太冰冷了。这一眼，让海生感觉到了砭肤刺骨的寒气。这冰冷里，充斥着对海生的失望、不屑。这个眼神让海生日后每次想起，都会蚕心般地后悔。虽然从此船户们提起黑东的名字，海生依然从心里向外战战兢兢，可是做了狗熊，被人骑着脖子拉屎，被自己最可亲的好友蔑视，日子也不好过啊！那一刻，海生就怨恨自己，为什么那么软弱呢，仅仅因为胆小吗？好像也不完全是。难道对二十多年前那件事，自己仍旧对大力耿耿于怀吗？海生觉得自己对自己都很陌生了。

至于那个神秘的黑东，有的船户说见过他，斯斯文文，戴个眼镜，说话也很和气。也有的船户说自己见过的黑东根本不斯文，黑黢黢一个车轴汉子，张嘴就骂街，一脸杀气。有的船户说，黑东很有背景，家里有亲戚是大官。有的说，黑东没啥社会背景，就是在监狱里多蹲了几年，长了很多本事。海生听多了，暗自思忖，这个黑东，估计谁也没见过。他好像就在渔村周围的空气里，随着空气弥散，无处不在，这种带点神秘味道的不确定性，让人们对他怀有的恐惧更深了。一个从没见过的人就把大家吓怕了，海生觉得这事真有意思，可能人们骨子里都很蛋包吧。

好在自从大力出事后，黑东的人收敛了不少，不再追逐渔船，但是他们还会时不时地圈海，霸占渔民们的活田。

二

等海生的船进港时，前面进港的船户们都已经把海货卖给了商贩。码头上没什么人影了，只留下几摊腥咸的痕迹，在阳光下慢慢缩小，褪色，变成了尘土一般的干燥灰白颜色。

顺子和来多的表情有点着急，眼睛快速地在码头上蓝摸。海生心里有数，确定码头上没什么闲杂人了，才掏出手机打了电话，不一会儿，鱼贩子大胡子的小卡车就开到了码头。简单过了秤，大胡子给了海生八千块钱，海生抽出两张红票子给了来多，让他和顺子晚上买点好吃的；又数出两千，塞进裤子的屁股兜；其余的钱放到手包里。他又嘱咐来多和顺子晚上别喝太多酒，船上千万别离人。俩人连忙答应着，眼神里已经流露出盼望海生赶快离去的焦躁，海生这才向渔村走去。

海生预料得没错，他到家，把六千块钱交给媳妇，媳妇反复盘问当天拉了多少货，货都卖给哪个贩子了，一共收入多少钱后，二败、三败这哥儿俩就来串门了。弟兄俩像土改斗地主时贫苦农民诉说血泪家史一样，抱怨今年渔获少，每天都往里搭油钱，再这样，以后就不能下海打鱼了。海生默不作声地听着。海生媳妇说："不下海也好，反正有油补，你们哥俩不如买点六合彩，也不少赚钱。"海生乜了媳妇一眼说："你个败家娘们儿，你胆子和你人一般大啊，哪有劝别人去赌的。"海生知道，渔村里玩六合彩成风，那些平日里闲得难受的老娘们儿，都喜欢几十百地押一点。海生不懂，只是偶尔听她们为究竟该押猴还是押猪争吵不休。

二败说："海哥，村里掌船的驾长，谁都知道海哥现在是老大，今后咱们一起干吧，省得受黑东的人欺负。"

海生乐了，说："二败兄弟，老大我可不敢当，俗话说，老大是王八。我哪里行啊，我也是饥一顿饱一顿的，出海打鱼，就是瞎碰运气。再说，你们哥儿俩也是驾长，还都挂了龙旗，他们不该欺负你们了啊。这样吧，以后遇到好活田，我和你们招呼一声不就行了？"

海生从心里瞧不起二败哥儿俩，不仅因为他俩最早挂了黑东的龙旗。他们哥儿俩在村里是有了名的没出息。当年，大家一起在生产队里上船时，海生和他们哥儿俩曾在一条船上，那时他们都是十八九岁的小伙子。下螃蟹的季节，二败为了多吃几只黄螃蟹，和别人打赌，他说自己能吃一筐。船没进港，船上的海货就不属于生产队，可以随便糟蹋，只要装肚子里，别带回家就行。船上的人就起哄，要和二败打赌，二败要是吃下一筐黄螃蟹，就算他白吃了，吃不下，罚他往船上挑半个月井水。一筐螃蟹少说也有四五十只，大家都知道二败眼大肚子小，真熥熟了一筐螃蟹，结果他没吃到半筐，就撑得直翻白眼。二败哼哼唧唧地被三败和癞子搀着，在船上溜达了半天，肚子里的螃蟹才消化掉。

有一大阵子，二败见了船上刚熥熟的红壳白膏的大螃蟹，脑袋就不停颤抖，不停地干哕。他说，看见熟螃蟹就恶心，恨不能把胃液哕出来。这事儿成了驾长们常挂在嘴边的笑话。

政策变了，船户们都可以自己排船了，他们哥儿俩没啥驾船本事，对渔情也是半吊子，就喜欢当屁股坠——尾随在能干的驾长后面，等别的驾长摸好场子，抛下船锚准备下网时，他们就赶到人家渔船的前面，抢着提前下网。船户们为了多打鱼，就得驾着船四处找好的活田。海里的鱼虾贝蟹都是活的，它们四处游走，驾长们就得四处摸场，二败哥儿俩省下了摸场工夫，总是厚着脸皮搭顺风车。驾长们说，二败哥儿俩是癞蛤蟆蹦到脚面上——不咬人，膈应人。

海生心里有事，他怕二败哥儿俩屁股太黏糊，就冷着脸把这哥儿俩支应走了。紧跟着他也出了门。海生刚抬腿迈出家门，身后就传来媳妇摔盆子砸碗的抗议声，他知道，媳妇这是吃闲醋呢。他怕媳妇在身后瞄着自己，就先是故意向码头方向走，走了不久，估计媳妇不会看见了，就又折身向村北走，他要去大力家看看二梅。

大力的媳妇二梅，曾经是海生的同班同学，也是当年百里滩中学公认的校花。她长得漂亮，身上哪里都是大的，大眼睛、大屁股、大胸脯、大嗓门，外加梳着乌油油的大麻花辫子，她很符合渔家男人的审美观。二梅还胆大泼辣，有着渔家女人的野性美。二梅上学时，常被坏小子们堵在下学路上，坏小子们也不敢干啥，就想凑近了看看二梅。胆大的二败曾摸过一下二梅的屁股，还被二梅一巴掌打到了海沟里。二梅看着一身泥水的二败哈哈大笑，围观的野小子们也跟着拾乐。慢慢地，这些野小子就与二梅混熟了，哥们儿一样吃喝不分。这些野小子里，有大力，也有海生。二梅正在发育身体，胸口那两坨肉，在海生他们的注视下日渐地高耸起来，走起路来颠颠的，颠得海生心里又酥又颤。不知多少次，二梅挺着胸脯出现在海生的梦里，她含情脉脉地把海生的手抓住，按在自己软乎乎的胸上。海生就盼着自己赶紧长大，好娶二梅当媳妇。海生总把自己赶海挣的零花钱塞给二梅花，二梅每次都是欣然接受。二梅买了索乐蜜，每次都不忘了在放学路上让海生偷偷舔几口。给二梅花自己攒的钱，海生不但不心疼，反而很高兴。他还喜欢偷偷把好吃的塞进二梅的书包，然后远远地等待二梅翻开书包时花朵一样的会心笑容。每次二梅都会眨巴着大眼睛，含情脉脉地瞅一眼海生，这一眼，把海生瞅得跟喝了蜂蜜一样，甜到心里了。有时海生也觉得自己有点贱骨肉，可是不知道为什么，只要为二梅做事，他啥也不在乎。

那年春天，桃花怒放时，正是毛蚶丰收的季节。渤海边的百里滩渔村有"三月桃花鲜，不及桃花蚶"的说法。渔港码头上，渔船不停地卸下来的蚶子，堆成一个个小山丘。为了完成外贸出口任务，生产队让家家户户拉着排子车分蚶子，可着劲儿把蚶子推回家，开出蚶肉再交给队里，队里按蚶肉分量给各家分钱。码头上的蚶子没人过称，队里只给上交的蚶肉计分量。这可是合理合法捞外快的好机会。那些日子，连学校都放了蚶子假，家家户户在院子里垒砌了临时炉灶，架上大铁锅，不分昼夜，柴火猛烈燃烧，院子里热气腾腾，毛蚶的鲜香能把人一撞一个跟头。每家每户只要能上手的，都围在锅灶边开蚶肉，整个渔村的胡同里，根本看不到闲溜达的人。二梅有个傻子哥哥，只会站在村口马路上，胳膊胡乱比画着指挥交通，他干活儿根本不顶事。她家蚶子开得少，挣不到啥钱。二梅已经是大姑娘，她刚入社，正要为自己攒嫁妆钱呢，眼看别的姑娘们都赚了不少外快，二梅嘴上急出了燎泡。

从春天一直到夏初，是桃花蚶肥美季节，每天不论早晚，都是二梅低着头撅着大屁股，吃力地推着排子车往家里送裹着泥浆的毛蚶。海生心疼二梅，就喊着大力，隔三岔五去二梅家帮忙。每次海生在帮二梅家开毛蚶时，他就坐在二梅身边，偶尔与二梅手指相碰，两腿相触，二梅从不躲避，海生心里甜蜜、亢奋，不时抬眼瞅瞅眼睛里燃烧着灶火的二梅。

但是，有一天，又帮二梅开蚶子时，海生发现二梅坐到大力身边了。海生的手凑过去，有意无意地与二梅那红通通的手指触碰时，二梅的手像被海蜇蜇疼一样，瞬间就躲避了。他疑惑地看二梅时，二梅低下头，两条大麻花辫凉凉地垂下了肩膀。

二梅突然和大力好起来了。二梅明显开始冷落海生。大力家人手多，大力竟然就在二梅家的厢房里住下来了。二梅家去码头拉毛蚶的活儿，都被大力包了。看着大力和二梅成双成对忙来忙去的情景，海生变得沉默了，他不再靠近二梅家的院子，只是偶尔趁人不备在远处默默地注视那一对相随的身影。

秋后，那弥漫在空气中的腥烘烘的毛蚶味儿还没有彻底散去，一场喜事在渔村里成功举办了，大力把野性十足的二梅娶回了家。转过年的正月，他们的孩子来多就出生了。村里人说，这是进门的孩子。海生想，原来他俩在开蚶子时就暗度陈仓了，自己跟傻子一样，还帮他们忙活嫁妆钱呢。大力和二梅成亲那天，海生躲在海边的芦苇荡里，望着海边红成一片的碱蓬草，想象此刻的二梅，一身火红的新娘装扮，要多美有多美，鲜艳如火，但是那火焰不属于自己，他只能一个人听着海浪声默默流泪。一年后，他也匆匆成了家，日子就这么稀里糊涂过了下来。

真是世事难料啊。眼下，大力进去了，渔船也没了，二梅被突如其来的变故打蒙了。渔船被抵给黑东之前，二梅领着来多挨家挨户去借钱，说自家的船不能抵给黑东啊，没有船今后咋过日子啊，只要保住渔船，将来来多能掌船了，一定能把乡亲们的账还上。二梅领着来多走东家求西家，一路上来多都没忘了低头玩手机，毫不关心他妈妈在做什么。村里走了一遍，二梅才借到五万块钱。这五万块钱里就有海生的两万。村里有人劝二梅，靠借钱不行，渔船先抵给人家十年，十年后大力也就出来了，你家来多啊，唉，估计是指望不上。二梅绝望了，她也知道，来多这孩子撑不起这个家。

渔船没了，二梅生活没了着落，她被村长喊到他家的饭馆打工。

村长早就是本村的首富了。他挨家挨户拉选票当了村长的第二年，一条高速公路通过渔村南边。村长早就得了信儿，雇了很多人为他用破砖旧瓦盖房子圈地，结果，村里人还没明白过来咋回事，国家占地赔偿的六千多万就进了他个人腰包。六千多万啊，那是渔村人想都不敢想的一笔大钱啊。后来，村长花了一笔钱修建了自己家的私人码头，经常有贵客坐村长的船出海游玩。他还花钱收购了十几条附近渔村拆迁中被人低价转让的旧船，通过门路为它们重新上了牌照，光是吃这些船的燃油补助，一年就能进账二百多万。几年后，村长在美国买了别墅，现在他一年里有半年时间是在美国待着，一边享受着优哉游哉的日子，一边遥控着村里的事，日子过得跟皇帝似的。

村长家的饭馆是村里最豪华的，很多高级轿车都会停在饭馆前，船户们捕捞的大活田，一般都被这饭馆收购了，很多高级客人都喜欢来这里吃饭。二梅最初的工作是端盘子。后来海生听说，二梅不仅端盘子，有时候还陪雅间里的客人喝酒。喝酒时，二梅醉了，趁着酒劲儿，只要给她三百五百的，就可以搂着她喝交杯酒。据说村里那几个好色的爷们儿，都趁机把二梅灌得烂醉，在二梅身上乱摸一气。海生起初不信这些传言，性子刚烈的二梅，咋会做那些事呢，根本不可能！在他心里，二梅可是仙女一般，碰都不能轻易碰的。

有一天海生郁闷不过，忍不住去了二梅家，家里只有来多在。院子的门打开后，头发蓬乱、面黄肌瘦的来多，也不看海生，低头盯着手机屏幕。海生一把夺过手机，说："你这孩子，家里都这样了，你也不上点心，你是手机养活的？"来多脖子一梗，冲着海生瞪着眼睛说："用你管啊，快给我！"海生把手机塞给来多，摇着头走了。他走进村长的饭馆，里面人声嘈杂。顺着雅间门缝儿，果然看到二梅歪着身子坐在里面，屋里还有二败、癫子。二败正站在二梅身边，他的大肚子都顶在二梅身上了。二败把酒杯贴在二梅嘴上，二梅的脸憋得很红，估计是被嘴里的白酒呛的。海生血撞头顶，他撞开门，拉开二败，把一杯白酒泼到二梅脸上，硬是把二梅从酒桌上拉下来。出了雅间，迷迷瞪瞪的二梅看清是海生，就挣脱了海生的手。二梅吼道："我操，你干啥，多……多管闲事，扫你姑奶奶酒……兴。"

此时，二败和癫子也跟出来了，二败客气地说："是海哥啊，有啥要紧事啊，屋里客人都等着二梅喝酒呢。"

海生指着二败的鼻子，说："二败，你还是人吗，大力为咱们跟黑东他们的人拔闯才折进去了，你就这么对他老婆？"

二败撇撇嘴，一脸无赖相，说："大力为谁拔闯了？他自己压不住火，赖谁啊？"

"不管咋样，从现在开始，二梅不在这里干了！"海生冲着所有人高声说。

被海生死死拉着胳膊的二梅，听海生提到大力的名字，先是一愣，接着就不再与海生挣扎了，身子软了下来，顺从地让海生拉着回家了。进了里屋，海生撒了手，二梅却一下子抱住了海生，痛哭失声，浓烈的酒气喷在海生脸上，惊得海生赶紧关上了屋门。

二梅说："海生，你凭啥管我？"

海生说："我不管你谁管啊？二梅，你这不是糟践自己吗，村里人背后咋说大力啊。人活脸，树活皮。"

二梅说："家都败了，我还要啥脸啊，我就想喝醉了，啥烦心事都没了。家里没钱，今后日子咋办，你养我？你敢？"

海生硬气地说："不就是钱吗，以后有我吃的，你就饿不着。"

自从把这话撂给二梅后，海生就开始努力地践行，每次卖了海货，他都想方设法留下一点钱给二梅，来多也被他当伙计雇上了船，每月给来多开四千块钱的工资。二梅不再去饭馆打工，偶尔赶赶海，捞点小海鲜，或者从码头上倒弄点海鲜卖。在海边，只要人勤快，活人不难。

自从海生从村长的饭馆里把二梅拉回家，村里关于他俩的闲话就沸沸扬扬高涨起来，现在估计都可以装满一条大船了，偶尔回村的村长见了海生就没好脸色。海生顾不了那么多，只要二梅在他眼皮底下生活，他就不忍心看二梅被人欺负。海生的老婆也没少给他耍脸色，海生装瞎装聋。海生老婆开始拿家里的钱撒气，玩上了六合彩，海生也管不了。他寻思，这个娘们儿是个花钱心疼的主，家里亲戚有红白喜事，多随二百块礼钱，她都心疼好几宿，玩赌也是在赌气，不会玩出圈儿的。

海生快到二梅家时，他四下看看，只有几个孩子在房山下玩。太阳在慢慢落山，金灿灿的阳光模糊了孩子们的面孔，海生估计自己的身影也会在夕阳里变得模糊，他便在金黄的暮色里一大步跨进二梅家的院子。

二梅正坐在院子里，她面前是临时用砖头垒起来的炉灶，两绺汗津津的头发垂下二梅额头，被灶膛里的火光照亮，也像在燃烧似的。炉灶上架着大铁锅，锅里面热气蒸腾，正在煮大蛤。大蛤就是牡蛎，以前属于百里滩渔民看不上眼的小海鲜。妇女们无法上船出海，又想赚个菜钱时，就会在石坝上撬下吸附在岩石上的大蛤，好歹用海水洗洗，就把它们烀熟了，开出蛤肉卖给来渔村的城里客人。城里人爱吃牡蛎豆腐汤，牡蛎炒韭菜，锅塌牡蛎。一个能干的妇女，一天忙下来，可以开几十斤蛤肉，卖几百块钱。这种小活田季节性强，开春到五一劳动节那阵最肥。小满节气后，牡蛎甩子，就瘦得没法吃了，不过城里人也不懂，给啥都说好吃。

二梅身下已经堆了两堆惨白的牡蛎壳，有的壳上还粘着没挖干净的牡蛎肉。二梅的手指又红又粗，袅袅地冒着一丝热气，有两根手指上还裹了脏乎乎的创可贴。海生进来后，二梅手底下继续忙活着，海生参着手站了一会儿，和二梅搭讪，二梅哼哈应付着。海生站久了觉得不自在，就干脆蹲下，抄起一个开牡蛎的改锥，帮二梅开牡蛎肉。二梅看了他一眼，扭身起来，从屋檐下找出一只胶皮手套递过来，还顺手在他屁股下面塞了一只小马扎。

海生接了手套，放在开过肉的蛤皮堆上，说："我的手哪有那么金贵？"二梅又抄起手套再次递到面前，说："你是开船使舵的，也算技术工种，哪干过这个，别刺破了手，你媳妇心疼。"海生想接一句"你就不心疼"，可是话到嘴边又吞进肚子里了。大力还在里面，自己和二梅说这么放肆的话，算怎么回事啊。当年大力对不起我，我不能对不起大力。

海生憨憨地笑笑，他想起裤子后兜里那两千块钱，就站起来掏钱给二梅。二梅也不客气，把钱接在手里，顿了顿，说："你给的钱我都给你记着账呢，早晚一股脑还你。"海生笑嘻嘻地说："等大力出来，你们再置办条新船，到时候还我钱时，我得要利息，我这可是高利贷。"

二梅听到海生说出大力的名字，打了个愣神，然后问："今天啥货啊，卖不少钱吧。"海生嗯了一声，说："今天挺邪门，拉到美人蛏了，整整一筐。我估摸着，今年蛏子少不了。对了，来多也很靠盘儿，知道抢着活儿干。"二梅冷笑一声，说："来多是啥孩子我清楚，他抢着吃饭我信，抢着干活儿我不信。"海生憨笑了一下，说："孩子挺好，就是油梭子发白——短练。咱们俩哪天去看看大力吧，给他捎两条烟啥的。"

其实，海生早就一个人偷偷看望过一次大力了，他给大力留下了一些钱，他知道，里面也需要钱。就是那次探视，大力告诉了海生那块活田的位置。二梅沉了脸，说："大力是我爷们儿，要探监我去，你起啥哄，你把来多给我带出来，让他能成个好驾长，我就感恩不尽了。"

两个人一起动手，不多久，大蛤肉就开完了，满满一大盆。海生想把几堆大蛤皮收拾起来扔到院外，他刚起身，二梅就用胳膊挡了他一下，说："你老实坐着，我去，你不怕街坊四邻说闲话啊。"二梅这个动作，让海生又想起了当年开桃花蛤的情景，海生心里蓦然浪潮翻涌，不由得生出一丝酸楚。

说话间，院子收拾干净了。二梅开始动手做晚饭，用开碎的牡蛎肉煮的面条。天黑下来了，她往灶膛里填着破船木劈柴。炉灶里的火光映着二梅饱满的脸蛋，二梅的脸蛋红扑扑的，好像突然年轻了好几岁。

海生说："来多这孩子这几天新鲜劲儿上来了，非要陪山东伙计住船上，他俩还挺投缘。"

二梅抬起头，看到海生傻乎乎地盯着自己，她忽然站起来拉起海生，把他往院门处推。二梅说："该吃饭了，你快走吧。"海生挣脱了两下，全身松了劲儿，由着二梅把他推出了院门。在傍晚的海风里，海生哼哼着歌曲，脚步轻快地往家里走。

凌晨时，海生听到外面的风声吹过屋顶。他迷迷糊糊地觉得，这风像是东北风，把北窗吹得忽嗒忽嗒响。渔家有谚语：半夜东风起，明天好天气。海生心里的很多忧虑也被这风吹干净了。天蒙蒙亮时海生就睡不着了，翻个"折饼子"，老婆抗议地哼了几声，海生就知趣地穿鞋下床，让屋子里恢复安静。

早早来到湿漉漉的码头，远远看到几个驾长蹲在码头上，是二败哥儿俩还有癞子等人，都是渔村里口碑不咋样的驾长。他们正蹲成个圈圈说话，看到海生走近，都低下头假装没看到。海生经过他们身边时，他们才抬起头，和海生点头示意。从他们这奇怪的表情和气氛里，海生知道，他渔获卖了大钱的事儿，八九不离十被这伙人知道了。跳上船，海生问正做早饭的来多和顺子："二败他们咋知道昨天咱们摸到了好活田？"来多说："昨天晚饭时，二败哥儿俩来了，带了个大烧鸡，在这儿一起喝了酒。可我俩啥都没有说啊，他就是在船上看看，他看到咱们装香螺的那些筐子，像狗似的又摸又闻的，最后说了句，货还真不少啊，就这么回事。"

早饭是馒头还有熘咸鲈板鱼外加小米粥，海生很得意这口。他鼓着嘴嚼着咸鱼，琢磨着今天该怎么应付这几个黏糊人的家伙。大海上，太阳升起一丈多高了，海生觉得晒在后背上的阳光开始暖洋洋的，海浪也在明亮的阳光下，变得波光闪闪，很是刺眼。

海生的船刚一驶出渔港，二败他们的船也纷纷发动了机器，离开码头，尾随而来。风不大，海浪也变温柔了，渔船在温柔的波涛里，缓慢摇荡，很快就远离了渔港。当渔港彻底从海生视野里消失不见后，他调整航向，将船往昨天那块活田方向开去。海生知道，他们摸到的那块活田所处的大概方向，如今无论如何是瞒不住了，如果选择远离那块活田的海面，二败他们肯定不信。如果他们从两个伙计嘴里再打探出什么，自己可就有点栽面，毕竟以后还得打头碰脸。海生不愿意被人背后指指戳戳，说他不厚道。他想，在接近那块活田的位置下网，这样，谁有运气，谁就多拉渔获，他们不空网，也不能埋怨他海生不仗义。

两个小时后，海生停了螺旋桨，发动机巨大的声音减小了，海面上，海鸟的鸣叫清晰可闻。海生让来多和顺子开始撂网。长长的底拖网被扔下船尾，很快消失在水面翻腾起的泡沫里了。海生重新起动螺旋桨，船又开始前行了，拉网的网绳很快被远处水面下的渔网拽下渔船，然后网绳被快速拉直，紧绷得如钢筋一般。渔船的速度慢了下来，但是发动机的声音又大了。二败他们的船果然绕到了海生船前面，他们也减速，下网。海生不禁心头怒火烧了起来。行有行规，船户们打鱼有个约定俗成的规矩，你不能挨着别人的船太近下网，更不该抢在别人渔船前面下网。二败的行为在船户们眼里看来是极不厚道的。海生心想，好在自己也留了一手，对付二败他们这号人，太实诚了也不行。海生把渔船改变方向，绕开二败他们，加大了马力。

几条船就在那片海域绕着圈子拖着渔网，大概不到两个小时，海生开始起网了。二败他们也纷纷学着海生，开始拖拽网绳收网。在每次网身将要出水时，海生都会有准确的预感，他觉得，这次渔获也不会少。巨大的网底被吊索提上了船尾，撒下去时干瘪的网袖子，此刻鼓鼓囊囊的成了个大半球。隔着网眼，海生看到了他喜欢的那些渔获的颜色：青壳的梭子蟹、土黄色的水蝎子、鱼鳞闪耀的大鲈鱼，还有海螺、毛蚶、牡蛎、香螺。海生注意到，网里还有很多美人蛏。

海生心情很复杂，他没能想到这无心插柳的一网，也会有这么多渔获。本打算糊弄糊弄二败他们，谁知假戏唱成真了。远处几条渔船上的人们也都在忙活，看得出二败他们渔获也不会少。这消息明天要是传遍渔村，一百多条船挤在这里忙活几天，渔获很快就会被消灭干净。可眼下管不了那么多了，赶紧把今天的渔获收拾了再说。海生把网兜下的绳子扣解开，渔网里的渔获倾泻在后甲板上，堆成了小山。几只螃蟹拼命挣扎着，水蝎子也慌张地弹着身体。来多和顺子搬来几个塑料筐，开始分拣渔获。海生站到了船舷处，仔细向二败他们的船瞭望。果然，二败他们的船，有的已经收好渔网，船上的人也蹲在船尾分拣渔获。再向更远处望望，还好，没有看到黑东他们的巡逻大船。

看看这网渔获分拣差不多了，海生又把拉网抛进海里。二败他们的船依然抢在海生前面，撂下渔网。海生抓起船上的对讲机吼了几句，二败那边根本不理会。他又试着拨打二败的手机，可这里远离海岸，手机信号不太好，半天拨不通。他实在气愤难耐，将船靠过去，看看自己的船就要靠近二败的船时，海生站在船头冲二败吼："二败，有你这么下网的吗？过河拆桥啊，你祖宗的，跟着我，还挡着我！"海生的怒吼声被海风吹到二败的船上，但是没人理睬海生。二败自知理亏，低声嘀咕了一句："大海是你们家的啊，是你家的，你装兜里带走啊。"

海生一共撂了三网，船上的塑料筐又快满了，他决定赶快返回渔港。今天这些船的渔获都多，回晚了，商贩看到货多，准压价。趁二败他们贪恋渔获，赶紧把船上的货脱手。渔获就是这样，货少，你可以漫天要价；货多，鱼贩子就会把价格压到地面，坑死船户。这样的事海生经历得太多了：昨天水蝎子还三十元一斤不够卖，转天可能三元一斤，臭了渔港都没人要。

海生回到了渔港，大胡子带着一帮鱼贩子很快把海生船上的渔获都分了，海生把厚厚一沓钞票揣进口袋时对大胡子说："胡子，今天下午货肯定多，你们得赶紧趁中午卖利索了，下午还能进点便宜货。"他回头看看大海深处，看不到二败他们船的踪影。几条没在一起打鱼的船跟海生一起返了港，驾长们见海生卖了钱，一个劲儿问海生下网的位置。海生有点不耐烦，最后说："你们去找二败吧，他们还在那块活田折腾呢。"

海生让顺子准备午饭，吃饱喝足了好好歇一会儿，然后给来多交代："我留了两筐货，有点鱼还有蛏子，你给你妈送去卖吧。"来多冷冷地斜了海生一眼，摇头说："我不去，你愿意去就自己去啊。"海生被来多的话噎住了，心想，这孩子话语里带着刀枪呢。海生没再说啥，扭身跳上了码头。

<h1 style="text-align:center">三</h1>

海生上岸后直接奔二梅家去了。渔村的中街，是一片空场，很多渔家大嫂在这里摆摊，卖些小海鲜，一来二去，这个渔村小市场还有了点名气。城里会吃的主，会开车来这里买刚下船的海鲜。这些鱼虾贝蟹，还带着大海的潮气，格外新鲜。二梅如果不在家，那就是在中街卖货呢。二梅家果然锁着门，海生就奔中街，几个蹲着卖货的妇女戴着头巾口罩，捂得严严实实，海生还是从人群里一眼看出了二梅。二梅的身材依然是惹火的蜂腰马腚。她腰细腹平，胯宽臀丰，不像其他的渔家大嫂，生完孩子身体就成老母猪一样了，腰和屁股一样粗。也奇怪，来多都二十出头了，二梅的身材还是跟做闺女时一样，皮肤也总是白里透红的细嫩，难怪村里那几个色鬼垂涎二梅呢。在二梅摊位前，一个城里人正假装内行地品尝着大蛤肉，海生心想，尝吧，只要尝了，没有人抗拒得了大蛤肉初入口的鲜味儿。果然，二梅已经拎起了秤，客人抓起大蛤肉往秤盘子上添。

在中街，夸张点说，二梅的货没卖完，别人就甭打算卖货，这些经营窍门还是海生教二梅的。海生说："城里人爱干净，你把自己收拾干净，海货也别太腌臢；再给客人用点干净的白塑料袋，货肯定卖得快。"其实海生还有一条理由没说透：二梅的大眼睛，二梅甜美的吆喝声，二梅的勾魂身材，都是很好的广告招牌。

海生和二梅打了招呼，然后抄起二梅载货的三轮自行车，直奔码头。他很快把那两筐海货拉来了。旁边几个大嫂有点妒意地围过来看，她们看到筐里的货，啧啧赞叹着躲开了。走开时，还不忘记甩句闲话："哎呀，真是比不了啊，人家的货，鲜灵呢，招人啊。"二梅听了，不但不气，反而哈哈大笑。二梅挑战意味的笑声，气得几位大嫂直往地面上吐唾沫，海生从她们的口型上大概猜出，她们在骂："呸、呸，浪货！"

海生低声嘱咐二梅："蛏子卖十五块钱二斤，别卖高了，你就大声吆喝，估计一会儿就卖光了。"

海生回船上与顺子、来多吃过午饭，他在舵楼里打了个盹，被返航渔船的轰鸣声吵醒了。他从舵楼里钻出来，向海里望。但见眼前十七八条船，声势浩大地开进渔港来了。最头面的是二败的船，海生一眼就看到他船上那面恶心人的黑龙旗。二败站在船头，正准备往渔港上抛缆绳。鱼贩子们早在码头等着了，见渔船进港，他们像海生在电视上看到的非洲鬣狗一样，围拢试探，寻找称心的目标。船上的海货决定鱼贩子们今天的钱包鼓还是瘪，他们怎么可能大意呢。每次和鱼贩子打交道，海生都觉得就是猎人和狐狸在斗智呢，船户们像猎人也像狐狸。货好，说啥话都硬气；货孬，磕头作揖也白搭。

船都拴好了，鱼贩子们在这十几条船的甲板上跳上跳下，不停流窜，不一会儿，他们就围在一起，大概十几分钟，他们像商量好了一样都走回各自的拉货小卡车，那架势好像要离开码头。二败和癞子跳下船拦住了第一辆发动的车，比比画画半天，鱼贩子才从驾驶室懒洋洋地探出身子。他招呼其他贩子也下了车，二败和鱼贩子们聚拢到一处，估计是在讨价还价了。此时，海生已经猜了个八九不离十，与他上午预料的差不多，突然捕获来那么多香螺、蛏子，肯定会砸价，幸亏自己上午没贪心，早早把货出手了。

海生把顺子和来多赶下船，让他俩探听一下二败他们海货的成交价格。顺子他俩回来后说，贩子们压价很低，香螺五块钱一斤，蛏子十三块钱二斤，小杂鱼两块钱一斤。海生明白，二败他们太贪心了，辛辛苦苦拉了不少货，都是用昨天的价格算今天的收入，能不失算吗？

二梅把海生给他的海货卖完了。她回到家，先插好院门，把今天卖的钱数了两遍，把大小票子分开，与前几天卖下的钱合在一起，凑出一万块钱整数，再把钱捆好，掖进被子底下。出了几层汗的身子都快有馊味了，她就脱去汗津津的衣服，穿着内衣走进厢房，那里有海生给安装的太阳能热水器。只要用手轻轻一拧，温润体贴的水线就带着太阳的味道暖洋洋地倾泻下来了。洗浴时面对着的那面墙上，海生按照她的要求，安了一面大镜子。二梅一直渴望这样一面墙的镜子，她和大力说了多少次，大力就是不给安。

水雾升腾起来，镜子变得朦胧模糊，二梅映在镜子里的姣好身体也变得虚幻了。

从昨晚就紧张忙活，到今天晌午终于把钱赚回家，刚才清点票子，丰厚的盈利又一次让二梅充满希望，被散发着太阳气息、体贴入微的热水包围后，二梅的身子像躺在了按摩床上，一下子变得松垮了。她太疲惫了，恨不能让温暖的水流钻进她身体的每一个细胞里，把那些满满地镶嵌在骨头缝里的酸疼都给冲洗掉。水温柔地流淌。二梅仰起脖子，陶醉般接受着清水的抚摸。她有一种恍惚感，觉得这分明不是水流，而是一对大手，大手带着男人特有的柔情在抚摸自己。她多么希望这是海生的手。海生一直对自己好，二梅心里很接受。她对这个有点软弱，可是心地善良的海生，也一直记挂在心里。大力出事后，海生对她毫无顾忌的帮助，让二梅觉得自己没看错人。她从心里想报答海生，她不知道该怎么做才好。她很清楚，海生不缺钱。刚才在镜子里看到了自己的身体，二梅也很惊叹，自己的身子，那么多年了，不仅没有衰老，反而变得更加风韵诱人。眼下，她唯一的资本可能就是自己的身子了。把身子交给海生？如果那样做，对不起大力放一边，那也是埋汰海生呢。她不希望海生只是惦记自己的身子才对自己好。但是如果海生对自己有什么亲昵举动，二梅觉得自己真是无法抗拒。

二梅想，要是不出那件意外，该多么好啊。她肯定是海生的媳妇，自己的一切就都是海生的了。他们会有自己的孩子，他们的孩子肯定比来多有出息。可现在悔恨这些有啥用，日子还得一天天苦熬。

二梅这么胡思乱想时，她听到院门那边有声音，有人在用力推门。二梅心里暗喜，来人肯定是海生。她慌乱地对着院门喊了一声："等会儿！"赶紧擦擦身子，套了件宽松的大棉背心，套上睡裤就去开门。她边走边整理衣服。二梅用一扇门挡住自己身体，伸出脑袋，用湿漉漉的微笑迎接海生。谁知，门外的人竟然是二败。二败看到刚出浴的香喷喷的二梅，眼睛亮了一下。他看二梅正要关门，他哧溜一下，挤进了门。在院子里站定了，二梅和二败对视了一下，俩人都愣了一下神。二梅嘟囔了一句"咋是你啊"，赶紧回身要进屋去找衣服。那件宽松的背心很薄，身子又没全擦干，背心一上身，就贴在了身上。二梅用手护住前胸，快步前脚走着，她听到二败紧跟着她，她听到了二败粗重的喘息声和吞咽口水的声音。这声音让她一阵肉麻，鸡皮疙瘩都冒出来了。

二梅走到屋门口，赶紧站住了，她回过身，瞪着二败。二梅高声说："二败，你干啥，有话赶紧说。"二败的眼睛赖在二梅身上。他突然跨前一步，一下子搂住了二梅。二梅吓得一哆嗦，她赶紧推开二败。二梅恼了，骂二败："死二败，你敢耍流氓啊，我喊人啦。"二败呼哧呼哧喘着粗气说："二梅，想死我了，上次在饭馆，我就没摸到，你就答应我吧，我只摸一下。"说着话，二败又扑向二梅。二梅张嘴要喊，二败那双手已经把二梅的嘴堵住了，二梅鼻孔里立刻钻进一股呛人的烟油子味。二败伸手拉开屋门，死命地把二梅往屋里拖。二梅拉住门框，顺势一个屁股蹲坐在了堂屋地上。她这么一用劲儿，上身的背心刺啦一下，被拽出一个大口子，二梅身上雪白圆润的乳房都露出来了。二败的眼睛都看呆了，他狗一样扑上去用身体努力压住二梅，伸出舌头在二梅身上乱亲乱嘬。二梅嗷嗷地怒吼起来，一种羞耻感再次在她心里泛滥。愤怒的她在二败身上乱抓，一下子抓到了二败两腿间的痛处，二败身子一哆嗦，捂着裆部站起身向后退。二梅赶紧站起来钻进里屋，把门咣当一下反锁上。

二梅急中生智，她对着屋外喊："喂，110吗，我家有人耍流氓，你们快来。"

二败还真被吓住了，他在门外哀求："二梅，嫂子，别报警，我错了，我走。给你一千块钱行了吧，下次我再也不敢了。"

二梅真切地听到二败惊慌失措的脚步声出了屋子，到院子里去了。她赶紧凑到窗口去看院子，二败慌张的背影钻出了院门。二梅怦怦乱跳的心这才稳当了，她按住胸口。突然，二梅脑子里闪现了一个念头，刚才二败的姿态怎么那么熟悉呢？难道二败就是当年夏夜在海埕上欺负自己的那个人？！

二梅插好院门重新站在淋浴喷头下，她委屈的眼泪和着温水一起流下，她用力揉搓刚才被二败狗一样舔啃过的地方，恨不得把皮都搓掉一层。——那个遥远的夏夜，也是这么一个人，在海风的呼啸掩盖之下，把二梅拖倒在了海圹边齐腰深的芦苇荡里。那晚，二梅的哭喊声都被海风击碎了。二梅以为自己会死去，还是大力发现了躺在芦苇丛里低声啜泣的二梅。大力帮她穿好衣服，把那辆丢在路边装满毛蚶的排子车拉回了二梅家。

二梅把自己收拾得干净利落，五月的傍晚红彤彤的，满院子都是这种催人入睡的温暖夕阳。晚饭后，二梅手里拿着手机，她把手机按亮了又按灭。她盼着海生来，可是海生今晚却迟迟不来，她想打电话，又不知道拿什么来做借口。正在反复犹豫时，手机屏幕突然点亮，然后看到来电显示是海生，二梅的心一阵狂跳，海生的电话竟然打进来了。海生告诉二梅，他刚从城里回来，来多和顺子也骑着摩托车去城里玩去了，不知道几点回来，他今晚得在渔船上过夜，就不来二梅家了。

二梅问海生他的船停在渔港啥位置。海生说，为了明天出海走得早，只能把船泊在港口最外边了。按灭电话，二梅站起身，看看逐渐暗淡下去的天色，进了屋，坐在化妆镜前，给自己描眉、抹口红。挨到天色全黑了，四周的声音也稀疏了，她拉好窗帘，点亮卧室灯光，走出屋，锁好门，在渔村里绕开热闹的中街，向渔港走去。

星光满天，月亮只有弯弯一道。走在路上，只能通过脚下踩着蛤蜊碎皮的沙沙声，判断自己没有偏离脚下的路。二梅后悔没找个手电筒。她只好握着手机，偶尔用手机照亮一下道路，绕开路上低洼的积水。

本来不远的路，二梅觉得这条路实在太漫长了，她恨不能立刻跨上海生渔船的甲板。她怕这条路上遇到什么熟人，把她此刻热烈燃烧的心情浇灭了。黑夜那么浓，好像把一切现实的东西都掩盖了，要是一切都能被黑夜涂抹修改，那二梅宁愿这个世界就剩下她和海生，让他们再回到年少时纯真的时候，回到那手指相碰都会心跳半天的时候。这些年，二梅只觉得自己亏欠海生太多了，年少时海生的痴情，如今海生无微不至的关心，让二梅觉得知足。一个女人一辈子还要什么啊，有这些就足够了。

那个遥远的可耻的夏夜之后，二梅知道，她做女人的一切浪漫幻想都被一个蒙面人强暴了，从她惊恐地察觉自己有了身孕那一刻，她就想拼命抓住什么，恰好大力出现了，大力把她从溺水中捞起来，她只能依靠大力，她不爱大力，她只是感激大力。

二梅深一脚浅一脚地走着，脚步声与心跳声都像擂鼓声。渔港近了，那些安静地趴在渔港里的渔船闪着微弱的光亮，二梅低着头，加快脚步。快走到渔港尽头时，她给海生打电话，让海生下船迎接。

二梅看到海生的身影一步步走近时，她觉得身子软软的，身体深处一下子被抽空了，没剩下一丝力气，好像腿都迈不动了。她听到了海生的呼吸声。她还是不动，只是在黑暗中伸出手，像海藻细长的触角，在风浪里慢慢地飘摇着，终于碰到了海生的手。两只手紧紧攥住，俩人默不作声，相握了一会儿，海生牵着她跨过船舷，钻进了舵楼。

"海生，你开船，我想出海。"

二梅的声音幽幽的，好像来自幽暗的海底深处。带着点恳求，又分明是在命令。

海生不说话，很顺从地点了点头。

船突然亮起了灯，灯光惊到了落潮后在泥海滩上觅食的海鸟，它们张皇失措，嘎嘎叫着，向着夜空乱飞。海生的船在鸟儿惊叫里，颠簸着身子，缓缓远离了渔港码头。

海生开足了马力，渔船亢奋起来，船头像尖利的铁铧，哗啦哗啦犁开了平静的海面。海面像春耕时节丰饶的泥土，泥浪翻涌，浪花闪闪，漆黑的大海也没那么可怕了。海生控制着渔船舵轮，目光全神贯注盯着船头。一个身子忽然贴上来，一对软乎乎的胳膊从身后绕过来，紧紧搂住他。是二梅，她饱满的身体贴紧在海生坚实的后背上，几乎在同时，她的眼泪也一滴滴落在了海生的衣服上。海生仰头望了望夜空，天气晴好，没有云彩，自然不会有雨滴落下来。二梅的泪滴凉凉的。他忽然很想看看此刻在身后流泪的这一双眼睛。但是他没有停，继续加大马力，轮船愤怒了，突突叫着，海浪纷纷翻着跟头往后跌落，不久，海生的船在苍茫的海上成了一只孤零零的鸟，海生觉得热血在体内狂奔乱撞，只要二梅不让他停下，他的船只会奋力向前。

手机铃声响了。

寂静的夜海上，这声音显得无比怪异，又带着说不出的寂寞。

海生望着手机想，如果不是这铃声在此刻骤然响起，他觉得自己整个人就会像一颗烟花一样，一直沿着大海冲突，加速再加速，直到在漆黑的大海上爆炸、绽放，然后看着自己的躯体灰飞烟灭。

电话是来多打来的，来多吞吞吐吐，让海生带上一万块钱，赶紧去城里一个派出所赎他和顺子。

海生懊恼地将手机滑进兜里。他的情绪在不知不觉中已经一落千丈。他觉得一个充满了想象和期待的美好夜晚，就这样被破坏了。他张大嘴巴，狠狠地吞咽了几口腥乎乎的海风。

二梅的手不知道何时滑开了，她早从海生的表情里看出了端倪，追问究竟什么事。海生吐一口气，有些胸闷似的停了停，简单说了电话内容。海生说："没事，罚款一万，估计不是什么大事。"海生心里琢磨，这俩人八成是找"小姐"被抓了。

二梅非要跟海生去赎人，海生不让。海生说："我自己去就行了，不就是花点钱吗，人没事就好。"二梅呸了一口，说："这个妖人孩子，真是讨债鬼，业障根儿。"海生说："得了，怎么说也是你儿子。唉，这孩子也是，为什么就一点也不随大力哥呢？"二梅像被人点了死穴，刹那间陷入了沉默，想了想，欲言又止，却什么都没有说，只是轻轻地摇了摇头，把一声很轻的叹息咽进了肚子。

二梅嘱咐海生开车千万注意安全，告诉海生，只要回来，就把来多送回家，多晚她都等着。往回走的路上，二梅在黑暗中抹去了口红，全身软塌塌地拖着千斤重的步子，她的心里充满了沮丧和失落。她今晚好不容易鼓起的勇气，就像刚刚顶破泥土探出地面的嫩芽，还没来得及生长，就被残忍的现实一脚给踩烂了。她在心里模模糊糊想着自己的人生，这辈子，自己没做错什么，可是却亏欠了两个人。她爱海生，可她实在是没有任何勇气再做一丝对不起大力的事情。为了她，大力无法有自己的亲骨肉。来多两三岁时，二梅劝大力生一个自己的孩子，可那时渔村计划生育抓得正紧。抓计划生育的大队干部凶神恶煞一般，谁敢生二胎，罚款、大铲车推房子还是小事，还要没收渔船捕捞执照。生一个孩子就得彻底败家，谁敢啊。后来政策松动了，大力又不行了。播种了几年，二梅那块地也没动静，去医院查，医生说大力的种子没啥活力了。

二梅在床上翻来覆去按亮手机看时间，眼皮又很沉重，迷迷瞪瞪揪着心。她知道，海生带回家的肯定是让她寒心的消息。

外面杂沓的脚步声一下子让二梅精神了，寂静的深夜，她听得出这是谁的脚步。她赶紧跑到院子开门。海生和来多进了屋，二梅关上门，忙问："告诉我实话，咋回事？"

海生说："喝酒了，和别人扯扯起来了，打了人，进了派出所。"

来多满不在乎地说："海叔，啥跟啥啊，我可没打人，不就是找了个'小姐'吗，让警察罚了五千。"

海生气乐了："嗬，浑小子，你还光荣啊，让警察逮了还有功了？"

二梅早就气得忍不住了，她给了来多一个耳光。这一巴掌打得结结实实，二梅的手腕子都震疼了，她指着来多鼻子骂道："你就这点出息？你都二十多了，咋不学好呢？家里都这样了，你不琢磨多挣钱，还去干下三烂的事！"说着她又举起了手。

来多把二梅再次打向他的手用胳膊挡开，他冲着二梅一瞪眼，语气里竟然带着威胁，说："你再打我，我就不在这个家待着了，这是啥家啊，爸爸杀人，妈妈三陪，你们大人要脸吗？凭啥管我？"

一句话差点噎死二梅，她张大了口喘气，半天不知道说啥。海生踹了来多一脚："浑蛋，你说你妈啥呢，你妈不就是想多赚钱，赶紧把船要回来吗？"

来多鼻子里哼了一声，忽然硬着脖子冲海生喊："你是谁啊，总往我家跑，村里人谁不说闲话，你还有脸说我！我就是故意让警察逮的，咋啦？"

海生也急了，一拳捶在来多肩头。海生手重，来多疼得一龇牙，嗷的一声跳到院子里，对着二梅和海生大喊："你们都膈应我，我走，我早就知道了，我不是我爸亲生的！别以为我是傻瓜！以后我死了也别管我！"说完，他跑出院子，脚步声很快远去了。

海生拔腿要去追，二梅一把拉住了，海生回头看二梅，二梅全身哆嗦着，身子软软地堆在了地上，她抬起手指着门口，嘴张了几次，却说不出话。

海生赶忙问："来多的话是真的？他不是大力亲生的？"

二梅呆愣愣片刻，咬着嘴唇点点头。这一瞬间藏在心里二十多年的委屈一股脑儿袭向心头，她哽咽了。海生却不多问，把二梅扶进屋里，帮二梅擦拭眼泪。等二梅平静些了，他还是不放心来多，向码头方向寻人去了。

二梅听到海生关好院门，她的眼泪又涌了出来，深埋多年的痛心记忆像海风吹刮的破旧帆布，一片片一缕缕，哗啦啦地开始在心头翻腾。

那年，家家户户开蚶子卖钱，有天晚上，她和大力去渔港拉蚶子，半路上大力被家人喊回家，她就自己拉车。她拉着一车蚶子离开码头后，走在僻静的蛤蜊皮路上，被一个蒙面人拖到了海垱边的芦苇丛里强暴了。她躺在那里无论怎么哭喊、哀求，那个人也不肯罢手。那个浑蛋跑了不久，大力寻她的喊声就响起来。大力当时用自己的衣服给二梅裹好身子，把她送回家时，幸好家人睡下了，二梅偷偷躲在房间里清洗自己，这一晚的噩梦才结束。因为怕名声坏了，她就没敢报案，几个月后，傻乎乎的二梅才发现自己怀孕了。那时做人流还得队里开证明，她怕被人知道自己被强暴过，这要是传出去可是天大的丑闻啊，她只好去找大力哭诉，要是大力不娶她，她就得去死。大力二话没说，就和她办了喜事。

来多降生前，大力对二梅还是百般照顾、安慰，深夜里，二梅常被噩梦吓醒，不停抽泣时，大力会把她紧紧搂住。来多降生了，家里充满了来多稚嫩的哭闹声，大力总是紧锁眉头。二梅知道大力心里憋屈，不痛快，大力的样子让二梅总是战战兢兢、小心翼翼。

刚生下来多那几天，趁身边没人，二梅有几次举起手，想把来多捂死，她的手刚搭在一团粉肉的婴儿脸上，心先开始颤抖了。小来多好像预感到了什么，突然嗷嗷大哭，大力闻声冲进屋子，一把将二梅的手打开。

二梅生下孩子几天了，一点奶水也没有，什么鲫鱼汤、猪蹄汤、乳鸽汤，都喝遍了，她的饱满的乳房就是没有一丝湿润。大力看不下去嗷嗷待哺的来多，他就向村里老人打听，老人给了他一个偏方，说用滩涂上的鲜狼鱼炖猪肚可以下奶。那时刚是初春，滩涂上还有没融化的海冰，大力穿着皮裤，冒着严寒，在冰冷刺骨的淤泥里，从鱼窝中把滑溜溜的水蛇一样的狼鱼掏出来。

喝了狼鱼猪肚汤后，二梅的奶水下来了，足得可以湿透衣襟。可大力的腰腿就在那次落下了病。二梅以为大力会从此接受这个孩子，可是她想错了。来多十个月时，竟然会开口叫妈妈爸爸了。这一声妈妈，把二梅叫得心软软的。来多喊大力爸爸时，大力拧紧了眉头，哼了一声，走开了。不久，大力就和二梅商量，想把来多送人，再和二梅生个属于他俩的孩子。大力好说歹说，让二梅松了口。可孩子送到临近渔村没一个星期，二梅就神情恍惚地去找孩子了，她说，她整天晚上听见来多哭着喊妈妈。大力为此还赌气去船上睡了半个月。他回到家，脸色比腊月的大海还冷。

二梅更加小心翼翼，一边看着大力脸色，一边严格管教来多。最初那些年，那个耻辱恐怖的夜晚，就是一块沉在海水里的烂船板，遇到风浪，就会阴森森浮出水面。只要二梅想到那个夜晚，她对来多要求就更加严苛。来多能说话走路了，二梅很少给孩子笑脸，只要孩子不听话，她抬手就狠打，小来多偷偷摸摸从家里拿钱买零嘴，借别的小伙伴的东西不还，不舍得把好吃的分给小伙伴，偷偷学抽烟……都会让二梅难过恼火。深夜惊醒后，她不停地流泪，呼吸都变得困难，根本无法入眠。醒来的二梅，就像被毒辣的阳光晒蔫的芦苇叶子，只有在大力及时地浇灌后，才会重新饱满丰盈。

每次挨打，孩子总是躲在大力身后，用惊恐的眼睛望着妈妈。每次，直到大力呵斥二梅，二梅才含着眼泪罢手。

大力出海了，来多就在二梅的训斥责骂中盼着爸爸早点回家。

大力对来多，从骨子里就排斥，尽管大力总是对来多很呵护，但二梅观察，他几乎没主动抱过来多。他只是在来多挨二梅打时，他才会伸出手臂。

来多上学后，在学校总惹祸，每次二梅从学校回来，都要把来多毒揍一顿，有时候大力也不着急阻拦，来多这孩子，慢慢地被打皮实了，越打越不听话。等上了初中，二梅一打他，他就离家出走，不是躲在哪艘废弃的船上，就是躲在密密匝匝的芦苇荡里。过几天来多自己会摸回家来，带着一身烟味儿，胳膊上还用烟卷烫了很多小伤疤。最初，来多离家出走，二梅还会着急地四下寻找，后来，来多跑了二梅也不找，来多就与二梅更生分了。

来多上初三那年，有一次，同班一个女生的爸爸找到家里告状，说来多逼着这个容貌好看的女生和他搞对象，来多威胁这个女孩子每天给他零花钱买烟抽，吓得女孩子都不敢上学了。二梅这才着了急，告状的家长走后，二梅从来多屋子里翻出来两个女孩子用的小乳罩，她简直气疯了。等来多回家后，二梅与大力一起把来多捆了起来，扒光了裤子，二梅疯了一样举着木棍子暴打来多，把来多打得半个月没起来炕。从此，来多再也不叫二梅妈妈，也不叫大力爸爸了。他整天不说一句话，眼光里只闪烁着阴冷的、霜雪的光芒。

大力有时候半夜突然坐起来，对着空气破口大骂，骂完了，他会搂着二梅哭，像个被爹妈冤枉的孩子。二梅搂着大力，心不知碎了多少次。二梅与大力这些年的苦，海生怎么能想象出来呢，她无论如何也无法开口告诉海生这些心事啊。

<h1 style="text-align:center">四</h1>

来多真跑了。

连续几天，无论二梅、海生怎么给他打手机、发短信，他都不理睬。二梅说，好歹他也成人了，将来懂事了，他会回来的，不找了，再说他手里也有钱。海生这才得知，这几个月他给来多的工资，来多一分钱也没交给二梅。

船上少了人手，二梅说她不想卖海货了，她要上船，将来钱攒够了，她把船赎回来，她要做渔村第一位女驾长。过去，人们迷信，不敢让女人上船，那是人力弱小，如今都是机械化了，女人上船也没啥大不了的，有的驾长把船租给外地人，人家就是带着老婆出海。海生没犹豫就答应了。倒是海生媳妇来码头闹了几次，二梅当着大伙面，跪在了地上，对海生媳妇说："我要是和海生有啥过分的事，就让雷劈死我！海生嫂子，大力是为乡亲们出头，才进去的，你就看在大力的份儿上，给我条活路吧。"当时，来多的秘密早就在村里传遍了。海生媳妇面对二梅那泉涌般的眼泪，听二梅当众发了毒誓，她竟然湿了眼眶，突然发了女人的同情心，搀扶起二梅，不再闹了。

二梅脑子灵，上船没几天，船上那点活儿，什么下网、起网、分拣海货，她都做得干净利落，比贪吃懒散的来多顶事多了。有空了，她就看海生驾船，让海生教她咋看卫星定位仪、怎么操纵舵轮。她很少正眼看海生，实在没事做了，只是瞅着大海发呆、出神。

连着有半个月，海生只要出海，二败他们就尾随。这回，二败也学乖了，海生返航，他们也返航。虽然每天都有不少海货，可他们发现，这十几天，卖海货的钱，比平时也没多出多少。原因就是货多了，价格就被贩子们压低了。而且，海生发现，他们捕获的蛏子个头儿越来越小，最便宜时，贩子只肯出两元一斤的价格，二败他们开始垂头丧气了。晚上没事，二败和癞子又来海生家打探。海生觉得时机差不多了，他说："眼下大家想抬价格，必须控制捕捞量，将来每艘船限制每天别超过三百斤，价格自然就上去了。那块出蛏子的活田，咱们得养着，秋后蛏子肥了，咱们再敞开多搞。那时每艘船限制搞五百斤，细水长流，来年开春，咱们还有蛏子可搞。"

二败他们都服气了。二败说："海哥，你看你，你不给黑东交保护费，照样赚钱，我们交了保护费，他们也没管我们啥。干脆，明天我也不交了，看他黑东能咋的。"

海生说："这块活田，咱的嘴可得严实点儿，传出去，黑东的人要是布上网，插上红旗，又得被他们占了。咱们不怕他们，可咱也别故意招惹他们，他们在暗处，还有靠山，咱们犯不着给自己找麻烦，眼下咱们多赚钱才是最重要的。"

几个人都同意海生的话，纷纷拍胸脯表态说明天就开始限量捕捞。返回渔港时，大家互相监督。谁多捞谁是癞皮狗生养的。

海生说："再有一个月就到休渔期了，这一个月，咱谁也别贪心。"

海生的话果然应验了，大家限制捕捞量后没两天，蛏子的价格就涨到十块钱一斤了。驾长们收入略有提高后，人的贪心又作怪了。事情还是出在二败和癞子俩人身上。

开始，二败、癞子故意拖延着最后返回渔港。看大家的船都走远了，他们又下网。他们把多捕捞的蛏子藏在船舱底下，进港后，当着众人面卖一部分，等贩子们拉走了货，他们又偷偷把小货车开到码头，装好蛏子，让家里的人去城里的市场上卖。这点秘密哪能藏得住呢，很快，驾长们又都纷纷效仿，撕破脸皮，开始狂捕滥捞了，紧跟着蛏子的价格又落潮了。

二梅气得直骂街。她埋怨海生，你和二败这种人渣还讲啥君子约定。海生心想，把这块活田搞烂了也好，省得二败他们总跟狗皮膏药似的黏着自己。好在另外那块更好的活田，只有他知道。自己也是先君子后小人，由着他们折腾吧。

事情并不像海生预料得那么简单。蛏子价格的下跌并没有让二败他们收手。蛏子价格跌成白菜价了：外壳完整的蛏子两块钱一斤，碎壳蛏子八毛钱一斤。船户们的收入不但没提高，还降低了不少。有的渔船回港晚了，贩子都离开了，很多蛏子卖不动，有人就又把它们倾倒进海里。二败他们大骂："娘的，咱们是阔姐逛窑子，不为钱，就图个乐啊！"

码头上来了几个东北贩子，开来了一辆大冷冻卡车。他们嚷嚷着，要敞开收蛏子肉，说收完了就冷冻起来，或者就地晒成蛏子干。他们到码头的第二天，二败的船就卖了一万多块钱。村里其他船上闻讯，都急红了眼，都把渔船开到那块活田，扎堆搞蛏子。这个东北贩子的到来让渔村码头更加混乱了，驾长们把几年前废弃不用的搞蛏的蛏耙子翻新重新启用起来。这种蛏耙子，有点像猪八戒用的大钉耙，一排金属齿，可以把藏在海里的各种贝类抠出来，蛏耙子后有个巨大的网兜，被耙子齿从泥水里抠出的蛏子，不论大小，都瞬间进了渔网袖子，这种渔具属于绝户网的一种，水产部门早就不让使用了。只要使用一个季节下来，蛏耙子会彻底将整个活田破坏殆尽。

　　码头上一片狼藉，都是散发着恶臭的碎蛏子皮。海生的船一直没掺和对蛏子的疯抢捕捞。海生知道，渔船扎堆作业很危险，他就不去凑那个热闹了。眼看五月中旬了，渔家有句谚语，舍得炕上新娘，也舍不得海上两强。海上的两强，就是指每月的两次大潮。大潮前后的几天，渔获是最多的。船户们赚钱，就指望这几天。一年中的两强，又以五月为最。大家都哄抢蛏子，海生偏偏要下粘网。粘网所得的渔获，鲈鱼、梭鱼、水蝎子、梭子蟹，也能卖不少钱。特别是梭子蟹，五月份的螃蟹顶盖肥，掂在手里，砖头一样压手沉。四两半斤重的满黄蟹子，可以买到百元左右一斤。这个季节又是结婚旺季，很多人家办喜事，都以上一大盆鲜香肥美的大黄螃蟹为体面。但是捕捞螃蟹得会探场。船出了码头，就是茫茫无尽的大海，四周都是阳光闪闪的浪涛，让人很容易有迷失感。在这样一望无际的海面上探寻海鲜，需要敏感的直觉和丰富的经验。半吊子的驾长，摸不到好场子，渔获也多不了多少。

　　海生是捕蟹三天后，听码头上有人说，黑东的人也去搞蛏子的活田占地盘了，带他们去的不是别人，是来多。这个消息让海生突然很紧张，来多搅和进来，事情就不妙了，来多知道另外那块好活田，他要是带人把那块活田霸占了，海生后半年和明年的捕鱼计划就会落空了。赚不到更多的钱，怎么帮大力和二梅呢？

　　这天晚饭时，海生和二梅在船上收拾网具，气势汹汹的二败跳上了海生渔船。二败告状说，来多开着自家抵给黑东的那艘新船，把他的船给撞了。

　　"你们咋养的孩子，整个一个白眼狼！"二败对二梅抱怨着，"这小子太狠了，差点把我的船撞翻了。"

　　又对海生说："来多驾船的技术跟你学的，你这个当师傅的，得管啊。"

　　二梅鼻子里哼了一声，啐了一口唾沫，说："呸，乌鸦落在猪身上——看得见别人黑，看不见自己黑，都不是啥好鸟！"

　　海生听了二梅的话，觉得骂得解气，对二败哈哈大笑。二败张嘴还要说点什么，见二梅脸色很难看，找个借口赶紧溜了。

转天早上，海生的船直奔搞蛏的活田而去。他的船出港不久，就看到一艘渔船尾随而来，船的桅杆上，不伦不类的黑龙旗被风扯得欢快。海生骂了一句："这死二败，脸皮真厚。"

天气闷热。海生被初升的太阳晒出了汗水，汗水滑进眼睛，蜇得眼珠子生疼。海生索性脱去褂子，只穿了件背心。二梅盯着海生结实的肩膀，在他一旁抱怨："这是啥破天啊，热。我要是能像你们男人一样光膀子，就凉快了。"海生笑了："你要是光膀子，咱百里滩驾长们，还能安心打鱼吗？鼻子蹿的血不得把大海染红了啊。"二梅哈哈大笑，拧了海生一把。一旁，早已光着上身腆着大肚皮的顺子，也傻笑起来。

这么说笑着，越来越远的码头已经彻底看不到了，船尾只有浪花在翻腾。二败的渔船后面，又冒出几艘渔船，它们都迤逦而来。海生知道，凭自己的力量，无论如何保不住大力发现的那块活田，可二败他们掺和，估计也会把那块活田毁掉。可是，便宜了村里的乡亲，也不能便宜了黑东。想明白了，海生接过顺子操控的舵轮，突然加大了马力。渔船挺了一下身子，怒吼着，把海面切割出深深的水道，船尾的浪花突然欢腾起来。

后面的二败见海生的船突然提速，以为海生要摆脱他，他骂了一句："你他妈就想吃独食，今天老子就缠上你了。"也提高了航速。

两个多小时后，海生快到那块活田时，他看到，前面竟然出现了两艘渔船。他的心一下子凉了半截。这是谁呢，难道有谁也摸到了这块好活田？

靠近了，海生看到，一艘船上竟然站着来多。来多正举着手机，还有一个人正在用铁锹往海里撒着什么。来多的手机就是对着这个人，好像在拍摄视频。海生对身边的二梅说："看，那艘船上的，是来多！"二梅也看到了，问："他们干啥呢？在撒啥东西呢？"海生的船又靠近了一些，来多扭过脸，看到了海生和二梅。十几天没见，来多竟然染了黄头发，一脸不可一世的匪气。

"来多，你在干啥呢，这几天咋不回家？你妈都急死了。这艘船不是你家原来的那艘吗？"海生用对讲机问。

来多有点阴阳怪气地答："哟嗬，是海叔啊，我和三败给大老板撒蚶子苗呢，这块场子我们都撒了苗，你们赶紧把船开走。"

海生高喊："你这孩子，真给黑东干活儿？你这不是认贼作父吗？忘了你爸咋进去的了？"

"什么我爸，我根本不是他生的。这事我妈清楚。大力他不是我亲爹，我管他干啥。"

海生扭过脸看着脸色气得发白的二梅，低声问："二梅，这孩子咋都知道了？谁告诉他的？"

二梅没吱声，她紧咬嘴唇，眼里很快含满了羞耻的泪水。

海生又喊："是你把这块活田告诉他们的？你还有点良心吗，还知道里外吗？"

说话间，海生身后那些船也都靠近了。来多见状，抓起对讲机，对着那些船喊话："你们都听着，今天开始，这片水面不许下网，我们撒了蚶子苗了，谁下网，就把谁的网砍了，把船撞沉了，让他喂鱼。不服就试试！"

说话时，来多竟然抓起了一把大砍刀，在空中挥舞了几下。

来多又举着手机拍摄海生他们。来多的喊话真把海生他们唬住了。一时间谁都不敢动。

一旁的二梅急了，她冲来多喊："来多，你浑蛋！好歹不分啊你，真是白养活你了，谁把你从吃屎的孩子拉扯成大人的？！你说！"

来多望着二梅呆了呆，他突然矮了身子，跪在了甲板上，咚咚咚，冲着二梅磕了三个头，站起来对二梅喊："妈，我去探监了，大力把真相都告诉我了，他知道你和海叔好上了，他说要和你离婚，他再不管你了。今后，你和海叔过你们的好日子，我也大了，我干啥你也别管了，生死好坏我都认。我今天给人家干活儿，别怪我六亲不认！"

来多的话让海生和二梅面面相觑。一旁的三败过来了，夺过来多的对讲机，对着海生喊："我们是给人家打工的，拿人家钱得给人家卖命。今天谁想撂网都不行，我亲哥哥也不行。想撂网，把一半渔获给我们，不行就撞船、砍网！"

二梅对着他们喊："你们想得美！"又对海生吼，"海生，你骨头软了啊，小屁孩你也怕，撂网！谁敢闹屁，我就报警！"

海生这才梦中惊醒一般，吆喝顺子，走，去船尾。他俩迅速把网抛下，渔网很快消失在翻腾的浪花里。看着海生撂下渔网，来多他们反而手足无措了，傻呆呆看着海生他们忙活。后面的二败见三败在那艘船上，胆子先大了不少，又见海生撂了网，他也赶忙撂下了蛏耙子。其他渔船也纷纷效仿。这些渔船绕开来多他们的船，向远处奋力驶去，一张张巨大的网绳在船尾很快被绷紧了。

来多和三败很快缓过神，他们驾着渔船，开始在搞蛏的渔船后面吼叫喊话，但仍旧没人搭理他们。来多的船开始向渔船慢慢靠近了，此时，海面突然起了变化，一阵风突然掠过海面，波浪瞬间大了很多。渔船在波浪推涌下，开始摇晃了。

当海生他们起第一网时，大家都被沉甸甸的渔获惊呆了。一网的收获，就让后甲板堆起了小山包。海生和顺子又把拖网抛下海，没多久，很多渔船就搞了千斤以上的美人蛏。二梅抓起塑料筐，把蛏子铲进筐里，一筐筐搬进了船舱中。

来多驾着船，在风浪起伏中，不敢靠近渔船，眼看船户们在从容起网、分拣海货，他急红了眼，终于开始撞船了。来多的船撞向了最近一艘渔船，两船碰撞的瞬间发出一声巨大的闷响，让人心惊胆寒。二梅的心不禁揪疼了一下，来多驾驶的可是自家那条新船啊。

有两艘船的网绳被三败砍断了。他们砍断一根网绳的瞬间，渔船突然倾斜了一下，甲板上的渔获被涌上来的海浪拍进海里不少。被砍断了网绳的渔船驾长，见来多他们急了眼，心先怯了，再说船上也满载了蛏子，就趁机丢下网具，转头溜走了。来多、三败驾着船继续驱赶别人的渔船。

海上的风突然加大了，桅杆上的旗子被风吹得哗哗响，西面的天际，乌云也漫卷上来了。海生对二梅说："不好啊，闹天了，这天气预报说明天刮大风，风提前到了。咱们得往回返。"

海生把船掉头，靠近每艘船时，他都用对讲机高喊："赶紧返回，要刮大风了，晚了就崴泥了。"他靠近二败的船时，看到二败的后甲板堆起了更多的渔获。二败丝毫没有返回的意思，他还要继续撧网。海生吼："二败，你作死啊！"

海生又对着来多的船喊："来多，赶紧进港，一会儿浪涛更大，晚了就得翻船！快！"

没人听海生的，海生只好再次靠近他们，继续吼叫。

风又增加了力度，海浪被风抛起来，恶狠狠地摔碎在甲板上，船身上下剧烈颠簸着；海浪砸下来时，船头被按进了水里，海浪过后，船头重新高高弹跳起来。海生和二梅一个不小心，重重地撞在了舵楼的木墙上。

海生往外看，二败他们也慌了，他们的船也在急急忙忙掉头，刚抛下不久的网具还没拽上船。海生放慢船速，等待他们，冲他们继续喊："把网绳砍断了，网不要了，赶紧扔掉渔获，逃命！"海生的话音刚落，天好像突然阴沉了，西北方的乌云翻滚着赶过来。白亮亮的雨点子开始啪啪地打击在舵楼玻璃上，瞬间，外面一片模糊。

海生感到了风的寒意，头上渗出冷汗。他的手指有点抖，风携带的雨水吹进舵楼，他的背心一下子湿透了。早晨的燥热变为阵阵寒冷。顺子吓得躲进船舱下面去了，二梅紧靠着舵楼木墙，半睁着眼睛，她表情痛苦，她晕船了。

海生摸索出一根长绳子，他把绳子系在自己腰上，又把绳子那一头儿抛给二梅，二梅会意，也系上了绳子。又一个巨浪像倒塌的高楼一样把渔船覆盖了，船头猛然跳起时，海生一阵恶心，他像站在悬崖边向下俯视一样，眩晕得脚下发软。甲板上拴在一起的两个柴油桶应声被拍进了大海，两个油桶互相碰撞着，瞬间就被海浪抛向很远的地方。

海生大声鼓励着二梅："二梅，别怕，有我在呢，难受就尽管吐出来！"二梅一个趔趄，她拉着绳子，跨上一步，一把紧紧搂住海生说："海生哥，我们活着做不了夫妻，我们死在一起吧！"二梅的话音刚落，外面的雨突然小了一些了，四周的窗玻璃也不那么模糊了。海生心里一喜，说："看！雨小了，老天爷都不想让我们死呢！"

透过玻璃，海生看到有两艘船从他后面超过来了，它们船速都很快，船头在波涛中剧烈起伏，海生似乎听到风中传来的隐隐约约的哀号声，"海叔！我们的船进水了，咋办啊？——"对讲机里传来了来多惊恐的声音。

海生冒着雨站到了船舷边，他用力睁大眼，看到来多正在向他挥手。海生看到，来多的渔船船帮裂开了一个缝隙，船速越来越慢，海浪砸下来时，船头已经无法跳起来了，他们的船舱进水了。

"笨蛋！"海生冲着对讲机骂，"风浪越大，船速必须求稳才安全。"看来他们根本不懂。而且，这两艘船靠得太近了，如果疯狂的阵风袭来，很可能会撞在一起。

海生抓起对讲机，把身体探出舵楼高喊："降低速度，降低速度，慢点！拉开距离！"

海生的吼声终于被他们听到，他们的船速刚慢下来，一个巨浪，就把一艘船托举起来，重重地抛下，两艘船闷重地撞在了一起。空气中传来了难听的木头撕裂声。

海生看到，在撞船的一瞬间，一条渔船上有个人掉到了海里。这人落水后瞬间就被海水吞噬了。海生赶紧招呼二梅："快，有人落水了，你替我掌舵，一定要压住速度。我去扔救生圈。"

海生顺开腰上的绳子，从舵楼后面解下救生圈，他喊出吓得面色土灰的顺子，让他去舵楼掌船，替下二梅。在落水的人浮出水面时，海生抛下了救生圈。那人抓住救生圈，身子不再沉入水下时，海生看清了，落水的竟然是二败。海生招呼二败抓好绳子，他把二败拉到船舷边，又回身喊："快，帮我把二败拽上来。"

二梅双手伏在甲板上，脚步踉跄挪了过来。二败吓得魂飞魄散，语无伦次地哀求着："海生哥哥，你是我亲爹，快救我，我不想死啊。"海生用力拉绳子，二败的身体很快贴在了船帮上。

二梅突然伸手拉住海生胳膊，对二败吼叫道："死二败，当年你把我祸害了，你承认不？我告诉你，来多是你造的孽障！"

二败愣住了，大张着嘴巴愣了半天："来多？我儿子？不不不会，不会那么巧啊！"

这句话让二梅与海生对视了一下，他们互相看懂了彼此的眼神：真是这个王八蛋！

"你这个王八蛋！你害我一辈子，我要你去死！"二梅疯了一样怒吼着，她拼命去拖拽海生的手，想让海生把手松开。海生赶紧用胳膊肘挡开二梅。和二梅较劲的瞬间，海生的手还是松了一下，绳子一软，二败又卷进浪涛了。一个大浪盖过来，二败不见了。海生赶紧让顺子停下发动机，他把二梅拖进舵楼，又跑回船舷边，在海里寻找二败，他刚出舵楼，二梅又晃晃悠悠跟了出来。

不一会儿，二败冒出了水面，手里还死死攥着救生圈的绳子，二梅举起空空的拳头，向二败挥舞，她恨不能把二败再按进水里。二败完全吓傻了，在下面干号："二梅，我是畜生，你就给我条活路吧，我以后给你当牛做马！"

二梅全身软软地瘫坐在船舷边，抱着船舷，开始哇哇地呕吐。海生喊出顺子，把二败拽了上来。二败水淋淋爬上了船，癞皮狗一样瘫痪在甲板上，狗一样呼哧呼哧喘大气，一副惊魂未定的样子。海生这才想起寻找来多的船。当他眼光远望，看到来多的船时，海生吓坏了。来多、三败已经抱着救生圈，站在齐腰深的海水里沉浮挣扎，他们的船就要沉没了。两个人已经吓得满脸惊恐了。海生赶紧抓过舵柄，他只能冒险掉头了。渔船在风浪里是那么孤独无助，海生小心翼翼兜了一个大圈子，才靠近来多。来多和三败已经只剩下哀号了。海生抛出的救生圈，被两人死死抓住，此刻，谁都知道，性命比什么都重要。

把来多、三败拉上来后，两个落水的人都趴在了甲板上，惊魂未定，哆嗦成一团。风还在使劲儿刮着，浪涛还在施展着它的淫威，风浪丝毫没有减小的迹象。海生吼："来多快起来，你用对讲机帮我喊，让他们都降低船速，跟在我后面！大风里加速，那是赶死呢。"

二败、三败、顺子和来多赶紧喊了起来。那些船终于乖巧了，他们减缓了航速，尾随在海生的船后。海生搂着神情恍惚的二梅，又钻进舵楼。船终于稳住身子，在风浪里艰难前行了。

海生点亮了桅杆上的照明灯，后面的渔船会意，也都纷纷点亮了灯盏，远远看去，这些灯排成一排，在风雨中顽强地闪烁着。海生又指挥几个人扔掉船舱里的一筐筐渔获，让船身减少吃水，不久，渔船更平稳了。忙完了这些，几个人烂泥一样瘫倒在了甲板下的船舱里。他们现在完全听凭海生引路了，海生带领的前方无论是渔港或者鬼门关，他们都只能追随。

渔港在海面上生长出来了，看到码头了。

那里，一排排渔船彼此紧紧地拥靠着，密集的桅杆在拍向海岸的大浪中摇曳起伏。

舵楼里，只剩下海生和二梅。

海生突然觉得很疲惫。他一把把二梅拥在怀里，二梅的头埋在他的胸前，用胳膊紧紧抱住海生。他知道，很快，他们就要分开。等脚步一踏上岸，又要去面对一团乱麻般的生活。以后的日子，两个人还能不能再有这样亲密相处的机会呢，那就要看命运的安排了，而命运是个多么叵测多变的东西，就像海面上翻涌的浪涛，谁知道下一刻什么模样，真的难以预料。不过有一点他很清楚，就是，他一定要帮二梅振作起来，好好活下去。想到这些，热乎乎的泪水，像开闸的水，顺着腥乎乎的脸一个劲儿淌，他用同样腥乎乎的大手狠狠地抹，怎么抹也抹不干净。

过了一大阵子，缓过神的二败爬出船舱，他脑袋探进舵楼，对海生说："海哥，以后你当黑东吧，我刚听三败偷着告诉我，根本没黑东这个人，黑东就是那个狗操的村长瞎编出来的，咱们也可以当黑东。"

"呸，滚远点！"海生吼。

海生耳边，像有一群大苍蝇在嗡嗡叫，他根本没心思听二败说话。对二败，他又恨又恶心，就是这个癫皮狗，毁了二梅和他的幸福啊。作为渔民，他遵守祖宗的规矩，无路如何，在海上，不能见死不救，可是救下了这个恶人，他觉得就跟吞咽下一只死耗子一样恶心。

"你给我闭嘴，滚！"见二败还在张口说话，海生硬气地又吼了一句。二败知趣地闪出了舵楼。

海生突然觉得，那个神秘的黑东，真没什么可怕的，今后，他肯定还会在这片活田探场、撂网。他舍不得大海。那些烦心事，浮漂一样翻滚上心头，又被他一一按下水面。眼下，只有怀抱里的二梅是真实的，这可是他深爱了几十年的女人啊，从少年到中年。

二梅身子软塌塌的，她被风浪折磨得没有了一丝气力，她顺从地任凭海生拥抱着，连眼睛都不愿意睁开。

这时候如果恰巧有一只海鸟从码头上空向下俯瞰，它的目光里会映照出几艘正在奋力返回渔港的船，距离渔港越来越近；但是那些船在浩渺的海浪里，在逐渐减弱的风雨中，还是渺小得如几片凋零在湖面上的落叶。

滩窝子

一

　　他骑着那辆破旧的摩托车来到工区时，黑夜已经像潮水一样，从四面八方涌起来，把滩窝子淹没在远离城市斑斓灯火的黑暗深处了。

　　今天大概是他一个人在滩窝子值夜班，那哥仨估计又都忙着挣外快去了。老大肯定蓬头垢面地立在菜市场，卖那些像他一样没精打采的蔬菜；老二估计开着他的电三轮急匆匆送快递呢；老三也许又逮着了一个大客户，在黑夜里的某个明亮之处，酒香菜香缭绕着大谈阴阳风水、命理格局。他们都忙，他们忙的时候，他就是滩窝子唯一的主人，他也喜欢这样，自从离婚以后，他感觉只有在这滩窝子睡觉心里才能踏实。

　　在滩窝子上班的四个人，互相不爱称名字，都是叫老大、老二、老三、老幺。他岁数最小，是老幺。老大、老二、老三都忙。他喜欢这里，从城区驾驶摩托车到海边的滩窝子，大概半个小时，在这短暂的半小时之内，那些亮着各色灯火的高楼会被他排山倒海般地抛到身后去，迎面而来的风，味道逐渐变腥咸，他就觉得腰杆慢慢挺直了，喘气也痛快多了。

他的摩托车靠近滩窝子时，院子里的大黑早就兴奋得鸟儿扑棱着翅膀要起飞一样。等他推着摩托车来到滩窝子院门口，它身上的铁链子已经被挣得哗哗响了，大黑因为锁链的纠缠，无法和主人亲热而沮丧地呜咽着。停好摩托车，抽出钥匙，前大灯的灯柱像在黑夜里淬火的刀坯，瞬间没了亮度。他和摩托车也被漆黑的夜一口吞噬。好在吹来的海风摸索着右脸，他闭着眼都知道该选择哪个方向。

月光已经洒满院子，他在月光下解开铁链，大黑自由了，疯狂了，在他胯下钻来钻去，用身体蹭他的腿，尾巴像装在发动机上的扫把一样，飞快地摇着。他心里潮起了一股温暖，俯下身，摸摸大黑的头，大黑更委屈地呜咽不停。他将院里和屋内的灯都打开，忽然想起给大黑带的晚饭忘在摩托车上了，又走近摩托车，拿出饭盒，将里面的米饭拌鱼汤倒进狗食盆子里。大黑哼哼唧唧地大吃大嚼起来。吃吧，黑子，没人和你抢，他对大黑说。

他等大黑吃完了，就拿着手电筒带上它去检查纳潮沟里的那些甩钩。

大黑还是小黑时，它是城里的一条被遗弃的小狗。有一次他上早班，刚出楼门口，一只蹲坐在地上的小黑狗差点将他绊了个跟头，他回头和小狗对视了一下，看到了一对黑乌乌的小眼睛，不由得心里一动，对着那眼睛友好地笑了笑。小狗好像感觉到了他的友善，眨巴一下乌黑的眼睛，就紧跟着他了，他发动了摩托车，它也快跑，无论他车速快慢，它都哈着舌头狂奔跟随，全身脏乎乎的毛在风中枯草一样偃伏。他不忍心，就停下车把小狗装进了车筐。就这样，他收养了它，给它起名叫黑子。在滩窝子，他就是大黑的亲人。老大说这条狗是最普通的那种板凳狗，温顺，一点也不名贵，估计是被扔掉的流浪狗。

他和大黑深一脚浅一脚走着，人在朦胧的黑暗里，眼力反而会好些，他手中电筒的光柱在夜幕里扫来扫去，并不照脚下。脚下坚实的盐碱路有些反射月光的贝壳，凭借这些幽微的光闪，很容易辨别深浅高低。他走到了纳潮沟的闸口，俯下身找到甩钩的插板，攥住鱼线，拎了拎，挺沉的，就把鱼线捯上岸，果然，有一条筷子长的海鲇鱼咬住了鱼钩。他把十几把甩钩清理完了，把没有鱼食的空鱼钩又上好了鱼食，就捧着十几条鱼往回走。远处，大虎看虾池的窝铺里忽闪出黄豆大的光亮，像野猫的眼睛对着他偷偷眨。

滩窝子是渤海边盐工晒盐的工区俗名，几间砖房，替他们遮风挡雨，驱寒取暖，滩窝子就是盐工的安乐窝。原来，渤海边的盐场广阔的工区内，滩窝子有几十个，很多滩窝子都有绰号。比如，有的叫猴子眼儿，有的叫老虎洞，有的叫猫爪子，有的叫大码头。名字起的随意，也许和滩窝子住的主人有关，也许和滩窝子所在的地势形状有关。有趣的是，有个在老虎洞上班的盐工，干脆把在滩窝子边出生的两个儿子的名字分别叫作大虎、二虎。好像有了滩窝子，孩子起名都很省心。那些爱好捕鱼的本地人，遭遇恶劣天气时，滩窝子就是他们躲避雷击和雨淋的最好地方，滩窝子的盐工都很慷慨好客，一来二去，捕鱼人和滩窝子的盐工都混成了朋友。

他工作的滩窝子有个好听的名字，叫海南岛，当然，这可不是那个天下闻名的海南岛，这个滩窝子在海挡处的水门南边，滩窝子就建在一块隆起的坨地上，因此得名。海南岛周围，是铺着红砖的晒盐池，盐池荷叶一样田田毗邻，很像一片整齐的水稻田；挨着盐池的，是晒海水的沉淀池和蒸发池，每当海水晒成浓浓卤汤时，他们就会提起闸板，把浓稠的卤水放入盐池里结晶。他们平日除了养滩护滩修滩，测测晒盐池的盐度，就是打牌、喝酒、置鱼，赶上炎夏，他们又多了一个任务，就是在暴雨突降时，给那些四四方方的结晶池苫盖好塑料布。因此他们也被叫作苫塑工。以前苫盖盐池需要人工齐心合力拖拽，雨季时，只要赶上阴天，十几号人就在滩窝子守着，要下雨了，就赶紧跑出滩窝子，奔向盐池，合力扯开黑色塑料布，把盐池遮盖好，免得雨水稀释卤水。赶上暴雨，苫盖塑料布时，下身浸泡的是暖和的卤水，上身淋的是冰凉的雨水，这种冰火两重天的艰苦体验，也许只属于他们这些盐驴子。后来机械化了，苫盖塑料布不用那么多人工，只需按动电钮，如巨大的蝙蝠翅膀的黑色塑料布就慢吞吞地把结晶池遮住了。不知哪年开始，这个城市决定发展沿海经济后，原来很多盐池、海水沉淀池、蒸发池，都被政府征用了，盐区作业面越来越小，这个叫海南岛的滩窝子，就剩下他们四个人了。只要不下雨，每天检测卤水的盐度，提开盐池间的闸板，导导卤水，其余时间他们或立或卧，喝酒打牌，捕鱼捞虾，百无聊赖。

城市的飞速发展把制盐业边缘化了，制盐业的萎缩又把苦盐工抛向了被社会遗忘的边界。

老大说他们四个是姥姥不疼，舅舅不爱。

老大有个特点，不叹气不说话。他一张口，都是先"唉——"一声，好像怀着满腔的冤屈。

唉——后悔啊，上学时净摸鱼掏鸟了，没本事只能当个盐驴，这辈子都当不成腐败分子了。

唉——人家又涨工资了，咱那俩子儿，出去洗澡都不敢乱摸，摸错地方，一个月早点钱没了。

唉——那些当官的，家里扔垃圾箱的剩菜，都比我过节吃得好，真想投胎当领导家的狗。

他的牢骚就像装在衣兜里，随时可以翻出来给人看。

他只要遇到职务带什么长的，立刻会毕恭毕敬，平时在滩窝子里喝花子酒，他都主动给大家倒酒，说自己这辈子就是倒酒伺候人的命。他嘴馋，每次上班来，先趸摸滩窝子里有没有吃的，吃啥都没够，吃啥都香得要命。他下了班就去菜市场卖菜，问他卖菜赚钱吗，他总是那句话，唉——赚个屁钱，还不够摸一下小姐屁股的呢。

老二是勤快人，他的时间都不浪费，能赚钱的事，他从不放过。摆地摊，蹲马路牙子打零工，下海捞鱼虾，很能抓弄钱，可惜，他后来买了辆二手夏利偷着跑出租，一天夜里，被对面汽车的远光灯晃了眼，慌乱中撞了一个横穿马路的醉鬼，赔了人家十几万，把以前辛苦积攒的外快全赔光了，本以为事情就了结了，谁知那个酒鬼出院后继续喝酒，有一次喝得得了脑出血，家属又讹上他了，非说脑出血是因为那场车祸留下的隐患，一直闹到了单位领导那里，最后只能是老二每月将工资拿出五百元给酒鬼。这事就像一座沉重的大山压在他身上，老二开始闷闷不乐，郁郁寡欢，从此就自认没有发财的命，老老实实开着电三轮送快递了。

你这是命弱不胜财，你家存款就不能超过十万。老三总结说。

老三呢，脑子活，自学算卦，苦学两年，逐渐在江湖有了名气，生孩子起名，买房看风水，阴宅看财位，开张的店铺择吉日，汽车牌照选号码……忙活得四脚朝天。他觉得，老三赚钱，就像从鱼池里捞鱼那么简单。

几年前老三和朋友去山里玩，住在当地朋友家，那朋友的老父亲精通卜易之术，当时老三还对算卦嗤之以鼻。当晚，他请老人给他占卜一下财运，老人看看他，呵呵笑了，说，你家今天有东西升值了。老三纳闷半天，也想不出来家里有什么值钱东西，还突然升值了，就给老婆打电话询问，老婆说，没错！今天咱家买的股票涨停啦。要离开山村时，老三很好奇，又恳求老人再给他算一卦，老人想了想说，唉，今天你家有东西贬值了。回家路上他给老婆打电话，老婆说，是啊，咱家的股票，今天开盘就跌停了。从此老三就下决心研究占卜，拜了老人做师傅跟着苦学起来。

我就是干这个的命，躲都躲不开，老三说。

老三是一举成名的。这其中有个故事。有一个天津卫老板想求一卦，问问重要的事。朋友带老三去一个小酒馆见老板。进了包房，老板随手就把手包放在靠门口的桌上，朋友见了，把老板向包房里面推让，说您坐上座。老板坐了上座，手包还在原来位置。老三见状，开口说，我现在就可以给您算了，您是因为别人欠债不还才找我，对吧？老板愣了，瞅着老三的朋友说，哥们儿，我都没告诉你我算嘛事，真神了。然后面向老三，很虔诚地说，大师，您给我好好算算，这钱能要回来吗？老三说，能，但是要回来时，您会破点小财。而且我可以告诉您，对方大概欠了您八十万左右。老板惊诧得眼珠子差点掉碗里，连忙说，大师你太神了，真是欠我七十九万八，一年了，就是要不回来。这钱要是要回来了，我必有重谢。

过了半个月，那个老板给老三打来电话说，大师，好事啊，钱要回来了，给了七十九万，抹了八千。您能告诉我怎么算出来的吗？老三说，那天吃饭，您手包放在包房门口后，您又坐在了别的位置，手包和您分开了，手包代表财，也就是财和您分开了，暗示别人借您的钱，但是咱们吃完饭手包还会拿到您手里，所以我判断钱肯定会要回来，因为吃饭肯定您买单，所以钱要回来时，要破点小财。老板问，那八十万左右怎么知道的？老三说，您记得吗，那天您穿了件黑色阿玛尼T恤，上面有点白点，黑色在易学里对应的是坤卦，坤的数理就是八，您是大老板，不可能为八万外债犯愁，八百万又太多了，所以我判断是八十万左右。

这个老板撂下电话就开车来找老三，问了点和情人的事，看看眼下这个情人能不能旺夫，临走时塞给老三一万块钱。

类似的故事老三可以讲一箩筐，每次他都听得如醉如痴。

后来老三就电话不断，甚至场领导有事都偷偷找他。老三曾经喝醉后对他说，不如你也学学吧，学会了，就有人求你了，混吃混喝，活着多有面子了。但是他拿起老三给的周易书，什么天干地支、五行生克，看一会儿他就又困又迷糊，怎么也看不进去。

有时候，老三赚了钱高兴了，会买一些吃食在滩窝子露露面，请哥几个解解馋，和他们吹吹牛，然后又消失好些日子。他好像把单位领导都用小恩小惠俘虏了，不上班照样开工资。老三就成了他们眼里的大能人。

老大、老二、老三业余时间都有赚钱的事，多数的夜班的任务自然落在他身上。老大、老二都怕他也想出去赚钱，就尽量给他点小甜头。老大有时给他带几个咧了嘴儿的西红柿，几根大脑袋小细脖子的蔫黄瓜，一把垂头丧气的小白菜。老二有时会把取快递时没封包的吃食零星地带给他，几个干虾，一把大红枣，几个核桃；后来老三也不再劝他学习算卦了，除了偶尔给滩窝子带点吃的，还经常免费给他算卦，说只要他坚守滩窝子，永远给他免费算。

对比他们仨，他觉得自己确实很笨，只会上班，只会守着滩窝子，守着那腥咸的海风，还有海风下睡在盐池里悄悄结晶的海盐，因为在别的环境里他就压抑焦躁，等回到滩窝子心里就立马变得舒坦起来。

他小时候，被父母骂了，就喜欢躲在芦苇垛里。家里每年都要在冬天割很多芦苇，芦苇堆成屋顶高的垛，可以烧一年。他喜欢在芦苇垛里掏个窝，不开心时就把自己藏进去。夏天芦苇垛小了，藏不住身子了，他就喜欢把自己泡在盐沟里。他的手从来不闲着，他熟悉水下的海鲇鱼窝，一个猛子下去，就能把滑溜溜的海鲇鱼从鱼窝里掏出来，车把式挥动马鞭子一样，一扬手，把鱼甩上堤埝。

你从小就是被盐腌制了，长大了就忒卤了。老大、老二这么给他下的结论。

你就是鱼鹰子的命。老三说。

有这种命吗？他问。

老三说，有你就有了。

卤就卤吧，他觉得自己确实很卤，不仅身上冒卤气，脑子也慢；做个鱼鹰子没啥不好，他在滩窝子捕鱼时，什么烦心事都变小了。

五月初的海风还是带着暖和气儿的。滩窝子里已经不是很冷，他在灯光下把那十几条海鲇鱼开膛破肚，炖进铁锅里。鱼香让大黑很兴奋，时不时用乌黑的圆眼睛瞅他。满屋的鱼香很快顺着门窗缝隙溜出去，融进了被海风轻抚的辽阔黑夜里。

他打开盛白酒的大酒桶时，发现酒桶满满的，估计又是大虎的女人给灌满的。大虎的女人平时有事就来喊他们帮忙，这女人心眼不错，总给他们买白酒。

斟满一海碗酒，碗到嘴边，又放下了，面对着一盘热气腾腾的鱼，那些被压制着的心事好像被这热气和香味唤醒了，翻腾着冒出来，在眼前缭绕。

他和老婆离婚后，仍然住在一起。因为他们只有一套一室一厅的老房子，就这，也还是父母用一辈子积蓄给他买的婚房。离婚的事他不敢告诉父母，怕老人惦记，所以他只好和老婆继续住一起。作为夫妻住在一起，顶多听她没完没了的唠叨。可离婚后，不仅要用双耳继续承受这唠叨的折磨，还得每天面临着违法犯罪的危险——一个活蹦乱跳的干体力活的大男人，守着一个曾经轻车熟路的前妻，谁也不能保证他不会违法乱纪。所以他晚饭后喝完酒，陷入恍惚状态时，老婆就会警告他，躲我远点，我家和110有亲戚。

其他季节好说，到了夏天，他和老婆穿衣都不避讳，老婆好像故意惩罚他，总是不戴胸罩，只穿一个吊带，丰硕的身子在他面前晃悠过来晃悠过去。有时候他的眼光难以控制，赤裸裸黏在她裸露之处，她发觉了，就会借题发挥，说，瞧瞧哟，就你那点出息，看啥看，以后不许白看。他赶紧别过头去，老婆又会嘲讽他，老慢，熊样！他马上额头冒汗，手足无措。他被老婆喊成老慢，因为她说他脑子比木头人还慢。他曾经提出搬出去住，老婆不同意，说就你每月那两千块钱死工资，你租得起房子吗，老实家里瘫着吧。老婆的霸道让他有点恼火，咱们都离婚了，正经八百的离婚夫妻，你凭啥管我？老婆此时就会大哭小叫，骂当初自己瞎了眼，看上了他这么个一身汗渍盐碱的盐工。老娘的青春都是咸味儿的，都毁你手里了，你想搬出去，没门，真想搬出去，孩子的抚养费你每月再加五百。

提到孩子，他心里无限悲凉。孩子读小学后，老婆说他文化浅，就把孩子寄养到孩子舅舅家去了，孩子的舅舅舅母都是老师，但是婚后一直没孩子，很乐意帮他们照顾教育这个外甥，这样寄养的结果是，几年后孩子和他不亲了，每年只有假期里可以见孩子几面。为了孩子前途，这事他也忍了。

他真搞不懂她葫芦里卖的什么药，为什么离婚了还要黏着他。他把这事告诉老三。老三瞅瞅他，说，老幺，你身上有啥拿着你老婆呢，她肯定有舍不得你的地方。你们俩的命理有点口舌，一起过日子就是吵闹夫妻，她克你，你降不住她，她是你命中的螣蛇，得缠你她才舒服。

她舍不得我，当初为啥非要和我闹离婚？他问。

谁知道。女人啊，女人心里咋想的，和嘴里说出来的都反着。老三说。

有一次，他抵抗不住老婆热烈火辣的邀请，和她亲热了一次，草草完事后，他突然想起他们已经离婚了，就紧张地问，你不会去派出所报案吧？老婆斜了他一眼，德行。又说，这是婚内他拖欠她的，不违法。他觍着脸得寸进尺地问，我究竟拖欠了多少？她说，管呢，我掌握就行了，啥时候想让你还，就通知你。

这个古怪的娘们儿，真是让人想不明白。

很多事想不明白时，他就不去想了。他喜欢上了滩窝子，这里没啥人可接触，很少给同事们的红白喜事随份子，每月手机费都不超过十块钱，日子过得真是平静安宁。

一碗酒下肚，踏踏实实睡了一觉，起来时，阳光亮堂得刺眼，涨潮的海浪声已经闷重地响起。他拎着闸门的铁摇把，走向海垱，那里，水门一堵墙一样矗立着。朝霞把奔涌的海浪染成了鳞片样的亮色。远处，潮水漫天高耸，影影绰绰几只渔船时隐时现。被推在最前面的海浪高高跃起，撞击在海垱的礁石上，撞碎在湿漉漉的闸板上。闸板上寄生的千层蛤被洗刷得很干净。这些小千层蛤，来自海水里流浪的种子，海水把它们带到哪里，它们就长在哪里。这些吸附在水门的小精灵，密密匝匝拥挤在一起，海水涨潮时，它们就拼命吞咽海水，大吃大嚼，海水退下，它们就被阳光包裹着，只好闭紧嘴巴，睡到海水重新拍醒它们。因为一直过着如此半饥半饱的生活，它们长不大，也长不肥。

他把摇把套进闸栓，摇把与闸栓笨重地咬合着，发出吱吱嘎嘎的声音，摇把把闸栓从这头吞进去，从另外一端吐出来，高大的闸门突然颤动了一下身子，开始缓缓爬升了。闸门这边，海水挤了进来，急不可耐地在空荡荡的纳潮沟里奔涌向前。大水门提起来了，他就返身循着纳潮沟往回走，那堤埝上一个个小闸板被提起来，海水就像生长的枝丫一样，在高高的堤埝上俯瞰下去，海水一会儿就长成了一棵冬日里的大树的图案。

他看着活力十足的海水，心情很好。他知道，暮春的海水里夹带着很多鱼卵，这些鱼卵，很快就暴开卵壳，在大大小小的蒸发池子里慢慢长肥。秋后，蒸发池子里的海鲇鱼、梭鱼、刺鱼、白虾，都比生长在海里的同类肥美。他对这些池子里的鱼虾，有种痴狂的迷恋，特别是梭鱼、刺鱼，它们到了秋后，一肚子油。他记得小时候，家里人就爱将这种刺鱼馇一锅，晾凉后，把凝在表层的鱼油撇出来慢慢用，可以省下好些买油的钱呢。

远处，一个红色的身影像忽闪的火苗一样向他漂移过来了。他知道，这是大虎的女人，这个女人总是穿得花枝招展，脸上抹得跟要登台演出一样。

幺哥，开闸放水啊。大虎的女人远远地和他搭讪。

嗯呐，他高声应着，你家虾池的闸板我都提起来了，今天可劲儿给你家虾池拉水吧。

女人走近了，他看到她化着浓妆的脸蛋被海风吹得很红。女人不难看，属于丰满艳俗，适合大众口味的那种，她说话大嗓门，办事也敞亮。她总是把嘴唇抹得血红，张嘴说话时，两片红嘴唇翕动，总让他想起电影里淌血的伤口。女人笑着说，今天虾池放苗，你过来帮忙吧，中午就在我们窝铺里吃吧。然后低头看看堤埝下滚滚涌过的海水，说，今天水好。然后转眼看着他，说，就这么说定了，我先回去忙。

女人走时，他盯着她的摆臀拧腰的背影。女人似乎感觉到他眼睛趴在她身上，走了几步，停下来回头对他一笑，然后挺直腰身继续行走。目光相接时，他好像被刺探到了心事的少年，脸火辣辣热了一下。刚才女人说让他帮忙时，他的心也这么火辣辣地热了一下。

女人的哥哥是水产局头头儿，靠这个关系，他们承包了虾池。大虎的虾池就在他们滩窝子旁边，只隔了一跨步宽的堤埝，前几年创业时，大虎还总在虾池边守着，养虾赚钱了，他们又干起了孵化厂，不光育虾苗，还孵化多宝鱼和鳎目鱼，每年卖苗都能赚几百万不说，还能拿到国家养殖补贴，大虎的厂子越来越大，桑塔纳换成了奥迪，他总出门去南方，说是在海南又建了个养殖场。在决定投资时，大虎还找老三给占卜了一卦，然后带着老三去了南方考察，后来大虎就总在外面漂着，女人就慢慢从幕后走到了前台，孵化厂与虾池的事，全由女人一人支应。

在潮水涨满后，老二上班来了。他嘱咐老二落潮时别忘记落下水门的闸板。交代完了，他离开滩窝子，去了孵化厂。

他和工人们一起把孵化池里的虾苗装进保鲜袋，打上氧气，码放在车里，这些鼓鼓囊囊的保鲜袋，很像一个个猪尿脬，也像把鱼开膛后掏出的鱼鳔。

他们开动装满保鲜袋的车来到虾池，先不着急放虾苗，而是有一通隆重的仪式，洒酒，念叨好话。对着虾池祷告路过的四大家仙保佑保佑，然后放鞭炮。

他和几个小工穿好防水的胶皮衩裤，在冰冷的水中推着装满虾苗的小船，开始在广阔的虾池里播种。保鲜袋被撕开，里面那些玲珑剔透的小东西瞬间就游走了。撒苗后，整个虾池就变得娇气了，需要精心护理，随时注意池水边有没有死虾，死虾多了，还要补苗，运气好的话，过了伏天，只要虾不害病，虾池不翻坑，它们就会长到一傢长，就能卖个好价钱。

忙了两天，撒完了虾苗，女人塞给他一沓红票子，他从里面只抽出了两张，余下的又塞给了女人。每次女人找他帮忙，每天他只收一张票，多了从来不要。女人还是坚持把钱又攥给他，推让之间，他失手了，一把摸到了女人的手。她的手热乎乎的，有些软，有些黏，沁满了汗水。女人忽然不和他支让了，把钱捏在手里，说，你看你们滩窝子旁边那个卤虫池子，荒了两年了，你偷着往里面放点海水，悄悄撒点苗吧，今年不少人都不敢养虾了，我这孵化的虾苗卖不动，剩了不少，我给你十万尾虾苗，等秋后虾养成了赚了钱，你再给我虾苗钱，赔了算我的，卤虫池子不用喂啥食儿，省心。

女人说的那个卤虫池子有几十亩水面，原来也是养虾池，十几年了，所有承包这个虾池的，没有不赔得毛干爪净的，后来承包人请老三给算卦，老三说这个池子占在了破财位置，谁碰谁倒霉，承包人一听，干脆也不投苗了，池子就荒了，池子就成了自生自灭的蒸发池，水的咸度高了，生了很多锈红色的卤虫和绿汪汪的扎扎毛，偶尔有钓鱼的在这个汪子里钓鱼，钓上来的鱼也是又黑又瘦，味道也差，渐渐连钓鱼的闲人也不来了。

二

他喜欢在夏天的夜里竖起耳朵屏气聆听四野，搜寻漆黑的天空里躲藏的雷声。而那雷声总是跟他捉迷藏，躲藏在褶褶皱皱、层层叠叠的云层里，他侧耳细听时，它们就碎碎地滚过枕畔，用力寻找时，它们又不知散落在哪里了。他喜欢闷重的雷声，不高不低地，花朵一样缓缓绽开，轰隆，轰隆轰隆，像安了车轮，在沉重地滚动。他不喜欢那种炸雷，香甜的梦里，突然在头顶爆炸，每次他的心都会和雷声共振，扑通扑通慌好一阵儿，因为那种雷声，是咔咔地炸裂，好像要劈开、撕开什么，而这种雷之前，一定是张牙舞爪神出鬼没的闪电。

但是，除了头顶上时不时滚过的雷声制造出一些热闹之外，这里实在是太寂静了，绝少有外人光顾，只有大虎的女人偶尔会来滩窝子。炎炎夏日，他和老大、老二喜欢只穿一条内裤，全身只挂一丝，赤条条出来进去，大虎的女人对此满不在乎，有时候还会打趣说，她是来滩窝子看看男模，养养眼。的确，他们仨被海风和海水雕塑得黝黑健美，穿上衣服后，他们立刻显得渺小普通，甚至有点猥琐。

他把想在那个卤虫汪子蓄水撒虾苗的事，告诉了老大、老二。本来也没指望秋后能出多少虾，他想过，如果老大、老二愿意出虾苗钱，那秋后卖了虾，真能赚钱，大家就都受益。如果他们不愿意出虾苗钱，他就自己顶着，这个夏天勤快点，怎么也可以攒出虾苗钱的。

老大听他说完，只是淡淡应一句，说算我一股。然后再没下文。老二则直摇头，说自己财运没了，赚钱的事和他无缘，他不掺和投钱，但是可以出力。他就明白，这事最终还得他自己扛着。

虾苗撒下去了，他们三人就轮流在水边转悠，尽量不露声色。

进入七月，雨水分外勤。下雨时，他们三个都会守着滩窝子，把结晶池苫盖好了，就把每天钓的鱼熬上，挤在滩窝子里听着雨声喝酒。雨停了，天放晴，就把盐池上苫盖的黑塑料布打开。没事时，他就把几个地笼修理好，都投进了纳潮沟。纳潮沟里的鱼不多，但是个头都不小。每天早上，他先检查甩钩，摘下鱼后，提着旋网在纳潮沟里撒网捕鱼，下午时，去检查地笼，捕获的鱼除了被他们吃掉的，多余的他就交给老大，让他卖菜时顺便卖掉。每次老大把卖鱼的钱给他，他也不在意多少。赶上老大不在，鱼多了，就腌制起来，在滩窝子院子里晒干，干鱼攒够一蛇皮袋子，他便抽空给排档送去。每次卖鱼后，他都在本子上记录一下，他说，这些钱是买虾苗的。

一天下午刚倒完地笼，老婆打来电话，说有紧急事，让他赶紧回来。

他赶忙在院子的自来水井旁冲洗身上，和老大说自己马上得回家一趟，老婆说有急事。老大就坏坏地逗他说，别洗太干净了，省得你家母老虎骚扰咱滩窝子头号美男。他连忙辩解说，不洗干净了，影响市容。他老婆确实很讨厌他一身的汗味和盐碱味。离婚前总抱怨说，和他睡一起，就像搂了一个咸菜缸。

又说，他就是咸菜缸里的芥菜疙瘩。进了家门，老婆正在梳妆打扮，看见了他，破例笑脸相迎，指着沙发上的一身干净衣服，说，赶紧换上，咱们出去吃饭。刚进一个小酒馆的包厢，老婆就掏出手机打电话，不一会儿，一个女人神情犹疑地站在了门口。她把女人拉进来，按在挨着他的座位上，介绍说，这是小张，我单位的姐妹，快，你俩握握手。他打量小张，肤黑皮糙，膘满大身的，如果剃了短发，绝对是壮汉形象。他和小张都很茫然地握握手，然后目光一齐移向他老婆，他老婆抿着嘴，得意地含着笑。点了几个家常菜，喝了几口酒，说了几句白开水一样的家常话，老婆开始夸他说，老慢这个人老实敦厚，没啥不良嗜好，爱打鱼摸虾啥的。然后又对他介绍小张，心眼儿好，过日子人。

小张满脸困惑地举起酒杯说，姐姐，我敬你杯酒，今天是哪一出啊？

老婆像电视上演的揭晓什么大奖似的说，哎呀，还不明白，给你们当大媒，介绍你们搞对象啊。

小张涨红了脸指着他说，这位大哥不是姐夫吗？你们当初结婚时，我还喝了喜酒呢。

老婆说，准确说是我前夫，我们离了。我看你们俩挺合适的。

他看到小张红了脸，开始喘粗气，她的胸口像藏了只风箱，被一只看不见的手来回拉扯，呼哧呼哧响个不停。沉默了一会儿，小张说自己上卫生间，走出包厢去了。老婆追了出去，不久，老婆的声音隔着玻璃扔进来，老慢，想着把账结了啊。

他独自把菜都吃干净了，怕钱不够，没敢再要主食，然后把口袋里仅有的两百元钱摸索出来，结完账，心里说不出啥滋味。他觉得自己可怜，看来连小张这么丑的女人都看不上他。要不是老婆又打来电话，他就直接回滩窝子了。

老婆拉长了脸正在家里等他，见了面，又开始数落他，你看你，小张这么五大三粗的都看不上你，这回知道自己啥德行了吧。这小张，真是变态老处女，我好心好意给她介绍对象，她还生气了，我看你俩就是瘸驴配破磨，正好一对儿。他忍着火儿，不接她话茬，只是咕哝了句：是你不对。

她见他这样子，干脆过来推搡他，我咋不对了，你又不缺胳膊不少腿！你看她的模样，掉煤堆里不龇牙得找半天。他恼了，说你这不是羞辱人吗？老婆急眼了，好像就等他反抗呢，嘴巴立即像闸板一样打开了，我就羞辱你了，就你这样的还有资格和我离婚？你也不撒泡尿反省反省！当初人家给我介绍公务员我都没答应，结果栽你手里了，你缺德不？

当初，两人经媒人介绍见了第一面，然后就洪水开闸一样约会了，那时他们最喜欢做的事是探索对方的身体，两人的热情燃烧得只剩下赶紧在一起的愿望，其他什么都顾不上了。后来随着炽热的身体一点点降温，身体以外的问题才逐渐清晰地显露出来。如今，听老婆这语气，他完全就是诱骗无知少女的罪人。

他知道自己就算再长几张嘴也说不过老婆，无心纠缠，抽身向门口走。

你去干啥？老婆吼。我回滩窝子。他瓮声说。

你敢！你要是回去了，以后再别回来。老婆说。

那我去找小张，我和她摸黑去公园，行不？

门关上后，他听到屋里咣当一声，不知她又摔碎了什么，他咬咬牙，还是走了。

是他主动提出来离婚的。刚结婚时，这个城市里，各个行业之间收入差距还不很大，他的职业也不那么卑微，每年给岳父母家送在滩窝子腌制晒干的咸鱼时，岳父母还笑嘻嘻夸他能干。后来岳父当了个小官，送礼的不断，他那些咸鱼就不起眼了，直至有一次他在岳父母家楼下垃圾箱里发现了几串咸鱼，鱼被抛弃了，鱼的颜色蜡黄，分明是去年的。从那以后，他就不再给岳父母送咸鱼了，他在岳父母家的地位也和咸鱼一样，逐渐不起眼儿。后来他半年不去岳父母家，岳父母也不会过问。但这些还不至于离婚吧，后来老婆比他工资高，他觉得自己腰杆越来越直不起来，每天都是老婆没完没了的唠叨：谁家买了大平方米楼房了，谁家做买卖发了，谁的老公当官了。这些事都是他做不到的，他觉得自己的说话声在一天天地、一点点地弱下去。

为什么他有勇气提出离婚？导火索是那年春节，他母亲包的饺子盐放多了，她就不干了，说你们家真是盐工出身，吃盐不花钱。平日里母亲就怵头这个儿媳妇，他看见母亲含着眼泪，重新回厨房又切白菜剁饺子馅，给儿媳妇重新包饺子。重新包好的饺子端上饭桌，她又说饺子淡了，一股白菜帮子味儿，只咬了一口就把碗推开了，转身摔门走了。母亲擦拭着眼泪，叹息一声，我怎么养了你这么个没气没囊的儿子。他心如刀绞，回家后，他鼓足勇气说了句，我家饺子你不爱吃就别吃。

她听了后，差点从床上蹦起来，干啥，你妈妈用殡死人的饺子挤对我，你也欺负我。然后就是号啕大哭。他不吭声，等她闹没趣了，他耷拉着脑袋说，你要是看不上我了，不行咱们离婚吧，你找个好人家，行吗？这话出口后，她愣住了，然后举起枕头砸在他脸上，说，好，你他妈有种，敢和我提离婚，离就离，谁不离谁是孙子，是狗娘养的。

转天他们就办了离婚手续。房子一人一半，卧室归她，客厅归他。

他的摩托车开出城区后，还是那样的感觉，耳边的风飕飕飞过。他离城区远一点儿，憋闷的心情就慢慢好一点儿，等他来到漆黑的滩窝子，他的心只剩下了一点点微澜。

滩窝子灯光亮起，他掏出手机时，发现了一条陌生号码发来的短信：大哥，我是小张，今晚不辞而别不是冲你，有空我请你吃饭好吗？

他想了想，回了短信：好，但得是我请。

他伸手摸了摸围着他转悠的大黑的肚子，肚子瘪瘪的，滩窝子里啥吃的也没有，他就带着大黑，走向大虎看虾池的窝铺。

窝铺里，看虾池的小工怀里搂个收音机横躺在床上，收音机里一个女人抽抽噎噎唱着什么，听歌的人显得昏昏欲睡心不在焉。他说想给大黑找点填肚子的。找了一圈，什么都没有，就不再打扰，重新回了滩窝子。

半路上，手机响了，他以为又是老婆打来的，就没接。手机铃声停了不久又响起来，不依不饶的，他就掏出手机，来电显示是大虎的女人的号码。

女人问他晚上干啥去了，他就一五一十说了。她说今晚请客户吃饭，打包了很多好吃的，等会儿开车给他送过来。他说太晚了你别来了。她说你等着我，不容他再说什么，已经按掉了电话。从她那有些蛮横又分明是亲昵的语气里，可以听出她可能喝酒了，喝得还不少。

他在滩窝子外面转悠，不时向公路那边望。他有点焦躁，希望女人来，又有点怕她真来。这样闷热的夏夜，孤男寡女在这么僻静的地方，不发生点什么事才怪呢。大黑呜呜呀呀地小声叫着，估计是饿坏了，又知道他没吃的，就不停舔他的手掌。他蹲下来抚弄大黑的头，把它耷拉的耳朵故意扯起来，像一块破抹布一样扯得长长的，说，黑子，你要是只好狗，养在有钱人家多好，一辈子能吃多少好东西，见识多少大人物啊，可惜，你是条命贱的废物狗。

这时候，他听到了遥远天际低低的雷声，抬起脑袋仰望，头顶上的星星不知道什么时候都没了。公路尽头，远远的两柱车灯火辣辣地晃了过来。

女人的车停在滩窝子旁边时，他的额头、眼皮和鼻尖上已经被雨点狠狠地砸了几下。他招呼女人赶紧进屋，刚冲进屋，却不陪她坐，急匆匆说，你先坐着，我去把盐池都苫上。女人笑着说，好啊，我也帮你，咱们一起干。

女人穿着很短的裙子，上衣的一个纽扣也开了，胸口的肉色文胸一闪一闪的刺眼。他的喉头滑动了一下，说，你穿这个，一会儿就得让蚊子吃了，快进屋吧。说完他就支着手电筒，向盐池那边跑去。

他按完最后一个按钮时，低沉浓黑的天幕上有一个看不见的巨大按钮也被谁狠狠地按下来了，顷刻间，失控一般，雨水已经倾盆而下，衣服吃饱了水分，沉重地贴在了身上。就在他要转回身子时，忽然两只胳膊八爪鱼一般从后面绕上来抱住了他，抱得很紧，不容他多想，一具热乎乎的身子已经贴在了后背上。等他挣扎着扭过头，嘴唇立刻被两片湿乎乎、肉嘟嘟、热喷喷、醉醺醺的嘴唇堵上了。女人的热情没有让他兴奋，反而他抓在手里的手电筒一下子掉进了泥水里。手电筒像害羞的眼睛一样扭向别处，他和她陷入了更加黑漆漆的夜色里。他定定神，赶紧猫腰抓起手电筒，然后用电筒照清了通向滩窝子的泥泞道路。他几乎是拖着女人，一步一滑，靠近了滩窝子。

女人软乎乎的身体贴在他身上，让他心神恍惚，他再笨也知道女人为啥这么主动，只要他的手热情一点，就可以把女人的身体打开，像拔去暖瓶塞，倾倒出热辣辣的快乐。可是以后呢，女人那么有钱，自己又那么穷，给她买个礼物都犯难，他不喜欢总是伸手接过女人给他的帮助，他不想依旧不能挺直腰杆，那不是他喜欢的感觉。他心里对自己的双手说，今天晚上，你们他妈的给我老实点儿。

踏进滩窝子的门，两个人的鞋子都灌满了泥水，他们在门口脱下鞋子，湿漉漉的脚印印在水泥地上。大黑吃惊地瞅着他俩，嘴里还在咀嚼着什么。他脱下背心，对着脸盆拧了一下雨水，然后从箱子里找出一件他的工作服，递给了湿漉漉的女人说，你去里屋把衣服换了吧，别着凉。女人接了，并没走进里屋，而是晃晃悠悠稍微背过身子，把上衣脱了下来。他自觉地扭过身体，等他听到女人也在脸盆上拧出水声时，他再扭身看女人，女人已经穿好宽大的工作服，手里提着她身上几乎所有的衣服，圆滚滚的大腿裸露在他眼里，女人的脚趾涂了红色，像两排小纽扣。

此时他的身体突然有种似曾相识的感觉，他想起来了，就是人工苫盖盐池时的感觉——下半身被温暖的卤水包围着，热乎乎的；上半身又被雨水淋得透心凉。他不喜欢有钱的女人，从心里就排斥，不喜欢女人对他发号施令，他觉得那样的女人其实更像男人，和那样的女人在一起，他像一个小弟在伺候大哥。这是此时此刻他心中冷静的原因，女人如此热情狂狷，又让他身体有膨胀欲燃的折磨。

看到女人还光着涂了红趾甲的脚丫子站在地上，他又找出一双胶鞋，放在女人脚下。屋子中央的饭桌上，几个白塑料餐盒敞着口，桌上两个海碗里早就被倒上了半碗酒。他走过去，端起一只碗，仰脖喝了一大口酒，女人也走过来，抢过他手里的碗，也喝了一大口。然后依靠在他胸前，他没有动，赶紧寻找话题。他说，你开车咋还喝酒啊。女人笑眯眯地说，咱们坐下喝酒吧。然后抬起眼睛热辣辣看着他，柔声说，喝多了我就不走了。

他愣住了，焦急起来，赶忙说，那咋行，大虎知道了还不吃了我。

女人冷笑道，大虎是谁，我咋不认识？然后女人又换了温柔的语气说，你就不怕我吃了你？

他赶紧说，大虎不是你爷们吗，你傻了啊？

女人绷了脸，说，你咋这么憨啊，现在和我提他干啥，去他妈的，他说去海南开厂子，其实是带着你们滩窝子那个半仙儿，把厂子账上的现金全带走去赌了，他要是敢回来，我先吃了他。这个忘恩负义的王八蛋。

他看自己的话引得女人不高兴了，就举起酒碗，说，我不会说啥，敬你口酒吧。女人还是不端另一只碗，继续接过他的酒碗，猛喝了一口，然后又把酒碗递到他唇边，说，哥，我喂你喝！说着往他身边凑了凑，酒碗继续端着，等他喝。他突然有点烦，想，女人都这么霸气呢，老婆动不动对我吆来喝去的，这个女人似乎也差不多。心里就有几分腻味，伸手接住酒碗，抿了一口，把酒碗夺下，然后把另外一只酒碗端到女人跟前。

餐盒里的菜早就凉了，在车里一路颠簸，菜品虽好，可是样子已经很难看，他想象它们被刚端上饭店餐桌时好看的样子，然后在一双双沾着口水的筷子拨弄挑选下，很快变得狼藉。现在摆在他面前的，都是女人的贵客遗弃的，想到这儿，一点食欲也没了，他就从菜盒里夹出一块带骨头的肉片，在屋子里寻找黑子，黑子就在门口蹲着，目光里毫不掩饰地洋溢着它对眼前这俩男女的好奇。他忽然放粗了嗓子喊，黑子，来，这儿有块吃剩下的肉，给你。然后筷子头一甩，肉片啪地落在黑子跟前，黑子一口叼住了，吭哧吭哧吃起来。

他的话让女人哈哈笑起来，指着他的鼻子说，你这人还挺事儿，吃剩下的咋了，你没吃过剩饭？说完，一下伏在桌子上，开始干呕。他赶忙站起来，把脸盆塞在女人两腿之间的地上。低头的瞬间，他没有偷看女人，放下盆子，他就站起身，轻轻拍打女人的后背，女人继续干呕了几下，挣扎着要站起来。他搂住女人说，你去里屋躺会儿吧。然后就把女人抱起来，往漆黑的里屋走。女人身体一下子软了，软绵绵的胳膊藤蔓一样缠绕着用力勾住了他的脖子。女人分明在期待着发生什么，但是他内心一点波澜都没有。他像放下一袋子咸盐一样把女人摆放好，然后从脖子上扯下女人软塌塌湿乎乎的胳膊，却不忍心就那么直接丢开，带着小心轻轻地把她胳膊放平了，然后快步闪出屋门。幺哥，你，陪我一会儿，陪我。女人低声呢喃着，声音里充满醉意。他不回头，他怕一回头自己就不是自己了，会有另外一个自己跳出来，扑上前去回应女人的呼唤和等待。他硬着心肠，说，我去给你晾衣服。

他把女人的衣服拧了拧，用衣架架好，挂在外屋晾衣服的铁丝上，把脸盆里的水泼在院子里，在衣服下放好空脸盆，把电风扇的脑袋对准了衣服，然后把电扇开到强风。女人的衣服忽然就飘舞起来了。

他侧耳听听里屋的动静，女人那边没了声响，他估计女人睡着了，就找出自己的破毛巾被，贴在鼻子下闻了闻，一股霉味汗味烟焦油味混合的气息，迟疑了一下，还是轻轻走进里屋，两手一松，毛巾被轻轻落下，覆盖住了女人光溜溜的大腿。他把里屋门掩上，侧耳听四外的声音。不知何时雨声已经小多了，女人的衣服开始滴答水珠，水滴敲打着脸盆，滴滴答答，有的水珠落在盆底，声音圆润清亮，有的水珠敲在了边沿上，声音尖锐破碎。

在这滴答声里，继续喝了一点酒，眼皮张不开时，他躺在外屋的小床上，也打起瞌睡。

朦胧中，他听到了汽车发动的声音，睁开眼，挂在铁丝上的衣架已经空了，电扇的风也温柔了，外面已经蒙蒙亮，他看到自己身上盖了破毛巾被，毛巾被又多了一点脂粉的香味。里屋门敞开着，他就爬起来走出屋，远远看到女人红色的轿车已经在公路上远去了。

老大来上班了，进了屋子，一眼就瞅见桌上那些餐盒，唉，你这小子，这么多好吃的。伸手就把不知什么塞进嘴里大嚼，然后问他，你小子，肯定有啥美事儿，门口汽车轱辘印是谁的？我说你昨晚你手机关机了呢。然后又往里屋瞅瞅，走进去又出来，对他坏笑说，艳遇啊，看不出，你这个闷罐子还挺风流。

他说，老大你可别胡呲。

他才想起，昨晚手机肯定被雨淋坏了。老大说，你以为我比你傻啊，你闻闻里屋啥味儿？

他没作声，老大继续嬉皮笑脸地补充，一股狐狸精的骚味儿。

三

进入八月，虾池就要插箔出虾了。滩窝子最鲜美的季节来临了。

他是插箔好手。过去插箔，用的是芦苇编制的苇帘，苇帘从堤埝上开始布阵，直直深入虾池，形成薄薄的一堵苇墙，延伸水中几十米后，苇帘牛角一样分开两岔，然后慢慢卷成大葫芦头，葫芦头要空间适量，这样，大量的鱼虾就被困在里面。每天早晨，推着小船，举着大捞拎，一个个葫芦头捞一遍，活蹦乱跳的海虾就满满一船，堤埝上，早就摸黑赶来的虾贩子，就会把大把钞票交出来，把海虾一车车拉走。插箔的技巧在于选位置，凭经验决定插箔的长度，高手插箔，最初只插几道箔，因为虾还不大，不能大量捕捞，等快中秋节了，虾长到接近20个头儿一斤，价格最合适时，就多几道插箔，多捕捞，这样赚的才更多。等北风来了，水冷了，虾会沉底钻泥，那时基本把虾捞干净了。天冷了，虾少了，但是虾池里的鱼也大了，肥了，每天又可以从箔里捞鱼。后来，苇箔换成了尼龙线编织的箔，但是插箔技巧都是一样的。

滩窝子里，从来不缺少鱼香的。锅里盘子都是鱼，院子里也晒着腌制的鱼，这些腌制的鱼在阳光下被海风很快吹干，像初冬大树下的落叶一样多，滩窝子院子里，咸鱼招来的绿脑袋的大苍蝇们，不断撞击在人的脸上。到了冬天，这些腌制的腥鱼，便会在滩窝子的炉火上被烤熟，深藏鱼体内的香气才会释放出来。

今年的八月，格外不一样。一般的规律，虾池投苗时，要尽量多投，因为从水门抽上来的海水里，混有很多海鲇鱼、鲈板鱼的鱼卵，这些鱼卵在虾池孵化成鱼后最爱吃小虾，那些体弱多病的虾和还有刚蜕壳的软皮虾，会被吃掉很多。这些鱼可以自然淘汰病弱的虾，也会造成减产，所以从六月开始，就要在虾池里钓鱼，多钓出一些海鲇鱼和鲈板鱼，虾就能多保住一些，进了八月就开始插箔间苗，让虾池里虾的密度降下来，到中秋节前后，虾池的虾就可以疯长到一拃长，达到二十几个头一斤了，这时才大量出虾。到了晚秋，虾池的虾少了，但是可以长到最大七八个头一斤，价格就更高了，这个过程会有很多风险，虾会害病，所以养虾人进了八月就提心吊胆，只有每天出了虾换成钱，心里才会踏实，谁也不敢守到秋凉才出。

大虎女人的虾池插了几道箔后，每天都有千斤左右的虾进箔，而且今年虾价很高，三十多个头的小虾，就卖到了一百元三斤，价格比去年翻了一倍。他和老大、老二每天早晨就下水忙活。虾池的堤埝上，虾贩子早早就排队等候了，谁抢到虾，就等于把钱提前揣进了衣兜。虾价高，反而好卖，大虎的女人也每天守在虾池，上午把虾批发完了，当场给他们仨每人二百元的工钱，然后就开车去银行存钱，中午回来时，买来很多好吃的，大家就在滩窝子的院子里围着喝酒。每天必不可少的下酒菜就是煮一盆虾。这样的肥日子，每年可以持续三个多月。

忙活了十几天，间苗差不多了，就把箔都拔了，每天专心钓鱼，顺便巡视虾池，看看岸边有没有死虾，只等虾憋粗憋肥。

今年雨水频繁降临，他们三个忙活完盐池接着忙活虾池，有钱赚，大家就都乐于这样忙着。

他偷着撒虾苗的池子，水质也明显被雨水冲淡了，女人的虾池间苗结束后，他试着在自己池子里插了两道箔，转天一早，他下水查看，当大捞拎伸进虾箔的葫芦头里，里面的虾炸窝一样噼啪乱跳，捞上来三四百斤虾，虾个头不大，却也足足卖了一万多块。

从这天开始，老大也不卖菜了，老二也不送快递了，大家黑白守着滩窝子。他把一万元给了女人，说是虾苗钱，女人哪里肯要，说你们哥几个分了吧，你们赚钱不易，我今年已经赚了十几万了，大头在后面呢。他没答应，尽管老大很不满，他还是把钱给了女人。不给虾苗钱，咱腰杆直不起来，他对老大说。老大多次提醒他，虾池有他股份，因为当初他说了要入股，老二很后悔没说这样的话。他说，等虾出干净就分钱，咱们仨都有份。

女人得知他手机淋坏了，给了他一部旧手机。这次他没拒绝。手机刚用两天，他就接到一个短信，还是那个小张的，短信内容是：怎么总不回短信，不愿理我？不是要请我吃饭吗？

他回了电话，说就今晚吧。然后他和老大、老二交代了一下，就返回城区了。

在小酒馆包房里，见到了小张。他先向小张道了歉，说他老婆脾气不好，办事不靠谱。小张说没事，然后说那晚她不辞而别，不是冲他，是觉得他老婆不是真要给她介绍对象。

他很纳闷，问，不是介绍对象那为什么要让咱们俩见面？

小张说，你不知道，你老婆这一年来在单位总和同事吵架，上个月还顶撞了公司经理，经理发火了，让我顶替你老婆当了工长，她是用介绍对象这事羞辱我，当然，估计也想羞辱你。

他脑子转不过来，继续问，介绍对象有啥羞辱的？

小张说，你是她不要的男人，她故意把她不要的男人给我，这不是羞辱吗？我知道自己长得丑，我配不上你，她这么做，也等于告诉你，你只配娶个丑八怪。

晚饭结束他准备买单时，酒馆服务员指着一旁的小张告诉他，这位女士提前把钱押在柜台，已经结好账了。

他回了家，回味小张刚才的话，心情沮丧。开门时，发现钥匙怎么也插不进去，他看看崭新的锁芯，才明白，老婆竟然把门锁给换了。

他用力敲门，屋里似乎有声音，可是任凭他怎么敲，门也不开。他抖了个机灵，对着门说，我知道你在屋里，有啥秘密也和我无关，我最近很忙，有事给我打电话，我不回来住了。最后，他又补充了一句，那个小张，人不错。

下楼后他抬眼仰望自家的阳台时，他发现开着的窗户里泻出的微弱灯光。

回到滩窝子，老大、老二都在，两个人显得垂头丧气的，大黑也受了委屈的孩子见了爹娘一样，呜呜咽咽地用身体蹭他的腿。

老大说，白天来了三个人，问他俩，谁在十号汪子里插箔了。他们说的十号汪子，就是他偷偷投了虾苗的那个池子。他们说这个汪子是他们承包的，今后不许在池子里插箔，然后把那两道箔拔了，把箔杆踹折了。

他明白，最担心的事还是来了。一定是虾贩子把这个汪子出虾的事张扬出去了。琢磨了好一阵，他说，人家说的在理，就算人家也有股份吧。他这么说其实也在安慰自己，他明白，如果池子的承包权是人家的，有没有他们仨的股份还两说呢。

转天上午，一辆卡车停在滩窝子旁边，车上呼啦啦下来一帮人，跳下车就把车斗里的竹坯子、芦苇席子还有扇破木门卸在地上。接着就动手在汪子一角忙活起来，他们分明是要搭窝铺。

老大看着这几个人，对他耳语，你看，那个黑胖子，昨天来过，他好像是个小头头。

他凑了过去，人家也不搭理他，他赔着笑脸搭讪着，哥几个忙呢。

那个黑胖子光着上身，身上的文身密密麻麻爬了一片，像穿了件贴身小背心。黑胖子横了他一眼，问，你是干啥的？说话时，他身上的青龙也瞪着眼睛，挥舞着尖利的爪子。

他赶忙说，我们是在这个滩窝子上班，哥们，我们在这个汪子里投了虾苗，你看这事——他话音未落，黑胖子搡了他一下，说，谁和你是哥们，谁看见你投苗了，汪子是我的，躲一边去！

老大早就凑在一旁，见状赶忙也赔着笑脸说，哥们儿，真是我们投的苗，咱们有事好商量。谁知黑胖子鄙夷地瞅了老大一眼，突然挥起一拳，重重地砸在老大鼻子上。老大的鼻子就像爆米花一样顿时绽放了，鲜血一下子就窜了出来。他也懵了，赶紧挤到俩人中间，想拉架。他刚往前一凑身，黑胖子已经一拳砸在他胸口，他没防备，身体一下子失去了平衡，向后晃悠了几下，胳膊在空中风车一样摇着，努力是徒劳的，最后他还是扑通一声倒进了汪子里。谁也没想到的是，大黑不知啥时候跟过来了，看到他被推搡，让这个思维简单只懂得简单爱恨的畜生急眼了，本来没啥血性的它，突然跳起来扑向那个黑胖子，一口就咬住肥胖的胳膊，胖子吃了疼，身体抽搐了一下，赶紧挥动胳膊，摆脱了大黑。胖子大骂，敢放狗咬我，找死啊。说着低头趔摸，一眼看到一根木棍，就抓在手里，然后扭头找大黑。大黑汪汪叫着，压低脑袋，还要猛扑胖子。胖子学机灵了，哪里肯让它再占便宜，挥起木棍，狠狠地擂在了大黑腰上。大黑痛苦地哼了一声，扑在地上打个滚儿，垂着尾巴，扭身逃进了滩窝子。此时他已爬上堤埝，用湿漉漉的身体拦住胖子。他也恼了，说你咋打人啊，老大，你赶紧打110。黑胖子被这话彻底惹翻了，一扭头，招呼其他人，高喊，给我揍这俩小子！不一会儿，他和老大就被打翻在地，身上挨了好一顿拳脚。他更是成了泥人。一种从未有过的羞辱感在内心膨胀。他咬着牙在心里鼓励自己，你不就是怕死吗，这样癞皮狗似的活着干啥，和他拼了吧。可是想了几次，全身的力气就是不听他使唤，只能继续蜷缩着身体迎接拳脚。这时，抱着脑袋的他听到一个女人的声音高喊，二胖子！你干啥啊，都别打了！

吓得面如土色的老二和大虎的女人不知啥时候赶来了。

被女人叫作二胖子的正是那黑胖子，见了女人，竟然不闹了，他挥挥胳膊，让女人看胳膊上被大黑咬破的牙印，说，嫂子，先解决这事吧，我被狗咬了，咋办。

女人说，二胖子，你皮糙肉厚的，狗咬一口怕啥。我开车送你去打狂犬针，这事最要紧，晚了就要你命了。中午我请请你，给你压惊。

女人连哄带劝，把二胖子拉走了。胖子临走还吼了句狠话，臭盐驴子，不给老子十万块医药费，这事没完。

二胖子带来的几个人继续大大方方地搭盖窝铺。他和老大垂头丧气回了滩窝子。

刚才女人的出现，他的内心就像被欺负的孩子见了父母一样，一肚子的委屈涌上心头。然而此时此刻，他却很想找个洞穴，钻进去再也不出来。

下午，女人回来了。她一脸的不高兴，进了滩窝子，口气冷漠地说，虾池子恐怕保不住了，医药费也不用赔了，就凭你们俩，以后千万别惹二胖子，他是黑道上的玩闹，混横不讲理。玩闹是本地土话，意思类似小流氓、地痞无赖。

他沉默不语，女人的话让他更加无地自容，自己不缺胳膊不少腿，为什么这么窝囊呢。老大突然噼里啪啦掉起了泪珠子，老大说，唉，真他妈屄，咱们这辈子人混的。大黑在屋角趴着，呼噜呼噜喘着粗气，此时没人去安慰它。

滩窝子又恢复了平静。失去了虾池，等于刚刚发现的一个宝藏还没来得及惊喜，这宝藏就已换了主人；一群玩得正欢的孩子被没收了心爱的玩具。这种感觉就也像是走在平坦的路上瞬间踩空了，从踏实到没有着落。老大、老二夜里也不在滩窝子守着了。三个人白天凑在一起也没什么话，老大除了那个唉字，再没说过别的。滩窝子冷清又憋闷。

这天早上，他刚推开屋门，迷迷糊糊地就看到大黑的脑袋紧紧贴着地面，它的身体却不见了。他脑子轰隆一下，响过一声炸雷，再定睛看，大黑分明只剩下一颗狗头。只剩下狗头的大黑，还是睁着眼睛，温顺地看着他，只是这只毫无生气的狗头，再不会发出任何声音。他蹲下来，颤抖着手，小心地去捧大黑的头，大黑的头竟然很重，他没有捧动。他抓住大黑的头用力拔，狗头被萝卜一样拔起后，大黑的头下面，竟然露出一根沾着泥土的生锈的铁钎子——大黑的头被铁钎子钉在了土里。

他热血上涌，头要炸裂一般，哆嗦着手，捧着大黑的头冲出院子，可脚步出了院子就沉重了，缓慢了。他靠近虾池，目光向那个新窝铺扫去。窝铺边的锅灶上坐着一个盖着锅盖的大铁锅，炉灶的烟囱里正使劲儿冒着炊烟，一张狗皮，赫然挂在锅灶边的一根竹竿上。他擦擦眼睛，这不是大黑的皮子吗？那乌黑油亮的皮毛他再也熟悉不过。多少个夜晚它紧挨着他，就用着光滑的皮毛蹭着他的身子，多少次他用掌心一遍遍摩挲过这皮毛，它的温度和顺滑仿佛还残留在他手指上，记忆犹新。

他有些恍惚，走过去，在那口铁锅前呆呆地站着，不知道该走回去呢，还是揭开锅看一看。柴火哗哗地燃烧着，热气沿着锅盖徐徐上升，他从这气息里闻到了作料浸透狗肉的味道。大黑被肢解的身体肯定正在锅里，被汤汁包围，在火力的作用下一点一点地变得松软、稀烂。远处，几个人正在插箔，过不了多久，这几个人爬上堤埝，就会把大黑煮烂的身体吞进他们臭气熏天的肠胃里。他想破口大骂，可是鼓起的劲就像气球被竹签扎了一下，瞬间就泄了。他抓起狗皮，向锅盖上吐出口浓痰，那口痰歪斜地落在了灶膛口，滋啦一声就蜷缩了身子，很快没了踪影，他很想再补上一口，迟疑了一下，终究没有吐出来，慢慢回到了滩窝子。

他听到了低沉的雷声，雷声来自遥远的天际，闷闷的、沉沉的，他的心被雷声碾过，窒息地疼。

在滩窝子的院子里，他觉得心里空荡荡的，浑身无力，什么也不想干，就过去捧着大黑的头呆坐着。直到老大、老二来上班了，他才有点清醒。老大没说话，他也看明白了一切。过了好一会儿，老大叹了口气说，唉，埋了吧，不就是一条狗吗？

他找了一些木板，简单钉了个小小的木房子，把大黑的头放在里面。他对小木房子说，黑子，记着，下辈子一定选个好人家啊。

掩埋了大黑，天阴了，一场蓄谋已久的秋雨正在天空低沉地酝酿着。

到了下午，阴云漫天翻滚，他们赶忙苫盖好了盐池子，等他们进了屋，天已经黑得像锅底一样，但是，雨水却如同吝啬的有钱人口头答应的施舍，迟迟不肯兑现。

云层越压越低，一股憋闷的气息严严地罩在了头顶，感觉人身上穿了件潮湿的衣服，冷冰冰黏糊糊，让人说不出的难受。

快傍晚时，他问老大，你咋还不下班回家啊。老大说，天这么恶，今晚不走了。老大又说，咱们辛苦养的虾，就这么被他们霸占了，你就没啥想法？他说，有啥想法，斗不过人家，忍吧。老大狠狠地说，当官的咱惹不起，几个小玩闹，咱们还惹不起？狗都让他们宰了吃了，这口恶气不出，以后就爬着做人吧。他说，那能咋着？老大说，今晚要是下大雨，咱们就半夜去捞箔，要不就把他们的箔踹了。大黑还知道咬他们一口呢，反正不能让他们好过了。

他俩就开始喝酒，等待大雨降临。

快午夜时，密密麻麻的大雨点凶猛地砸在滩窝子的屋顶上，屋顶与地面，还有远处的水面，哗啦哗啦响成了洪亮的交响乐。雷声不断在屋顶猛烈炸开，每一个闷雷都好像从云层掉下来的炸弹，就在他们屋顶围绕，好像把滩窝子当成了顽固的碉堡，不炸毁了就绝不罢休。咱把灯关了，老大说。电灯刚熄灭，一道道闪电就把滩窝子里的漆黑撕碎，他在闪电里，看到老大的脸扭曲着，阴森恐怖。老大脱下衣服，只剩下一条内裤，然后摇晃着陡然魁梧高大起来的身子走出去，他赶紧跟了上去。一脚踩进泥水中，他们就被雨水吞噬了。老大打着手电筒，抓起大捞拎，像走在光溜溜的冰面上，艰难地靠近了那个虾池。又一道歪歪斜斜的闪电劈下来，接着就是让大地震颤的巨响，他被雷声震得哆嗦了一下，心脏咚咚狂跳，腿开始发软。手里也抓了把捞拎的他，在闪电里看到了老大的身影，老大已经走到了水边的第一道箔附近。他鼓起勇气，继续向前走。他也下了水，虾池的水比雨水温暖多了，他慢慢靠近了已经站在第一道葫芦头的老大。老大举起长长的捞拎，捞拎像大饭勺一样在葫芦头里抓了一下，然后抬起捞拎头，他从老大动作的吃力程度上估计，好像没啥收获。他凑近了老大，雨水砸在脸上，眼睛都快睁不开了，他低声问，有虾吗？老大说，奶奶的，啥也没有，咋回事？他如释重负地说，他们乱插，这样插箔不行，老大，走吧，咱们回去吧。老大恼了，你怕你就回去，我自己来，闪开！他想对老大说，在这样的虾池这么插箔根本圈不住多少虾，没等他开口，雨水就把他嘴巴堵住了，就在这一闪念间，老大已经和他拉开了距离，他的话就被雨水浇灭了。

闪电就在他们当头顶上不断地扑闪，一遍遍划破夜空，紧跟其后的炸雷让他差点把他手里的捞拎扔掉。他回身往堤埝的方向走，他刚离开水，站稳后回身想喊老大返回时，蓦然看见一道粗粗的闪电突然钻出云层，刀剑一样垂直劈向虾池。令人惊恐的一幕电影镜头一样狠狠地撞入了他的眼睛，老大举起的捞拎与闪电纠缠在一起，老大瞬间面目狰狞，眼睛瞪得巨大，惊恐地张大了嘴巴，想要说什么，想要呼喊什么，但是不容他喊出来，全身早已被幽蓝的闪电笼子一样包裹了，老大的身体似乎颤抖了一下，然后就木桩一样一动也不动了。

一片漆黑。之后，是天地要碎裂一样的巨雷轰鸣。他全身瘫软，坐在了地上，突然回忆起，曾经听说过别的滩窝子的盐工有被雷劈伤的事情。这个被他看到的瞬间，把他彻底吓傻了。下一道闪电刺向虾池时，他再也没看到老大的身影。

他缓过神，赶紧向老大刚才站立的位置冲过去，脚一下一下地用着力，一脚踩空了，滑倒在水里。一口咸水呛得他剧烈咳嗽，嘴里又涩又苦又咸，顾不上许多了，他奋力蹚着水，胳膊在水面下四处划拉。他带着哭音呼唤着，老大，老大，你快出来啊，别吓唬我啊。

他摸到了老大的身体，铆足劲把老大拖出水面时，他闻到了老大头顶上一股若有若无的烧焦的味道。把老大拖到堤埝上，他用力摇着老大的脸，老大的脑袋软软的，像个醉卧路边的酒鬼一样任凭过路的好心人摆布。

快啊，赶快打120啊，他向滩窝子跑去，一边跑，一点向雨水如注的四野虚弱地呼喊。他吓蒙了，靠着自己连声的呼喊提醒自己，他怕自己因为恐怖会随时忘记自己要救老大……

医生给老大开的死亡证明写得很清楚，遭遇雷电，雷电从头顶贯穿心脏导致死亡。他看着死亡证明，呆呆的、傻傻的，一个古怪的念头在心里清晰起来，他忽然觉得就在被雷电击中的那一刻，老大肯定接收到了老天爷的神秘电波，破译这个电波时，老大已经走上了奈何桥。

因为老大是在滩窝子值夜班时被雷电击中而死，场领导就按工伤处理了善后。等他忙完了老大的丧事回到滩窝子，那个虾池边的窝铺，已经空无一人。后来他听分场领导说，这个十号汪子没人承包，以前的承包合同前年就到期了，那个二胖子见势不妙，早溜之大吉了。

老大过五七那天，他和老二买了些烧纸，还买了纸糊的宝马汽车、纸别墅，就在窝铺边点燃，烧纸的火舌嫩嫩地香甜地舔着窝铺，不久，窝铺就烧得只剩下了竹坯子支撑的黑黢黢的骨架。

有一天，他在虾池边看到了一些被水浪推到岸边的死虾，虾个头不大，早就因为腐臭变红了。他下水查看，发现歪斜的箔里，也漂浮着些死虾。

他赶紧把这事告诉了老二，他们重新把箔插了一遍，箔杆只露出一点点脑袋，非常隐蔽。半夜里，他俩就下水捞虾，天不亮，赶忙用摩托车把捞出的虾驮到偏僻的市场迅速低价出售。

等到一个月后，箔里捞不出什么了，他们计算了一下，足足卖了十万多块钱。他们把钱分成了三份，老大六万，他俩平分剩下的。

去给老大家属送钱，他们才知道，老大的媳妇已经得脑血栓卧床五年了，老大的儿子都快三十了，因为没工作，还打着光棍。拿到六万块钱，母子俩千恩万谢的。临走时，老大的儿子把他们送了很远，最后高兴地告诉他们，场里给的抚恤金也发到手里了，他们买了套旧楼房，给父亲买了块墓地，场里还答应，尽快安排他去滩窝子上班。

等我往后结婚了，请两位叔叔喝喜酒。老大的儿子说，老大儿子脸上抑制不住的笑容，让他内心无比凄凉。

现在滩窝子里就剩下他和老二了，老二常常一个人独自坐着发呆，有一次嘴里突然冒出一句话：老大值了，让老天爷劈了一下，啥后顾之忧都没了，死得好啊，我他妈的让个酒鬼撞了一下，一辈子安生不了了。

四

冬天的滩窝子异常寂寞安静。

除了偶尔去父母家看看，他哪儿也不想去，就在滩窝子里搂着个收音机发呆。午夜时分，收音机里总有一个卖性药的女人做节目，这个女人声音很好听，她接热线电话，向那些患者吹嘘她的药多么灵验，对增进夫妻感情多么关键时，他会突然哈哈大笑。

老大的儿子被分配到滩窝子上班了。这孩子傻乎乎的，抢着干活儿，干活儿上瘾，没几天，就把滩窝子收拾得利利索索。门窗也被他找来木条和塑料布钉严实了，屋里亮度差了点，但是暖和多了。本来冬天的滩窝子就没啥事，他和老二彻底闲了。老二很少来上班，因为出虾卖虾，他送快递的工作丢了，据说他又找了份看夜的工作，在荒郊野外的一个变电站看夜，用老二的话说，睡一宿觉，五十块钱就到兜了，挺好。所以，滩窝子的冬天，很少能看到老二了。他和老大的儿子也没啥话说，两个人在滩窝子的日子，就像最早的那种默片电影，无声无息地。

他喜欢一次买很多带馅的馒头，特别豆沙馅的那种，买够吃一个星期的，放在滩窝子的冷屋里。每天早晨，把炉火挑开，然后在炉盖上烤两个馒头，冰疙瘩一样的硬馒头在铁丝编的篦子上慢慢烤，馒头身体变软和，变焦黄，然后他再找几条咸鱼也在篦子上烤，鱼的咸香与馒头的香气，让他忘记了很多烦心事。馒头和鱼烤得可口时，老大的儿子也来上班了，他们就默默地撕扯着吃。馒头外表那层焦黄的皮都吃掉了，就将小了一圈的馒头瓤继续烤，馒头就这样被一圈圈地吃进了肚子。

吃饱了，他就在海边溜达一圈，吹吹寒冷的海风，看看海鸟在海冰外的海水里觅食，眺望一下远处，那一片海水中，吹泥船像一个巨大阳具撒尿似的，不停地喷射泥浆，据说那里在填海造地，因为填海造地的成本非常低，所以这样的填海行为在这一片海边方兴未艾。据开发商打出的宣传，几年后，那里将成为一个热闹的别墅区，更远处，一个高大的女人雕塑已经露出了清晰的脑袋，开发商说这个女人叫妈祖。他从来没听说过妈祖这个词，本地原来有类似的寺庙，却不叫妈祖，叫作娘娘庙。

看着那个妈祖的时候，他没来由地会想起大虎的女人。这女人自从他们被打后，再也没在滩窝子出现过。

女人厂里的小工说，虾池出干净后，她去了南方，找大虎去了，已经去了一个多月了，她从那个二胖子口中得知，大虎在南方赌博，输了几百万了。

有一天，老大的儿子带来一只小黑狗。老大儿子说自己早晨上班，家门口蹲着一只小黑狗，他走它就尾随，他站下冲小黑狗招手，它就跑到他脚下，拼命摇尾巴，就把它带来了。

小狗来了后，他就不再霜打过一样萎靡了，他带着老大的儿子下甩钩，摘甩钩，教他提着旋网在没有冻冰的纳潮沟里撒网，教他怎么看出水下有没有鱼。等老大儿子每天兴致勃勃带着小黑狗去捕鱼了，他又闲下来了。

有时候实在无聊了，他就像一个躺在阳光下的穷人数口袋里不多的钱一样，把他记忆里的人一一掏出来懒散地数一遍。有的人就像被借走后再也不还的钱，比如他儿子，本来属于他，可是被大舅子借走了，就是不肯还了；还有的人，就像自己花出去的钱，比如他老婆，被他花掉后，落了别人手里，不再属于他，变成了过路财；有的人，就像谁丢在地上的钱——当然，这种钱分两种，一种是别人掉落在地上后及时发现了，这钱不能乱捡，捡了早晚也要还，比如大虎的女人；有的钱可以捡起来还没麻烦，比如小张。就是不知道捡起来的钱是不是假币。

也不知道那个小张咋样了，他就给小张发了个短信，说，上次你请我吃的饭，我说过要请你吃饭的。

很快，小张的短信就回过来了，说，那我就期待着了。

不一会儿，小张又发来条短信：你前妻要结婚了，听说了吗？

他的手不由得一抖：和谁？

小张稳稳地回过来：一个老婆刚死了两个月的副处长。

他抬头望天，今天是个分外晴好的日子，湛蓝辽阔的幕布上云朵显得无比悠闲，慢腾腾地挤来挤去。他一直看云，直到看得脖子发酸撑不住硕大的脑袋了，才低头给老婆发短信：你结婚前，请把家门钥匙给我。

春节休假后，他得到场区通知，开春后，这个滩窝子将被拆迁，他们今后去哪里工作，到时候场区将另行通知。

马达的孤岛

> 人生就是一座孤岛，我们每个人都是岛主。
>
> ——马达

一

竟然六十岁了。虽然还是二十几岁才有的年轻的心。

活过了六十岁后，马达有了很多来自身体和精神的体验，这感觉新鲜又陌生。不止一次，他在梦中只身一人，在一个孤独的海岛上深一脚浅一脚地前行，四周是浓墨一样的黑夜，有一种烟雾、虚无、神秘、散发着令人恐惧的气息，不断地升腾并扑面而来，轰鸣的海浪一排接一排扬起、跌落、击碎在礁石上，发出的喧哗声将他四面包围。时间偶尔明晰，似乎是凌晨时分，海浪绽开的白色浪花，如千年不化的积雪，勾勒着海岛的轮廓。他一直是孤单一人，只有回忆中面庞模糊的人们风雨一样迎面袭来，又迅速逝去。孤独感袭来时，人也如同躺在奇寒彻骨的冰床之上，让人片刻都难挨。他总是会在深夜的某一时刻突然醒来，在怦怦的心跳中，急切回味瞬间变得恍然的梦境。

慢慢地，马达明白了，他心虽年轻，但潜意识中已经开始有了对永恒死亡的深深恐惧，他的人生好像还没认真开始，就基本走向尾声。

早晨醒来，迎着粗犷的海风，他在自己的海岛上溜达，任凭海风把残梦的记忆吹散。可是，梦中的景物却因为重复过多而日渐清晰，慢慢地，一个被他遗忘很久的地方，像从深水上浮的大鱼，开始被洒在水面上的阳光映照得身影清晰。这个地方的名字，遥远且陌生，就是无法彻底遗忘，这个地方叫谭家港。

马达觉得自己很幸运，在刚过四十岁的时候，他就赚到了足够多的钱。富有给他带来了很多快乐。金钱所能满足的虚荣心带来的肤浅的幸福感如迎面吹来的海风，让他被紧紧包围，摆脱不了，也舍不得摆脱。那些年，无数妩媚女人火辣含情的目光，如阳光在水面的反光一样密集刺眼。于是，他开始主动寻找当年和他一起工作的工友，想让他们每个人都知道自己的成功。他通过微信找到了十几个失散多年的当年在盐化厂滩地工作的工友，他们开始频繁地小范围聚会，一起回忆往事，怀念那几个已经离世的工友。这些碎片式的聚会，像一块块破布块，拼凑起了一件寒碜的衣服，慢慢有了完整感。

和那些拿着相对微薄的退休工资的昔日工友比，他的民营医院、医疗器械销售等产业，每年给他带来上千万元的收入，早让他到了可以为所欲为的境界，尽管他有时也觉得这种境界的不完美之处，人会觉得四顾茫然，又异常空虚。

为所欲为，这曾是马达相信的人生的最高境界。上初中时班主任总用这个词批评他：马达同学，你太为所欲为了。你，你简直是为所欲为！马达从那时就反复咂摸这个词，越咂摸，越觉得只有实现了为所欲为，人才最幸福。能让自己为所欲为的，不是当皇帝，就是有很多钱，有自己的自由空间。显然，当皇帝的困难实在很大，还是努力赚钱吧。马达年少时确立的人生志向，就是老师不经意间一句话提醒的结果。

有钱后，他不断追求人生的极致享受，到了六十岁，他已经找不到还有什么人间事能再次点燃他的激情了。还好，海岛上的梦境出现了。梦境让他想起了曾经的一段生活。他像一个嘴馋的孩子在餐桌上找到了一节被遗忘的甘蔗头一样，想好好咀嚼一遍年轻时在盐滩的生活。他计划把工友陆续接上他的海岛，在他们巴结的、嫉妒的、眼馋的各种表情和声音中，带领大家一起回忆在盐池边的滩窝子里的生活，这样他的虚荣心才可以获得满足吧。

他向所有工友发出邀请，他要请工友们上岛生活一周，来个大型聚会。他告诉工友们，海岛是他十年前花了不多钱买下的。在这里，他建立了自己的乐园，就是世外桃源，没人打搅，大家可以纵情享乐。

纵情，享乐。他是这么说的，但是，马达也说不好，都过了六十岁了，他们还能声色犬马吗？或者说，他们的身体和精神，还允许他们像年轻人一样肆意放纵吗？

其实马达心里最清楚，他要组织这次聚会的主要目的有两个：一，虽然他是最先脱离滩地工作返城的小工人之一，但他要给大家证明当初自己不是逃兵。二，他想知道初恋女友李梅的近况。李梅的样子，在后来的几十年中，总是在他梦中之海浮出水面，让他隐隐心痛。随着年龄增长，他越来越盼望能见她一面，等见了面，彼此说些宽容的话，也许伤痛的冰山才会慢慢溶解吧。

二

聚会来临之前的日子，马达喜欢躺在海景房里，隔着巨大的玻璃窗，晒着透过玻璃的大片阳光，看着海浪汹涌，回忆谭家港的年轻岁月。

谭家港，并不是港口名字，港字在当地是指蓄养海水晒盐池。谭家港这个地方，原来只有大片的坟地和几十副废弃的盐滩。坟地是清代的滩灶户们留下的；废弃的盐滩，则主要是日本人开辟，日本投降后荒废的。新中国成立后，为了让很多劳改犯有活干，有三千多名犯人被转移过来。犯人们到这里的第一件事就是平坟、建房。平坟时人们从很多无主古坟中挖出无数锈迹斑斑的铜钱，没人认识到铜钱的价值，随手就扔掉了。最轰动的事，是平一座青砖砌成墓室的高坟时，棺材里躺着的墓主赫然的身份。他身穿清朝官服，官服尚未腐烂，且颜色新鲜，他胸前佩戴的朝珠也很整齐，死者的样子宛如刚刚下葬。陪葬物十分丰富，那些金银和瓷器很快被人们私自瓜分了。他的颅骨被抛弃在盐碱滩上，在晴天里刺眼的阳光下，嵌入碱滩的颅骨熠熠闪光。后来总有到谭家港工作的干部的孩子们把它挖出来，淘气地捧在手里端详，然后又随手抛弃。因此，这个颅骨总是在变换位置，像长了腿能到处走动一样。

房子很简陋，就是油毡、苇箔、竹竿搭起来的简易工棚。劳改犯与管教们都住这样的房子。雨天，鞋子像小船一样漂得满屋都是；下雪天，屋门根本推不开。夏天吃饭，馒头上落满了苍蝇，根本轰不走，如果用竹罩子罩住馒头，竹罩子立马变成了黑色。后来，大家都习惯了闭着眼吃饭，吃进几只苍蝇也成了可以忍受的事了。

从此以后，一些身怀绝技的劳改犯的故事就在这里传播。比如，某犯，沧州人，武艺高强，会缩骨术，窗户上的铁栅栏挡不住他，可以轻易钻出去。这名犯人趁着夜深人静时，施展高超武艺，身子一缩，就从窗户上的铁栅栏出去了，出去后扒火车回到沧州。犯人逃跑，劳改队肯定要联系犯人户籍所在地，让相关人员帮助协查追逃。追查的结果是大家都没发现犯人回家的迹象。过了段时间，村里人发现他老婆走路不太灵活，肚子也腆了出来，她竟然怀孕了。村里领导找他老婆调查情况，他老婆迫于政府强大的压力，说了实话，才把此犯擒住。还有个神偷的故事。管教听说此犯外号神偷，很是不屑，找到神偷，口气轻蔑地问他有啥真本事。神偷也不辩解，只是说了声"你看"，用手往旁边一指，管教扭头的工夫，他的手枪已经握在了神偷手里。为了这事，管教被处分，神偷被加刑。

劳改犯们在这片荒地野盐滩上兴建了盐场。几年后，这里形成了总共几百户的三个聚落。有了盐化厂、供应站、书店、照相馆、学校、医院，甚至还有了专业水准的京剧团。他们在海边兴建了水门，纳潮入沉淀池，晒海水制卤。沉淀池以及纳潮沟出产大量肥美鲜香的鱼虾，供管教干部以及家属们享用。大黄螃蟹、大对虾，一年四季享用不尽。有时候赶上半夜分螃蟹，管教干部把螃蟹煸熟了，叫醒孩子起来吃螃蟹，一个螃蟹盖子里的硬黄就把孩子撑住了。后来，有的孩子再看到螃蟹，只想呕吐。吃伤了。很多高级干部会在秋天来这里疗养，享受几天肥美的海鲜，点几场京剧，很是舒坦惬意。

晒盐很赚钱，稍微读读史书的人都知道，盐铁之利是国家经济命脉。没几年，这一带的盐场就富裕了。这里的居民，用水用电根本不花钱，一年四季烧煤也都是拣工厂里倒出来的煤核。工人师傅都很体贴拣煤核的家属们，故意不把煤块烧透，就默契地倾倒出来了。一车灼热的煤核倾倒后，人们挥舞着钢丝做的铁耙子冲上去，搂到一堆热煤核，然后守着，等它们变凉再装麻袋背回家去。

二十年后，这里幸福安宁的生活被打破了。天津市脱离河北省，成为独立直辖市，上头下令劳改犯全部转移出天津境内，转移到河北省南堡盐场的一劳改队。

据说，1969年，有位大人物到天津视察纺织厂，他发现工厂里的工人岁数都很大，问缘故，回答，因为刚毕业的初中生都上山下乡插队去了。大人物陷入沉思，他建议，来年天津市所有年轻工人不足的国营单位，要从应届毕业生和社会青年中招收工人。1970年，七百多天津市区的初中毕业生，就通过社会招工，满怀憧憬来到了这里。这些来自大城市的花季年龄的少男少女们，像穿越了时空一样来到了荒凉无边的盐滩，又一批新的故事如盐碱滩的芦苇，开始孕育萌发、蓬勃生长。那些转业到盐化厂的管教干部与这些青年工人的关系，在未来的六七年中，变得盘根错节，甚至纠缠不清了。

马达来到谭家港时，只有十六周岁。他记得，他的工作证是两年后才拿到手的。也就是说，他最初工作的那两年，假如计入工龄，应该是违法的。

马达记忆里，那个冬天，十一辆大公共汽车像一条游走于林莽中的大蛇，缓缓爬出天津卫城区。马达和同班的几个同学坐在一起，他们无比兴奋，合不拢嘴地笑着。外号叫大傻的张亮还不停地向玻璃窗外骑自行车的行人头顶吐唾沫，惹来一路仰头的谩骂。越骂，他越来劲，不顾其他同学对他斜眼撇嘴，兀自享受这个恶作剧。汽车行驶了一个多小时后，打了一会儿瞌睡的同学们突然觉得车里变冷了，从车窗缝隙挤进来的细细的风，也如冰刀子，在很疼地割着脸颊，他们一下子都清醒过来，用好奇的眼光打量着窗外的风景。他们呼吸到的风里竟然有股咸菜缸的味道。外面几乎看不到建筑，路边都是闪亮亮的大水池子，池岸上长满了荒草，荒草不停地向他们弯腰挥手。马达看了一会儿窗外，把目光收了回来，他心里惦记着一件事，他瞧不起张亮这样的兴奋的野小子们。他站起来，在前排后排女生里不住地踅摸，目光在几个长相好看的女生身上上下左右前后地扫描着，像计算一道数学题有几种解法似的，盘算与这几位女生谈恋爱的前景。他马达终于当了工人，开始挣工资，不再受父母压制了，终于有权力谈恋爱了，他一定不能辜负青春，要让自己的恋人早早陪在自己身边。如果真在新工厂里干一辈子，自己未来的人生伴侣只能从这些女生里物色，不早点动手，只能捡后落了。

对神秘女友的憧憬，是未来的时间迷宫里最诱惑他闯入的牵引力了。

这次能离开家，马达就兴奋得连续一周都彻夜难眠。他盼着出发的日子早点到来，每一个黑夜都漫长得让他万分焦躁。在家里，当中学校长的父亲几乎整天对他暴打。他记忆中，都是父亲无缘无故打他的画面，他都搞不明白每次被打的缘由。而且他能感受到，父亲对他的暴打，每次都是没轻没重的，有几次甚至像是要打死他。最无法释怀的，是游公园那次，父亲暴怒中把他抓起来，举过头顶，要扔进湖水里，幸亏母亲及时阻拦。鼻青脸肿的日子陪伴着马达成长，很多认识他的孩子也都想欺负他。他们像野狗发现了受伤的小羊，随时准备冲上来咬他一口。好多年了，他上学下学，都是把书包带顶在脑门上赶路，左右手各握一块破砖头，瞪圆眼睛，时刻准备谁敢上前欺负他，他就把砖头拍向谁。他就是这么独来独往地长到了初中毕业。所以，这次能远离自己的家，远离父亲的暴力，马达只觉得一身轻松。

车队蜿蜒曲折，到了一个工厂西门口才站住，正好赶上穿着蓝色工作服的人们吃午饭。他们一个个端着饭盒从食堂的布帘里钻出来，老鼠出洞似的。他们中多数人的饭盒上架着大饼油条，大傻张亮隔着车窗欢呼：哟呵，快看，这里吃得不错啊。有果子饼！马达很快听到一片窸窸窣窣的口水声，是啊，他也忍不住咽了一大口口水，果子饼，那是家里过年时都未必能吃上的美味，这里的人却能在不年不节的日子吃到。张亮的惊呼给马达鼓了劲，他也站起身子，扒着窗户张望，好像自己未来的幸福生活可以用肉眼看到一样。

车门刚打开，就有几个毛头小子挤出车去，直奔食堂而去。没一会儿，他们都耷拉着脑袋出来了，沮丧地告诉大家，大饼油条都是供应老工人的，得凭饭票买。马达他们当天午饭、晚饭都是吃的自己从家里带的干粮，因为他们还没有工厂食堂的饭票。汽车开进厂区时，大家就发现，这里与自己想象的完全不一样，没有什么高楼建筑，只有低矮的平房，满鼻孔又腥又卤的海风，工厂里林立的铁锈色的各种烟囱，以及唯一的一条柏油马路。马达看到，下车点名后，有两个一脸沮丧、充满失望神情的学生坚决随车返回市区了。

这两个返回的同学虽然不认识，但他们的离去还是给了马达一点点打击，自己渴望得到的，人家竟然都瞧不上眼。

孩子们提着行李下了车，大家才感到了这里不仅荒凉，还很寒冷。刚进十二月，迎面吹来的咸卤的寒风，壁虎一样爬进衣服里面，直钻骨头缝，身上的热乎气很快就消散干净了。脸冻木了，变得硬邦邦的。随着人流走动，马达无意间看到有些工人穿的蓝棉猴上有白色大字："禁止出厂"。有些人身上却没有。他和身边的张亮窃窃私语着，猜测"禁止出厂"四个字究竟啥意思。

他们走进一个大铁门，眼前是一个大院子，院墙很高，院墙上竖着几道铁丝网，像音乐老师弹琴时看的五线谱。影壁墙上依稀可以看到这样的字迹："只许你们好好改造，不许你们乱说乱动。"

张亮也看到了，他缩了一下脖子，表示有点恐惧，又冲马达吐了吐舌头。马达开始感觉到了这里气氛的森严。从队伍前面传过来的话语里，马达搞明白了，这里是刚转移走的劳改犯们住的地方，叫圈里。马达内心豁然了，原来是劳改犯的住处，难怪与众不同。

四面高墙，墙角有警楼，进来后有插翅难飞的压抑感。马达边放眼观察边在心里感慨，幸亏自己没犯罪，以前那些劳改犯们在这里囚禁着，一年四季不离寸地，多痛苦啊。仅仅想象了一下自己被囚禁的感觉，马达瞬间觉得浑身一激灵，就像落水狗上岸后抖落一身的水珠，心里隐隐有一丝说不出的难受。

二十几个男生，吵吵嚷嚷地随着人流走，最后被带进一间大屋子。进门兜头就闻到了一股寒气，还混杂着潮湿发霉的气息。呛得马达赶紧放慢了脚步。

昏暗的屋子里摆满了床铺，是上下两层的那种木头床，看来这里就是宿舍了。马达定下神再仔细观察，发现宿舍实际上是三间连体房。里面除了铺着稻草垫子的铁管焊接的床铺，什么都没有。分完了床位，他们开始慢吞吞地铺床，妈妈给准备的干净的床单，在破旧的床上铺展开，床单上盛开的菊花在昏暗的空间中显得有点尴尬。屋子逼仄，脸盆茶缸只能放在床底下。张亮招呼几个人从屋外抱来了劈柴和煤块，浓烟过后，很快升起了炉火。屋顶很薄，墙面碱得厉害，白灰墙蓬松起泡，白灰中隐藏的麻刀，丝丝缕缕钻出来，像发霉后的馒头上长的霉絮。木窗户也不严实，尽管小小的煤炉里火焰气势汹汹，屋里也不觉得有多暖和。

寒冷加上失望，悲观的情绪开始蔓延。有两个孩子偷偷哭泣，他们的哭声被张亮呵止住了——号丧啊，有果子饼吃还号，蛋子儿，没出息。

傍晚时分有人招呼大家到室外集合。马达慢吞吞走出屋子，外面只有远处墙上悬着的几盏灯照明，光线昏暗，距离一米开外的人们已经互相看不清彼此的面孔了。

喊大家集合的人吼了半天，队伍才凑凑合合站好，那人站在队伍前，开始大声讲话。孩子们因为失望发出嗡嗡的抱怨，引来了管理人员的训斥。那人带着发怒的语气说：你们别美，过不了几天，都给你们治过来。他又介绍说：我姓陈，以后大家就喊我老陈吧。队伍里调皮的张亮就接下言说：介（这）你妈还是破船，老沉。孩子们哄堂大笑。老陈站在那里一动不动，等大家稀里哗啦笑完了，他硬声质问：谁说我是破船？还老沉？没人吭声。老陈不依不饶：没人承认是吧，那就都站着，站到天亮。一个也不许回宿舍！

僵持了半天，天色逐渐黑了下来，老陈也没有松口的意思，大家饿得要命，有人在小声抱怨。张亮稳不住了，就向前迈了一步，站出了队伍，马达隐约看到他嘴角微微抽搐了一下，努力做出一脸不在乎的神情，张亮大声说：就是大爷我说的，怎么地了？

老陈身手敏捷，上来就给了张亮一个响亮的耳光。张亮一捂脸，疼得弯了腰。张亮高喊：哥几个，他敢打人，打人犯法，咱们揍逼剋的！马达和队伍里的几个张亮的同学，都不约而同窜出队伍，把老陈围住，和老陈厮打在一起。老陈支搏了一会儿，终于被按倒在地。张亮嗷嗷叫着扑了过去，在老陈身上又踢又踹。老陈很快就求起饶来：别打了，都流血了。马达照着老陈屁股又给了两脚，然后把其他人劝开，他只觉得老陈反复抓了几下他的裤脚，似乎是在哀求他。人群被劝开了，老陈晃晃悠悠站起来，走远了。大家都有点后怕，面面相觑着。马达劝大家，老陈先动手的，再说是摸黑打他，打完了死不承认，估计肯定没啥事。

等回到宿舍大家缓过神来，几张面孔凑在一起回味刚才的战斗场面，都眉飞色舞的，觉得打了场胜仗似的。正热闹呢，砰的一声，门被踹开了，屋里一下子立了好几个身形高大的人。他们带进屋里的寒气，让马达他们打了个寒战。大家又被集合在院子里的路灯下。老陈搬来了救兵，这回腰杆硬了，他让刚才打他的几个人站出队伍。

谁打了我，赶紧站出来，你们一个也跑不掉，不服就试试！

张亮是跑不掉了，头一个就被老陈揪出了队伍。

其余人都没动，马达心里浮动着一丝侥幸，觉得老陈就是虚张声势。

见队伍里的人没动静，老陈掏出手电筒，沿着每个人的裤脚往过照，很快有几个人被薅出了队伍，也包括马达。马达很奇怪，老陈竟然能找这么准。

五个惹事的少年被麻绳捆成一串，连推带搡带出了圈里。马达心惊胆战地随着大家走，感觉每一步都踩在一种虚空上。腿是软的，脚跟也是软的。走了没多远，那几个壮汉忽然回身，手里拿着皮带，皮带往马达他们身上招呼。这是一顿狠命的抽打，他们不打脸，只打躯干。马达只觉得这抽打让他喘不过气来，每一下都穿透了单薄的衣裳，往肉里钻。他硬着嗓子高喊：你们欺负小孩，我明天去公安局告你们！

行凶者似乎被提醒了，终于收了手，却丢下几句话：兔崽子们，敢参刺，老子们是和劳改犯们混出来的，以后再收拾你们。

马达他们互相拍打着身上的泥土，忍着疼痛回到宿舍。大家借着灯光查看伤势，一片唏嘘。马达忽然有所醒悟，他低头查看挨打的几个人的裤脚，才发现，每个人裤脚上都有血迹。这血迹肯定是老陈被打时，他用手抹在大家裤脚上的记号。真够阴险的，马达感叹。他把这个发现告诉了宿舍里的室友，大家集体陷入了沉默。

三

五年前，当马达身边一位香喷喷的美女虚情假意地向他发出召唤时，他突然感到了一种让自己异常尴尬的力不从心。他老了。从那以后，他开始逐渐疏远女色，他也不愿远远地打量欣赏她们搔首弄姿的媚态，获得心中痒酥酥的感觉了。他开始体验到女性带给他的空虚。崔健那首《这儿的空间》里有一句歌词，"这儿的空间，没什么新鲜，就像我对你的爱情里没什么秘密。我看着你，曾经看不到底，谁知进进出出才明白是无边的空虚，就像这儿的空间里"。马达觉得这就是在写女性给男人的空虚感。

他躺在床上，开始反思自己有钱后做过的那些荒唐事，越回味越汗颜，他那些年几乎就忙活了两件事，玩命赚钱，拼命享乐。但是这两件事都让他感到他的生活日益增加着空虚。他的身体日益加速衰老。这种空虚感觉与加速老去的感慨混合起来，不仅剥夺了他对那两件事曾经饱满的热情，也让他对死亡之神的脚步声日感清晰。

海岛就是在那种状态下买下的。马达想远离过去的生活，他想打造一个自己喜欢的环境，他感觉舒适的空间。海岛的主体建筑是一座镶着大理石外墙的五层楼，四五层都是客房，三层办公室茶室咖啡厅，二层是餐饮区，一层是古玩博物馆。餐厅、酒窖、游泳池、健身房、电影院、会议室、桥牌室……凡是中国人能想到的享受方式，他都拥有了。他的码头停靠着一艘豪华游艇，可以供游客海钓用。马达还在海岛种植了有机水果和有机蔬菜。这一切都因为几年前官员们再不敢登岛，变成了摆设。那些水果蔬菜，只能少部分分给员工，其他就任其烂掉。

他也曾邀请商业伙伴登门登岛享乐，但是和他们之间的那些虚情假意地推杯换盏，也很快让他觉得索然寡味。从那以后，海岛就变孤独了，安静了，越来越具备世外桃源的气象。

自从买下这个海岛后，他就住到了寂寥的海岛上，马达很快就习惯了听着涛声入眠。而对他早就失望透顶的妻子才不会跟着他来这海岛上共同相守，她睡觉轻，夜里很怕声音，以此为借口去了国外，与移民的儿子一家一起生活。他们一个月也未必通一次电话，马达乐得自由，他很享受妻子对他的疏远。

四

马达还记得初到谭家港第一晚的午夜时分，他就被从未体验过的寒冷冻醒了。他迷迷糊糊中估摸，可能是自己把棉被蹬离了身体，就伸手在身边摸索，可棉被好好地盖在身上，马达意识到，屋里太冷了，阴森森的寒冷。醒来后定定神，想撒尿，刚撩起被子，一股寒气就冰水一样漫过身子，把他浸透了，他赶紧把被子捂紧。就这么一瞬间，再贴在身体上的被子，已经冰冷了。他静静地躺着，忍耐着尿意，听到黑暗中有一些声响，是呼吸声，不是酣眠时的，是清醒状态下的粗重的呼吸声。马达就喊了一声，他妈的，这鬼屋子，冻死我了。黑暗中马上传来了回应的声音，是啊。是张亮在说话。

张亮听到马达喊冷，来了精神，他拽亮了电灯，屋里都是惺忪睡眼。好几个人都围着被子坐了起来。马达给自己鼓半天劲儿，咬牙穿好冰水里捞出一般的衣服，下地去看炉子。掀开炉盖，炉膛里灰白，最后填入的煤块早就燃尽了，还哪儿有煤火啊。马达走到门口，想推开门出去撒尿。张亮高喊，你还敢出去尿尿啊，小心把你冻坏了。马达一个冷战，停在了门口。他看到门上结了层冰霜，在灯光下亮晶晶的。门板上有几个木头节子，像镶嵌着几只眼睛，有一只眼睛已经凸了出来。马达伸手就把木节子揪了下来，小窟窿立刻顶进一股寒气。马达把裤子解开，果然，他那里感受到了来自户外的冰冷。他尿得很急，生怕张亮吓唬他的话成为现实。

马达的隔门撒尿法得到了伙伴们的热烈支持，大家纷纷排队小解，屋内立刻飘起带着体温的淡淡臊气。

后半夜，他们继续生火，炉盖烧红了，屋里才稍稍暖和了点。

第二天，有个领导模样的人，招呼全体集合，在圈里跑操。领导站在院子中央，几百人的脚在院子里踩踏起一带带的尘土烟雾，脚步的合奏声音，活像一列火车经过。马达他们在队伍里议论，咱们都成工人了，咋还集体跑操啊，这你妈不是管犯人那套吗？大家的脚步就放慢了，队伍方才顺利的前进有了梗阻，引来了领导的连声呵斥。到七点多，有人告诉他们，可以去食堂买饭了。因为还没有工资收入，可以先赊账。

马达他们抓起饭盒兴冲冲闯进食堂，一股油腻腻的香味扑面而来，让人无比兴奋。大家挤到橱窗前，赶紧踅摸爱吃的食物，早点果然诱人。又粗又大的颜色金黄的大果子，牛奶一样洁白的豆浆、卤汁黏稠的豆腐脑，还有油腻腻的炸糕，五香的、麻酱的烧饼。如果每天都有这样的早饭，也算神仙的日子啊。看来工厂的待遇不错啊，马达琢磨着。

第一顿早餐，他们都吃得特别饱，大家都开玩笑说，敞开了吃吧，管他后半月咋过呢。张亮凑到马达身边说，马达，你可得少吃点啊，后半月我肯定揭不开锅了，我就指望你了。马达乐了，瞧你那出息，这不还有午饭和晚饭吗，留着点肚子吧。中午我们吃稻米干饭炖大肉，小心馋死你啊。

别说，一天下来，大家对厂子里的伙食都很满足，肚子饱了，马达内心的孤独感却增加了，陌生的地方、陌生的领导、未知的生活内容，更加助燃了孤独的火苗。这一天中，他故意在食堂慢条斯理地吃饭，眼睛雷达一样搜寻着目标。终于搜索到一个窈窕的女孩子时，马达的心都要窜出喉咙了，他赶忙用手按压住胸口，好像心脏真要窜出来似的。马达目不转睛地留意着女孩，目视她排队，递饭盒，走到角落的桌子边坐下，低头默默吃饭，女孩子整个吃饭过程里，几次抬眼皮与马达的目光相遇。女孩子似乎察觉到马达在盯着她看，她笑着低下了头。马达一瞬间就爱上了这个女孩，他急切地想，你是谁呢，叫啥名字啊，以后我可以多帮助你吗？马达心里在和女孩说话。

夜里上厕所还是很麻烦，院子里自然有厕所的，可到了夜里外面一片漆黑，又十分寒冷，厕所令人恐怖，大家就在宿舍里用砖头垒个尿池子。因为尿液无法排走，宿舍里气味难闻，有人就把脸盆里的洗脚水留着，夜尿就撒在那里，一个脸盆，兼了三个功能：洗脸，洗脚，撒尿。他们还发现，打开水得去化学厂锅炉房那边，打一趟开水往返得近二十分钟，孩子们就在宿舍铁炉子上用白洋铁壶坐水喝。空荡荡的宿舍就一个炉子，门窗也不严实，屋里睡觉太冷，张亮就在炉子上烤一块砖头，砖头烤热了，用报纸或者布包好，塞脚底下的被窝里踩着。有一次，砖头烤得太热了，热砖头把被子烧了个窟窿。

接着就该回忆拉练了。忘记了拉练进行过几次，反正拉练是个很陌生又让人兴奋的事。

当时，国内的形势就是备战备荒，拉练成了常态。几百个小工人被编成连队。带队的嘱咐大家打好背包。有人从家里带来了部队用的打包带，没有打包带的就去供应站买了塑料绳，当时给被窝卷打包的口诀是"三叠两折"。孩子们对拉练感到很新鲜很好奇，吃过早饭，高高兴兴地背着行李，浩浩荡荡出发了。

带队的人嘻嘻哈哈和大家唠嗑。这个人自称老苏，出发前，他没用三句话，就把马达他们九连逗乐了。

他说，小同志们一人准备一个盆，拉练时洗脸洗脚和面包饺子，睡觉当枕头，就靠这个盆了。臭脚丫子的同志请出列！没人承认啊，那就都一边臭了，我的脚也挺臭的，咱谁也别膈应谁了，那好，出发！

拉练队伍走在荒凉的大埝上，马达他们九连一起唱起了革命歌曲。

"日落西山红霞飞，战士打靶把营归把营归……"

四野，除了伸向远方的堤埝就是微波荡漾的水。马达还是有点困惑，这水里为啥藏了那么多大盐粒子，而且只有太阳和风才能请它们现原形呢。

拉练就是走路，马达对拉练只能这么理解。没完没了的走路，让他心情烦闷。好在在队伍里总能看到那个窈窕女孩跳跳的身影。女孩子的身影出现一次，马达的心情就好一回。

他们在狂风大作的堤埝上，顶着从冰冷的大汪子刮过来的寒风，走向海边的渔村。脚下时不时飞过盐池里被风裹挟起来的一片或者一串泡沫，队伍里的孩子们要么灵巧地躲避，要么追着把泡沫踩在脚下，引起队伍一阵小骚动。盐碱土路蜿蜒漫长，一眼望去，影影绰绰的只有一些低矮的土坯房和一些白色的大盐坨。走了两个小时，很多人已经饥肠辘辘，很多人脚下已经打了血泡，空气里开始闻到一股臭虾酱味时，目的地近在眼前了。出发时，炊事班的人已经带着锅灶粮食提前出发，预先到了第一个目的地。

拉练队伍傍晚进村后，他们引起了很多村民围观，马达才意识到，自己是个来自大城市的人，身上有很多让海边渔民羡慕的东西，比如他们的口音，他们的衣着，他们的举手投足和一言一行。

炊事班的人已经开始蒸窝头、熬稀饭，每人两个窝头一碗稀饭，很多男生只吃了半饱，窝头蒸多了，队长宣布今晚窝头不限量，多数男生对窝头实在不感兴趣。他们就用随身带着的钱和粮票，在村里的合作社买核桃酥吃。

马达、张亮等几个男生住进了一户老乡家。老乡家院子里靠墙一溜酱缸，酱缸上盖着有尖顶的竹编罩子，散发着虾酱味，气味很浓烈。张亮忍不住，伸手掀开酱缸上的罩子，看到里面紫色的半缸稀糊糊的东西，用手指蘸了，吮进嘴里，说原来这就是虾酱，又咸又香。他招呼马达也来品尝，马达迟疑了一下，看张亮迫切让他品尝的神情，就也伸手指挑了一点，含在嘴里，果然味道很好。不行晚上就吃两碗虾酱，张亮兴奋地说，哎，你可别乐，有本事你别吃。

马达说，别说两碗，你吃半碗虾酱，就得齁死。你想长翅膀啊。民间有个大人吓唬小孩子的说法，小孩子吃过咸的东西，就会变长翅膀的盐老鼠（蝙蝠）。

马达发现，正房的屋檐下，悬挂了好多串咸干鱼。干鱼都萎缩得弯曲了，身上有层白醭一样的盐碱。

马达对张亮耳语，今晚咱们不用吃虾酱了，可以烤咸鱼就窝头。

放下行李，和老乡打了招呼，张亮和马达就溜出院子，找到炊事班的人，软磨硬泡，要了几个窝头。

天黑了，马达他们去了海边。走近渔船密集的渔港码头时，一股股更加强烈的海风灌进鼻孔，风中混合着各种臭鱼烂虾的味道。越往前走，渔船上的物件越发清晰。高耸的船桅、灰白的帆布船篷，还有船身上锈迹斑斑的船钉，让张亮无比兴奋，他一路跳跃着、哇哇叫喊着。到了码头尽头，大海就像一个巨大的高原，一望无际地展现在眼前。马达奋力用眼睛寻找大海的边际，天际之间，大海与远空交叉在一起，不知是大海切入了天空，还是天空插进了大海。大海原来如此辽阔啊，如此浩瀚无边啊。马达用力在大脑里搜寻词汇，想好好夸夸大海，他也想将来与那个女孩谈恋爱时，告诉她自己第一次看到大海的感受，他也会问起她的感受。当时正在涨潮，海水浑浊，海浪有力，海浪不知疲倦地拍打海垱的巨大的轰响震耳欲聋，马达望着这一切，心跳都变换了节奏。

从渔港看完大海和渔船回来，马达和张亮都很兴奋，睡不下，肚子也饿了，干脆就着炉火烤窝头吃。同屋的渔民孩子也饿，闻到烤窝头的香味儿，凑过来了。张亮冲他挤眼，示意他摘一串咸鱼。渔家孩子没什么心眼，很听话地摘来了。几个孩子边烤咸鱼边烤窝头。这下坏事了，马达他们这些城里的孩子第一次尝到烤咸鱼的香味，都没吃够，等渔民的孩子一回屋去，他们又摘了一串咸鱼干儿，继续美滋滋地烤着吃。马达心里惦记着那个女孩子，嘴里吃着咸鱼，心里满满的都是心事，像被这炉火烤鱼干给唤醒了。他忽然很盼望与她分享这种美味。等大家都睡下了，马达把几条烤熟的咸鲈板鱼揪掉扎人的背鳍和腹鳍上的长鱼刺，用擦鼻涕的手绢收拾了起来，塞进背包里。

身子躺下了，心里还是难以安宁，满脑子想着转天把咸鱼塞给女孩子的情景，又激动又幸福，心中焦急地盼望天亮。不一会儿，就觉得口渴难耐，马达爬起来找水喝，张亮也渴坏了，看马达举着大茶缸喝了几口水后，他就抢过来咕嘟咕嘟喝起来。这一晚，他俩喝了两暖壶水，撒了七八次尿。

拉练队伍一直在走，直到走向了计划路线上的最后一个叫牛角村的村庄。马达的那几条咸鱼总是没机会送出去。只能继续揣着，直到被带到滩地。后来他放在牛角村的窗台上，让海风把它们继续风干。他后来和李梅谈上了恋爱，提起这个细节，李梅不相信，让马达把那几条鱼带给她。当马达再想寻找它们时，它们已经不见了。

快到庄子时，马达他们的队伍正碰上一头大叫驴拉着空车狂追一头小灰母驴拉的驴车。两辆车都跑起来了，速度很快，两旁的路人纷纷站下来紧张地观望，两辆车的车把式脸都吓白了。大叫驴速度快，拉着车一下子压在了小草驴拉的车上，大叫驴才停住脚步。大家帮忙控制住了大叫驴，惊魂甫定的车把式磕磕巴巴地对大家表示感谢。他说，这大叫驴很少拉车，是头种驴，它主要工作就是和母驴配种。那天拉车出去，它一眼就瞟摸到了那头小草驴，估计那个草驴正在发情期，所以大叫驴想起了平时的配种任务，无法自控，连人带车趴到了小灰驴拉的车上。小灰驴的车把式吓得在最危险的一刹那，滚摔到道边沟里去了。这件事可把处在青春期的男孩子们乐坏了。乐得好多男孩子小脸红扑扑的。张亮突然有所醒悟，低头挨个检查，高声喊着，好哇，你，你，还有你，你们裤裆里都支帐篷啦。那几个孩子瞬间脸羞臊成了红苹果，恨不得把脑袋扎进裤裆里，躲藏起来。

张亮的眼神扫到马达身上时，马达脸上一阵烫，立刻局促窘迫起来。

张亮高喊，母驴发骚，你们也闹猫啊！

走到下午，大家都累得打蔫了。领队师傅来了一句口号。只听他洋洋得意地高声说：梅花高兴下大雪，冻死苍蝇没关系！

大家被逗得直不起腰来。东倒西歪稀里哗啦笑过后，精气神重新回来了。队伍鼓起精神继续走，迎着正在西下的夕阳一直走。

这位文化水平不高的师傅又来一句，这句更惹祸了。他对着孩子们一本正经地喊：当太阳扫地的时候，我们来到牛角庄，我们大家累不累？

孩子们回答"不累"。

师傅继续喊：好，不累。贫下中农为我们准备了稀饭，我们表示热烈的欢迎！

转天拉练结束，这位师傅就不见了。直到一年后，工厂把几个犯作风问题的干部拉上主席台批斗时，马达才再次见到了这位师傅。这些事情，马达懒得细致回忆。

第一次拉练结束。该回忆分配工作那段事了。

分配工作时，马达张亮他们几个和那个老陈打架的，全部分配到了滩地，其他人有分配到修配厂的、化学厂的、食堂的、供应站的，女孩子们好几个分到了医院。早就打听过了，滩地的工作最辛苦，但是收入相对高一些，滩地的一级工大概是四十六元工资，五十六斤粮票。分配到修配厂、化学厂的，每月工资大概是三十四块零五毛。既然可以多挣钱，马达就没有怨言，背着行李卷住进了滩地的宿舍。他觉得自己没有吃不了的苦。在多挣钱和与那个女孩多见面的选择上，他认为前者会促进后者。有钱了，才可以带着女孩子回家乡吃起士林，逛劝业场。

九连位于一个叫谢家坟的地方，听老师傅们说，谢家坟是古老的晒盐场。一个有钱的滩灶户家的阴宅就在这里，谢姓人家住在坟圈子旁边，为人家世代看坟。据老人们的说法，阴宅中有烟火气，可以旺阳宅。所以谭家港的一些地名，都带"坟"字，比如除了谢家坟，还有苏家坟、李家坟。

滩窝子的宿舍只有两排破旧的平房，马达和张亮分在一个房间。滩窝子四面八方都是水，留给他们的陆地面积很小，五分钟就能走到尽头，只有一条纤细的煤灰路向远方延伸。

放下行李后，马达站在高处细细打量周边环境，他满眼都是波光闪闪的大汪子、结晶池。伸入天际的细细的堤埝，柔弱得像锅里被遗留的几根胡乱交叉的面条。堤埝上，随处可以看到带着铁锈色的接近腐朽的棺材碎片。没有遮挡物，风吹过水面，更加放肆狂野，随意揉搓着水面，水波时缓时急，时疏时密，把卤水泛起的白色泡沫吹得四处奔跑，这些白色的泡沫好像有了活性，犹如一个巨大的兔笼打开了，大大小小的小白兔们涌了出来，自由自在地逃窜。马达忽然觉得圈子里的居住条件也是蛮好的。

铺床时，他发现滩窝子的房屋十分低矮，墙壁被盐碱侵蚀，像面皮被油锅炸过，鼓胀起来。很多股细风从窗户缝隙钻进来，小流氓一样吹着口哨。

那段时间，马达越来越觉得，滩地的生活如同海难后漂泊到了一座荒凉的小岛。登岛后，从此孤独寂静，只有绝望。每天傍晚，目光穿过被夕阳染红的卤水的波光，看着家的方向，马达对自己的未来感到无比茫然。他的家就给了他孤岛生活的感觉，没想到工作后，又来到了这种孤岛般的滩地。

在滩窝子，孤独整天纠缠着他。开始工作后，马达才体会到了，与世隔绝的工地，最难以忍受的绝不仅仅是孤寂，还有每天没完没了的繁重的体力劳动。

冬天挖沟修滩，尽管穿着厚棉猴，北风还是瞬间把人打透了，寒风吹在身体上，不是刺骨的感觉，是骨头被泡进冰水里的感觉。人在堤埝上，如果手里举一把铁锨，就会被风吹跟跄了，很容易掉盐池里。他们这才理解了盐滩上的技术人员为什么叫"抱锨的"——铁锨只有斜斜地抱在胸前，人在堤埝上走路才稳当。等忙活一阵子全身大汗，被风一吹，从皮肤里面往外寒冷。

站在冰冷的卤水里，人会有更强烈的被抛弃被遗忘的凄惨感觉。

工作一段时间后，马达开始学习抽旱烟。之所以抽旱烟，不是喜欢那浓烈呛人的烟味，是因为抽旱烟可以站在那里，暂时不干活。你尽可以慢腾腾地拿出卷烟纸，撒上旱烟叶，慢慢卷起来，点燃了，慢慢吸食，就可以获得片刻的休息。这是好心的老抱锨的唐师傅偷偷告诉他的。

马达太累了，唐师傅又不好公开暗示他如何歇一会儿，就示范抽旱烟给他看，马达心领神会，他就带着张亮一起开始学习卷旱烟吸旱烟。一开始不适应，被呛得鼻涕一把、眼泪一把的，没过多久，他俩就能熟练地卷旱烟抽了。

第一次发工资那天，跟过节一样，马达和张亮不停地在滩窝子院外向盐化厂方向张望，渴望看到一个人影。在领取工资的表格上激动地签了名，拿到了零钱加整钱厚厚的一沓钞票，单独找个角落反复数了数，在身上的衣兜里反复装进又掏出好几次，才最终放进了上衣口袋贴胸的位置。盼来了周日歇班，马达和张亮一大早就走上大埝，走向供应站方向。这条用煤灰渣子铺成的路，他们有说有笑地走了半个多小时。供应站的门板窗板还没卸下来，他俩来得太早了。也不在乎等待。他俩就坐在供应站台阶上，心情好，多等会也没关系。张亮坐不住，到门板缝隙处，眯着眼睛向里面瞅。供应站开门后，他俩贪婪地在柜台外面，抻着脖子打量货架子，猫腰看两个玻璃面的售货柜台。各种水果罐头透射着诱人的颜色，各种点心隔着油纸散发着浓郁的香味，让他们挑花了眼，对售货员指指这个又指指那个。

售货员说，小师傅，第一次开工资吧，别激动，想买啥就买啥。

张亮说，我看到什么都想买下来。

犹豫了很久，马达买了两把旱烟，这是要请师傅一起抽的，必须买。其实他更想买又体面又方便的卷烟，墨菊牌的烟卷，就买得起。但是卷烟不能赚回滩地干活时那宝贵的片刻休息时间啊，只好放弃卷烟，买了旱烟。又买了两瓶衡水老白干、一包兰花豆、两包花生米、一听午餐肉罐头。

发工资的第一个周末，马达与张亮他们喝了酒。他们认为，男人的生活里，不能没有酒啊。那个周日的中午开始，一直到晚上，北风呼啸拍打着宿舍的钉了塑料布的窗户，炉火很旺，他俩就用茶缸子开始喝酒，满地的花生皮的粉红色碎屑，满屋的酒香和午餐肉的肉香。几口美食带来的巨大的幸福感压倒了一个月来辛苦工作积累的怨气和委屈。兜里有钱的感觉确实与以往不同了，从此以后，吃什么、喝什么、穿什么、送人什么，都可以自己做主了。所以啊，男人就得多赚钱，马达觉得自己活得开窍了。

喝得迷迷糊糊后，马达躺在被窝里，他对那个女孩子的思念变得更加强烈了。他觉得他应该给她买件礼物。这么想着，马达迷迷糊糊地滑入了甜蜜的梦境，梦里，他和那个女孩子在一起，他俩手拉手并肩走着，来到了一个芦苇垛边，马达把女孩子拉进芦苇垛，他的身子紧靠着女孩子的身子，无比舒适，他们就这么紧紧依偎，亲密搂抱着，马达觉得自己的身子一阵颤抖，一种从没体验过的舒服的感觉袭遍全身。猛然醒来后，感觉裤衩一片冰凉，赶紧用手摸摸，黏糊糊的一片精湿，马达吓了一跳，趁张亮没醒把内裤换下，泡在脸盆里。整个过程，他的心一直怦怦跳，觉得又惊喜又迷惑。幸亏张亮睡得死狗一样，不然，他一定能看到马达那满脸的羞耻表情。马达陷在一种既兴奋又迷茫的情绪里，他实在搞不懂他身体里流出的是什么液体。这种神秘液体的流出，让他无比亢奋又忧心忡忡，他担心自己得了什么病，同时他害怕这么流下去，他会不会因此而短命呢。

五

那年春节的一场大风雪非常吓人。

三十的下午，寒风呼啸着裹挟着密密麻麻的雪花，铺天盖地倾泻而下。风雪整整肆虐了三天，人站在外面，雪花呼啸而来，巨大的昆虫一样撞击脸颊，根本难以睁眼，昏暗的天空已经让人分辨不清时间了。

大雪把滩地宿舍与世界隔绝了，马达更觉得这里像个孤岛，孤岛上的人恐惧无助。

唯一的自来水管也都被冻住了，不断有人冲出门去，把积雪收集在铁壶里，烧开了喝。

哪里都是冰冷的，宿舍里炉火的温暖，成了唯一能安慰人心的东西。马达守在炉火旁，看着跳跃的火舌舔舐炉盖，想象着那个女孩此刻在哪里、在做什么，会不会也像自己一样困守在风雪当中？想象让他心中无限怅惘。

这是马达他们这些小工人们离开家后的第一个春节。由于是四班三运转，很多人不能回家过年。十六七岁的小孩，守着风雪交加的长夜，更孤单无助，觉得自己是被家庭和世界丢弃的孤儿。

大年初一早上起来，大雪彻底封门，由于门都向外开，推门时，根本推不开。食堂停了火，大师傅们都回家过年了，这几天的伙食只能自己解决。大雪藏起了道路，无法去供应站买吃的，马达绝望地悲叹，此时此刻的滩窝子真是饥寒交迫啊。

记忆里那肯定是最冷的一个寒冬了。因为怕煤气中毒，晚上不敢封火。他们睡前将屋烤暖和了，赶紧钻被窝，可后半夜就冻醒了。张亮干脆全副武装，连棉鞋都不脱，裹着棉被睡觉。

大年初一的晚上，马达和张亮就挨屋叫人。他俩一个宿舍一个宿舍地问候大家，喊大家到他们屋里吃饺子。几个好热闹的工友带着自己保存的食品，纷纷聚到他俩的宿舍来。大家守着一炉火，吃着被火烤热的食物，说着上学时的高兴事，抱成团排解着内心的孤独，度过了一个马达永远忘不了的、孤独寒冷的、半饥半饱的春节。

春天到了，滩地整天刮风，嗡嗡的西北风和呼呼的东南风，每天拉锯一样，从早到晚拉锯一样接替折磨着滩地。马达抱着铁锨跟着师傅走在盐池子的堤埝上，身子晃晃悠悠像个醉汉，低头顶着大风，不知哪一瞬间，就被吹进卤水里。头顶的棉帽子用两根鞋带紧紧勒在下巴颏上，一阵疾风，帽子就要被揪走一般。

春天，结晶池的卤水开始析出海盐。马达、张亮他们每天早上四点就得起床，赶去盐池"活碴"。每年大约从二月份开始，就要对结晶池里的盐进行活碴，一直持续到十一月底，每个结晶池每天都要有专门的工人活碴。活碴，就是用专门的活碴耙在结晶池里来回地拉，就像耕地一样，让结晶池里的盐晶体变得松散。通过活碴，能扩大晶体与卤水的接触面积，使钠离子和氯离子较为均衡地向晶体的各个晶面附着，并能降低卤水的过饱和度，使晶体的各个面得到均衡发展，形成完整的晶体，同时能减少粉盐、片盐的形成。通过活碴盐颗粒零散在池底，太阳光照射上去以后，会产生不规则的反射，这样反射回卤水面的光线会大大减少，易于提高卤水温度，增大蒸发量，多产盐。

为了在每天太阳升起之前完成活碴，大家都得摸黑起床。俗话说，宁肯三岁离娘，也不愿五更离床。初春时暖和的被窝是让人幸福的地方，凌晨四点是人睡梦最美的时刻，十六七岁的孩子在此刻钻出暖被窝起床去滩地活碴，对意志力的考验有多残酷可想而知。而盐工上滩三大愁——扒盐、抬盐、拉大磟，比活碴还要辛苦。这些活计，他们一个也躲不开。

有时候步行去远处的滩地，要走很长一段堤埝，马达他们得穿着齐膝盖的胶靴下盐池，穿着胶靴走路本来就不方便，走长了，还很磨脚。没几天，脚都被磨破了。抱锨的老师傅们告诉他们，下次领靴子，要领比自己的鞋子大三四号的，里面塞进麻袋片，可以解决磨脚和下水御寒问题。

春季扒盐开始了，滩地里突然多了很多人，一打听，才知道每年春扒期间，厂里有政策，所有的学校老师、高年级学生，所有厂里的机关干部，医院的医护人员，都可以申请凌晨四点到八点来滩地协助盐工扒盐，一次补助两毛钱，二两粮票，还管一顿早点，大白馒头随便吃。

扒盐季到了，整个盐化厂的工作重点都转移到了抢扒春盐上了。春天晒出的海盐，也被昵称为"桃花盐"，是一年中品质最佳的海盐。如果春扒期间赶上连绵的雨水，那盐业生产就面临巨大损失。为了夺取春扒胜利，四面八方的力量自愿来滩地支援春扒，这段时间的每个凌晨，滩地里都黑压压地站满了人。

扒盐的第三天，马达意外地在盐池中看到了那个窈窕的女孩子。

马达站在盐池里，对突然增多的人有点不适应，看不清彼此的脸，只有朦胧的轮廓。背对朝阳时刻，很多人都被镀了层光晕。附近人的面庞开始清晰了，他一眼就看到她在距离自己十几米的位置，正弯着腰，奋力拉着扒盐的木耙子。浸泡在砖红色卤水里的大粒海盐被木耙子捞起，白花花地冒出水面。盐粒堆积多了，她就很吃力了，面目狰狞地发力，也不见木耙子前进。马达心中升起一股爱怜的情愫，他鼓起勇气靠近，把自己手里的木耙凑过去，用力一拉，刚堆积起来的小盐包被拖动了。她抬起头，眯着眼睛冲马达笑了笑，马达看到她额头的汗水都快流进眼角了，就更使劲儿地帮她干起活来。把一堆小盐包铲平后，他俩拄着木柄喘息，女孩子主动对他微笑，她告诉马达，她叫李梅，被分配到了厂医院，当注射室的护士。

你生病了就来找我吧，八点时，她即将离开盐池了，对马达说。

马达搔搔脑袋，笑着解嘲说，还得生病打针，才能去找你啊？

你说呢？李梅笑得更加灿烂，扭身走了，两只小辫子在她后脑勺上一甩一甩的，十分俏皮。若不是唐师傅递给马达一支卷好的旱烟，马达还会对着李梅的背影发呆更久，幸福感像喝下了一口美酒，瞬间把全身都温暖了。

六

就像去电影院看电影迟到后掀开厚厚的门帘钻进放映厅，从明亮的阳光中突然进入黑乎乎的空间，眼睛得有一段时间才能适应一样，马达在滩窝子遇见住在那里的几位师傅很久后，才发现他们各有特色。一位被大家称为冯老师的，戴着眼镜的师傅，眼神忧郁，一副郁郁寡欢的样子，他不接近任何人，回到宿舍，就把门插严实。据工友介绍，冯老师爱上了自己的漂亮学生，死活要和老婆离婚。厂子领导找他谈话，威胁他再闹离婚就把他发配到盐滩，他毫不屈服，卷起铺盖卷就到盐滩报到了。但是到了盐滩，婚也没离成。

有人带着调侃的语气发表高见：可别小瞧了冯师傅，他爸是原北京军区的大官，有一年开着小汽车来谭家港看望他，大官要把儿子调回北京，冯老师还是死活不肯。因为大官抛弃了他妈，娶了一个漂亮女人。你看，冯老师做人多硬气。不过，他这硬气，也算是继承了家风！

有位姓林的师傅，据说是犯过作风问题的老中医，他和冯老师一样不愿意接触人。马达到了滩地很久，也没听到林医生说过话。唐师傅在吸旱烟时告诉马达，林师傅是有真本事的人，他曾靠针灸救活过好几个人。有一个周边村的妇女，做针线活时不慎把大枚针折断在体内，病人十分痛苦，家人已经绝望，因为本地风俗，不能让死者身后体内有金属异物，家人心存侥幸地抬着病人找到林医生。林医生立刻施针，没一会儿，奇迹出现了，患者体内的断针竟然种子破土发芽一样，钻出皮肤，垂死者化险为夷。腹泻严重的病人，经他针灸后，半日就能止住腹泻。可他就是在给有点姿色的女病号诊病时，手底下总忘了尺度，终于被一个人告了。劳教三年后，作为员工留在了滩地。唐师傅说，员工就是解除劳教后留厂工作的人，他们地位低，子女都抬不起头。

马达对这两位师傅很好奇，总是留心观察他们，有空就往他们身边凑。等混熟以后，才与两位师傅有了话语交谈，但两位师傅看他是个小毛孩子，也不把他当回事，不重视，也不防备。马达感觉待在他们身边反倒有种说不出的轻松。

七

为了去见李梅，马达想出了装病号的主意。这个主意，他连张亮都没敢告诉。

春扒到了尾声，支援春扒的人们都撤走了，滩地也不那么忙了。一天早晨吃完了早饭，马达拧着眉头找师傅，说肚子难受，想去厂医院。唐师傅头也不抬说，紧流地去。马达第一次听到"紧流地"这个词，先是一愣，很快哑摸出这个词的含义，是让他赶紧去，就换掉雨靴和一身汗臭的工作服，直奔医院而去。

扒盐季节，是最辛苦的季节。每天早早起床，就开始推独轮盐车。三百五十斤重的盐车，只有一个轮子，保持平衡十分困难，起初很多小工人歪歪斜斜地把车推进了盐沟。遇到地面坑洼不平，小车行进艰难，就得使出全身的力气。

用扁担抬着大筐，往盐坨上抬盐，也是滩地里的重活。盐工们戏称这种劳动为"扁担炖肉"。竹扁担、木扁担狠狠地压在肩头，没抬几个来回，肩膀就被压红了，抬一天下来，肩膀已经压肿，随便碰一下都疼得嗷嗷叫。在滩地劳动一天下来，连吃饭的力气都没了，晚饭后还要进行政治学习，大家轮流读报纸和念毛主席语录，从九点学习到十一点，人早就困得不行了，回到宿舍一挨枕头，连梦都没来得及做，就是起床号的声音。周而复始，驴拉磨一样的日子在简单重复着，没人知道这样的日子什么时候是个尽头。

在滩地，其实装病号也不是什么秘密了。艰苦的工作，逼得小工人们挖空心思泡病号。马达捂着肚子，步行一个小时，终于到了医院。他用工作证挂了号，医生下令让他去取点自己的粪便，他就偷偷去肠道传染病专用厕所，忍着恶心，扒一点带着脓血的粪便，交给医生化验。

在等待化验结果的间隙，马达的目光在散发着来苏水气味的楼道里搜索，寻找李梅的影子。

正摇头晃脑瞎踅摸的时候，他被人从后面狠狠地拍了一下肩膀。

是你啊，你真来啦。来看病？

一个女人的声音。马达预感中已经带着惊喜了，他猛回头，真是穿着白大褂的李梅。一身白大褂的李梅更加素雅美丽，眉目含情。马达一阵紧张，但同时觉得世界突然亮堂了。

肚子疼，疼得要命，赶紧来看病了。马达故意皱紧眉头，做痛苦万分的表情。

得了吧，肚子疼这么沉着镇定，还知道四处踅摸？李梅嘴不饶人地揭穿了马达。

假装看病，主要看看人。马达热辣辣地低声说。他也没想到自己这么大胆，敢于直截了当对李梅表示好感。

看谁？李梅反问，脸腾地红了。

李梅。马达回答。他也不知道这答案怎么就自己跑出口了。

李梅赶紧把修长的手指竖到嘴边，暗示马达噤声。李梅小声说：你胆子太大了，装病会被当典型批判的，会给你办学习班的，你不怕啊？

一个三十多岁的男医生慢慢走过，斜着眼睛看着李梅和马达。李梅等那人刚背对他们，赶紧拉了马达的胳膊一下，高声说：大小伙子打针还怕疼啊，赶紧去注射室等我。说完就快步走开了。

马达看准了李梅离去拐弯的大概位置，赶紧去取化验单。

医生给马达开了三天病假，病因是急性肠胃炎。马达拿着几盒药，去注射室，李梅果然在里面。

李梅一眼就看到了马达手里的病休单子，伸手抢过来看看，又攥给马达。李梅说，听说芦台集很热闹，后天是礼拜日，咱们俩去芦台集看看吧。你记住了，千万不要告诉任何人啊。

马达明知故问地说，为什么呢？

李梅说，咱们青工不到二十二岁不让谈恋爱，傻帽。

马达听到谈恋爱三个字，一脸惊喜。李梅自知失语，哎呀一声，又羞红了脸。

李梅的害羞神情，让马达如喝了加了蜜的烈酒一样，又甜蜜，又晕乎。

马达一身轻松地走回滩窝子，等见到张亮，他故作难受的样子，捂着肚子。张亮信以为真，问马达想吃啥，他去供应站买。马达说，拉肚子就该空腹，啥也不能吃。回宿舍躺到床上，一闭眼，眼前都是刚才李梅害羞的可爱样子。

赶芦台集的那个周日早上，马达心情歉疚地和张亮撒谎说，他要去看一门表亲，只能自己去。张亮傻呵呵的也不怀疑，嘱咐马达早点回来一起吃晚饭，他说他约了工友去芦苇荡钓鱼、捡鸟蛋。马达跟张亮借了两块钱和十斤粮票，心里有了底气，急急忙忙出发了。

在约定的地点，医院后墙角大柳树下，马达见到了李梅和另外一个女孩子。

李梅说，这是何晓红，也是医院的护士，也是咱们一届的同学，我同宿舍舍友。

马达有点失落，礼貌地向何晓红点点头。何晓红矮胖，身材像水缸一样，八字眉，小眼睛，看着就让人扫兴。何晓红上上下下、仔仔细细把马达打量了几遍，偷偷冲李梅笑了笑，三个人就一起走到了公路上。

马达有点困惑，他反复琢磨李梅为什么要喊上何晓红。李梅今天也不如前天在医院那么羞涩热情了，完全像马达的普通女同学。马达感到心凉，心里盘算着，中午是不是请她俩下馆子。马达想，无论怎样，也要表现得像个男子汉。想到此，就不再犹疑，大踏步带着两个女生前行。一路上的话语，也是与两个女生各一半，不偏不倚，就像家长很公平地把兜里的水果糖分给两个女儿。

芦台集上很热闹，到处人挤人，他们仨被挤散了，又聚集，聚集起来又被挤散，第三次要被挤散时，马达的手无意间碰了李梅的手指，李梅立刻抓住了马达的手。马达在李梅柔软的小手钻入掌心的瞬间，被温柔地电击了一样，全身酥麻，幸福得几乎窒息。但是李梅的小软手像泥鳅一样，很快钻出了马达开始变粗糙的大硬手掌心。

中午了，马达提出请两个女孩吃饭，一听下馆子，何晓红开始拼命摇头摆手，说回去吃饼干就行。马达点完菜不久，何晓红的眼睛就直勾勾地盯着香喷喷的木须肉和炒肝尖了。那顿饭，三个人都吃得满嘴油汪汪的。

返回的路上，何晓红似乎是要主动报答马达的午饭，很知趣地说，她着急回宿舍洗衣服，前面走，让马达和李梅在后面慢慢走。马达看看红了脸的李梅，知道她同意，就对何晓红满怀感激地点了点头。

八

聚会的微信群建好了。大家陆续拉人，没三天，群里就有一百多人了，大家晒现在的照片，彼此辨认，又哭又笑，疯疯癫癫好几天，听说马达要请大家到他的海岛聚聚，大家都表示，一定要搞好这次大型聚会。

四十多年后的今天，当年来到谭家港的小工人们已经过了花甲之年，如今，他们中的很多人生活殷实。他们对谭家港生活的感受，也不尽相同，有人觉得幸福，有人觉得枯燥，甚至有人回首年轻时在滩地的那段工作，仍然不寒而栗。

盐化厂的食堂伙食不错，有些菜大家至今还很怀念。比如，烧茄子、鸡子儿炒肉、碗肉等。周末，骑自行车去谭家港附近的一个小城市，在那里的叫大众饭店的饭馆吃包子，再点个菜，很解馋。或者结伴去芦台赶集，买八大名酒，带回家孝敬父亲，给父亲带来惊喜。当时，衡水老白干、沙城大曲也就两块多一瓶。当时茅台也就六七块钱一瓶。也有人偶尔去北塘玩，也去过唐山，主要是买各种香烟和便宜的小盘子、小碗，因为唐山香烟很齐全，瓷器便宜。哪儿都不去呢，就钓鱼，打群架，玩扑克牌，喝花子酒。再玩野一点，就去钓青蛙，去芦苇荡抓一种叫"拿拿"的类似百灵的小鸟，养在自己编的鸟笼子里。甚至有人逮野猫，吃猫肉。

谭家港周围水汪子里鱼太多了，随便用大头针弯成鱼钩，去大汪子钓海鲇鱼，就能收获很多。马达记得，到滩地的转年，张亮学着邻居的样子，也开始养起了鸭子，他成了钓鱼能手，他告诉马达，他一个小时钓了一百四十多条海鲇鱼。每次把钓来的大鱼腌制晒干，小鱼儿喂鸭子。入冬后，马达和张亮就在宿舍的炉盖上烤咸鱼吃。到过年前，张亮把鸭子杀了，把剩下的咸干鱼和鸭子分成两份，一份留给马达，一份他自己带回家。他很想和马达一起回家，可每次马达都要留下来偷偷陪着李梅，马达从张亮眼神里看到了他对他的不解和失望。

"刚到那里，工友们总打架，和平区的孩子爱闹事，今天和河东的打，转天又跟河西的打。总之三天两头闹事。我们河北的有一个叫张某某的，外号叫傻三，他护着我们。还有一个叫郭老四的整天咋咋呼呼的，可我们有自己的乐子，不参与他们打群架，也就没事。北郊的人也都老实，他们有先进厂的社会青年老乡护着，这些人告诫他们不惹事、不怕事。因为他们有好几位都是会功夫的，会武术，会摔跤，在市里都有名，他们个高身壮。市里来的孩子都跟秧子赛的。特别是和平区的，那几个爱闹事的，买饭时碰过这几个会武术的，撞都撞不动人家，又比人家矮半头，所以再不敢碰了。拉练回来进车间，再分宿舍。我们每屋都有老师傅。所以不像南圈那么乱。"

一个月后，微信群达到了三百多人，大家聊得很火热，纷纷讲述当年的往事。

马达每天抽空举着手机看群聊内容，边看边笑边叹气，但是，李梅一直没出现在群里，也没人知道她的近况。

而且，让马达更加遗憾的是，自从有个人发了一段关于当年盐化厂八大金刚的回忆后，马达无意中发现有人开始退群了。他翻看群聊人员名单，反复推断，发现退群的都是当年容貌出众的女士。

群聊里关于八大金刚的回忆最全面的是这样两段：

"亲们，盐化厂的工友们有很多人不知道有八大金刚，今天把这一课补上。第一位四车间书记，可能叫马某某，记不太清，带头大哥。第二位水蛇腰魏某某。第三位，李大聊子，李某某。这二位是三车间的。第四位，二车间的，苏大脑得（袋），苏某某。第五位，锅炉房的，冯瘸子，第六位锅炉房的，高粱米。第七位三车间的，王坏水。第八位三车间的，马蛋子。这八大金刚当时，疯狂一时，专爱整人和虐人，他们八小时工作下了班也不回家，以虐人、审人为乐子，那时候也没有电视和电影。带头大哥，玩花去了，专找票（漂）亮的花。"

"二老虎你脑子真好，你能全部集齐祸害凌辱天津小工人的祸害们（他们只是施孽程度不同而已）。机修车间书记马某某将塘沽社青一俊俏女孩从锅炉房水处理调到车间办公室和他一起在里屋干统计便于玩弄致使其怀孕，后马某某调滩地，女孩调回塘沽。小工人的一对恋人地震后从天津回谭家港，夜里一起睡临建棚，八大金刚中的两个人半夜踹门进入，然后四处宣讲：就那俩大妈妈（乳房）混白面馒头一样。某种程度上造成那个男的喝敌敌畏之（致）死。……他们在天津小工人找无聊的乐趣多得很，罄竹难书。"

回忆文字语序杂乱，还有好多错别字，但基本上说清了事情的脉络。

马达也隐约记得八大金刚，只是除了苏大脑袋，没见识过其他那七位，更不知道他们的变态行为。苏大脑袋带着他们拉练时，他还觉得此人风趣幽默呢。

因为有人退群，意味着大型聚会来的人就不全了，不全了，就留有遗憾，开始马达心里很不痛快，几天后才慢慢地释然，都这个岁数了，就一切顺其自然吧。那些因为八大金刚的话题退群的女工友们，如今都是奶奶、姥姥的岁数了，年轻时的事情，不堪的、堪的，都被岁月掩埋得很深了，没必要再发掘古墓一样，让深埋于记忆里的东西再见如今的阳光。毕竟，重新面对旧事，是需要勇气的，甚至对于有些人来说，不亚于再次揭开疤痕打量曾经血泪斑斑的伤口。

活了几十年，与那么多人打过交道，马达曾经认为，人和人之间，不是你对他足够友善真诚地靠近，你们的关系就亲密了，而是你足够强大高大，你们的关系就自然而然亲密了，而且亲密度完全取决于你的态度。所以，展示自己的强大很重要。但是，这次退群事件让马达忽然明白，少数人并不喜欢你示强，不喜欢你秀筋骨和肌肉。你的强势也许会让人仰视，但也会让人不屑。谁都有选择的理由，每个人怎么选择，都由他（她）自己做主。

人群就像一堆篝火，靠近了可以驱寒取暖，距离太近又会有小烫伤。还好伤口不会严重，皮外伤而已。马达自信地认为，以他现在的实力，谁还能给他内伤啊，不会的。所以退群事件没有严重影响到马达张罗海岛聚会的热情，他一如既往地做着准备工作，等待那个盛大的日子来临。他需要一堆篝火，他在隐隐地渴望，期待从集体重聚的那种氛围里获得温暖。

群里终于有人回忆到了张亮。

当工人五年后，大傻张亮出事了。那时马达已经调入场文工团，大傻在滩地工作实在无聊，就搞到了一台收音机，每天晚上和三个工友听"敌台"。

敌台整天鼓动大陆年轻人做好起义准备，说只要你们准备好，经费不是问题。张亮和两个工友商量，咱们肯定不起义，先搞点经费再说。张亮就给敌台广播的地址写信，说我们这边什么都准备好了，就缺经费了。

几天后，他们三个周末回家，在火车站被带走了。后来，马达再没见过张亮。群里人说，张亮后来开了个小烟酒店，一直没结婚，据说他身体不太好。

对于张亮，马达总觉得有点歉疚，那几年里他整天琢磨着和李梅偷偷谈恋爱，根本没心思陪张亮。他调入文工团后，与张亮来往突然就少了。

九

马达觉得，男女之别可能是这样的——感情是女人世界的全部，而对于男人，情感只是世界的一小部分。女人为爱活着——爱男人，爱孩子，爱花花草草，爱美食，爱花衣服；男人爱权力，爱胜利，爱英雄梦，爱女人，爱烈酒，爱狐朋狗友，爱酒肉知己，爱控制世界。女人的世界可能只有家那么大，男人的世界主要在家之外。男人渴望女人陪他去看大海、闯江湖，女人渴望男人老实待在家里看她织毛活，帮她拧被单。于是，男人与女人的分歧就注定了。那些向女人屈服，被女人用情感囚禁在家里的男人，退化为了小男人，注定一事无成、平庸一生；那些冲出家门的男人，注定不可能只在一个女人的门口驻足，因为不肯驻足，他们反而可能赢得更大的世界，而更大的世界里，挤满了爱慕他的小女人。马达在青年时代觉得女人几乎就是世界的一多半，后来，他的世界里，女人的地盘慢慢在缩小，女人变得没那么举足轻重了。他发现，越是看淡与女人的感情，拼命赚钱，女人们越是扑向他，让他应接不暇。

当然，这是与李梅分手后，混迹商场几十年的起起落落中，他渐渐对感情形成的态度。

尽管后来他阅人无数，身边的女人走马灯一样换，但是和李梅的分手，仍然是他一辈子无法放下的事情。他总是假设，假如没有那场大地震，他没有大脑短路般地返回家里，如果不是他爸爸控制了他十天，不让他返回工厂，李梅会和他主动分手吗？

那次芦花台赶集以后，就像捅破了一层窗户纸，李梅和他开始约会了。他们克制着每周日晚上见一次。都是晚上七点多点，厂里放露天电影了，大家都聚集到了广场，马达就偷偷骑着自行车去医院附近的宿舍等李梅。俩人接上头，马达带着李梅直奔滩地的盐坨。那里遮掩多，不易被人发现。夜色就像一杯烈酒，畅饮后，开始让人热血沸腾，胆气高涨。第三次约会，马达就和李梅紧紧抱在一起了，他感觉到李梅身体在痉挛一样地抖动，软软地贴着马达，胳膊却把马达搂得紧紧的，他俩的嘴唇急切地互相寻找，终于吻合在一起。马达吸吮着李梅甜津津的口水，身体像要炸裂一样，眼睛也觉得鼓胀，好像身体里有什么东西要撑破肌肤，发泄出来。马达觉得自己下面开始硬邦邦的了，他觉得害臊，故意收了一下小腹，但是李梅感觉到了他的变化，更加紧密地贴住了他，他在李梅身体扭动的瞬间，觉得胸前一阵柔软，他立刻意识到，一定是隔着衣服的李梅小小的乳房。他像犯罪了一样，赶紧推开李梅，他喘着粗气，拼命吞咽口水。他看到李梅眼睛死人一样紧闭，看不出她是高兴还是难过。他松手后，李梅才缓缓睁开眼，傻呆呆地看着马达。马达再次拥抱李梅，他和李梅听了一会儿吹过盐坨的风声，估摸着电影散场的时间，就骑车返回了。路上，李梅紧紧搂着他，一路上两个人都没说话，只觉得这个夜晚是如此美妙。

回到滩地，马达感觉到自己内裤又是黏糊糊的，张亮早就睡着了，他又羞耻又自责，匆匆换了内裤，赶紧躺下，反复回味刚才的一切，这种对女性身体的朦胧的初体验，让马达觉得，即使今晚死了，他也没白活，至少比傻乎乎的只知道钓鱼捡鸟蛋的张亮强多了吧。

那时，马达因为能朗诵诗歌，已经被厂文工团吸收为队员，小学、初中时，他在父亲逼迫下背过很多古诗，如今都成了他离开滩地的资本。转年中秋节国庆演出前的排练，马达又露了一手，写了一段快板书，演出效果很好，全团都知道马达是个能写的才子。马达终于可以频繁地以去文工团排练为理由，离开滩地了。这样，马达和李梅可以频繁约会。马达觉得，年轻的身体真是一台永不疲倦的机器，有着无穷的生命力。他还记得第一次摸到李梅乳房的情景，他把手探进李梅的衣服，他的手怯怯的，要不是李梅的手牵引鼓励，他不敢揉磨李梅柔软的胸部，不敢亲吻李梅小小的乳头。一道道防线被突破了，后来的每次约会，他们从开始的平静说话很快进入因为身体的贴近贴紧变得蠢蠢欲动的状态，他俩每次都像两个柔道运动员在比赛时那样，进攻，推搡，躲避，纠缠。马达觉得，世界上最难突破的就是李梅身上最后一层布了。他对那层布遮盖下的神秘之所充满了永不疲惫的探究愿望。

多年以后，马达一直在反思，他那时候深爱李梅，是不是就是青春期躁动中，对女性的身体的迷恋使然呢，这种爱，也许与猫儿狗儿发情无异吧。因为没有得到李梅，让他对李梅的爱永远定格在了最美好的状态。

这批十六七岁到了谭家港的孩子们，三年后，都彻底完成了青春期的发育，女孩子出落成了有身段的大姑娘了，秃小子们也都成了棒小伙。谭家港青工们的恋爱季到来了。那些不让青工谈恋爱的规定，也成了前朝章程，虽然摆在那里，却无人在乎。

马达和李梅恋爱的那几年，他们都体会到了彼此身体的变化，就像眼看着树梢上的苹果由青转红，他们都认为，到了合法的年龄，他俩就会顺利地举行婚礼，毫无悬念。而李梅的贞操，他帮李梅一直守护着，他觉得只有那样，才证明他真正爱着李梅。这件事，后来成了他酒桌上向商业伙伴讲起的笑话，那些人听了，起哄说，马总，你要是能坐怀不乱，那岂不是母猪也会爬树了吗？

生意场上的朋友哪里懂啊，李梅和他相处的美好记忆，影子一样尾随着他，似乎永远无法摆脱。

马达后来遇见的女人，很少有让他入心的。大多没接触几个月就平淡了。他的妻子很平静地嫁给了他，他也很平静地和她过日子。等他生意场得意后，各种场合各种女人就扑面而来了。四十岁时，他曾经和一个在校女大学生相处过一段，因为这女孩性格长相都很像李梅。女孩子每天就是缠着他去高档餐厅，买奢侈品牌的衣服饰品。在给她花了一二百万后，女孩子就疏远他了，他竟然觉得一身轻松，没有被抛弃的伤感。

十

马达和李梅被医院副院长领着两个保卫科的人堵在了李梅宿舍里，还好那时他们只是在摸索对方的身体，衣服稍有凌乱的皱褶，并无什么实质性的性行为。

"砰"的一声巨响，宿舍的木门被踢开，副院长和两个人表情严肃地站在门口，他们看到了在床上搂抱在一起的马达和李梅，他们竟然一脸惊喜。

那一瞬间，马达大脑一片空白。那天是星期三，马达新开了病假条，正好可以休息两天，恰好李梅何晓红都下夜班，白天也休息，上午马达就偷偷去宿舍找李梅，何晓红见了马达，立刻说她出去了，要晚上才回来。她说，你们俩大白天的别出去了，容易被别人撞见，我的抽屉里有午餐肉和饼干，你们中午一起吃吧。说完，把饼干和午餐肉拿出来，塞到马达胳膊肘里，她似乎生怕马达他俩不出事似的，出门时，嘱咐他们俩把门插上。

你们俩在干什么！？副院长得意地质问马达和李梅。李梅垂下头，吓得肩膀直抽搐。

马达很快缓过神来，他理直气壮地以为自己和李梅非常清白，他说，我俩谈恋爱，光明正大，怎么了？

谁知道，副院长伸手掀开炕被一角，就从他们刚滚过的床下，赫然露出了两只没拆封的避孕套。

这是什么？你俩还没结婚，用这个什么意思？副院长得意地继续逼问。

避孕套的使用方法，马达那时根本不懂呢，但此时却成了他有口难辩的证据。他被关进禁闭室时，他也在反复琢磨，为什么李梅的床下会翻出避孕套呢。而且还被那个副院长一下子就翻了出来，这不明显就是陷害他和李梅吗？

何晓红害他们的动机，后来他才打听出来，很大可能是因为市里给了厂里几个返城读工农兵大学的名额，医院分到了两个，李梅是内定的一个，两个名额里，没有何晓红。

李梅被副院长带走了，马达则被另外两个人蒙了眼睛，架着胳膊，绕来绕去，走了很长一段路，然后被关进了一间空屋子。他俩锁门时对马达说，好好写交代材料，明天交给我们。

马达垂头丧气地坐着，也不知坐了多久，直到屋内光线暗下来了，他才站起身，到玻璃窗边向外张望。玻璃窗安的是那种不透明的毛玻璃，根本看不清外面。

那个夏夜十分炎热，马达被关在一个听不到周围声音的小黑屋子里，天黑了，他又渴又饿，又十分恐惧，心里还惦记着李梅。脑子里完全都是想象李梅被他们羞辱审讯的情景，他忍不住大声拍门，大声叫骂。折腾得声嘶力竭，也没人搭理他。

马达挥手驱赶着蚊子，坐在漆黑寂静的黑暗中，一点困意也没有。

据说那天凌晨来临的时候，很多未眠的人看到了耀眼的地光，地光比最强烈的闪电还耀眼，天地瞬间通亮，地光直冲九霄，先后闪过三次。马达就是被这强烈的地光吓得蹦了起来，过后，大地深处传来了闷重的轰鸣声，就好像一辆辆汽车从远处驶来，也像是庞大的野牛群在狂奔，更像是坦克部队的机械轰鸣。接着，大地突然升高，然后猛然降落，降落后，大地再次抬升，再次自由落体一样更猛烈地坠落。然后所有的光亮都消失了，世界一片漆黑，瞬间死寂。但是死寂只有短短的瞬间，随之而来的，是大地开始猛烈摇晃。

马达被晃悠得站都站不起来了，他感觉自己身边轰轰隆隆的都是墙体倒塌的声音，立刻，呛人的尘土灌满了鼻孔。他赶紧伸手乱摸，摸到了一堆砖头，然后感到前面吹进一阵潮湿的风。马达赶忙迎着风向外爬，他觉得自己已经爬出屋门后，房屋就在那瞬间轰隆一声趴在了地上。

外面正下着小雨，周围没有一个人，马达感觉大地的震动停下了，他就绊绊磕磕地向外走，到处都是倒塌的房屋，他也分辨不清方向，心中只想着赶快逃离。走了大概半个小时，他竟然到了一条马路上，他停下来用力向四周观察，远处一辆开着大灯的卡车缓缓开了过来。到了马达身边，车停下了，司机冲马达喊，你受伤了吗？马达摸摸全身，没少什么零件，也不觉得哪里疼痛，就说，我没事。司机喊，那就赶紧上车，去城里救人！马达爬上汽车，才发现卡车的车楼子里坐了好多穿着雨衣的人，都不认识。

马达赶紧问车上的人，怎么了，是不是美帝国主义的原子弹？他听有人回答他说，这是大地震啊，傻哥们。

卡车来到了一片废墟的小城时，天麻麻亮了，马达看到到处是残垣断壁，马路上的人们抬着刚刨出来的人往空卡车上装。马达他们下了车，每人得到了一把铁锹，他们就融入了抢险大军中。

马达被地震的惨烈场景震撼了，他拼命干了一天，也不知自己属于哪个团队，只要有人喊他，他就去帮忙。到了众人说是大众发店的废墟旁，他看到一个人裹着印有"大众发店"字样的毛巾被，正站在废墟边，他过去搭讪，那人说自己是邯郸人，来这里出差，所有衣服都被砸在废墟下了。地震时，他稀里糊涂地被连床带人摇飞到了马路上。那时住旅店，人们因为怕虱子，睡觉时一般都一丝不挂，把脱下来的衣服都挂在屋里的晾衣绳上。马达就为这位邯郸人找附近居民要了一身衣服，好歹换上。邯郸人悲叹道：邢台地震时，我在邢台出差；辽宁海城地震时，我在海城出差；这回地震，又让我赶上了，以后我他妈的再也不出差了。

晚上马达实在困得不行，又累又冷，看路边一个人盖着被单子熟睡，就凑在那人身边，扯过一点被单，躺下就睡着了。天亮后，他迷迷糊糊醒来，推推旁边那人，这才发现那是一个死人。

到了第三天，抢险工作算是进入了尾声，马达接受领导慰问，领导听他不是本地口音，就询问他是哪里人，马达如实说了。领导说，小伙子，一会儿跟我车回市里，赶紧回家报个平安吧。

马达顾不上太多了，就搭领导的车来到了市里。他浑身泥土站在家门口，他妈冲上来抱着他就失声痛哭。

转天，马达睡醒后，心里惦记着李梅，赶紧要收拾东西回滩地，妈妈高低也不让他走了。马达的爸爸第一次和马达很和蔼地谈了话，他说，儿子你就留下吧，我有个学生刚恢复领导工作，我和他说一声，你就调回来吧。

马达说，不行，我交了个女朋友，她生死不明，我必须得回去。这时候我不管她，我还是人吗？

他爸爸一听就火了，你个兔崽子，还没娶媳妇就不顾爹娘了，你敢回去，我打折你的腿。

妈妈赶紧打圆场，孩子，这几天广播里说还有强烈余震，你再忍几天吧，余震过去再回。你就忍心爸爸妈妈替你揪心吗？

妈妈的几句话让马达心软了。

马达在十天后徒步走回盐化厂，走了一天一夜，一到盐化厂他赶紧去医院打听李梅的下落，有人告诉他，李梅没有受伤，昨天已经回家了。

当马达一个月后再见到李梅时，李梅给他看到的只有一副冷冰冰的面孔。

李梅说，马达，我只问你一句，别人欺负我的时候，你在哪里？地震我被埋在地下时，你在哪里？为什么把我刨出来的人不是你？我四处打听你的消息，你竟然回家了。算我李梅这辈子瞎了眼，马达，我们到此为止吧，你要是还有一点点男子汉气概，今后就别来找我。

李梅说完话转身就走。马达冲过去奋力去抓李梅的手，李梅挥手给了马达一个响亮的耳光。马达被打傻了，无论如何，他也想不到李梅对他的态度如此激烈。

李梅和他分手后，说什么也不见他了。无论马达怎么在医院里寻找，怎么在李梅宿舍窗外呼喊，李梅都没有任何回应。

马达逐渐陷入绝望，但仍然一心想着能见到李梅。

一个月后，他终于想到了一个狠办法。早晨去滩地出工，他趁人不注意，用铁锤向自己的左手狠狠砸了下去。他没喊一声，强忍着钻心的疼，等到八点多大家一起吃早饭时，他故意用流血的手去笸箩里拿馒头。有人看到他的手在淌血，赶紧抓起他的手，说马达你受伤啦？马达这才做出一副痛苦状，说刚才推盐车时，车翻了，左手被车把砸了。好心的工友马上送他去医院，拍了 X 光片子，手骨折了。就医过程里，他在意的不是自己的手指，目光满医院不停地寻找李梅，哪儿都没有李梅的人影。有人偷偷告诉他，李梅前几天返城，去南方某个城市读医科大学去了，一同去那个城市读大学的，还有何晓红。

医生建议马达休养三个月。

马达养病时，听到一个传闻，说医院的副院长在地震那晚，在他宿舍里把李梅强奸了。李梅要告他，他给李梅下跪，说保证让李梅读大学，李梅这才不吭声了。

这个传闻不啻晴天霹雳，马达举着打了石膏裹着绷带的伤手回家了。他敲开了李梅的家门，李梅家人同样冷淡地把他拒之门外，并告诉他，李梅在大学里过得很好，亲友已经给她介绍了新男友，人家也是大学生。

那段时间，马达努力想象一个场面，就是李梅被那个无耻的流氓压在下面的场景，还有她被奸污时的挣扎。他和李梅视若珍宝的东西，被那个人轻易就破坏了。李梅一定是无比绝望，就像一个人掉入万丈深渊，手边连个藤蔓都抓不到。她绝望无助的时候，他没在她身边陪伴她保护她，哪怕和她同归于尽也好啊。既然现实如此悲惨，那就选择逃离吧。也许李梅的选择是正确的，她如今到了另外一个城市，借助陌生的一切迅速冲淡、掩埋痛苦回忆，才能重新开始往下生活。

马达却无法对自己释怀，或者说他无法原谅自己。李梅需要他的时候，他缺席的那个夜晚，成为一个没有尽头的黑洞，他把自己丢在这黑洞里，一遍遍挣扎，一遍遍沉沦，他找不到比这更好的自我惩罚方式。爸爸打来电话，说帮他申请到了一个调回市区的名额。马达没有抗拒，怀着心灰意冷的萧索心情返城了。他考上了电大，毕业后当了三年语文老师，实在受不了学校那种小家子气的氛围，就辞职下海，一门心思赚钱去了。

临进城的前夕，马达去了趟滩地，只有唐师傅还在那里工作。六年的变化太大了，张亮已经不在了。

滩地的邻居，那个爱上女学生的戴眼镜的拧种老师，他的故事更演绎出了几分戏剧性。他爱的女生两年后得癌症去世了，据说死前骨瘦如柴，皮肤黑黄，完全失去了健康时的美丽。老师在学生去世后伤心了一个多月，后来在女儿的劝说下卷起铺盖回家了。他的女儿婚姻很不幸，她爱上了一个人，老师就是不同意，藏起户口本，不让女儿办结婚证。后来女儿偷走了户口本，没邀请父母参加就举行了结婚仪式，他从此再也不让女儿登家门。

那个犯作风问题的林中医，一度成了马达的忘年交。他收马达当了徒弟，偷偷摸摸教马达背汤头歌，把自己家传的医术悉数传授给了马达。马达后来下海经商，研究出了一款大卖的中药，依据的就是师傅给的秘方。师傅太不幸了，他一身本事，就是对女人有点过分迷恋，给女病人诊病时仍然管不住手，重复犯作风问题。他在一次让他倍感羞耻的批斗会时被人扒了裤子，会上，有人把他的鞋子脱下来，挂在他脖子上，会后他赤脚踩着炉灰渣子铺的路，艰难地走回滩地回宿。回宿舍后，有人在隔壁听他高喊一声：我咋就管不住你这个狗东西呢！之后就是一声惨叫，然后就是持续不断地痛苦呻吟。等大家撞开门，见老师裸露下体蜷缩在地上，身下一摊血，他竟然亲手用菜刀切下了自己那屡屡闯祸的生殖器。据说是张亮用平板三轮车往医院送师傅，半路上师傅就失血过多而死了。他后来赚到钱后，把师傅的骨灰送回了河北老家。他给师傅买了一个豪华的墓地，墓碑上的浮雕全是美女和金元宝，他希望师傅在那个世界不要因为自己独特的爱好而继续受罪。

十一

聚会的日子终于到了。大家建议，聚会时间由一周缩短为三天。就在聚会前一天，李梅被拉进了微信群。马达高兴坏了，他立刻加李梅好友。他申请加好友的留言是：李梅，我找了你几十年啊。李梅竟然没通过马达的申请，她只是给他留言说，见面再说吧，见面后你再决定是否加我微信。

聚会那天，马达的私人游艇把一百多位工友载上小岛。

李梅真的来了，张亮真的没来。

由远及近看过去，李梅完全变成了广场舞大妈的模样，一身红绿裤袄，满脸厚厚的脂粉，说话粗门大嗓，和谁说话都要拍拍打打。

马达一直在静静地观望。等李梅的喧闹劲过去了，他才走上前，长长地伸出手，和李梅去握。两个手攥住对方的那一刻，马达有些恍惚。他觉得这不是李梅的手。这可以是世界上任何一个女人的手，但都不会是李梅的手。记忆里李梅的手带着肉感，有些温热，有些柔软，有些羞涩，同时充满了渴望。他迷恋那感觉，几十年了都不曾完全忘记，那是他初恋记忆的一部分。

眼前的这只手，带着礼貌。礼貌让距离骤然拉开。马达听见内心有一道缝隙正在迅速裂开。

他强忍着被撕裂的疼痛，还有失望，为了掩饰，还是为了别的什么说不清楚的东西，他调门忽然很高，画蛇添足般自我介绍：李梅你好，我是马达。

这外交般庄重的自我介绍，让李梅愣住，她似乎有些意外，那本来要抽走的右手禁不住再次停滞。短短的停顿，让马达看到了她手背上的几粒老人斑。褐色的斑块，某种海生动物的分泌物一样，固执，肮脏，黏重。他再次恍惚，怀疑眼前的李梅是不是个赝品。两个人的眼神终于相碰，只是一个短暂的瞬间，电光石火，一划而过。马达感觉李梅的眼神有一丝颤抖，就像被马蜂蛰疼了一般，但李梅马上就复原了微笑的神情。

手还紧紧握着，马达闻到了李梅身上的香水味，浓郁，呛鼻，是那种劣质地摊货才有的冲味。马达终于感到了内心翻涌的寒意，像冰块一样层层叠加。他知道自己无比失落。岁月确实是把杀猪刀，同时也更是把劁猪刀，不仅改变了人的容颜，连人的性情都改变了。他本来想拉着李梅去他的办公室，和李梅私下聊聊，一起回味片刻过去，以解开心中的情感绳结，但看看眼前真实的李梅，他啥心思也没有了。聚会前反复设计的与李梅自然而然的拥抱，以及巧妙的开场白，一点也没派上用场。

工友们都穿着漂亮衣服，欢天喜地，举着手机四处拍。等住宿一安排妥当，大家就在餐厅的大礼堂就座，由举着节目单的主持人组织大家先后登台演唱。舞台以一个大的电子显示屏为背景，显示屏上播放的都是昔日的黑白照片。他们唱了《映山红》《驼铃》《沙家浜》《临行喝妈一碗酒》，熟悉的旋律，悠扬的调子，惹得工友们纷纷抹眼泪。李梅独唱了一首《洪湖水浪打浪》，唱到高音处，上不去，声音劈了，观众席上有工友憋不住地笑。

午饭是忆苦饭，就是大家回忆起的当初盐化厂食堂的伙食，每个人很滑稽地举着一个铝饭盒，到玻璃窗口排队打饭打菜。当然，马达为大家也准备了螃蟹、对虾、海参、鲍鱼、琵琶虾、大鲈鱼、生蚝等海鲜。酒水一律都是马达精心安排的。白酒是五粮液，红酒是法国的拉菲，还有各种水果的鲜榨汁。名为忆苦，实为吞蜜。

幸福怀旧加上美酒佳肴，让大家无比兴奋。马达看着昔日工友们热闹的情景，他心头的热情却在降温，他突然觉得眼前的这些人，与他不认识的陌生人没啥区别。他们让马达觉得同样非常陌生，甚至包括李梅。年轻时他们相恋的五年时光，其实早就被后来层层叠叠的岁月深深地掩埋了。马达再次感到人生就是一个孤岛，每个人都是孤岛的岛主，岛上的人多也好，少也好，都与岛主的孤独感无关，谁也逃不过这个宿命。

晚饭以后，李梅竟然和很多女工在海岛的露天歌厅跳起了广场舞，伴奏的音乐是韩国鸟叔的一首节奏感极强的热曲。

马达看到一身一身的赘肉隔着各色的衣服在女工们的身体上剧烈抖动着，她们的表情却是无比陶醉，她们追求幸福的热情无人能够干扰，她们浓妆如花，笑容夸张，就像一句歌词唱的：好嗨哟，感觉人生已经到达了高潮，感觉人生已经到达了巅峰。

好像海岛真成了她们的家。

看到大家享受的样子，马达脑子里突然冒出一句话：好白菜都被猪拱了。这拱白菜的猪，不是别人，就是时光、岁月、流年。自己不也是这种白菜吗，被岁月拱了，以为积累了一些财富虚荣心就满足了，人生就完美了，如今才恍然明白，时光这头猪对谁也不曾饶过。

马达，你这么想，可有点尖酸刻薄狭隘小气了啊，工友们都过了花甲之年，都在盘点余生不多的日子究竟怎么过才更有价值吧。也许李梅就是故意让马达看到她变成了没心没肺的广场舞大妈。往昔岁月的一切，真的如烟云过眼，谁的双手可以抓住云烟呢。

如果不是察觉到李梅在时不时偷偷瞟他，马达也许会早早离开欢乐的聚会现场。虽然他是岛主，大家显然更愿意自己玩，他的离去，不会引起谁的注意的。

深夜，大家都回房睡了，海岛安静下来了。他的手机突然响起来了，是李梅的声音。李梅的声音完全变了，李梅说，马达，是我，陪我出去走走吧，我就在楼门口。

马达拐过走廊，看到李梅站在月光里。月光给李梅披上了一层光晕，岁月一下子模糊了。她依稀还是那个躲在滩涂地里等待和马达约会的女孩。

走近后，马达看清李梅洗去了浓妆，白天的那种俗艳也找不到了。马达说，走吧，咱们去听听涛声。

通往岛边的曲折的鹅卵石小路被幽暗的路灯照得如河流一般，李梅很自然地挽起了马达的胳膊，马达轻声问：李梅，哪个才是你啊，白天的，现在的？

李梅声音很轻：都是我。现在的更像我。

李梅长叹了口气，像要吐净心中所有的闷气似的。她继续说：马达，别笑话我白天的样子，我本想让你对我望而生厌，从此你就不再找我了。可我发现，偏偏是我，还是忘不了你。也许，确切点说，是忘不了那段青春岁月吧。

夜风不停地吹着，屹立在海边的海景房，隔着落地的玻璃窗，能看到漆黑的大海在喘息，涛声此起彼伏交织成一片。他们说着闲话，从最初相识，到后来相恋。每一个细节似乎都值得回味，都能回味出悠长的韵味。回味让他们禁不住地欢笑。李梅甚至发出咯咯的声音，那个随着记忆褪色的女孩又复活了，神奇地附着在眼前的李梅身上。马达小心翼翼地躲开了一个暗坑，就是那个地震之夜。李梅也没有提及。他们像躲避一个共同的灾难，心照不宣地做了规避。

一阵轻微的笑声落地以后，马达告诉李梅，自己回城后去过她家，也去过她读大学的城市。到了大学门口，看到那些出入校门的笑容充满自信的大学生，马达觉得很自卑，站了一下午，就回去了。那个下午，他觉得很多女孩子都是李梅，可仔细一看，又都不是。

李梅不接这个话茬。她扭头去看月亮。月色真好，隔着玻璃也能感觉到它漫天泼洒的温柔。马达慢慢搂住李梅的肩头，把她的脸从月光下捧起来。李梅的脸上有泪水，一串一串，亮晶晶的。马达忽然感觉心里某种坚硬冰凉的东西坍塌了，融化了，变得柔软而活跃，在汩汩地流淌，一发不可收拾。他抬起同样长出老年斑的手帮这张脸擦泪，擦了几下，哪里擦得干净，干脆不擦了，他把它紧紧按进自己阔大的胸膛里。

他们在海景房内待了很久，马达拉着李梅的手，努力回味年轻时夜晚盐滩约会的感觉。直到李梅柔声说，咱们回去吧，都这么大年纪了。

在把李梅送到她的房间门口时，李梅忽然回头，声音轻得像风。

我一直单身，马达，你可是害了我一辈子啊。

马达的心结结实实地疼了一下又一下。

李梅的语气依旧像风，她叹息一般补充，说，可我从来没有怨恨过你。

十二

有马达手下的工作人员精心安排，昔日的工友们在海岛上玩得很快乐。

马达突然想到，那些没来海岛的工友们，他们很可能生活不如意，经济困难，疾病缠身，或者还有各种意想不到的因素，比如张亮，自己为啥不去找找他们，看看他们，帮帮他们呢？

这念头一滋生就固执地茁壮成长，马达一刻都等不及了。岛上的欢聚还没有结束，马达和李梅先一步离开了。

当他心里产生了要去拜访那些生活不如意的工友后，他最想见的就是张亮。因为有个工友给他发了一张张亮在病榻上的照片，照片里是个白发苍苍的枯瘦老人，穿着白色的老头衫，老头衫松松垮垮，衫口耷拉到胸口了。工友说他糖尿病很严重，双眼几乎失明，下肢溃烂，已经病得下不了楼了。

张亮的照片让马达泪流满面。

马达和李梅商量，打算把张亮接到自己的代谢医院，好好给他治疗一下。

他想陪他说说话，他想趁张亮大脑还清醒，问问张亮，大傻，我当年的好朋友啊，你懂得吗，我和那个在谭家港工作过的叫李梅的美丽女孩，整整谈了一生的恋爱啊。

海鸭谷的春天

上篇：春生和师傅

一

初冬的海风硬硬地迎面吹打过来，春生满耳朵灌着一片啪啪轰响，阳光很刺眼，他眯着眼睛听了听风声，扭过头搬开了鸭圈的苇箔门。

满圈的海鸭们早就等得不耐烦了，它们一个个穿了大棉衣的老头子一样，笨笨地扭着肥肥的屁股，提着破锣嗓子吱吱嘎嘎吵嚷成一团，胖胖的身子晃晃悠悠，你拥我挤，互不相让，洪水一样涌向落潮的海滩。

这时，春生听到了在海风轰鸣中细若蚊蝇的电话铃声。

傻生哥，你让我好找啊——

一个女子的声音。

是雅玲，一定是雅玲，肯定是雅玲。雅玲明显有些惊恐，慌慌张张地说，傻生哥我刚从警察口中问到你的电话，你快过来我在派出所呢——快来啊。

春生握着手机愣了。远处，那群在鸭棚里憋闷了一宿的海鸭们，已经低下脖子撇着嘴巴，以小推土机的姿势在泥水里铲来铲去，寻找那些在泥水中藏身的小海瓜子、小弹涂鱼。小小的海瓜子和弹涂鱼，昨天躲过了海鸭们贪婪的嘴巴，未必躲得过此时的饥饿探索。海风里很快掺杂了一股泥浆的味道，海鸭们小演员一样在海滩上铺排开，纷纷寻找属于自己的位置，海滩一下子成了充满活力的话剧舞台。

在萧瑟冰冷的海风中，海鸭们吃得热火朝天。

傻生哥——好久没人这么叫他了。因为小时候的一件事，名字前面就多了一个傻字，从那时起，爸爸、哥哥、弟弟还有小伙伴们都叫他傻生。这事都赖弟弟。也是冬天，他家院里有个紫穗槐编的水果筐，当时春生看到筐底有个小酸梨，他伸胳膊够，怎么也够不到，急得他嗷嗷叫。弟弟来了，推开他，把水果筐推倒了，小酸梨自己骨碌了出来，弟弟捡起来就塞进嘴里，一边吃一边笑嘻嘻地笑话他，你这个傻子哥哥！弟弟把这事儿讲给家里人听，大家就都笑嘻嘻地叫他傻生了。大家都当玩笑叫，可在春生心里，真觉得自己就是有点傻乎乎的呢。

太阳已经升起一竿子高了，海埝东面，矗立在晨光中的高大的二号水门门楼，在朦胧的逆光里，像巨大的船，只是不知多大的风，才能让这艘大船鼓起帆航行。

春生就是在二号水门工作的扬水工。

在百里滩长芦盐场的工区，扬水工是清闲的工种，只要不怕寂寞，每天在涨潮时按动电钮，让浑浊的海水滚滚汤汤流进纳潮沟，任务就算完成了。春生与少和少龙等三个工友轮流守水门，白天黑天各两个人。几年扬水工，日子寂寞得像堆在一起的毛蚶贝壳一样，都是大同小异一个样子。工友之间早就没新鲜话可说了，甚至连藏在每个人骨头缝里的话都被他们抠出来重复无数遍了。大家都习惯了风声、海浪声、海鸟叫声。自从十年前老房子拆迁，他干脆把家安置在了水门附近，他的家简单，属于一个人吃饱了全家不饿的那种。春生承包了一块滩涂，在水门附近，盖起了养鸭场，从此成了业余养鸭人，他喜欢海鸭子，从海鸭那铺天盖地嘎嘎嘎嘎的吵闹声里，能听出美妙的奏乐声，这样安静的日子，他觉得舒坦。

春生在鸭场的院子里慢慢转了半个圈儿，一时间竟然不知道自己接下来该干啥才合适。雅玲的电话似乎把他带进了蛙声一片的夏天，本来清净的耳朵边一直嗡嗡嗡响着一团嘈杂，烦躁像水波一样一波一波在心头荡漾。

本来放完鸭子他接下来要做的事是把院子里那十几缸麻虾酱搅动一番，因为这忽然冒出来的电话，今天没有时间了。他有些遗憾地望了一眼齐刷刷蹲在院子里的那十几口大缸。这些晒虾酱的麻虾，都是春生在纳潮沟里拉网拉的，土灰色的麻虾被拉上来，用海水简单一洗就干净，然后拌上灰头土脸的粗粝海盐，搅拌好，装进缸里。再经过每日的暴晒和不停地搅动，把每天的新鲜阳光都搅拌进去，麻虾酱才会从腥咸变成咸香。从腥咸到咸香，是个漫长的滑梯，只有一丝不苟地搅拌，才能从䶃咸的这端滑向咸鲜美味的那一端。每天打开缸盖，春生就能看到虾酱颜色的变化，从灰褐色，慢慢转变为紫褐色，这就是搅拌进去大把大把香喷喷的阳光的缘故。

春生虚掩好鸭圈门，跨上摩托车，顺着蛤蜊皮子铺成的纳潮沟沟岸，加足马力向大马路疾驶过去。海风陡然就大了起来，迎面呼啦啦劈来，春生没戴头盔，风里一股绵厚的劲道源源不绝地切割着这张皮粗肉糙的脸。

二

摩托在路上飞驰。路的两旁都是红砖砌成的晒盐池，这是百里滩特有的景象，一块块池子连成一片，望过去波光粼粼。黏稠的海水在池子里懒洋洋地摇晃着肥胖的身子，摇晃出一片片刺眼的光亮和一阵阵黏黏的腥咸气味。春生在这条路上不知往返了多少年，路上所有的曲折拐弯，早就印刻在脑子里了。早先，路是土路，黏土上又铺了一层被碾压得细细的蛤蜊皮子，自行车骑在上面沙沙响。晒盐池吹起的泡沫，总是不断地滚过路面，像偷了东西急忙溜走的一群大大小小的水耗子。后来，这条路修成了柏油路，路基高了很多，这些泡沫，千百次地涌上来，又千百次地被中途拦截，纷纷撞碎在嶙峋的路基下。

在呼呼风声中，春生对去世多年的师傅的碎片记忆也迎风而来。春生清晰地记得，班组里几个工友上班时，在胡同里招呼几声，大家都凑齐了，师傅带队，大伙儿骑上自行车出发，很快一个个都趴在车把上了。小城靠海，多风，且早晨多东南风，晚上风向就换变成西北风，他们上班顶风，下班还是顶风，来去都辛苦。盐工们为了省劲，自行车排成大雁阵，蛇形前进，领头骑行的，肯定最累。那时，师傅是班长，他就是固定的领头人。每次师傅总是匀速骑行，春生他们几个小年轻紧跟其后，总是在不知不觉中就被落下很远一段距离。

春生正是那时开始佩服起师傅来的。春生和师傅在储运班组，每天要扛着二百斤一袋子的原盐走过忽忽悠悠的木踏板，把原盐扛到小火车上，这个工种叫储运工，干几年储运工，身体就会结实得像碌碡，干活时，胳膊上的肌肉，小耗子一样在皮肤下来回窜动。储运工和扒盐工是盐场最累的工种，也是收入最高的工种。春生扛了几天盐袋子，身体散架了，累得爬不起炕。再上班，看见层层叠叠的盐袋子就犯怵。师傅告诉他，扛袋子要配合呼吸和心态，呼吸要均匀，要根据起落的节奏掌控，心里想着脚下生根，脚下有根了，再往前迈步。春生试着去做，效果却不明显。一天晚饭后，师傅喊春生去盐工宿舍边的空场练站桩，这一练就是一个月。

站桩很苦，春生的双腿都站肿了，他揉着有千斤重的双腿，心里打了退堂鼓，但师傅每次黑着脸揪住他不放，愣是眼巴巴盯着他每次都把时间站够。

一个月后，春生居然能轻松应付这个工种了，身体也像烤箱里慢慢发起来的面包，骨骼越来越结实，肌肉越来越饱满。

春生拉麻虾、晒麻虾酱的本事，也是师傅教的。师傅在传授给他拳法前，先把他训练成了一个鱼鹰子。春生本来对打鱼摸虾没啥兴趣，他是在师傅家见到雅玲后，才下决心跟着师傅学习，师傅教啥，他就学啥。春生拜师时，雅玲还在上高中，已经出落成了惹眼的大姑娘了。在盐工简陋凌乱的宿舍区，如果说那些堆满破劈柴烂木头的平房看起来像秋天荷塘里干枯凌乱的荷叶，雅玲就是一朵掩映在枯叶间久开不谢的荷花。她显得那么一尘不染、亭亭玉立，叫人真不敢相信这成天弥散着腥咸味的环境里竟然能孕育出这样美丽的花朵。

春生和雅玲是同龄人，春生初中毕业后因为学习成绩不好，上高中似乎没什么大的希望，他爸爸就从盐场提前退休，让春生接了班。

那晚，他陪师傅吃饭，师傅烧酒就咸鱼，喝得头顶冒烟儿，满面红光，师傅听着外面呼呼的东北风，突然拍了春生肩膀一下，说，傻生，快回家去准备麻虾网，咱爷俩今晚十点去拉点麻虾，到点了我去喊你。

硬着头皮回到自家院里，春生慢慢腾腾地把网具装筐，跨在车子上，收拾好了，进了睡觉的小厢屋。春生钻进被窝再加上一件破棉猴，摸一把被窝，暖烘烘的。他有些贪恋这被窝，屋外东北风呼呼地刮着，这可是初冬，小鬼都会龇牙的天气啊。

春生暗自琢磨，这么冷，师傅一定不会来了。难道他不嫌累？——白天扛着二百斤的大盐袋子装了一天火车，黑天半夜的还有力气去拉麻虾？

春生迷迷糊糊睡得正香，院外面师傅高喊，傻生，起了，紧流走！紧流是百里滩土语，赶快的意思。

从热被窝出来，穿上冰凉呱唧的衣服，别提多难受了。到了屋外，小东北风刮得呼呼作响，春生真不知道师傅是咋想的，这天气，拉网不是找受罪吗？

想是这么想，嘴上却不好说啥，陪着师傅，春生好像没睡醒，迷糊糊地骑着车子，黑灯瞎火的，路也坎坷，好几次都差点掉进大盐沟。虽然戴着厚棉手套，手指头还是冻得生痛。春生想，师傅平时知道自己懒，该不是借此机会调理自己吧？这么想着，赶紧起劲地踩着自行车，尽量让自己显出斗志昂扬的样子。

骑了不到一个小时，到了二道扬水站。盐滩上，零散的灯光把堤埝和水面照耀得清晰可辨。师傅决定在高坨水汪子下网。

一老一少下了车子，一人一货网，把网各自整理好，就下水开拉了。临下水春生抬头望了眼亮水圈北埝，那片斜坡上有好多的棺材，都敞着口呢，里面的人体骨架子，在天光的反射下，冷白冷白的，显得那么夺目，北面的天空，乌云密布，天空下是数不清的坟头，周围的环境更加深不可测，显得阴森吓人。

春生打心里不愿意拉网，师傅似乎看透了春生的心思，偏偏吩咐，傻生，你就拉北面。

春生心一横想，拉北边就拉北边。大前年，他带着弟弟在鸭子港替父亲看流网，曾在坟圈子里睡了一宿，啥事都没有。春生穿上了胶皮裤，把网绳散开，下水，面朝东就开拉了。

夜色浓郁，东边的柳沽庄，像个黑乎乎的怪兽，静静地沉睡在夜色中。春生转头望望埝上，埝上的棺材一个个都被人盗过，棺盖没了，有的连棺材的两帮都掉了，尸骨架就白晃晃暴露在外面，春生接连打了几个冷战。

春生胡思乱想给自己壮胆，突然脑子里冒出一个念头，万一网被挂住呢，那时候总不能穿着衩裤下水摘网吧，心里正犯怵，怕啥来啥，网真的拉不动了。春生心里凉了半截，赶紧捯绳子往回拉。那网就像有人拽着，就是不动地方，春生蹚着齐胸的咸水一步一步走到网跟前，拉网杆子根本拽不动，估计是网底弦在开处被挂住了。春生用竹竿子探了探，水很深，竹竿子杵到了硬东西，估计是口棺材。春生心里打了个沉，得，这下崴了，还得脱光了去摘网身子。虽然现在压风了，天气还是特别的冷。看来非下水不可了，没办法，春生只能上岸去脱衣服。硬着头皮爬上岸，忍不住抬头看，一眼就看到了埝上棺材里边的尸骸。那尸骸的头骨看得非常清楚，张着一个巨大的下颌骨，做出一个龇牙咧嘴的表情。

他妈的，你别自己吓唬自己了！春生狠狠地在心里骂自己。

眼下网被挂住了，的确麻烦大了，大冷的天还得脱光了下水去摘网，够倒霉的。春生脱光了衣服，赤身裸体下水，那水真是扎骨头的冰刀，等身子浸入水下，上下两排牙齿早就受不了寒冷，哆嗦着不停敲起来。紧咬牙关，游到网杆子跟前，伸手拽网，网纹丝不动。春生竖起身子，感觉脚底下光溜溜滑腻腻的，真有口棺材。无意间，春生已经站在棺材帮上了，水刚好没过下巴。脚底的触觉告诉春生，这棺材帮够厚的，估摸着有多半尺厚，帮面光滑，估计棺材在水里泡久了，长满了苔藓，再伸脚试探，知道是个敞口的棺材。春生顺着材帮，两臂在水里掌握着平衡，走到了材尾，棺材盖就搭在棺材后堵头上，网就是顺着材盖的斜坡上来的，网底弦的铅坠正好掉进了棺材里，挂住了。

春生四面来回抖落着向外拽网，网挂得结实，就是上不来。实在没辙了，春生深深地吸口气，双手一合，扎入了水里，水没了头顶，那瞬间才叫透心凉啊。春生这一头正好扎在棺椁里。棺材里多年的沉淀物顿时被搅起，乱纷纷直扑春生的脸。他虽然闭着嘴，但闭的不那么严，顿时灌进了满嘴的渣滓。被搅动泛起来的臭污水很难闻，春生在水里一蹲，正好两脚插在尸骸的肋骨条中，他觉得自己浑身顿时软透了。拼命地划动双手，找挂网的着儿，这棺材真像沉在水底的一艘古船，似乎破盆烂罐啥都有，慌乱中春生感觉手腕套进了一串东西，沉甸甸的，感觉是一串铜钱，一抬手哗啦啦散落了。

终于，春生在棺尾部找到了挂网处。网又被探出的材盖头挡住了。那网脚正好别在棺材盖与棺椁帮之间。突然，一股水流在背后冒了起来，吓得春生身子一窜，赶紧上浮，只见一个野兔子一般大小的水耗子，从水里爬上了网杆子，那畜生用它两只发光的小眼睛瞅着春生，边看边慢慢地又钻进水里。

不再往前拉了。春生解开网袖子，伸手一摸，黑包泥夹杂着麻虾，太脏了，随手全都倒掉了。把网搭在竹竿子上，用绳子拢了好几圈，拽上岸边，哆嗦着擦干身子穿上衣服，干衣服一贴身，马上舒服多了。再套上胶皮裤，把网回拽。春生朝地上狠狠再吐一口唾沫，把脑子里的乱象驱赶散了，继续拽着网，一步一步回到师傅身边。师傅问，回来了？春生回答，那边忒脏，网让棺材给挂住了，下水才把网摘开。

师傅想了想说，材盖没漂起来，可能是楠木棺材，这棺材主人生前可不是一般啊。咱们百里滩，过去有钱的养滩人有的是，家家都有宝贝，楠木棺材不稀奇。

师傅又说，春生，没拉到货，收拾网走吧。春生一听，心里马上高兴，反问，回家？师傅口气一硬，来了就想着回去？把网搭到南面亮水圈去，接着拉。

爷俩一人一货网，把网移到了亮水圈。前面二十米远处，已经有人在拉网。

春生想，跟在人家后面那还拉个啥呢。师傅一句话不说，猫下腰，把那网竿子都拉弓了，很快把春生甩下，转眼又超过了前面的那个人，消失在夜色中。

春生拉到一百多米处，只见那人在抖落网袖子，那网袖子里的货，只有馒头大小。那人穿着皮裤，但是裤腿用麻绳扎紧了。

那人放下他的网，直接奔春生的网而去，手里还拿着把攮子，攮子反射的光让春生有点紧张。春生心想这人想得真周到，怕衩裤灌篓，预备把攮子。衩裤进水，是很危险的事，灌水后人就一头沉，很容易出危险。

那人到春生网跟前，伸手就掬网袖子。春生喊，别动我的网！那人根本不听。这时，师傅跟春生打对头，从南面拉回来了。春生顾不上那人，扭头问师傅，是拉到头转回来的吗？师傅说是。春生简直不敢相信，神了。自己也就拉了一百米，师傅来回拉了足够有三里来地。

春生看到师傅从网袖子里往出倒麻虾，整整一篓子，足有四五十斤。那人上得岸来，脱了衩裤，收拾网，似乎不想再拉网了。春生下水准备看自己拉了多少麻虾。刚一下水，回头一看，只见那个黑乎乎的身影朝师傅奔去。

那人横声说，这篓子麻虾你拿不走了，我没收了，不然的话，把你打水里喂水耗子。师傅也不着急，慢悠悠说，你是哪棵葱啊，跑我这儿犯浑。那人二话不说举手就打。春生担心师傅，刚要喊师傅小心，师傅侧背着春生，春生没看清师傅有任何动作，眨眼的工夫，那人一声没吭，人突然变瘸了一样，推着车子，身子一高一低地慢慢走开了，空气里还飘来他忍着疼的低声呻吟。

春生忙赶到师傅跟前询问，看他那凶样，咋就一声不吭地走了？师傅说，因为天气凉，没让他倒在水里，他一扬胳膊，我就点了他的穴位。春生惊讶，他穿那么厚，咋点呢？

师傅轻描淡写地说，点你试试。随着语声，师傅已经伸手，抓住了春生右腋窝的侧胸肌。师傅的大手真有功夫，连衣服带肉一把抓，再使劲一叠，一阵剧痛，春生再不能动弹。春生心服口服，心中暗喜，自己要是学会了这本事，雅玲遇到流氓啥的，来个英雄救美人，那得多显本事啊。

自那以后，春生跟师傅学会了拉麻虾，麻虾一网一网拉回来，春生就在自家院里晒麻虾酱；师傅还教会了他抢旋网，他们一老一少提着旋网，在百里滩的沟沟岔岔出没。

三

春生小跑着踏进派出所大门，几个警察迎面过来，主动和春生打招呼，春生教练好，春生师傅好。前几年警察大练武，春生曾经被聘为公安局的散打教练，慢慢地，春生就和派出所大半警察混熟了。

值班民警把春生带进一间屋子，雅玲正坐在空空的屋子里低头摆弄手机，听到动静抬起头，看到了春生。她立刻站起身，如释重负地舒了口气，拉住春生的手就想离开屋子往外走。

十年没见雅玲了，就在她抬头的瞬间，春生看到雅玲憔悴的脸上微微鼓起的两个眼袋，鬓边竟然还有几根白发。春生的心不由得微微颤了一下，感觉师傅让自己好好看管的东西被谁破坏了一样，负疚感在心里一波一波泛了起来。

民警说雅玲之所以会出现在这儿，因为她从制盐厂里用饭盒装盐往外偷。她这是第五次被厂保安员抓了，保卫科科长和雅玲吵了起来，雅玲骂保卫科长不干正事，保卫科科长一怒之下报告了主管安全的副厂长，副厂长也被雅玲骂了，雅玲骂他要流氓，于是副厂长就报了警。

警察边说边对春生挤挤眼睛，说我们已经说服教育了当事人，可以签字放人了。

你啥时候回来的，咋回制盐厂上班了啊，你不是一直在外面吗？并肩走出派出所，春生忍不住问雅玲。

女工们或者说盐工们用各种办法偷盐，这都不是什么秘密了，雅玲也偷盐，春生却觉得意外。再说，为这事惊动警察，他觉得制盐厂有点小题大做了。精制盐厂主管安全保卫的副厂长叫李军，论起来还是春生的师弟，春生知道这个人不太好打交道。

李军和春生都是扒盐工出身，按照学武的排辈，李军的师傅是春生师傅的师弟，春生他俩也是师兄弟关系。刚工作时，工友里就李军有眼力见，能说会道的，谁家有事都主动跑前跑后，大家都夸他人不错，很快就被选为了班组长。但是春生能感觉到，李军暗地里在排挤他，因为那时，厂里职工大比武，职工运动会上，春生总是耀眼的明星。师傅传授给春生的本事，更让春生如虎添翼。李军被调到分场办公室后，总厂再有这类活动，李军就找借口不让春生去。后来，随着李军当了精制盐厂的保卫科科长、副厂长，春生心里总觉得气不顺，干脆申请去看守水门。这一晃，他有几年没见过李军了。

想起这些，春生心里五味杂陈，只想陪着雅玲走一会儿。雅玲也始终一声不吭，默默跟着走。直到在街上春生发动了摩托车，又问，雅玲妹子，你啥时候回来的，咋刚联系我啊，我送你回家吧。

雅玲赌气地说，你还问我呢，谁让咱们搬家了，我们家都找不到了，我问了好多人，多亏了警察，我才找到你的电话，刚下夜班就被带这里来了，肚子饿着呢，你请我喝羊汤去吧。

喝羊汤？春生愣了，师傅活着的时候，就爱喝羊汤，他和师傅练完武术就去羊汤摊子上，每人要一大碗羊汤，八个烧饼。白花花的羊肉汤，喝一口那个香啊，那味道入了筋骨，至今难忘。

可是雅玲那时候顶看不起的就是喝羊汤，她一闻到就老远捂住鼻子，说闻不惯那股膻味儿，那是春生他们这些盐驴子们才喜欢的味儿。热腾腾的羊汤端上桌子，羊肝、羊肺、羊肠、羊肚，全部切得细细碎碎，有红有白，漂起来露在白汤上。不等春生动手，雅玲带头抓起一个热烧饼，在手上撕掰着。每撕裂开一道口气，就有一道白气从裂口里窜出来，雅玲的脸在淡淡的白气后面一隐一现，他看到雅玲一路暗皱的眉头终于在白气熏染下舒展了开来。她把碎烧饼浸泡到羊汤中，将手上沾的几粒碎芝麻细细舔进了嘴里，很响地嚼着，说好香啊。

雅玲狼吞虎咽的样子，毫无昔日的淑女形象，春生心里一阵阵泛苦味。

你咋了，为什么要偷盐，那点盐能值几个钱啊？看雅玲转眼间吃了大半，咀嚼速度终于慢下来后，春生故意用疑惑的语气问。这些年他听到雅玲的消息不多，零零星星听说雅玲的老公邵虎挺能折腾，短短数年里赚了不少钱。

你知道啥，雅玲撩起眼皮，一脸不悦。我没钱了，回厂子找了个临时工干，车间里女工都偷盐，我不偷行吗？我不偷，出了啥事，她们会认为是我举报的，我就是随大流，偷着玩，嘻嘻。

唉，你咋没钱了，你家还在乎这点钱吗？春生有点疑惑，听说你家邵虎前些年又开歌厅又开饭店的。

雅玲突然把羊汤碗推向一边，动作有些重，少半碗羊汤洒出来落在桌子上。她站起身，说，我就没钱，把我送家去吧！春生哥，你结账，我可真没钱，我租了房子，下个月房租都没钱交了。

春生跟着进了雅玲临时租住的地方，迎面看到客厅墙上挂了很多渔网，屋子里散发着涂抹网线才有的桐油气味。春生注意到，门口鞋架上，有一双满是胶泥的棉鞋。再往里瞅，雅玲的家几乎没什么家具，卧室里只有一个大床垫。偌大的出租屋空着，就像一个被拔了好多牙齿的嘴巴，空空荡荡，看着怪异。看到了吧，我和那个王八蛋分开了，他的钱我一分也没要，你不嫌弃我这个穷光蛋朋友吧？雅玲笑一下，装作无所谓地摇摇头。春生急忙说，瞧你说的，这些年我一直想找到你，师傅给你留下的钱，我都给你存着呢，有五万多，明天我就把存折带过来，存折上的名字是你的。以后钱不够花了，就找我要，我有钱，银行里存了快十万了。

四

师傅教会春生打鱼摸虾的本事后，一天晚上忽然让春生去家里习武，那是春生第一次去师傅家习武。

春生记得，当时，隔着窗玻璃，他看到梳着大辫子的雅玲正坐在炕上看书，师傅则在一旁织渔网，网梭子在师傅手里欢快地舞动着。春生推门进去，雅玲冲他笑着说，又来了个挨打的啊，又扭头对师傅说，爸，您老是实在收不到徒弟了吧，咋让傻生学武？这不是丢您老自己的脸吗？春生嘿嘿地傻笑，不敢看雅玲的脸，就低头看着自己的脚面，却大着胆子说，雅玲，别看我傻，我能吃苦，不怕挨打。

师傅绷起脸，起身把春生拽到后院里。他这是第一次进师傅家的后跨院，院墙上挂满潮湿的渔网，散发出浓郁的腥卤气息。以前来师傅家，师傅从来不让他到后院来。早就知道是个老鱼鹰子，但是看着挂在屋檐下的网具，春生还是惊讶了一下。光旋网就挂了十几条，在昏暗的夜色与窗口泄漏的灯光辉映中，旋网像几只巨大的壁虎趴在墙上。低头看院子里的地面，平坦瓷实，不像自家院子，到处都是坑洼，人走起来深一脚浅一脚的，像在跳舞。

想到今晚师傅就要传授他形意拳了，春生又紧张又惊喜，脑子里不住闪现着一些奇异的景象，自己练就一身绝世武功，路见不平打趴下一堆流氓，被流氓调戏的美女羞答答喊了他声英雄，然后挽起他的胳膊扬长而去，身后甩下一群看傻眼了的面孔和一片啧啧的赞叹。春生还有一个念头，就是开始练武以后可以每天来师傅家，近距离看到雅玲，与雅玲说说话，这是多有福气的事啊。

临来之前，春生把要拜师学武的事和同学少龙的大哥少和说了。他俩都和师傅学过武艺，可都没坚持下来。少和大哥撇撇嘴说，学那个干啥，我和他学了半年，有一次我一个动作不到位他老一掌过来差点把我打聋了，这回你自己体会去吧。现在我终于要当兵走了，再也不受那份罪了。少龙也趁机泼冷水说，学武有啥用啊，我也练过，天不亮就让我起来练。有一次我不起来，他老就用皮带带环的那头狠狠地抽我。你跟他老学武不是自找苦吃吗，他老的拳你要是接不着，打在身上疼着呢。

春生道，不就是挨打吗，这跟电影里蹲老虎凳钉竹签子差远了吧？那我就不怕打了。我爸我哥打我都是往死里打，早把我打皮实了。

上初中时有次春生偷了家里两块钱，他爸插上门把他按在身下，拿着板凳子狠命地照他屁股上拍，拍得板凳子上都是血，那真是皮开肉绽呐。比春生大几个月的老姑在外面急得啪啪直敲门，喊破了嗓子里面就是不开门。老姑情急之中把玻璃打碎闯进门来抱住春生爸，春生爸这才算住手。伤势太重，上课时春生只能跪在板凳子上，跪着听了半个月的课。看到春生发愣，少和大哥以为真吓住他了，摇摇头，有些同情地说，你真要学我也不拦着，但你真得有心理准备，光一个站架就得让你站一个月，等着受苦吧。

以学徒的身份见到了师傅，春生紧张得后脊梁冒凉气。师傅果然先让他在院子里站桩。春生站了一会儿，腿就酸得不行，身体开始剧烈哆嗦。他忍不住说，师傅，有人说学站桩得一个月呐。师傅说，他还说少了，最少站八个月，长的站三年，你这么傻，三四年也难说。

春生吐了吐舌头说，我有个同学李军也在学武，跟您老的师弟学呢，他师傅的教法据说是去其糟粕，破旧立新，新事新办，一个星期让他学下来五行，半个月让他学会进退连环，掌握盘龙身，一个月十二行，三个月三十六小行，半年八卦掌，一年太极拳，完了就练推手。

春生滔滔不绝地说着，师傅越听越生气，说，我这个师弟啊，真是胡来，这哪是练武术，纯属练体操。武术不是表演，咱们不追求哗众取宠，放心，他这种练法，如果碰上对方有力气的，一拨就一个跟头。

师傅又问，你俩摸过手吗？摸手这个词让春生听了很兴奋，好像自己已经是个练家子了。春生说，我不是李军的对手，他打出来的拳呼呼带风。师傅乐了，说，还呼呼带风呢，等打起来就不是那么回事了，我教你两手，你打他去。春生说，那我得主动出手，不然打不起来。师傅问，那是咋回事？春生说，李军和我说他师傅传授的拳术是后发制人，是武术里最高境界，不主动出手，专等对方出手，看是什么招数，然后再出手破对方。师傅说，武术的高低不是用嘴说的，他们的武术不是讲究后发制人吗，我教你三手，来对付这后发制人。说着，师傅从椅子上站起，双掌一前一后直冲春生的面门打过来，嘴里喊，这是第一手劈掌。春生连忙用右臂去挡，师傅的前臂根本不与春生的右臂接触，而是向下反腕比画在春生的右脸上，喝道，这是第二手转掌，接着后臂杵在春生的肚子上，说，这就叫第三手。你两臂就像两个扁担直接递出去，他如果不拦那就直接杵在脸上了；再教你一手，叫穿掌。别看这穿掌简单，它跟使枪一样。春生按着师傅的动作学了一遍，师傅说，你这不行，身子发飘，起步也慢，身子还要往下刹，以腰为轴，哪是根结哪是梢节一定要注意，有了根结身子才不发飘。春生反复练了几十遍，直到师傅满意为止。雅玲这时从屋里走出来，向院子外面走。师傅问小玲儿你去谁家啊？雅玲说我去找同学问作业，你快教这个傻蛋吧，半天就练一个动作，还不咋地，笨死了。说完咯咯笑，笑声甩在院子里，人已经风一样飘到了院外。

第二天上午，春生在家里正琢磨找话题怎么和李军交交手，可巧李军来了，春生刚拜师的事，竟然传到了李军耳朵里。他曾经想收春生为徒弟，春生不答应，估计这次是恼了。李军说，就你这个傻子，还配当我师弟？也不撒泡尿照照。

春生一点也不恼，心里却很期待，想试试师傅教的招数灵不灵。春生鼓起勇气说，咱俩摸摸手吧。李军乐了，不怕我把你打半死啊。春生说，瓦罐不离井口破，大将难免阵前亡。李军看他板着脸一本正经的样子，哈哈大笑。他俩来到后院，李军说，你师傅是个盐场坨工，练武是半路出家，再练也是土把式。他练过童子功吗？他会翻跟头吗？会旋风脚吗？刀枪剑戟斧钺钩叉他会耍吗？他家除了有撩坨的木锨，那就是旋网麻虾网了，对了，还有那拉网杆子、织网的梭子。说完自顾自又哈哈大笑。春生有些动气了，心里话，今儿个咱来真的。于是高声说，李军师兄，你不也在盐场上班吗，你爸爸按说不也是个盐驴子吗，笑话谁啊，是骡子是马拉出来遛遛，咱们今天见见高低，你千万别手下留情，我的手也没轻没重，谁给谁打坏了都要互相担待，你有啥高招就都使出来吧。

李军没想到春生说出这样的话来。嘿！这可是你说的，你把这话收回还来得及，别后悔。春生道，今儿个你就是把我打死，我认了。来，你上手吧！李军说，武术的最高境界是后发制人。说完一个丁字步，一存腿，一亮双手，一个站架姿势，对春生高喊，出招吧。看他那神情傲慢得很，根本没把春生放在眼里。

打架对春生来说可不是第一次，春生这人老实胎子长在外面了，他和别人可没少打架，战绩是败多胜少。今天是春生学武后第一次与别人交手，他心里牢牢想着师傅的话，一出手就毫不犹豫地直杵李军的面门，使出了师傅刚教的第一手。

李军也不含糊，右胳膊向春生的面部横扫过来。劲使得过猛，身体有些失衡，春生是左掌在前右掌在后左右上下配合，见李军的胳膊横抢过来，春生左掌再杵他的脸已经不行了，就是杵上了，自己的侧面耳台子还不得被李军打个正着，耳朵不得聋了。师傅传授的第二手春生顺手也使上了，春生的左胳膊从下绕过李军的右胳膊，往上一个反掌，手背打在李军的右眉弓骨侧面，随着啪一声脆响，李军立刻蹲在地上，用左手捂住了脸。春生惊呆了，低头看着自己的一双手，仔仔细细地看，他有点不敢相信自己真就这么轻松地打败了李军，可李军，右眉弓骨处鼓起个疙瘩，右眼充满了血丝，站起来低头走了。春生暗自庆幸自己的胜利，嘴里忍不住冲李军的背影喊，多有得罪，多有得罪，一时失手，失手。

打败了李军，春生兴冲冲往师傅家跑，想赶紧报喜讯，顺便让雅玲知道知道，自己不是傻蛋。闯进师傅家院子，他猛然看见师傅正在给雅玲梳辫子，雅玲噘着嘴，一脸不高兴，师傅和颜悦色地讨好着雅玲，嘴上说，好闺女，梳辫子才好看呢。雅玲说，我都多大啦，还梳辫子，膈应人。

一见春生闯进来，雅玲气不打一处来，骂道，你咋来了，看人家女孩子梳辫子，羞不羞，快滚。春生满心欢喜，被雅玲兜头一瓢冷水，就傻在那里不知道该怎么办。师傅赶忙替春生解围说，这闺女，冲春生哥撒啥邪火。你春生哥肯定是比武胜利了。这时，大辫子梳完了，雅玲腾地从凳子上站起身，扭身进了自己屋。春生把刚才与李军比武的事吹嘘了一番，师傅挺高兴，说，没给我丢脸就行，以后更得好好练。

春生把学武看得太简单了，以为学学拳，掌握一些招数就可以了，他很快就知道事实并非如此。师傅开始教的时候每次都要告诉他，咱们这个门练法跟别人不一样，别的门没有咱们这样练的，咱们练的时候动起手来就跟真的一样，想着法地打到对方，要把力量都使出来。春生心想，师傅既然这样说了那不犹豫了，不管怎么样总得上，于是春生按师傅所教的穿手，双掌递出，直扑师傅的面门，师傅就像篮球运动员，春生就是那个篮球，师傅侧身伸出双手，就像快速传球。照着春生的胳膊那么一垫。这球传向了另一方。师傅说了声，走！春生的身子直奔院墙冲去，脑袋咚的一声撞在了墙上。

春生双手捂住脑袋走过来，听师傅道，今个你就学这捋手。咱们这门的站架，双手一出的时候就是个捋手。来，我给你喂手，说着师傅的拳头捶过来了。

春生顺手就将，师傅说，用劲儿不对，不能往自己怀里将，人家会就势给你迎面一掌，说着师傅伸出一掌打在春生的脑门子上，还真疼。春生心想，还真打啊。师傅好像看出了春生的心思，说，这下如果是真的，立刻给你来个满脸花，还打在你脑门子上？来，重新上。这回，春生尽量不让师傅将到，这将手师傅使得非常熟，就像变戏法一样，只要春生一伸手，不管出拳有多快就被师傅将倒。师傅反复地教，春生就是领悟不了。两个小时过去了，这将手春生始终没掌握好，在一旁观看的雅玲笑得花枝乱颤，春生害臊，脸红得像洞房里新娘子盖头下的颜色。雅玲越是笑，春生越是满头汗水，好像雅玲的笑声是火苗子，烤得春生全身燥热。师傅见此情景也笑了，师傅道，功夫就好比逆水行舟，不进则退，一日不练十日空，十日不练百日空。别看有人下了多少年功夫，一旦不练，多年的功夫就很容易丢掉，别着急，稳住心神，多练就好。

　　每到师傅家，除了对打训练，师傅就是给春生摆弄纠正劈掌的动作。半年过去还是那老一套。一日，春生实在憋不住了，对师傅说，师傅，太不解渴了，再往下进行吧，开始教我崩拳吧。师傅说，那还行，给你一个馍馍，你连半拉都吃不了，你又要第二个，这不把你撑死，不行。春生心里失望，神情也懒懒的，积极劲儿再也提不起来。师傅看在眼里，说我给你讲几个故事听，从前有一个人学武，只学了半趟崩拳，回去以后每天都把锄头别在腰间，打着拳下地干活，打着拳回家。最后练就了拳打出去无遮拦，别人挨上非死即伤，江湖上称他打遍天下无敌手。第二个故事，有个小学生每天上学经过一个胡同，他都用手指点胡同墙上的砖头。时间一长，那砖墙的一溜砖被他点出一个个小坑儿，后来他一指戳人，对方立刻疼痛难忍。第三个故事，有六七个河北人，上山西拜形意拳祖师李老能为师学武，其中一个人比较笨一些，李老能就让他每天练站桩，这人一练就是十年，回到河北老家，有六七个人想试试他的武功练得怎么样，就从背后偷袭他，他感觉背后有人，就身体这么一抖落，偷袭他的六七个人立马飞了出去，东倒西歪倒在了地上。故事讲完了，师傅还是那句老话，记住，一招鲜吃遍天。春生傻傻地站着，回味着师傅的三个故事。

　　师傅教春生的画面，何止这些呢。

但是，这一切，都随着师傅的突然病逝，被惊醒的美梦一样溘然终结了。

雅玲和邵虎私奔后，春生丢了魂一样，可看到师傅比他还痛苦，终日闷闷不乐，他就强打精神，每天陪着师傅说话，求师傅继续教他武艺。后来师傅不断便血，他逼着师傅去了医院，检查的结果很不好，春生想法把师傅患病的消息递到了邵虎家。

春生下决心，无论雅玲是否回心转意，是否回到师傅身边，他也要给师傅养老送终。师傅对他有再造之恩。他父母去世早，哥哥、弟弟都顶门过日子，各忙各的，师傅也就成了他最大的牵挂。师傅去世后他来到了海边，每天与海鸭为伴，日子清苦寂寞，却也还算稳当实在。

下篇：雅玲和春生

一

雪很大，团团雪片旋转着下落，繁密又轻盈，像夏夜里盘旋在盐池上空成群结队的飞虫，密密匝匝直撞面颊。雅玲在纷纷扰扰的雪花中踩着深深的积雪一步一步走向海边。

今天是父亲的忌日，恰好连续几天都是大雪，有雪她也得出门，她要到爸爸的坟上去看看，和爸爸说说话。

爸爸就是在这样的暴雪天去世的，病房里，雅玲抱着他的头，眼看着他合上了眼睛。爸爸的手攥着雅玲的手，那大手也缓缓失去了力量，爸爸的力量好像被无形之手抽丝般抽走了。雅玲懊悔自己的无能，她想抓住父亲下滑的生命，不让他坠入那个黑暗无边的深渊。可是，她什么都抓不住。医院的病房就像一个低温的烘干机，仅仅一百多天，就把爸爸强壮的身体烤干烤瘦烤蜷曲了，他像一枚枯萎的树叶一样蜷缩着，往日习武时的强悍挺拔再也看不见了。

眼看爸爸到了弥留之际，雅玲伏在他耳边，再次试探性地哀求，爸，您老能让我嫁他吗？她多希望爸爸能改变主意，最后给她一个巨大惊喜，可是，爸爸还是瞪大了眼睛，很痛苦地摇摇头，举起手指，指着门，意思是让雅玲出去，然后闭上眼再也不说话了。接下来的整整三天，爸爸一言不发，雅玲再不敢问自己的婚事。偷偷领取的结婚证，支支楞楞扎在裤口袋里，她没有勇气拿出来给他看，她生怕他会因为看到这个红色的小本子而提前咽气。

雅玲知道爸爸爱她，从记事起她就没见过妈妈，爸爸说她出生不久，妈妈就离开了，去了另一个世界，一个爸爸和她早晚也要去的世界。雅玲成长的二十年，爸爸对她简直就是无条件地顺从，可偏偏在雅玲和邵虎的恋爱上，他横挡竖拦，坚决反对。雅玲不明白，邵虎不就是比她大两岁吗，不就是不会武功吗，为什么爸爸只希望她嫁给傻乎乎的春生呢？

因为和邵虎搞对象，爸爸甚至把雅玲锁在屋子里，只让春生给雅玲送饭。把自小就任性的雅玲气得用脑袋撞墙，趁爸爸不在家，她说服春生开门放自己出来，一获得自由她就毫不犹豫地和邵虎远走高飞了。他们躲到百里外的大城市，靠卖衣服赚钱。谁知一年后，邵虎家里就捎来口信，说爸爸病重了。她回来探视，以为就此可以让爸爸回心转意，同意邵虎和她的婚事。她瞒着住院的爸爸，找到家里的户口本，与邵虎偷偷办了结婚证，可爸爸至死也不点头，这让雅玲无比绝望伤心。

在料理爸爸丧事时，雅玲越想越悲伤，她让邵虎来帮忙，邵虎开始赌气，坚决不来。雅玲苦苦哀求，说，你再不认这个岳父，以后就没有机会认了。邵虎这才勉强来了。邵虎给岳父的灵柩下跪祭拜时，嘴里那一声"爸爸"还没出口，爸爸遗像前的长明烛颓然倒下，浓浓的蜡油顿时淌在了爸爸的遗像上。有人眼尖，喊，坏了，老师傅显灵了。大家围观灵棚时，邵虎满脸疑惑恐惧，他跪了一会儿，看着大家扶正蜡烛，在几个人仇视的目光中，满脸羞辱地悄悄离开了。雅玲绝望了，她觉得这一定是爸爸在天之灵仍然不愿意认邵虎做女婿啊。爸爸灵柩入土后，雅玲把家里的钥匙扔给春生，头也不回，与邵虎离开了百里滩。这一走，就是十年。

雅玲记得，她小时候，爸爸驮着腥乎乎的旋网带她出去打鱼，下河后，会让她骑在脖子上凫到河对岸去，雅玲在哗啦啦的水波中早就练就了天不怕地不怕的胆量，不到十岁，就能像梭鱼一样在水下畅游。

爸爸爱吃鱼，可是雅玲讨厌鱼。她不喜欢唇齿之间残留的那些腥气，每次不得不吃鱼时，她都要仰着脖子，在院子里的自来水龙头下，张着小嘴，让凉水冲刷嘴巴。

爸爸打鱼回来，把大大小小挤在一起的鱼，从鱼兜子里倒在大木盆中时，雅玲就会皱着眉头噘着嘴，举起小手挥舞，驱赶满院子的腥气招来的嗡嗡高唱的绿豆苍蝇。这些苍蝇要是偶然落在雅玲晒在院子一角的衣服上，她就会不满地尖叫，扯下还没晒干的衣服，丢在地上。她一头扎进屋子冲上床嘤嘤哭泣，爸爸却笑呵呵地把院子收拾干净，远远地扔掉了鱼肠，又把雅玲扯在地上的衣服重新洗干净。

从小到大都是爸爸给雅玲扎辫子，起初爸爸的手很笨，两只大手把辫子扎的不是一高就是一低，两头辫子松松散散不一致。雅玲的嘴噘得像个水瓢，一个劲儿地用眼瞵爸爸，爸爸从不恼火，叼着烟抿着嘴不住地乐，仿佛这反复的拆辫子和扎辫子是他人生莫大的幸福，乐此不疲。雅玲清晰地记得，随着她一年一年长大，爸爸练就了一手扎辫子的本领，雅玲的头发乌黑粗密，爸爸每次都是先用梳子尖的一头分开大把头发，把梳子往耳根一卡，腾出手，把一边头发简单用皮筋拢住，然后从耳根拿下梳子，轻轻地梳理另一边的头发，每梳一下都要歪着头瞧瞧闺女的脸，乐呵呵地问，梳子没扎着闺女吧？说着用梳子蘸脸盆里的清水，再往头发上梳，爸爸说，这样头发就听话了，不出毛刺，还显得乌黑发亮，扎出的辫子不仅结实，还不散架。梳理完毕，他麻利地拉紧皮筋，固定辫子收尾，然后再扎蝴蝶结。最后走到闺女前边看看是否高低一致，最后满意地在闺女头上轻轻一拍，喊一声，好了。爸爸还会自我吹嘘说，就爸爸这一招，满百里滩的叔叔婶婶都学不会。

直到雅玲接爸爸的班上班了，她的衣服都是爸爸给扯布料，这让雅玲有点烦；更让雅玲无法忍受的是，她都上初中了，爸爸还喜欢给她梳辫子、编辫子。有时候雅玲生气了，会把爸爸刚编好的辫子扯开，披头散发冲出去，爸爸也不会恼火。爸爸让她任性了二十年，可是偏偏在恋爱这件事上，爸爸突然变了脸，由柔情似水的爸爸，变成了铁石心肠的爸爸。

雪花撞击着雅玲的脸颊，撞疼了她的眼睛，她仰面向着天空，双眼缓缓眨动，用睫毛迎接着雪花的降落，每一片雪花都带来一抹细细的寒凉，打在眼皮上发出锐利的疼痛，她痴迷地感受着疼痛，泪水在眼底浅浅地荡漾，却始终没有落下来。她不让泪水滑落，她咬着牙把一滴一滴的泪都倒逼回去。

身边经过的汽车越来越少了，开始，偶尔驶过的出租车还会冲独身奋力前行的雅玲不停按喇叭。后来，这些被裹了层厚厚雪棉被的汽车，也都哑声了，它们匆匆赶路，在纷纷扬扬的雪花中，很快消失在了铅灰色的远方。

雅玲走得全身发热，领口随着她的步伐鼓出热气，雪花融化在她脸上，像一道道泪痕。

有件事，雅玲弄不明白，为什么邵虎追求自己时，爸爸一眼就看出邵虎这个人不可靠，为什么当初自己就看不出呢。当年的邵虎只几个回合，就把少女雅玲的芳心给俘获了。

盐工宿舍的男孩子们平时都是舞枪弄棒打鱼摸虾，个个都是愣头青、鱼鹰子，邋里邋遢的，只有邵虎，白衬衣扎进裤子里，长长的头发，留着整齐的分头，皱着眉头，好像总有无限忧愁的事情，低头匆匆走路，遇到雅玲，他都不正眼看雅玲，他远去的身影总是让雅玲怅然若失；而其他的男孩子遇到雅玲，都会嬉皮笑脸地捧出兜里的糖果，追着雅玲，让雅玲先尝自己的。雅玲对他们，则是像驱赶苍蝇一样，远远就摆动手臂，表示拒绝。有几次，在黄昏时，雅玲还被胆子大的男孩子拦住去路，雅玲也不慌张，只是得意地高喊一声"傻生——"，拦路者就会仓皇逃窜。那时，春生已经被雅玲的爸爸调教成了车轴汉子。一堵围墙，只要被春生靠住，他嗨地一声，猛然发力，墙头就会轰然倒地。三块青砖摞起来，春生一掌拍下去，三块砖一齐塌了腰。傻生是自己的一堵墙，可雅玲偏偏不爱这堵墙。那时的邵虎，虽然弱不禁风，白衬衣口袋总别着一支自来水笔的文弱样子，却让雅玲迷恋。后来，她不断接到邵虎塞给她的信，那些流利的文字，花朵般芬芳的话语，让雅玲心醉，她死心塌地爱上了邵虎。

在学校，邵虎的成绩总是那么优秀，每年学校表彰学习标兵，大喇叭念到邵虎的名字，雅玲就会觉得无比幸福。老师们都说，邵虎这孩子，会越飞越远，会飞到百里滩人看不到的大城市。这又让雅玲怅然若失，好像即将与最亲近的人永别。尽管那个时候，雅玲所在的那个学校没出过一个大学生，她还是执着地认为，邵虎将来肯定有出息。邵虎高考比分数线差两分落榜，在家复习时，雅玲心里才踏实，她不希望邵虎考上大学，他俩开始频繁约会了，当然，是偷偷摸摸的。

爸爸的死是一直压在雅玲心头的巨石，她想搬开，可无论找什么理由为自己开解，也无法撬动这块巨石。爸爸给她留下的困惑太多了，除了死犟地反对她的婚事，还有就是，为什么壮实如牛的爸爸，会在十年中迅速衰弱死去，是自己的离去给爸爸的打击太大了吗？

与邵虎婚姻的不幸，让雅玲慢慢看清楚，父亲对她的爱从没改变，她只恨自己任性刁蛮，误读了父亲的一片深情。最让雅玲后悔的，是爸爸的棺材刚入土，她就迫不及待与邵虎又离开了百里滩，十年了，再没给爸爸上过坟。这十年，爸爸在地下该多么孤单啊。

雪花漫天飞舞着，雅玲越走越吃力，天就要黑下来了，她也全然不顾。这样的大雪天，雅玲想起小时候爸爸给她做的海螺灯。巨大的海螺壳被爸爸钻了三个孔，海螺壳边缘，还粘上了一圈挡风的小贝壳，燃起蜡烛，海螺灯就像夏日夜晚盛开在月光下的一朵莲花。她小小的手里提着沉甸甸的海螺灯，把雪地照得亮晶晶，在除夕夜把积雪踩得吱吱作响去找小伙伴们玩，那时，孩子们见了她举着的漂亮的海螺灯，都眼馋坏了，争着伸出小手轻轻触摸，她心里觉得美滋滋的。雅玲与小伙伴们轮流提着海螺灯，她带着小伙伴们一起唱爸爸编的儿歌：

小海螺，照得亮，照着美妞上学堂；上学堂，不迟到，美妞捧回大奖状。

小美妞，捧奖状，门门功课真叫棒；小美妞，快快长，长大不忘爹和娘。

等海螺灯里的蜡烛全部燃尽，化为一摊红烛水，她才哭着摸黑回家去找爸爸。这种海螺灯，爸爸每年都做只崭新的给雅玲。小小的海螺灯，把雅玲的童年照得亮亮堂堂的。

海鸭谷的春天　223

雅玲鞋子湿透了，内衣也汗津津贴在了身上，她无比疲惫，远远地看到了海垱，还有海垱旁高大孤独的二号水门。离开百里滩这么多年，水门这一片还是好多年前的老样子，低矮的海垱外，海冰被挤压得支离破碎，被厚厚的大雪覆盖，就像一块块巨大的鳞片。只是那些馒头一样堆积的坟冢不见了，很多养虾池方方正正，把原来辽阔的盐碱滩覆盖了，虾池堤埝上的长满枯草的简易窝铺，像一只只奇怪的小野兽，趴在雪地里瑟瑟发抖。没有开发成虾池的一小块盐碱滩上，还有孤零零几个小土包，安静地趴卧在雪野里。土包上竖立着枯死的黄须菜，挂满了霜雪，冰雕玉琢般好看，像海里斑斓晶莹的珊瑚丛。

应该就是这里了，雅玲收住脚步。

她在电话里问过春生，为什么爸爸的坟找不到了。春生说原来的坟地被征用了，师傅的坟被他搬迁到了二号水门附近。雅玲是按照春生所说，一路寻到这里的。

雅玲迎面发现了一块被积雪掩埋半截的石碑。她望着石碑细看，春生说过，老人家的坟前有个墓碑，很好找。春生在电话里说要陪她来给老人上坟的，雅玲没同意。

雅玲慢慢走近，伸手拂去积雪，父亲的名字慢慢从白雪下露出来，三个古色古香的汉字面目慈祥地看着雅玲。雅玲感觉脸上凉凉的，不知道是雪花，还是冰冷的泪水。她不擦，伸手紧紧搂住墓碑。墓碑很冷，硬硬的，但是她感觉这就是严父的怀抱。火辣辣的气流在嗓子里回旋，一点点冲破了堵塞在喉部的哽咽，她听见自己的哭声骤然冒出来，有些突兀地在空茫的四野里飘荡，四野无人，只有雪花在孤独地落着。

十年了，爸爸啊，不孝女来看您老了，您在这里多么凄凉孤独啊，我对不起您老啊。哭了一阵，觉得脸上刀割一样疼，雅玲摇摇晃晃站起来，想抚摸一下父亲的坟头，她的手伸进雪下，摸到了坚硬硌手的东西，这样的触觉她太熟悉了，是海螺壳。她拨开一片积雪，果然，爸爸的坟上，密密麻麻镶嵌着海螺壳。等继续用手划拉开积雪，果然，一个稍微大一点的海螺壳上，依稀可以看到人为钻出的小孔。她痴痴地摸索着，小孔圆圆的，里面嵌满了泥沙。她也摸索那泥沙，软乎乎的泥沙，感觉就像摸索在父亲的肌肤上，有一点温热，这温热让她再次潸然泪下。好你个傻春生啊，竟然这么有心，这些带孔的海螺壳都是你留在这里的，也只有你，才会这么做。当年爸爸一直告诉雅玲，只有春生才可能一辈子对她好，看来爸爸的判断是对的啊。

天就要黑透了，雅玲觉得全身冰冷，她站起来四下看了看，对着坟头说，爸，女儿这次回来，除了要读懂您老的心，我还想给您老买个墓地，咱们搬个新家。还有，我要在爸的墓地旁边给自己留个位置，等我来了之后我们父女俩再也不分开了。

说这些的时候雅玲很冷静，好像在说着很平常的事情。雪花不停地落着，坟头被她拂开的地方又已经驮了一层淡淡的白。

雅玲站起来只走了两步，踉跄着要栽倒，她赶紧收住脚步，望着远处的雪夜看了看，想起春生说的，他的海鸭谷就在二号水门附近。目光寻找，看到不远处有几间砖房，依稀有微弱的亮光，她颤抖着手拨通了春生的电话。

雅玲在越来越浓重的夜色里直挺挺站着，直到看到春生结实的身影远远跑来，她才觉得自己快撑不住了，全身发冷，在厚厚的积雪中，每坚持一秒，都要使出全身力气。

春生把雅玲背进了屋子。屋里生着炉火，铸铁煤炉子上，蹲着一把绿皮铁壶，壶嘴喷着热气，看着就觉得暖和。雅玲打量了一圈儿，忽然有些恍惚，觉得恍然回到了少年时代的家中。炉火，五斗橱，大板柜，八仙桌，还有墙上的各种渔网，都是那么熟悉。春生找出一双胶棉鞋，让雅玲赶紧换下湿漉漉的鞋子。鞋子上，雪泥正在迅速融化，雪水把鞋子浸得很沉。雅玲冰冷的双脚都快冻麻木了，春生搬了个小马扎，让她靠近火炉坐下，自己坐在了雅玲旁边。雅玲几乎是冻僵了，试着弯腰脱袜子，竟然够不到脚。春生一言不发，忽然伸出手来，帮她脱了袜子。雅玲傻傻看着，想把脚抽回去，可那双脚不听她的使唤，她眼睁睁看着春生把她的双脚放在他自己的腿上，用手慢慢揉搓。

春生的手很大，是典型的盐驴子下苦的手。但是他的动作很轻，轻柔得有些不真实，好像握在手里的不是脚，而是什么特别脆弱的珍宝。雅玲有点不好意思，偷偷看春生的脸，春生一脸焦急，毫无轻薄之意，此刻他只想把这双脚搓暖，只想让这个冻僵的女人快点暖和过来。好像这是件很自然的事，好像这些年他一直都在这样伺候这个女人的这双脚。雅玲悄悄抬手捂住了左边的胸口，那里是心脏，她觉得心脏好痛，好像有一把刀子在温柔地搅动，在一点点割着那个脏器里细嫩的肌肉组织。她又捂住了脸。十指紧紧压着双眼。她不敢松手，只怕一松开蓄满眼眶的泪会汹涌而下。自己这双纤小白皙的脚被这么两只粗糙温暖的男人大手捏握揉搓，还是第一次，跟了邵虎十多年，他从来都没有这样疼惜过她。

雅玲忽然不想动，就那么安安静静地看着春生忙活。脚慢慢地暖和过来了，全身也暖和过来了，这具身子变得轻飘飘的，轻得要飞起来，一直向着窗外那白茫茫的雪夜飞去，飞回到那无忧无虑的少女时光。她不想动，只想被这双暖手一直搓着捂着，静静地坐着，什么都不想，只想就这样坐着。

春生帮雅玲把脚踩进暖和的胶棉鞋里，棉鞋暖和干爽，雅玲脚下寒气去了一半。火炉暖烘烘的，不一会儿，雅玲就觉得沁入骨头的寒气被暖暖的炉火烘散了，身上慢慢热乎起来。她又喝了点春生递过来的搪瓷茶缸里的烫嘴的姜糖水，身体由里向外暖和。寒冷退潮，她肚子里像藏了一对儿鸽子，咕咕地叫唤上了。春生忙这些时，嘴里只是念叨着一句话，你可真是，咋不告诉我一声呢，你可真是的。春生的表情神态里都透着一种热切的关爱和呵护，雅玲看得出，这个人是在真心疼自己。她把一声叹息深深咽回肚子，这个傻生哥啊，原来这么会体贴人。想想邵虎最近几年对自己无所谓的那副神情，雅玲又是一阵悲伤。

没吃晚饭吧，雅玲肚子的叫声被春生听到了。他笑着问。雅玲用力点点头，说，快给我弄点吃的吧，饿死了。春生擦擦手，环顾屋内，他从炉盖上提开水壶，把一个铁丝编的篦子放在炉盖上，然后摆上两个大馒头，又从墙壁上揪下几条咸干鲈板鱼，放在馒头旁一起烤着。靠近墙角，有个燃气灶，春生点着火，在燃气灶与炉火间忙活。一会儿，一阵滋啦声响，香气扑鼻的炒蛋味钻进雅玲鼻孔，炉盖上，烤馒头的面香，与烤咸鱼的鱼香也一并袭来，先是一丝丝，后是一团团，最后浓郁得满屋都是。馒头烤得焦脆，吃掉酥脆的外皮，里面柔软温暖；鱼也咸淡可口，有咬劲，越咀嚼越有回味；炒蛋更是满口鲜香。雅玲大吃大嚼，从小不爱吃鱼的她，第一次发现，烤咸鱼如此好吃。

雅玲把两个馒头几条咸鱼一盘子虾酱以及海鸭蛋全吃下了肚子，又咕嘟咕嘟喝了半茶缸姜糖水，她感觉自己彻底暖和过来了。雅玲把湿漉漉的头发散开，一边拨弄头发，一边再一次打量春生的屋子，屋子有点年久失修，墙壁黑魆魆的，屋角因为漏雨，长出了片片霉斑，北面的木窗，钉着塑料布，这是为了保温钉上去的，目光下移，她看到屋子北墙角有个酒柜，酒柜上，赫然摆着父亲的遗像，遗像前，还摆着一碟馒头，馒头上架着两条咸鱼；一碟苹果，一共四个；两个碟子之间，是一个满是香灰的香炉。香炉旁边，还有一个小酒盅。

雅玲呆呆看着。发现雅玲诧异的表情，春生支支吾吾赶紧解释，师傅我们爷俩每顿饭都一起吃，师傅爱喝酒，我就每天给师傅斟一盅。雅玲直直望着春生看。春生被这奇怪的目光看得不自在，慢慢低下头去，好像一个做了错事的孩子一样局促。对不起。他小声说。他不知道自己错在了哪里，但他还是道歉了。在她面前，永远都是他错，都是他道歉，但是他愿意，他不觉得委屈，他甚至觉得这是天经地义的事情。只要不惹她生气，做什么他都愿意。

雅玲忽然开口，你就一直住这里？我嫂子呢？春生挠挠脑袋，笑了，我一个臭盐驴子，哪个女的愿意和我受罪啊，我一个人天天陪着师傅，这不挺好的。他在故作轻松，试图用轻松的口气化解自己的辛酸。雅玲忽然眉毛倒竖，吼起来了，你这个笨傻生，为啥不找个女人伺候你啊，你他妈的真是大笨蛋。

二

雅玲在祭拜过父亲后的第三天，租车把行礼卷拉到了海鸭谷。跟着雅玲一起来的，还有一辆载满砂石料的双排车，几个泥瓦匠。

在海鸭们和春生呆愣愣的目光里，泥瓦匠开始干活儿了。他们在海鸭谷空地上挖了地基，抛下乱毛石，不到十天，几间崭新的砖混房子就拔地而起。双层玻璃的塑钢窗，大气好看。雅玲还买了一个小锅炉，给这排新房子安装了土暖气。连海鸭们的鸭舍都垒起了四面的砖墙，海鸭们再也不用在瑟瑟的海风里扎堆取暖了。

春生多次把从银行取来的两万元钱塞给雅玲，雅玲每次都向他瞪眼，他一看雅玲瞪眼的样子心里就发毛，也就只好作罢。锅炉烈火熊熊，暖气热得烫手，很快烘干了新房子。在一个阳光明媚的日子，雅玲又买来了好多新家具，窗户上提前贴上了过年时才贴的火红的剪纸窗花、吊钱福字。再看春生以前的房子，简直就是个衣服破烂的老乞丐。雅玲还雇了一个小工，每天负责烧锅炉，喂海鸭，让春生不再像以前那样忙得陀螺似的了。

春生傻呵呵看着眼前的全新变化，不容他拒绝，雅玲拉着他办了结婚证，还给他里里外外买了好多新衣服。喜事是腊月二十三办的，这天是农历小年，小年早晨，天空偶尔炸响的二踢脚，已经在预告年的来到了。春生请了三位看水门的工友，包括少和、少龙哥俩，在百里滩最好的酒店，满满地叫了一桌子好菜。

当晚，一箱子五粮液被五个人喝掉了五瓶半，每喝一大口，少和会忍不住说，奶奶的，这一口就是好几十块啊，一滴也不能洒了。

灯光下，雅玲刻意打扮过，格外美丽，喝了半杯酒后，在灯光映衬下，那脸色越发红润，工友们都忍不住夹一口菜，瞅一眼雅玲，都坏笑着逗春生。少龙说，春生哥，少喝点啊，待会儿还有累活儿，赶明儿别腿软啊。少和说，今晚上别腿软就行，不然弟妹干着急啊。另一个说，春生弟弟一身好武功，腿肯定不软。

春生憨憨地看着雅玲，生怕哪句话突然惹恼了她。雅玲也不生气，哈哈大笑，直笑得满屋春意盎然，一点也没恼火的意思。

春生和工友们的吃相，让雅玲喉咙里含了薄荷糖一样，为自己能让他们见世面而心里感到甜丝丝地幸福，又为他们苍白贫寒的草根生活心生凉飕飕的怜悯。

傻春生哥哪里知道，雅玲曾经过过多么奢华孤独的日子啊。因为邵虎善于与官员相处，她和邵虎从官员口中得知承包的酒店要占地拆迁，就把酒店买了下来，转年，很轻松就拿到了近千万的补偿款。有钱后，邵虎身边开始出现各种美女。雅玲从来不在乎钱，她只在乎邵虎对她的感情，当她觉得自己被耍弄后，她就和邵虎彻底翻脸了，邵虎借坡下驴，搬离了家，不知和哪个女人鬼混在一起了，搬走后，人毛都见不到了。那段时光，是雅玲地狱般的日子啊。办完离婚手续，分了一半的家产，雅玲突然感到一片茫然，她举目无亲了，谁也不敢信任了，唯有爸爸最喜欢的傻生哥，让她隐隐地放心不下。

喜酒宴散了，她和春生晕晕乎乎地回到海鸭谷，在他们的暖烘烘的新房里，灯光火红，春生递给雅玲两个存折，说这是我们俩的家底儿，你就那五万元钱，肯定不够用的，我这里有十万，都给你吧。

雅玲笑笑，把存折接在手里，说，好，以后你必须听我的，快，喊我一句。

春生愣了，喊啥啊？

笨蛋，喊啥，你说喊啥。

哦，雅玲老婆，老婆，以后我都听你的。

雅玲捏了一下春生的脸，笑了，这还差不多，春生哥，你也不傻啊。

雅玲拉着春生到了隔壁，跪在爸爸的遗像前，雅玲把一杯酒洒在地上说，爸爸，今天我和春生哥成亲了，您老高兴吗，我们夫妻俩敬您一杯，以后我好好帮春生哥，我们好好过日子，让您老高兴。

雅玲说完了，静静地看着春生。春生跪上前，磕一个头，说师傅今天开始我喊您老爸爸，爸爸，以后我肯定对雅玲更好，您老放心，咱爷仨每天都能喝两盅。您老先干了这杯吧，这可是好酒，五粮液，我今儿个喝了快一斤了，我哪有那么大酒量啊，我，我，我是替您老喝了半斤。咱爷俩今儿个不都高兴吗？

在柔和的灯光下，在温暖宽大的床上，春生怯生生地像腼腆的小孩去别人家串门，羞涩难当。当雅玲像一位耐心的老师引导一个劣等生学习新功课一样，为春生宽衣解带，并让春生为她褪去最后一丝遮拦，让全身微微发抖的春生贴近自己完全盛开的光滑的身体时，雅玲发现自己的身体竟然还很年轻，她的丰沛湿润，足以让春生的前行不那么艰难，而春生忽然开窍后的雄姿勃发，又让雅玲惊喜，她不知道女人可以被焕发出这么深刻的激情，好像深埋在生命深处的一些东西被另一些东西给唤醒了。

嫁给邵虎后，日子过得并不像她想象的那样美好。邵虎是一个野心勃勃的男人，他十分有经济头脑，他们很快赚了不少钱，过上了富裕日子，但雅玲发现，每日穿梭在灯红酒绿中的邵虎开始冷落她了，直到有天她从邵虎口袋里翻出一张女人堕胎的门诊记录。在她又哭又闹一番拷问下，邵虎坦然承认，堕胎的是一个二十几岁的歌厅小姐。从那天开始，雅玲总是做噩梦，反复梦到父亲在远处看着她，什么话都不说，就那么远远地看着。她满脸泪水从梦中惊醒，她觉得父亲对她有话要说，可父亲就是不说，只是远远地看着，她受不了父亲那沉重的目光啊。

她和邵虎的日子陷入了漫长的战争，总吵架，为生意上的事，为了雅玲一直没孩子的事，为邵虎不断拈花惹草的事，每次吵完，邵虎躲在外面不回家，她一个人在家里生闷气。雅玲常常望着黑沉沉的夜晚禁不住一遍遍设想，如果自己嫁的人不是邵虎，而是春生，婚后的生活还是什么模样呢，春生会不会这样对待自己呢，肯定不会的是不是？每当这时候悔恨像一根细细的丝线，一点点缠绕在心头，越缠越紧，难以解开。

天快亮时，雅玲悄悄钻出被窝，深情地看一眼熟睡的春生，心里百感交集。她草草穿了衣服，把脚探进鞋子，用力一踩，站起身，走出门外。雅玲掀开麻虾酱缸上芦苇编制的尖顶盖子，麻虾酱浓浓的鲜香冒了出来。这些虾油，可是过去日子里常备的作料，用虾油拌的萝卜皮，雅玲小时候很熟悉，那时候她不喜欢虾油的腥香味道，看着爸爸津津有味地吃，她总是噘着小嘴唇，惹得爸爸一脸笑容。

海埕外面，海冰破碎，一片荒凉。大海也好像沉睡了，冬眠了。但是，往更远处望，海冰的尽头，还是有流动的海水在朝霞下闪烁。

雅玲走到二道扬水水门，水门的铁闸内，纳潮沟里的水并未结冰，她忽然发现了堤埝上有几根细细的鱼线，游丝一样，蜿蜒着伸进纳潮沟里。鱼线的堤埝一端，连着一块插在土里的竹板。雅玲猜，这是春生他们捕鱼用的，顺手提起一根渔线，捯了几米，就看到从水里露出的第一枚鱼钩，她觉得手下一抖，再用力猛拉，一条大海鲇鱼咬着鱼钩被拉出了水面。不一会儿，雅玲就把七八条身体冰冷、淌满黏液的海鲇鱼捧在手里，她一路小跑回到了家里。

春生起床了，正在院子里伸胳膊蹬腿儿活动筋骨，看到雅玲，他有些羞涩地笑了。雅玲手里的鱼解了他的尴尬，他赶紧抓过鱼，扔到一个盆子里，又拉雅玲进屋，把她冻红的手攥进掌心，粗大的手指棉袄一样包裹住雅玲的手。

中午时分，春生炖好了一锅海鲇鱼熬红萝卜，炒了虾酱海鸭蛋，又馏了咸鱼，把少和少龙都喊了来，一起在暖和的屋子里喝酒，雅玲在一边坐着看，看谁的杯子空了就起身斟上，然后又坐回去看他们说说笑笑。她似乎第一次从这样的场景里看到了意味，她有些享受这意味，这是家常的味道，人家烟火的味道，也是一个男人一个女人组成一个家庭才能营造出来的独有的温馨。雅玲说，以后你们在水门上班时，午饭晚饭都过来吃，我好酒好菜伺候着，你们喝酒，我看着高兴。

少和少龙哥俩走了以后，雅玲找到了一条旋网，她让春生带她去纳潮海沟里给甩钩换鱼饵，又让春生教她抡旋网。春生稍有点不乐意，雅玲伸手就拧春生的耳朵，春生赶紧服服帖帖教雅玲，俩人回来时，鱼兜子里有了一些梭鱼鲇鱼，他们的全身也都被泥水弄脏了。好多天，俩人形影不离地黏糊在一起，整天打鱼摸虾，炖鱼煮海鲜，与工友们喝酒聊天。雅玲说，春生哥，我们的蜜月是鲜甜味道的。春生憨笑，说，我这辈子，从没这么高兴过。

三

空气里的年味稍微淡了些，春生和雅玲就在这残留着爆竹硝烟味儿的冷天里出门了，春生拗不过雅玲，被她拉上一起去拜访隐居的师叔。

他们敲开门，师叔正躺在床上，他翻起来看着来访者，看清楚是雅玲和春生，当时就呆住了。雅玲拉一把春生，目光望着床上，是我啊，师叔，雅玲，这是傻生，我们结婚了。师叔似乎一下子从一个悠长的梦里被人推醒了，吃惊似的点头，好，好，春生这孩子厚道实诚，好事啊。雅玲说，这次拜访师叔，除了告诉您老人家我们走到一起了，我还要知道自己的身世，知道我妈的事情，您得告诉我为什么我爸从不跟我提我妈的事。师叔慢慢溜下炕，叹了口气，说孩子，你何苦给师叔出难题，你爸不告诉你那些事，是怕你知道后这辈子都会心里难受，我也是快走的人了，这些事带进棺材是最好的。雅玲过去搀扶师叔落座，执拗地望着他，师叔，我要是不问明白，我也这辈子死不瞑目，不管是什么事，我都想知道，人生无常，我们年轻人也未必如您老这么长寿啊，请尽管说吧，就算我求您了。

师叔无语，抬头凝视着天花板，好像天花板上写满了文字，密密麻麻记载的都是过去的事情。沉吟了很久，他才舒一口气，师兄，你别怪我和孩子说这些该烂在肚子里的事啊，孩子大了，成人了，也是到了该知道的时候了。师叔其实是个很健谈的人，他像讲故事一样讲述起了往事。

你姥爷是水利工程师，解放前夕，被挟持去了台湾，丢下了一家人，你姥姥受了惊吓一病不起很年轻就去世了，扔下了你妈这个唯一的女儿。因为有这层不光彩的海外关系，你的妈妈从小就备受歧视。她到了嫁人的年龄，没人敢娶她，就算她是个大美人。最后，是你爸爸娶了你妈妈，为了这事，你爸爸的工作由干部降成了盐工，可他根本不在乎。他们结婚不久，你妈妈就开始受到一些人的摧残，那时，你妈妈也在盐场上班，因为有文化，做化验员，后来，运动来了，厂里一些游手好闲的盐工得了势，开始折腾你妈妈。

师叔端起面前一杯子冷茶咕嘟咕嘟灌下去，然后一抹嘴，接着讲。

那时雅玲你刚出生，还不到一周岁，夏天时，他们把你妈妈锁骨穿上粗铁丝，扔进大河里，你妈妈哪会凫水啊，人到了河里，吓坏了，很快沉进水下，脑袋快沉下水了，他们就在岸上拉一下铁丝，你妈妈才不至于被淹死。这么折腾俩小时，才把你妈妈拉上岸，他们觉得不过瘾，还逼着你妈妈吞吃树上刚掉下的肉虫子。菜青虫、大知了，都吞过。你妈妈不堪羞辱，为了不连累你爸爸，一次在河边洗衣服时，假装滑落水中，溺水死了，尸首都没找到。

雅玲忽然剧烈咳嗽起来。春生站起来，雅玲却挥挥手，示意他不用帮忙，春生只能无措地看着，不知道该如何安慰她。

唉，作孽啊。你爸爸为了打捞你妈妈的尸首，人都要疯了，在河里泡了好几天，央求渔船帮着打捞，可就是捞不到，最后，你爸爸急眼了，抄起家伙就要找那些人拼命，那时我拦着他，恰好你哇哇哭，你爸爸才软了手。那些人得知你爸爸要报复他们，气急败坏，把火气都撒在你爸爸身上了，有一个月时间，你爸爸被没收了全部衣服，他只能每天裹着工友偷偷留给他的牛皮纸去盐滩上班，好在滩地里没有一个女性，才不至于太难为情。雅玲，你知道了吧，你爸为了抚养你，受了多少屈辱啊。

好在那些人的行径，很快被厂领导得知，领导及时出面制止了。你爸爸本来就有一身武艺，你妈妈自杀后，他更玩命习武，想伺机找那些人报仇，但是有个你在，成天哇哇地哭着要吃要喝需要人照顾，这让你爸左右为难，他一死不要紧，把你托付给谁呢？慢慢地他打消了复仇的念头。他性格变了，开始对谁都半信半疑，对我也是，我估摸着，他后来选择春生做徒弟，也是看春生老实巴交，再后来，他决定让春生做未来的女婿，就是怕你受欺负，不愿意你离开他身边。

师叔重重地摇着头，说孩子啊，你不知道，邵虎的爸爸就带头整过你母亲，这人后来上夜班时，喝醉了酒，一脚跌进盐池里，淹死了，也是老天爷的报应啊。你现在明白了吧，为什么你爸就是不肯同意你嫁给邵虎。

雅玲一直静静地坐着，似乎她整个人被掏空了，身子空空荡荡，只剩下一具躯体在那里撑着。春生悄悄挪过去，伸手捏着她的手，她的手凉透了，春生慢慢拉她靠近自己，将她摇摇欲坠的身子靠在自己身上。

还有一件事，连春生都未必知道，就是我那个不要脸的徒弟李军。师叔继续往下说，雅玲你赌气离家出走一年后，你爸爸得了肝癌，刚做完手术不久，身子瘦成了干鱼。谁都知道，你爸爸的形意拳实战很厉害，在百里滩根本没有对手，别说对手，连靠得上槽的人都没有，我和师兄摸过手，他不出三招，我就得趴下。

当年一个河北的武师吹牛，非来百里滩和你爸爸过过手，你爸爸就是不肯出招，这个武师就拿言语激怒他，说你爸爸如果不敢出手，就是师娘在炕上教的本事。最后，把你爸爸说上火了，你爸爸说，我不出三招，让你嘴啃泥。那人也不含糊，劈手就进攻，你爸爸只顺势一捋，那人就像扔出去的沙袋一样奔着院墙撞过去了，这下要是撞个实着，脑袋准得开瓢，我们也没看清咋回事，你爸爸跟上去，伸出腿，挡了那人一下，那人才不至于脑袋撞开花。那人扶着你爸伸出的腿爬起来，脸煞白，给你爸磕了个头就蹽了。

师兄手术出院后，身子正虚，李军就拿话试探我，说他要去找你爸爸比武，我骂了他，骂他是乘人之危，他没听我的，还是找你爸爸去比武了，你爸爸被他撂倒了，连气带急，病更重了，李军四处吹嘘自己打败了你爸爸，说自己就是百里滩武术界老大了。从那以后，我和他断绝了师徒关系。

听到这里春生忽地站了起来。春生，这事我也没和你说过，你师傅不让我告诉你，他临死给我交代过，他故意输给李军，是因为李军当了保卫科科长，你师傅担心他打败李军，他死后，你准会被李军欺负，从此你的日子不会好过，所以他故意输了。春生的脸早就憋得通红，结结巴巴地说，我说师傅本来好好的，有一天咋突然病重了呢，原来是李军这个浑蛋陷害的！春生攥得自己的拳头咯吱咯吱响。师叔叹一口气，说年轻人，现在不是冲动的时候，师叔我活了一大把年岁，别的没明白，有一样教训也许对你们有点用。雅玲和春生齐刷刷望着他。师叔干巴巴的脸上不露喜怒，但是咬着牙一字一句说道，凡事认怂就忍，不认就报仇，恩怨分明才是个爷们儿。

四

开春时候，雅玲把海鸭谷周边一百亩的盐碱滩都租赁了下来，接着跑海洋局，租下了海鸭谷对面的几百亩滩涂，再找来一个工程队，给海鸭谷扩建了围墙，再次翻新了鸭舍，挖了几个虾池鱼池，在扩建后的海鸭谷里，盖起了几排房子，供游客住宿，说是要搞渔家乐。

不出半年，海鸭谷大变了样。她带着春生跑了工商局税务局，替春生注册了海鸭谷商标，将春生做的麻虾酱起名为"海鸭谷麻虾酱"，订制了装麻虾酱的精美玻璃瓶，装海鸭蛋的包装盒，每盒海鸭蛋，搭配一小瓶麻虾酱，再夹带一张印着麻虾酱炒海鸭蛋的烹饪工艺说明书。

雅玲让春生大量收购开春时头道海水的麻虾，添置了更多的酱缸，用百里滩最好的海盐腌制虾酱，第一批虾酱晒制好了时，这些产品又被雅玲推广到了百里滩的各个超市。雅玲的魄力和她的经商头脑，做起这些来顺顺利利，让春生佩服得五体投地。春生成了海鸭谷渔家乐总经理，他和少和少龙同时办了内退的手续，少和少龙被一起请过来做了他的副手。

雅玲和春生找到李军的时候，已经是秋天了。李军似乎听说了雅玲嫁给春生，还把春生从里到外彻底改造的事了，他眼前的春生有了明显变化，显然不再是那个傻乎乎的盐驴子了。李军眨巴着小眼睛，在心里思谋一阵，对春生的态度顿时变了，一张口喊了声春生师兄，摆出一脸十分诚恳的表情，说自己当初抓住雅玲偷盐的事，实属无奈之举。

雅玲毫不掩饰自己眼里的轻蔑，笑笑，说，你看我像真偷盐的吗？李军赶忙说，不像不像，当然不像。雅玲把一声冷笑咽下嗓子，再次轻蔑地看了一眼李军。

雅玲从没和春生念叨过她为啥偷盐。最初到制盐场做临时工，夏夜上夜班，一批活儿忙完了，大家全身都湿透了，相约着爬上了二十多米高百米长的大盐坨。夜色漆黑中有的女工干脆敞开衣襟，让夏夜的风肆意抚过肌肤。某夜，在漆黑的夜色下，雅玲悄悄爬到盐坨背面，打算安静地想些事，她快爬上盐坨顶时，忽然听到头顶上一个女人低低的呻吟声。雅玲全身一哆嗦，她趴下来，侧耳细听，恍惚听到李军的声音，那个女人似乎抗争着，盐粒子都被蹭出了沙沙声。只听声音像李军的人低声说，别不知道好歹，下次再偷盐，我就罚死你。之后就是女人持续的呻吟和抽泣混合的声音，被湿热的卤风吹散在窒闷的夜晚。

那之后，雅玲偷偷向老大姐们打听夜班时盐坨上的故事，她们听到雅玲的问题都立刻敛声屏气，迅速走开了。有个山东籍的大姐下班后尾随雅玲，偷偷告诉她，李军是个流氓，借着负责安全保卫的权力，四处寻找好欺负的女工，有的女工偷盐被他抓到，害怕巨额罚款，夜班时在盐坨上，被他沾了身子。其他知情女工也愿得有别的女工友牺牲色相，换来李军对偷盐一事的睁一眼闭一眼，对李军的禽兽行为不闻不问。所以，夏夜的盐坨，就成了李军胆大妄为的寻欢之所。

雅玲听了此事，气得牙根痒痒，她故意偷盐，就是希望激怒李军，想把他的丑事抖搂出来。谁知李军反咬一口，把她送进了派出所。从派出所出来的下午，山东大姐就告诉雅玲，李军把她俩都开除了。她们连制盐场门口都很难进去了。李军显得很不自在，嘴里嗨嗨干笑着。春生看看李军，看看雅玲，他想问雅玲，你既然不是为了那几个小钱，为什么当初巴巴地偷盐，为一点盐硬是被弄进了派出所？

雅玲拉着他胳膊捏了一把，示意他不要说话。她自己忽然给李军送上一个笑脸，说我们春生的海鸭谷渔家乐要开业了，想请你开业那天来捧个场，到时候和我们春生来一场比武，算是为开业大吉来个助兴。

李军似乎觉得这邀请很意外，低下头，脸慢慢红了，沉默着不言语。雅玲狠狠盯着他，说，你要是肯出场，我给你五万元出场费，你如果赢了，奖金一百万我毫不含糊，立马给你。

说到这里她忽然长长地冷笑一声，提高了声音，你要是不敢出场，我就让全世界都知道，你害怕春生，甘拜下风。李军冷汗涔涔地点头答应了。雅玲拿出了比赛协议，李军反复读了几遍，最后签了名字。

用激将法让李军答应比武后，雅玲印刷了很多广告，在百里滩大街小巷都贴满了，还花钱在电视台做了广告，广告内容是，海鸭谷即将盛大开业，开业时，将有一场精彩的擂台比武，比武双方是海鸭谷主人春生和百里滩形意拳第一高手李军，胜者将获得一百万元的奖金。

广告做得铺天盖地，家喻户晓。春生看着这准备的阵势太大，有点担心，问雅玲，咱们万一输了，哪里弄一百万给李军啊。雅玲说，春生哥，你必须赢，赢了，我就奖励你一百万。春生憨憨地笑笑，根本不当真。百里滩所有的练家子几乎都接到了雅玲送的请柬，请柬上写着邀请他们参加开业典礼，并告知，中午有海鲜自助餐，离开时有精美礼品相赠。

没到比武的日子，好多人就慕名来海鸭谷买海鸭蛋、麻虾酱。雅玲还向几个派出所警察发了请柬，请他们也来见证这场比武，并请一位派出所所长担任裁判员。警察们说，他们只能以私人身份参加。雅玲也不在意，说，只要来就行。

她就是想用这种气势逼迫李军必须应战。比武地点就在海鸭谷。比赛一天天临近，雅玲每天督促春生习武，晚上睡觉也不和他在同一个屋子里。尽管她和春生一样贪恋彼此的身体。春生很自觉，一百万奖金他倒没在意，只是战胜李军为师傅雪耻的渴望，足够让他异常勤奋。

五

开业这天天气异常好，已近中秋，天蓝如镜，一些如海盐一样洁白的薄云在高空中懒散地漂浮着。

远看海鸭谷，彩旗飘扬，院子里人们挤成一团。本地的一些草根歌手也被请来助阵，院子中临时搭起的舞台上，歌手扭动着身子，热情投入，在舞台上边跑边跳边唱，与观众们互动，架子鼓敲得人心狂跳，彼此说话都得喊叫加辨认口型才能明白。每位到场看热闹的人，都得到了两枚煮熟的、热乎乎的海鸭蛋、一小瓶麻虾酱，这些人吃饱了海鸭蛋，攥着麻虾酱，自然都成了春生的拉拉队。

开业典礼后，鞭炮礼花齐响，礼花炸开后，红灿灿的碎屑如雨，铺了一地。人们期待的比武时间到了，一身白色绸缎唐装的春生登上舞台时，好多穿着便服的警察齐声喝彩，有人喊，春生师傅，今天得让我们开眼啊。李军登台时，大家都愣了，他没穿松快的练功服，却穿了一身干部装，白衬衣，系腰带，西服裤子，俨然一个新闻节目里的大领导。春生见到李军这身衣着，不敢正眼看李军，目光总是游离。

裁判员大声宣布了比赛规则，现场顿时安静了，此时，雅玲分开人群，站到了最前面，紧张地注视着将要比武的二人。

裁判一挥手，比赛开始。李军主动走上来，和春生握握手，拍拍春生肩膀，然后只见李军矮下身子，摆了一个熊形亮相，接着，闪电般靠近春生，挥拳刺探春生虚实。春生站好马步，也不躲闪，当李军的拳头靠近胸口时，春生脚步笨拙，很瓷实地挨了一拳。好在春生马步扎实，身子只是摇晃了一下。李军见状，又打出了崩拳的一招，春生又挨了一下。

此刻的春生怯生生的，都不敢正眼看李军，李军不停地进攻，他只是被动后退防守，李军几次做出凶狠动作时露出来大破绽，春生看得分明，雅玲也看得清楚，可春生就是不敢进攻李军。雅玲焦急万分，她赶紧回屋，提着一瓶白酒，怀里还抱出了父亲的遗像，在第一回合休息时，雅玲凑到春生身边，她先喝了口酒，又把酒瓶的瓶口塞到春生嘴边，春生想伸手扶住酒瓶，雅玲使劲摇摇头，示意春生不要碰酒瓶，春生看看四周无数的眼睛，臊红着脸，咕嘟咕嘟喝了几大口酒，雅玲把酒瓶口朝下，让剩下的酒洒在地上，酒瓶空了。她随手扔掉瓶子，把父亲的遗像高高举起来，春生看到师傅微笑的眼睛，突然一个激灵。

春生觉得身上很疼，这疼痛感觉是记忆里的，疼的地方都是师傅当年打到的位置。师傅从遗像里走了出来，像穿衣服一样钻进了春生身体，春生觉得自己像正在膨胀的气球，全身鼓胀，憋足了力气。他又突然觉得委屈，自己活了几十年，总是被欺负，凭啥啊！

雅玲冲裁判高喊，裁判员，应该让李科长换运动服，他穿的衣服不尊重对手。裁判点头答应，让李军套上一件运动衣。裁判宣布第二回合比武开始。春生觉得师傅真的钻进了自己的身体，师傅的声音在耳际清晰地响起：

傻春生啊，你真是被欺负惯了，他根本不是你的对手。打倒他，为咱形意拳清理门户。

一刹那，他把师傅打他的招式都想起来了。

雅玲又高喊，春生哥，你辞职啦，他就不是你领导了，你咋这么尿蛋包啊。你有男子汉的拳头，你的心也要顶天立地！

春生看看雅玲和师傅的遗像，身体又哆嗦了一下，大梦初醒一般。他再次摆好了架势。李军正在得意，趁机又打出一拳，春生突然闪身到了李军背后，身子突然一抖，使出了形意拳的铁山靠，李军就像被疾驰的汽车撞了一下似的，跟跄着弹向一边，好在他脚底下使劲，才没摔倒。李军愣了一下，再伺机挥拳过来，春生还是这个招式，还是把李军撞得倒退了好几步，李军几下没得手，不敢贸然进攻了。

两人相持片刻，春生突然怒目圆睁，低下身子，人缩成了一个肉球，带着风声，呼呼地半步半步逼向李军，李军连连后退。突然，春生像饿虎一样扑向李军，李军赶紧往后闪身，春生刹住脚步，李军一个跟跄，坐在了台上，下面的观众一片哄笑。李军臊了个大红脸，镇定了一下，摆好防守的架势，死死盯着春生。

春生毫不迟疑，观众们还没看清怎么回事，春生一个劈掌，响亮地打在了李军脸上，李军的鼻孔里马上淌出了两条鼻涕虫一样的鲜血。李军捂着脸，一脸可怜相，他有点不知所措。此时，春生像只敏捷的雄狮，李军则如笨拙的棕熊一般。裁判让人帮李军擦去鼻血，冷敷了一下，询问李军是否继续比赛，李军呼哧呼哧喘着粗气，用力点点头。裁判示意，比赛继续。

春生还是矮着身子，扎好马步，等待李军进攻，李军早就没了斗志，一脸茫然地看着春生，就在李军愣神的瞬间，春生猿猴一样向前一窜，从胸前打出右拳，李军闪身躲过。春生的右拳是虚，右拳收回，左拳炮弹出膛，砰的一声，重重地砸在李军胸口。李军一声惨叫，捂住胸口，跪在了台上。春生不再进攻，在一边默默等李军起来，台下一片喝彩。李军摇摇晃晃撑起身子，勉强摆好姿势，准备接招，春生此时怒目圆睁，喉咙里发出令人恐怖的声音，正要再出招，让人没想到的是，李军突然又一声惨叫，自己跳下台子，逃犯一样挤开人群，一边喊着救命啊，一边狂奔，一头扎进了堤垎下的大汪子里。观众们更是一片起哄声。大家期待的高手比武，就这么草草收场了。

雅玲流着泪水笑了，这下，她更相信，当初爸爸输给李军，是故意输的。春生比武时帅气的姿态，让雅玲怦然心动。

这次她回百里滩，看清楚春生的为人，心里有数后，才下决心嫁给春生的。如果与春生有了鱼水之欢更多是为了告慰爸爸在天之灵的话，这一刻，她觉得自己真的爱上春生了，她突然觉得，自己为春生的所有付出都是值得的。

开业典礼后，就是觥筹交错的庆贺，酒酣耳热，豪言壮语，再接着就是曲终人散，一片狼藉。春生喝了很多酒，大家向他敬酒祝贺，今天他太高兴了，海鸭谷开业是喜事，打败李军为师傅报仇，更是大喜事，他来者不拒，很快喝晕乎了。迷迷糊糊中他忽然想起有好一阵没看到本来在人群中穿梭的雅玲了。

雅玲哪去了，作为女主人的她怎么没在人群里，看不见踪影呢？雅玲站在海鸭谷门口看鸭子。新盖的鸭棚里，鸭子们似乎很喜欢自己的新家，在宽阔干燥的地面上甩着胖胖笨笨的脚蹼，跑来跑去，跑来跑去。笑着，闹着，追逐着，嬉戏着。雅玲从地面上抓起一把小海螺壳，合着尘沙一起扬起来，海螺壳哗啦啦落进鸭棚。鸭子们以为美食来了，大叫着挤到门口来。雅玲看着啄到硬硬的海螺壳才发现上当的鸭子们从嘴里吐出海螺壳，然后用扁扁的嘴巴叽叽呱呱骂着门口捉弄它们的这个女人。

雅玲冲鸭子们挥挥手，笑着骂起来，傻鸭子，就知道吃饱了睡觉，睡醒了下蛋；傻生，傻鸭子，我们都要好好的，好好地活着，好好地过日子。

眼泪忽然开闸的喷泉一样从雅玲好看的眼里喷涌。鸭子们张着小眼睛好奇地望着她，目送她一步一步走远。鸭子们不懂人间言语和文字，更不懂得一个女人为什么会有那么多眼泪，它们依旧嘎嘎嘎叫着。

雅玲偷偷上了一辆出租车，她想去医院检查一下身体，因为最近身体的变化，让她怀疑自己有喜了。她实在不敢确定，因为和邵虎结婚多年，从没有这样的情况。她想给春生扎扎实实的惊喜，不想让他空欢喜一场。

汽车疾驰，风迎头吹来，在汽车玻璃上划过，哗啦啦响，像有人在不停地唱着一首忧伤的歌曲。雅玲的脸贴在车玻璃上，痴痴望着海鸭谷在身后渐渐远去，脑畔却梦幻一样回旋起一个久违的歌谣：

小海螺，照得亮，照着美妞上学堂；上学堂，不迟到，美妞捧回大奖状。

小美妞，捧奖状，门门功课真叫棒；小美妞，快快长，长大不忘爹和娘。

小时候的儿歌，随着她的心情起伏，反复汹涌，一路响彻，直到载着她的汽车越来越小，最后变成一个无法辨别的圆点。

后记

令人心动的词汇，散落在百里滩
——中篇小说《打冷海》创作谈

每天萦绕我们的语言，就像冬天头顶上纷纷扬扬的雪花那样密集，这些雪花中，一定有几片，会落在你的脸上，给你一点清凉的醒豁感。

回顾我以百里滩为文学地标创作的盐渔题材小说的过程，我发现，我获得写作冲动的方式，除了从生活中侥幸获得一些鲜活的细节、情节，侥幸遇见一些具备文学价值的有鲜明个性的人物之外，与一些隐喻丰富的词语劈面相逢，也是我获得写作冲动的重要渠道。通过这样的方式写出来的小说，除了这篇《打冷海》，还有几年前发表的中篇小说《活田》《滩窝子》等。

我发现，一些在岁月沉淀中孕育出来的化石一般的词汇，是非常富有内蕴的。这些词语，就像芯片一样，富含着人与岁月的信息，值得写作者发现、探幽、书写。这些词汇，也像珍藏多年的茶饼，有着醇厚的味道美妙的色泽，等待着在浸泡过程中，被激发出来。

有一次与朋友小酌，一位可敬的兄长问我，子胜，听说过"滩窝子"吗？我茫然地摇头，但在我初次听到这个名称时，一下子就被滩窝子三个字吸引了。渤海边的长芦汉沽盐场拥有百里盐滩，盐田阡陌纵横，水光接天，所产原盐白润透明、品质纯正，自古闻名，曾被誉为"芦台玉砂"，清代被列为宫廷贡盐。明代中期以前，这里传袭的制盐工艺为"锅煎成盐"。清康熙年间，制盐工艺由"锅煎成盐"改为"滩晒成盐"。在过去，生产力水平不高时，长芦百里滩盐场的工区，零星分布着很多盐工休息用的滩铺。每个滩铺最多十几个人、几间房子。盐工们喜欢把滩铺叫作"滩窝子"。滩，意味着荒凉、空旷、孤独、艰苦。窝子，则意味着原始、简陋、粗犷、卑微、温暖。滩窝子，是一代代盐工辛辛苦苦制卤、旋盐、收盐、整滩后，遮风挡雨、休息吃饭的地方，滩窝子是盐工荒野里的临时安乐窝。这三个字蕴含的信息，可以上溯千年，可以无限想象盐工晒盐的辛酸悲苦。于是，我创作了中篇小说《滩窝子》，我写的只是当下盐工在新滩窝子，也就是晒盐工区小组的生活，这个题目，完全还可以写出不同时代的同题系列小说。

"活田"这个词，是我的渔民大哥告诉我的。渔民大哥还告诉我，渔民们把海鲜叫作活田，比如，冬天捕获的海鲜，叫"冷活田"；价格高的海鲜，叫"大活田"；价格便宜的海鲜，叫"小活田"。"活田"，多么生动的名称啊。我那一刻觉得，大海波涛涌动，就是富有灵性的活动的田地啊，渔民们耕海牧鱼，离不开这片一望无际的"活田"。这个鲜活的极富特点的词汇，让我按捺不住，很快就创作出来了一部中篇小说。《活田》很快就在《青年文学》杂志头条位置刊发，杂志社的主编对这篇小说也表示了充分的肯定，很快《小说月报》就转载了这篇习作。

"打冷海"这个词，我是在2019年初冬得到的，同样感觉如获至宝。在过去的很多年中，渔民们在正月里为了捕获冰凌下的开凌梭鱼、白虾，会自发组成船队，破冰前行，海冰把头船的船身割出了一道道惨白的伤痕，渔船们就轮流当头船。被撞开的海冰随时会因为寒冷再次汇聚在一起，结成大冰块，把渔船冻在中间。海冰撞击着船体咔咔作响，船上缆绳被冰溜子包裹，缆绳坚硬得如钢缆；起网时，脚下是光滑的冰面，手上抓的是寒气砭骨的网具——这就是渔民们打冷海的常态。至少得穿三层棉衣的渔民们，只要一干活，就会浑身大汗；干完活，汗水打湿的衣服立刻冰冷地贴在身上，寒风钻进去，让人十分难受。打冷海是让很多渔家人怵头的事，但是为了生计，一部分渔民不得不破冰前行。打冷海，充满了对人生逆境前进的隐喻，极具文学价值。

这些信息饱满的生动的语汇，只是一颗珍贵的种子，或者只是一个富有魅力的背景。如果让种子发芽，如何在背景前面上演更生动的剧目，则需要一个作家调动各种生活储备了。

二十多年前，渔村突然富起来了，渔民们有钱以后，上演的故事没有什么新意，无非就是赌博和找别的女人。那时，很多从事色情行业的女子在渔村酒馆里出没，很多渔民家里多了夫妻争吵的吼声。有的船长，干脆把小姐们直接接到船上寻欢作乐。那些海边养虾季节看虾池的窝铺里，也多了一些香艳气息。我就在一次酒局中遇见一个有钱人，他已经得了严重的糖尿病，眼睛做了多次激光手术，即便如此，他仍然执着于要睡一千个小姐的志向。据说，他为了这件宏伟的事业，可以每天消费一万块钱。

最近几年，我总听到这样的一些感慨，就是当今的年轻人，太热衷于超前消费，他们在透支中生活，他们从乡村、小城镇涌入大城市，过着流浪狗一般的生活，他们内心没有故乡，他们也没有能够让心灵栖息的所在。他们的各种行为又不被长辈们理解，他们也没兴趣被长辈们理解。他们与长辈们的"隔"，达到了前所未有的深度、厚度。长辈们看重的热爱的事情，在他们眼里轻如鸿毛。我家孩子，大学毕业后，在英国的伦敦大学拿到了硕士学位，然后就读于荷兰的莱顿大学，已经博士二年级了。他是很多人眼里的乖孩子，我们父子关系也很好，我从不用父亲的威严命令孩子做让我满意的事情，我给了他很大的空间，所以我们父子交流起来，总是能很轻松地敞开心扉。从孩子的话语中，我能感受到上述的"隔"。他告诉我，他已经工作的同学，住着逼仄的出租房，每天朝夕奔波，忙得昏天黑地，在校园里的优越感荡然无存，唯一得到安慰的事，就是朋友圈晒一下工资单。有的女同学，刚入职，领导就暗示要潜规则她。他今年二十六岁，已经走了接近三十个国家，小小的年纪，就觉得人生苦短，花钱上从不委屈自己。在香港买了一部手机，花了八千多；苹果电脑用了两年后，就打算买新的；他买的书包，也是几千块钱一个的。书包背坏了，就扔在家里，他妈妈拿去修鞋摊修好后，他再也没背过。我们推荐他买的衣服，他一件也看不上。一个男孩子，却喜欢用古龙香水，把自己搞得香喷喷的。——他身上有了越来越多让我看不惯的东西。但是，我想，如果他身处同龄人的大城市生活圈子，没人觉得他多另类吧；在父母眼中，他却成了家里熟悉的陌生人。我想，这是很多我这个年龄的家庭面临的问题。我们做父母的，更多的是看到了他们令我们不满的变化，我们很少关心他们面临的种种生活压力、职场压力。他们随波逐流地被大城市物质化了，他们能抗争得过潮流吗？——这是我构思金小鱼这个形象的缘由。他们即使回到故乡，也是故乡的异乡人。他们内心中没有让他们痴情的故乡。在《打冷海》中，金小鱼的二叔希望金小鱼成为渔船的新驾长，成为新一代渔民，继续耕海牧渔，在大海中淘金。可是，二叔的美好希望，在金小鱼眼中，只能是笑谈而已。

凤娇这个女孩，是我想象中顽强生存的渔家女子形象。我曾写过两个结尾，另外一个是凤娇被从冰冷的海水里救起来了。这个版本的小说请朋友看过后，朋友觉得，在冰冷残酷的大海面前，生命十分脆弱，也许凤娇的溺水，可以让金小鱼重新审视自己的情感生活和对故乡以及故乡亲人的疏离感。

构思小说的技巧有很多，刘庆邦老师曾经强调，要善于找到小说的种子。我觉得那些散落民间的富有历史感带着人性温暖的词汇，和那些鲜活的细节一样都是很好的小说的种子。这篇《打冷海》，有很多让我不甚满意的地方，比如人物的概念化。这篇小说，也许因为打冷海这个新鲜的背景，增加了些许可读性，究竟如何，还是把发言权交给读者吧。

也许，我还会写同题的《打冷海》，因为渔民们冒着严寒打冷海的或坚韧或悲壮的故事，是我这篇两万多字的小说无论如何也讲述不完全的。